«Hongkong besteht aus sechzehn Welten», sagte Miles. «Und sie treffen nur selten aufeinander ...»

«Bist du sicher, daß das alles heute abend ein Zufall war?»

«Ganz sicher», überspielte er seine eigenen Zweifel. «Das letzte, was ein Gangster in Hongkong will, ist, sich mit einem Ausländer einzulassen.»

TOSHIBA

Robert S. Elegant

DIE LOGE ZUM GRÜNEN LOTOS

ROMAN

Deutsch von Peter Weber-Schäfer

[redacted]

10/98

WUNDERLICH
TASCHENBUCH

Veröffentlicht im Rowohlt Taschenbuch Verlag GmbH,
Reinbek bei Hamburg, November 1998

Die Originalausgabe erschien 1994 unter
dem Titel «The Everlasting Sorrow» bei Mandarin,
Reed Consumer Books Ltd., London

Bai Juyis «Lied vom langen Leid» wird zitiert
nach der Übersetzung von Andreas Donath:
Bo Dschü-I. Gedichte. Frankfurt: Insel-Verlag 1960

Umschlaggestaltung Cordula Schmidt
(Foto: The Stock Market / M. Mastrorillo)

Gesamtherstellung Clausen & Bosse, Leck
Printed in Germany
ISBN 3 499 26116 2

VORSPIEL: KANTON, 17. APRIL 1974

Zum zweitenmal innerhalb weniger Minuten bohrte sich ein Ellbogen in Miles Corrigans Rücken. Mit drohend erhobener rechter Hand drehte er sich auf dem Absatz um. Die beiden stämmigen Japaner hinter ihm drängelten sich ungerührt weiter vor. Während sie den rothaarigen Amerikaner ablenkten, umgingen drei weitere Japaner in schlecht sitzenden grauen Anzügen das Hindernis und stürzten sich auf die Vitrine mit den Reihen glänzender Porzellanvasen. Mit finsterer Miene trat er einen Schritt zurück.

Eiligen Schritts näherte sich ein muskulöser Chinese im blauen Rollkragenhemd den Streithähnen. Die Waren waren höchst zerbrechlich – und der Streit um den Platz in der Käuferschlange könnte sich zu einem Faustkampf entwikkeln. Üblicherweise waren es die wild entschlossenen japanischen Einkäufer selbst, unter denen der Kampf um den Vortritt ausbrach. Obwohl ihn das rote Schild am Hemdkragen als Empfangschef auswies, war er eigentlich Kader im Dienste der Volksrepublik China und als Kunsthändler tätig. Aber viel Verkaufstechnik war ohnehin nicht nötig, denn die Kunden, insbesondere Japaner, kauften alles, was angeboten wurde.

Von seinem eigenen Ausbruch peinlich berührt, versuchte Miles Corrigan seine Wut zu zügeln. Er stellte die Ochsenblutvase aus der Ching-Zeit, die er begutachtet hatte, vorsichtig wieder ins Regal und schnippte ein unsichtbares Staubkorn von der anthrazitfarbenen Jacke aus Thaiseide. Zum dritten Mal in einer Stunde hatten ihn japanische Einkäufer von den Schaukästen abgedrängt. Fürs erste reichte es ihm. Als er den Vasen den Rücken kehrte, wurde er, ohne es zu wollen, Ohrenzeuge des in abgehacktem Japanisch erteilten Befehls: «Allenfalls mittlere Qualität. Aber in Tokio bringt es das Fünffache. Kaufen!»

Von seinen vier Gefolgsleuten umringt wie ein Mafiakapo, bellte der ältere grauhaarige Japaner nun den Empfangschef an: «Vierzehn, richtig? Ich nehme alle vierzehn. Fünfundzwanzig Millionen Yen, richtig?»

Der Chinese nickte zustimmend, und die Japaner machten sich daran, den nächsten Abschnitt der Ausstellungshalle zu stürmen. Kaum hundertfünfzig Kilometer von Hongkong entfernt hatte jenseits der Grenze in Kanton die Frühjahrsmesse ihre Pforten geöffnet. Zweimal im Jahr wurden die Grenzen der Volksrepublik nach sorgfältiger Überprüfung Tausender von Anträgen für eine kleine Gruppe auserwählter Handelsvertreter aus der Welt jenseits der Mauer durchlässig. Die meisten Messebesucher wollten auf dem gewaltigen Markt, den 800 Millionen Chinesen für sie darstellten, ihre eigenen Waren absetzen; aber jedesmal kauften sie den geschäftstüchtigen Chinesen mehr ab, als sie ihnen verkaufen konnten.

Miles Corrigan hatte die Nase voll für diesen Vormittag. In dem wilden Getümmel, in das die Japaner die Messeeröffnung verwandelt hatten, schien seine halbvergessene Nahkampfausbildung fast ebensoviel wert wie seine Kenntnis asiatischer Kunst. Die mittelmäßigen Vasen waren soeben für beinahe 100 000 Dollar weggegangen, seiner Schätzung nach etwa das Siebenfache ihres wirklichen Werts. Er konnte ohnehin nicht mit den Japanern konkurrieren, die sich sogar gegenseitig unter Körpereinsatz ausmanövrierten. Die Kunstwerke waren zweitklassig, und er hätte sie seiner kultivierten Kundschaft nicht anbieten können. Außerdem verdiente man Geld, indem man an Japaner verkaufte, nicht, indem man versuchte, sie zu überbieten.

Die Neureichen aus Tokio und Osaka waren bereit, alles zu kaufen, ob es sich um einen polierten Felsbrocken, eine unbedeutende Lackschachtel, einen zweifelhaften Rembrandt oder einen Bronzedreifuß aus der Shang-Dynastie von noch weitaus zweifelhafterer Authentizität handelte, und sie überboten die Weltmarktpreise um das Zwei- bis Dreifache. Japanische Händler kauften, als wären alle Währungen, einschließlich ihres eigenen, überbewerteten Yen, morgen ungültig. Ihr neuer Gott hieß Mammon, der raffgierige Gott des Reichtums – und sie brachten ihm jährlich Milliarden von Yen als Sühneopfer dar.

Von Jahr zu Jahr, dachte Corrigan, machten es einem die Japaner schwerer, sie zu mögen. Die Wut blitzte immer noch in seinen grünen Augen, als er sich auf den Weg zu dem kleinen Büro hinter der Trennwand am anderen Ende der Halle machte. Allmählich wich die Zornröte aus seinem Gesicht, aber der Mund über dem eigensinnigen Kinn wirkte noch verkniffen. Miles war knapp einen Meter achtzig groß, hatte ungewöhnlich breite Schultern und einen muskulösen Brustkorb. Mühelos überragte er die drängelnden Japaner und die meisten unter den gertenschlanken Italienern und rundlichen Deutschen, von denen er umgeben war.

Westliche Handelsvertreter kamen in erster Linie nach Kanton, um Waren wie Computer, Saatgut und Dünger anzubieten und prosaische Grundprodukte wie Textilien, Menthol und Schweineborsten einzukaufen. Früher einmal waren es Briten und Amerikaner gewesen, die den asiatischen Kunstmarkt beherrschten, aber heutzutage waren sie knapp bei Kasse, und nur wenige von ihnen waren als Einkäufer hier. Auch Miles war diesmal als Verkäufer, nicht als Käufer da. Mit ein wenig Glück sollte es ihm gelingen, den chinesischen Staat um erheblich mehr zu erleichtern, als dieser den Japanern gerade abgenommen hatte. Er wußte, daß das Kunstwerk, das er anzubieten hatte, von höchsten Kreisen in Peking verbissen gesucht wurde. Unbewußt strich er sich über das störrische Haar und klopfte an die Sperrholztür des improvisierten Büros.

«Oh, Mr. Corrigan! Seien Sie mir willkommen!» Der ältere Chinese hinter dem schäbigen Schreibtisch schien vor Höflichkeit überzuquellen. «Wie schön, daß Sie pünktlich sind! Haben Sie denn schon interessante Stücke gefunden?»

«Sehr interessante, Genosse Wong», antwortete Miles trocken. «Jedenfalls finden die Japaner sie interessant.»

«Ach, die Japaner...»

Genosse Wong breitete die gepflegten Hände auf dem unlackierten Holztisch aus, eine Geste, die resigniert und verächtlich zugleich wirkte. Corrigan kannte den schlanken Chinesen nur in seiner amtlichen Rolle als «verantwortlicher Kader im Kunstbereich». Seine persönliche Lebensgeschichte war so unzugänglich wie seine persönlichen Überzeugungen. Aber Genosse Wong verstand sein Handwerk. Er kannte nicht nur den wirklichen Wert seiner Waren, sondern auch den Preis, den sie auf einem sich überschlagenden Markt erzielen konnten.

Miles Corrigan nippte an dem bitteren Iron Goddess Tea, der in fingerhutgroßen Schalen auf einem bemalten Porzellantablett stand, das aus einem chinesischen Puppenhaus zu stammen schien. Im neuen China der kommunistischen Funktionäre wie im alten China der kaiserlichen Mandarine war der Tee vor dem Geschäft keine Höflichkeitsgeste, sondern ein unentbehrlicher Bestandteil des Wirtschaftsverkehrs. Die helle Flüssigkeit schmierte die Räder des Handels ebenso wirksam, wie es im Westen der Alkohol tat.

«Ich will mich später noch umsehen», sagte Miles. «Aber ich fürchte, es wird nicht viel übrig sein.»

«Es gibt ein paar Stücke, die Sie vielleicht interessieren könnten. Eines ist ein fabelhaftes Begräbnisdorf aus der Wei-Zeit. Ich kann für seine Echtheit bürgen. Dann sind da noch ein paar amüsante, anscheinend aus der Tang-Zeit stammende Statuetten von Barbaren, Entschuldigung: Ausländern.»

«Anscheinend?» fragte Miles. «Würden Sie sie denn sonst verkaufen?»

Bescheiden lächelnd, erwiderte Genosse Wong: «Da könnten Sie recht haben. Wir sind eher daran interessiert, unsere historischen Schätze zurückzukaufen, als welche zu verkaufen. Wir müssen unser nationales Erbe wieder in Besitz nehmen... Aber ich glaube, Sie besitzen etwas, das mich interessieren könnte.»

Genosse Wong hatte angedeutet, daß die ritualisierte Eröffnungspartie beendet war und man zum Geschäft kommen konnte. Miles nahm die Botschaft auf.

«Ich glaube, es wird Sie sehr interessieren.»

«So will es mir auch scheinen, Mr. Corrigan. Wir haben die Fotos gesehen, aber natürlich...»

«Natürlich habe ich das Original nicht mitgebracht. Es hätte sich eine peinliche Situation für Ihre Zollbeamten ergeben können.»

«Vielleicht sind Sie übervorsichtig, Mr. Corrigan. Der Zoll der Volksrepublik China gerät nicht so leicht in peinliche

Situationen. Aber ich weiß Ihre Rücksichtnahme zu schätzen. Natürlich kann ich nicht in ernsthafte Verhandlungen eintreten, bevor ich das Original gesehen habe.»

«Natürlich nicht, Genosse Wong. Ihre Leute können das Original an jedem beliebigen Ort Ihrer Wahl besichtigen.»

«Allerdings ohne unseren Zoll in eine peinliche Lage zu bringen, indem Sie es nach China einführen, Mr. Corrigan? Wie rücksichtsvoll von Ihnen!»

«Selbstverständlich habe ich volles Vertrauen zu Ihnen. Aber ich werde kaum in der Lage sein, das Stück zu präsentieren, bevor wir wenigstens über Lieferbedingungen und Preisvorstellungen gesprochen haben.»

«Erst *nachdem* wir das Original gesehen haben.»

Nach den Frontalattacken der Japaner war dieser verbale Zweikampf erfrischend, aber Corrigan konnte das Risiko nicht eingehen, daß sein Schatz beschlagnahmt wurde; und das wäre nur allzu wahrscheinlich gewesen, hätte er ihn nach China gebracht.

«Sagen wir in Hongkong?» fragte er.

«Das wäre uns angenehm, Mr. Corrigan. Wann?»

«In zwei Wochen. Ich habe noch andere Verpflichtungen...»

Der schlanke Chinese leerte die letzte winzige Teeschale, als wolle er andeuten, daß die Verhandlungen unterbrochen seien. «Noch eine letzte Frage», sagte er, als Miles aufstand, um zu gehen. «Ich muß Sie noch fragen, wie der Gegenstand in Ihren Besitz gekommen ist.»

«Warum?» fragte Miles. «Wenn Sie von der Echtheit überzeugt sind, wozu soll das dienen?»

«Ich sehe keinen Grund, das zu erklären, Mr. Corrigan. Ich will jetzt nicht darauf insistieren, aber bevor wir kaufen...»

«Sagen wir morgen in zwei Wochen? Dienstag, den 2. Mai, im Mandarin Hotel?»

«Mr. Corrigan, wir müssen *genau* wissen, wie der Gegenstand in Ihren Besitz gekommen ist.»

Miles schloß die Tür hinter sich. Nachfragen, vorsichtige Erkundigungen hatte er erwartet, aber nicht die direkte Forderung, er solle vor dem Ankauf die Herkunft eines Meisterwerks offenlegen, das die Volksrepublik als ihr Eigentum betrachtete. Letzten Endes wußten die Chinesen mehr über das Werk als er selbst.

Das Taxi bahnte sich majestätisch hupend seinen Weg durch die Masse der Radfahrer zum Bahnhof Kanton. Die Menschenmenge drängte europäische Manager in zerknitterten Maßanzügen gegen wohlgepflegte chinesische Kader. Erst als der Zug sich gemächlich auf den Weg durch die silbergrünen Naßreisfelder zur Holzbrücke machte, die ins britische Hongkong führte, fiel ihm die Abschiedsfrage des Genossen Wong wieder ein.

Der Gegenstand, wie Genosse Wong das Meisterwerk nannte, war vor langer Zeit in seinen Besitz geraten. Das Ganze war keine zwanzig Jahre her, und doch hatte es sich in einer anderen Ära, einer anderen Epoche der Ökonomie wie der Politik ereignet. Damals waren Japaner betont bescheiden aufgetreten und hatten versucht, ihre hochgespannten Erwartungen hinter trügerischer Unterwürfigkeit zu verbergen. Damals waren Chinesen aggressiv und überheblich gewesen und hatten lauthals die Absicht verkündet, die Welt im Bild des neuen China umzugestalten. Seitdem hatten sich Chinesen wie Japaner gründlich geändert, wenigstens nach außen hin.

Noch einmal rief sich Corrigan die Ereignisse ins Gedächtnis, die zu seinem vorsichtigen Gespräch mit dem Genossen

Wong geführt hatten. Einige der Bilder, die ihm durch den Kopf gingen, waren häßlich, ja geradezu abstoßend. Andere waren rührend oder tragisch. Und einige waren von überwältigender Schönheit.

1. KAPITEL

Durch schwarze Seidensocken traten geschwollene Adern hervor. Die Füße mit dem ein wenig zu hohen Spann steckten in abgetragenen Lackschuhen. Von irgendwoher kannte Miles Corrigan diese Füße, aber endgültig identifizieren ließen sie sich nicht.

Mehr als die Füße konnte Miles nicht von dem Mitreisenden sehen, der eine Reihe vor ihm jenseits des Mittelgangs saß, als das Flugzeug in Haneda bei Tokio auf die Startbahn rollte. Das Summen der Triebwerke steigerte sich zu einem schrillen Aufheulen, der Druck preßte Miles gegen das Schaumgummipolster unter den blauen Bezügen, und die DC-7 bahnte sich ihren Weg in den Himmel. Die Maschine legte sich scharf in die Kurve und winkte dem Lichternetz der Stadt da unten mit geneigtem Flügel einen letzten Gruß zu. Das Heulen der Triebwerke wich einem gutturalen Brummen, und der Pilot nahm Kurs auf Hongkong dreitausend Kilometer weiter im Südosten.

Die irritierend vertrauten Füße trommelten nervös auf den Boden. Das Nichtraucherzeichen erlosch, und ein rundlicher Wurstfinger drückte auf den Klingelknopf über dem Sitz. Auf der Anzeigetafel begann die Nummer 2A rosa zu blinken.

Corrigan suchte in der Jackentasche nach der Pappschachtel mit zehn Peace-Zigaretten und nahm sich vor, die Stewardeß um ein Päckchen amerikanische Zigaretten zu bitten, sobald sie frei war. Vorläufig genoß er den Nachgeschmack des letzten Cognacs und nahm noch einmal Abschied von der unbezwingbaren Stadt, die ihn immer wieder mit Begeisterung und zugleich mit Furcht erfüllte.

Es war eine gute Abschiedsparty gewesen, der würdige Abschluß einer Serie erfolgreicher Einkäufe bei Aristokraten in finanziellen Schwierigkeiten, die sich nach und nach von ihren Kunstschätzen trennen mußten. Alle hatten in nahezu wörtlich der gleichen Formulierung das Geschäft an ein und dieselbe Bedingung geknüpft: «Das Stück muß Japan unbedingt verlassen. Niemand darf ahnen, daß ich meine Sammlung verkaufe.»

Nicht nur das Vertrauen, das sie seinem Versprechen schenkten, anderswo zu verkaufen, schmeichelte Miles, sondern auch ihre Überzeugung, daß er einen angemessenen Preis zahlen werde. Niemand hatte um den Preis gefeilscht. Es war nicht allein die Tatsache, daß er Japanisch sprach, derentwegen diese stolzen alten Männer bereit waren, ihn zu empfangen. Er hatte im Vorbeigehen gehört, wie ein betagter Graf seinem noch betagteren Majordomus erklärte: «Corrigan-*san* ist kein Händler, sondern ein Gentleman.»

Vielleicht hatte er die Bemerkung ja hören sollen. Als Kunstkenner sonnte sich Corrigan im Glanz solch anerkennender Worte, aber als Geschäftsmann fragte er sich, ob er dem Grafen nicht zuviel für ein Kamel aus der Tang-Dynastie gezahlt hatte, wahrscheinlich ein Beutestück aus der Zeit des «Mandschurischen Zwischenfalls», als Japan sein gewaltiges Nachbarland überfallen hatte. Der Kauf hatte harte Arbeit erfordert, auch wenn man dem Amerikaner, der die enteigneten Adelsfamilien vor der Armut bewahrte, mit schweigsamem Charme begegnete. Gewiß, zunächst einmal rettete er sie vor drohender Verarmung, was aber genauso wichtig war: Er bewahrte den erlauchten Namen der Familie vor jedem Makel.

Die feuchtfröhliche Party in einem Geishahaus namens Raku-Raku – oder: Freude-Freude – war erfreulich gewesen, auch wenn einige seiner Gäste überrascht waren, einander hier zu treffen. Der sanftmütige Herr Ono von der Firma Yamato Arts, der die weltweit beste Sammlung von Rüstungen der Edo-Zeit besaß, hatte erstaunt das Gesicht verzogen, als er die Sake-Schale hob und dem Sumoringer Futoshige zutrank. Die hellwachen Jungen vom Außenministerium waren bestürzt und fasziniert zugleich gewesen, als sie auf Goro Matsumoto trafen, den verschlagensten – und erfolgreichsten – Geheimagenten des Zweiten Weltkriegs.

Im Abschiedstrubel am Flugplatz hatte Corrigan die anderen Passagiere kaum beachtet. Goro Matsumoto, der Mann mit dem Adlerprofil, trug eine betont unauffällige Smokingjacke, aber der Blick des Betrachters suchte unwillkürlich nach den beiden Samuraischwertern an seiner Hüfte. Die jungen Männer vom Außenministerium bemühten sich trotz ihrer von zuviel Bier und Sake geröteten Gesichter um den Anschein professioneller Nonchalance. Auch sie genossen das Leben in vollen Zügen.

Miles Corrigan wußte, daß ihn Asien immer wieder faszinieren würde, weil seine Bewohner so unmittelbar lebten. Sie waren soviel begeisterter – oder soviel verzweifelter – als die routinierten jungen Männer und die ernsthaften jungen Frauen, die zu den Cocktailparties in seiner Maisonettewohnung an der Fifth Avenue erschienen. Amerikaner lümmelten sich auf die teppichbespannten Treppenstufen und sprachen von den psychologischen und intellektuellen Problemen, die sie sich weitgehend selbst aufgebürdet hatten.

Trotz ihrer strengen Umgangsformen und der Neurosen, die ihr starres Gesellschaftssystem erzeugte, waren die Japaner der elementaren Wirklichkeit näher. Das war es, warum sie ihm soviel lebendiger vorkamen.

Ein blauer Rocksaum und ein Paar in Nylon gehüllte, rundlich einladende Knöchel kreuzten kurz Miles' Blickfeld, als die Ballettschuhe der Stewardeß auf den Platz 2A zueilten, wo die Lackschuhe immer wilder tanzten, als wollten sie sich in den Gang stürzen. Wie sich das in ihrem Beruf gehörte, glich die Stewardeß einer der ewig jungen Blondinen, deren künstliche Naivität Coca-Cola-Reklamen und die Gemälde Norman Rockwells bevölkert.

«Das soll eine internationale Fluglinie sein?» beklagte sich eine dröhnende Stimme. «Eine internationale Fluglinie und kein Pernod an Bord? Empörend! Sie können mir einen doppelten Whisky bringen. Dimple oder Black Label, kein Soda, kein Eis, kein Wasser: einfach einen doppelten Whisky.»

Plötzlich erinnerte sich Miles Corrigan an Nanking in den späten Vierzigern. Damals, als die chinesischen Nationalisten ihr letztes Aufgebot gegen die Kommunisten mobilisierten, war er ein frischgebackener Leutnant zur See gewesen. Er winkte der Stewardeß zu, die sich auf den Weg nach hinten gemacht hatte, um die Wünsche des aufgebrachten Passagiers zu erfüllen. Das blonde Haar unter dem schwarzen Stirnband fiel ihr in die Augen, als sie sich über ihn beugte.

«Kennen Sie den Namen des aufgeregten Passagiers da vorne?» fragte er.

«Da müßte ich erst in die Liste schauen, Mr. Corrigan», sagte sie lächelnd. «Ich weiß natürlich, wer Sie sind. Sie stehen auf unserer VIP-Liste. Aber die normale Passagierliste habe ich noch nicht durchgesehen. Kann ich sonst noch etwas für Sie tun?»

«Ein Päckchen amerikanische Zigaretten ohne Filter, bitte, wenn Sie Zeit haben. Sagen Sie, wie sieht er aus?»

«Also...», sie überlegte einen Moment. «Ein bißchen wie ein Shakespearedarsteller aus dem vorigen Jahrhundert.»

«Spitzbauch, dicke, rote Nase, Monokel an einer dicken Metallkette, an der ein Boot vor Anker gehen könnte?»

«Genau! Ein Freund?»

«Sagen wir, ein alter Bekannter.»

Sie verschwand und kehrte mit einem kleinen Tablett zurück, auf dem sie ein Whiskyglas balancierte.

«Enwright», flüsterte sie Miles ins Ohr. «Er heißt Humphrey Enwright.»

«Würden Sie ihm einen Zettel bringen?»

Die nylonbewehrten Knöchel strafften sich, als sie Humphrey Enwright sein Glas überreichte. Er nahm einen kräftigen Schluck, und die Lackschuhe spannten sich genießerisch. Die Ballettschuhe der Stewardeß blieben sprungbereit, und eine tiefe Stimme tönte: «Das ist schon mal besser als nichts! Bringen Sie mir noch einen Doppelten!»

Die Ballettschuhe verschwanden, und die Lackschuhe entspannten sich. Plötzlich standen sie auf dem blauen Teppichboden. Mit ausgestreckter Rechter beugte sich ihr Träger über Miles Corrigan.

«Miles, alter Junge!» Humphrey Enwright ließ sich in den Nachbarsitz fallen. «Schön, dich zu sehen.»

«Hallo, Humphrey», sagte Miles. «Tut mir leid, daß es keinen Pernod gibt. Aber nach all dem Maotai, den du in China getrunken hast, müßte dein Gaumen eigentlich alles vertragen.»

«Die Zeiten haben sich geändert, alter Junge, die Zeiten haben sich geändert», verkündete Humphrey. «Ausnahmsweise laufen neuerdings die Geschäfte gut. Nicht wie damals… dieser unerfreuliche Zwischenfall in Nanking. Natürlich kann man von einem altmodischen Botschafter nicht verlangen, daß er den Unterschied zwischen konservieren und… äh, aneignen kapiert. Aber man kann sich an das gute Leben gewöhnen. Wie du siehst, fliege ich jetzt erster Klasse. Einen Schluck auf das glückliche Zusammentreffen!»

Enwright drückte begeistert auf die Klingel.

Miles hätte gern einen Marc gehabt, den aromatischen, dreifach destillierten Weinbrand, den Pan Am manchmal auf Lager hatte. Aber nach dem Theater, das Humphrey wegen seines Pernod gemacht hatte, gab er sich mit einem Cognac und dem Päckchen Pall Mall zufrieden.

Zwei Jackenärmel lagen nebeneinander auf der Sessellehne: Miles Corrigans gutgeschnittener Ärmel aus Thaiseide und Humphrey Enwrights ausgebeulter Jackenärmel in dem leichten Grünton, der so gar nicht zu der rostbraunen Hose paßte. Diesmal flog Humphrey Enwright zwar erster Klasse, aber sonst war von den besseren Zeiten, die er beschwor, nicht viel zu sehen; und der singende Tonfall seiner levantinischen Jugend war noch immer hinter dem aufgesetzten Cambridge-Akzent zu hören.

Sehr verändert sah er nicht aus seit jener Zeit, zu der Sir Archibald Courtwright – der Botschafter, der so manches mißverstanden hatte, auch den politischen Wandel in China – nur allzugut verstanden hatte, wie es zu Humphreys einträglichen Manipulationen mit Jadestatuetten des achtzehnten Jahrhunderts gekommen war. Unter wütenden Protesten gegen die verleumderischen Gerüchte, um die es sich seines Erachtens handelte, hatte Humphrey Enwright Nanking binnen vierundzwanzig Stunden verlassen müssen. Und das britische Kulturinstitut hatte beschlossen, vorläufig keinen Kunstberater mehr in die Stadt zu entsenden.

In dieser peinlichen Lage hatte sich die britische Botschaft nur zögernd entschlossen, einen jungen amerikanischen Marineoffizier ins Vertrauen zu ziehen, der etwas von chinesischer Kunst verstand. Miles hatte bestätigen können, daß sich Sir Archibald nicht geirrt hatte, als er Humphrey für den Schuldigen hielt. Heute fragte sich Miles, der Humphreys Ergüssen nur mit halbem Ohr lauschte, wer wohl ein hinreichendes Interesse an Humphreys fragwürdigem Sachverstand und seinem zügellosen Opportunismus haben konnte, um ihm das Flugticket zu zahlen.

«Wohin geht es diesmal?» fragte er.

«Hongkong... eine geschäftliche Angelegenheit. Könnte durchaus sensationell werden.»

Humphreys rote Nase schwebte wie ein Raubtierschnabel über seinem dritten Scotch. Er stürzte den Whisky hinunter, seufzte befriedigt und stieß leise auf.

«Und das Essen in Tokio war auch grauenhaft», beschwerte er sich. «Ich freue mich schon auf anständige englische Küche. Durchgebratenes Roastbeef und Yorkshire Pudding im Peninsula. Aber erst mal wäre noch ein Drink nicht schlecht.»

In Miles Corrigans Kopf schlug eine kleine Alarmglocke an, aber er kümmerte sich nicht um die Warnung. Schließlich trank er ohnehin nur einen Cognac auf je zwei doppelte Whiskys seines Gegenübers. Außerdem hatte Humphrey Enwright nur selten etwas zu sagen, dem zuzuhören sich lohnte. Seine schäbigen kleinen Geschäfte waren normalerweise nur für ihn selbst und seine Opfer von Interesse – und natürlich für die, die am Ende wieder alles ins Lot bringen mußten.

«Was treibst du so, alter Junge?» fragte Humphrey. «Doch wohl nicht immer noch bei der Marine? Hast du den Geheimdienst auch drangegeben, Mantel und Degen in den Schrank gehängt?»

«Nach dem Tod meines Onkels...»

«Oh, das tut mir aber leid, alter Junge...»

«... habe ich seine Kunstgalerie übernommen. Schließlich hatte ich Onkel Ben zuliebe so gut wie jede Vorlesung über Kunstgeschichte gehört, die es an der Uni gab, besonders über ostasiatische Kunst. Er hat mich praktisch dazu gezwungen, mich auf Asien zu spezialisieren und fernöstliche Sprachen zu lernen.»

Miles hatte das Gefühl, er rede zuviel. Aber er erzählte nichts Neues, und außerdem war es sowieso nur der alte Humphrey, der ihm lauschte.

«Bei der Marine waren sie begeistert von meinem bißchen Chinesisch und Japanisch. Dann haben sie mich dazu gebracht, die verdammten Sprachen richtig zu lernen. Danach – wie kaum anders zu erwarten – landete ich im Kunsthandel. Als Kind wollte ich Anwalt werden wie mein Vater. Irgend so ein pubertärer Traum, da weiterzumachen, wo er aufgehört hatte, als ihn ein verrückter indianischer Klient mit einem Trommelrevolver abknallte. Ich hatte keinen Cent. Aber mein Onkel zahlte die Rechnungen, übernahm die Studiengebühren, tat alles für mich. Also hatte er das Sagen.»

«Ich habe nie gewußt», sagte Humphrey, «daß du einmal davon geträumt hast, einer der Titanen des Gerichtssaals zu werden.»

«Es ist aber auch kein schlechtes Leben, wie es jetzt aussieht. Ich verkaufte alten Damen mit viel zu hohem Einkommen Dinge, die sie nicht brauchen, aber zu schätzen wissen. Nach meiner Zeit bei der Marine wußte ich nicht so recht, wem ich die Dienste eines Spezialisten für Japanisch und Chinesisch mit ein paar Geheimdiensttricks anbieten sollte.

Ich übe immer noch Karate und Judo, um mich fit zu halten. Das hat man mir so brutal gründlich beigebracht, daß ich es wohl nie vergessen werde.»

«Der kultivierte Kunstkenner mit der eisernen Faust, oder so? Und was treibt dich diesmal in den Osten? Die Kunstwerke oder die Künstlerinnen? Und da wir schon davon sprechen, die Kleine, die keinen Pernod hatte, scheint interessiert.»

«Möglicherweise», meinte Miles, «nicht nur interessiert, sondern auch interessant.»

«Um von Wichtigerem zu sprechen, alter Junge: Wenn du zur Zeit kaufst, könnten wir ins Geschäft kommen. Vielleicht sogar gleich...»

«Was hast du im Sinn?»

«Genau das ist der Haken. Im Sinn. Bisher noch nicht in Händen. Aber vielleicht habe ich sehr bald etwas in der Hand. Aber reden wir nicht vom schnöden Mammon. Das gehört sich nicht. Sprechen wir von den großartigen modernen japanischen Holzschnitten. Kopieren, verbessern oder ruinieren die Modernen die alten Meister?»

Humphrey bestellte den vierten doppelten Whisky, und Miles bereitete sich auf einen belehrenden Vortrag vor. Zur Abwechslung sprach der alte Scharlatan einmal nicht von sich selbst und prahlte nicht mit eingebildeten Triumphen. Er ließ sich jetzt über die Meisterwerke aus, die die Japaner so sehr liebten, daß sie ihnen den offiziellen Titel eines nationalen Kunstschatzes verliehen hatten.

«...ein uralter Tempel wie der Horyuji, und dann brennt die Haupthalle ab, weil ein Bauarbeiter sich die Hände wärmen will. Unschätzbare, einmalige Wandgemälde, und nichts ist davon geblieben. Die Chinesen sind da vernünftiger. Die stellen durchaus brauchbare Reproduktionen ihrer buddhistischen Höhlenmalerei her. Du hast sie doch wohl gesehen?»

Miles nickte.

«Dafür sind die Kommunisten, wenn es um nationale Kunstschätze geht, noch empfindlicher, als es die Nationalisten waren. Sie lassen nichts, das über achtzig Jahre alt ist, aus dem Land. Aber nichts ist unmöglich. Man kann sich arrangieren, wie überall, wenn man die richtigen Leute kennt. Mir läuft das Wasser im Munde zusammen. Stell dir etwas leicht Transportierbares, vollkommen Einmaliges und unglaublich Schönes vor; etwas, das außerdem unendlich wertvoll und leicht verkäuflich ist.»

«Natürlich kennst du die richtigen Leute?»

«Ach, ihr Jungens vom Geheimdienst, ihr wollt immer etwas herauskriegen», sagte Humphrey leicht alkoholisiert und schlau lächelnd. «Keine Angst, von mir erfährst du nichts. Weißt du, so ein Flug kostet ein Vermögen. Und ich bin es nicht, der ihn bezahlt. O nein. Es gibt Leute, die legen Wert auf die Meinung des Experten, nicht bloß bei Gegenständen, sondern auch bei Personen. Schon gut, Junge, trinken wir noch einen, und vergessen wir das Geschäft.»

Offenbar wieder einer von Humphreys großen Träumen, entschied Miles. Er war ständig auf der Jagd nach dem Gold am Ende des Regenbogens, und er landete immer genau auf der Nase. Immerhin hatte irgend jemand ihm ein Ticket erster Klasse bezahlt.

Das Klingelzeichen ließ die blonde Stewardeß mit einer Flasche Johnnie Walker in der einen und einer Flasche Courvoisier in der anderen erscheinen. Ein breites Lächeln ließ die Grübchen in ihren Wangen hervortreten und stellte sicher, daß ihr niemand etwas übelnehmen konnte, was sie sagte.

«Ihr seid beide erwachsen», sagte sie. «Also kann ich euch die Flaschen anvertrauen und mich so lange um die übrigen Passagiere kümmern.»

Miles grinste dankbar und wußte ihr Vertrauen zu schätzen. Als sie sich umwandte, fragte er Humphrey: «Der Kunde, der dein Ticket zahlt, heißt nicht zufällig P. T. Barnum?»

«Barnum? Kann mich nicht an den Namen erinnern.»

«Nicht so wichtig. Das war ein amerikanischer Zirkusdirektor mit einer interessanten Theorie über den Zusammenhang zwischen Bevölkerungswachstum und Leichtgläubigkeit.»

«Du kommst mit seltsamen Typen zusammen», bemerkte Humphrey. «Also ehrlich gesagt, ich weiß selber nicht so genau, wer für mich zahlt. Aber mit dem Zirkus hat es nichts zu tun.»

«Wie beruhigend», bemerkte Miles und ärgerte sich über sich selbst. Humphrey hatte einen Zug provoziert, den er an sich selbst nicht schätzte: die ständige Neigung, clevere Bemerkungen zu machen. Es war einfach dumm, den bemitleidenswerten Dauerbewohner der Küsten Asiens mit der Bemerkung P. T. Barnums aufziehen zu wollen: «Jede Minute kommt ein Trottel zur Welt.»

So etwas warf einen Schatten auf Miles Corrigans Bild, auf das Bild seiner selbst, das er der Welt präsentieren wollte: das Bild des höflich zuvorkommenden und zugleich sensiblen Ästheten mit enzyklopädischer Kunstkennerschaft. Zugleich ein Mann, der auch weitere gute Seiten des Lebens zu schätzen wußte: schnelle Porsche, gutes Essen, erlesene Weine, alte Cognacs und, natürlich, schöne Frauen.

Er pflegte das Bild des soignierten Mannes von Welt absichtlich und bewußt und nicht nur, weil es zu dem Beruf gehörte, den er ein wenig zögernd ergriffen hatte. Reiche amerikanische Witwen wußten den kühnen, draufgängerischen, aber immer ehrenhaften Miles de Sola Corrigan ebenso zu schätzen wie japanische Aristokraten.

Aber hinter der sorgsam aufgebauten Fassade blickte immer wieder der pubertäre Witzbold hervor. In den tiefsten Tiefen seiner Seele, das wußte Miles, brodelte es, lauerte eine unspezifische Unzufriedenheit mit dem Leben und sich selbst, die er weder genau definieren noch endgültig unterdrücken konnte. Seine ständige Unruhe ließ sich nur vorübergehend beschwichtigen durch Gefahren, die er suchte, oder sexuelle Abenteuer, nach denen er meist noch unbefriedigter war als zuvor.

In seine Gedanken verloren, gelang es Miles erneut nicht, Humphreys Monolog zu folgen. Der kleine Gauner sprach jetzt von «etwas Einzigartigem und unglaublich Schönem, etwas unendlich Wertvollem und leicht Verkäuflichem, einem nationalen Kunstschatz im wahrsten Sinne des Wortes». Genaueres sagte Humphrey nicht über das obskure Objekt seiner Begierde. Er nannte keine Einzelheiten. Er ließ nicht einmal andeutungsweise etwas über Alter oder Art des Gegenstandes fallen, von dem er schwärmte.

Humphrey merkte, daß er Miles' Aufmerksamkeit verloren hatte und reckte sich demonstrativ. Die abgetragenen Lackschuhe breitbeinig auf den blauen Teppichboden gepflanzt, hielt er sich an der Whiskyflasche fest.

«Ich mach mal kurz die Augen zu, bevor wir landen. Falls wir einander am Flugplatz aus den Augen verlieren, ich wohne die nächsten paar Tage im Peninsula.»

Heute nacht sollte Miles nicht zur Ruhe kommen. Kaum waren die Lackschuhe verschwunden, schon erschienen die Ballettschuhe neben seinem Sitz.

«Ach, Mr. Corrigan.» Die Stewardeß ließ sich auf der Sitzlehne nieder. «Ich habe ja so gehofft, daß sie *der* Mr. Corrigan sind, als ich Ihren Namen auf der Passagierliste entdeckt habe. Jane Simpson hat mir von Ihnen erzählt. Sie hätten zu einer Party in unserer Wohnung kommen sollen. Wir waren so enttäuscht, als Sie nicht erschienen sind.»

Das Licht über Platz 2A blinkte ungeduldig.

«Ach, Mist!» Die Stewardeß verzog das Gesicht. «Ich muß mich beeilen. Ich heiße Sally Hutchins. Jane hat gesagt, ich solle Sie bitten, mir Hongkong zu zeigen. Es ist das erste Mal, daß ich hier bin.»

Miles' Interesse erwachte. Aber im Augenblick war ihm mehr nach Schlaf zumute als nach Anregung.

«Sie wohnen im Peninsula?» fragte er.

«Ja natürlich. Die ganze Crew wohnt im Peninsula.»

«Sagen wir morgen abend um halb acht?»

«Wunderbar.»

Sally bewegte sich über den Mittelgang und näherte sich Platz 2A. Miles schloß die Augen und hörte Humphreys dröhnende Stimme: «Kann ich diesmal bitte ein bißchen Eis haben, meine Liebe? Ich sollte nicht so viel trinken. Gerade genug zum Einschlafen.»

Als Sally Hutchins wieder zu ihm zurückkam, schlief Miles fest und demonstrativ.

2. KAPITEL

In der kleinen, abgeschlossenen Luxuswelt der ersten Klasse vorn im Flugzeug suchte Miles Corrigan vergeblich nach Schlaf. Der Cognac hatte ihn eher munter als müde gemacht. Doch der schützende Vorhang seiner Augenlider blieb gesenkt. Morgen abend war immer noch Zeit, die Freuden zu erforschen, die Sally Hutchins anzubieten hatte. Für heute war ihm ihre überschäumende Lebensfreude ein wenig zu anstrengend.

Weiter hinten, in der Touristenklasse, gab es nicht einmal das bißchen Entspannung, das Miles vorne fand. Das «Zwischendeck», wie die Crew es insgeheim nannte, war eine andere Welt, die den gedämpften Komfort der ersten Klasse nicht kannte. Säuglinge weinten, Kinder spielten in den Gängen, und alte Damen unterhielten sich in schrillem Kantonesisch über die Köpfe ihrer Sitznachbarn hinweg. Obwohl die Luft ruhig war, erbrachen sich zwei junge Frauen mit hörbarem Röcheln in die Tüten, und ihr Beispiel fand Nachahmer. Ein japanischer Ingenieur mittleren Alters griff nach einer Tüte und spuckte sein Abendessen aus. Innerhalb von dreißig Sekunden folgte seine Frau dem Beispiel ihres Gatten und achtete dabei sorgsam darauf, ihren Brokatkimono nicht zu beschmutzen.

Im Dämmerlicht der Schlummerbeleuchtung lagen die Passagiere der Touristenklasse mit unbequem verrenkten Armen und Beinen im Halbschlaf. Ihr Handgepäck nahm den gesamten Raum unter ihren Plätzen, über ihren Plätzen und auf ihren Plätzen ein. Das überforderte Bodenpersonal in Haneda hatte den Versuch aufgegeben, die Bestimmungen über zulässiges Handgepäck durchzusetzen und den Kampf um die Unterbringung der Gepäckstücke dem fliegenden Personal überlassen. Die inoffizielle Parole lautete: «Ihr könnt doch nichts dagegen tun. Wenn sie es schleppen können, laßt sie es mit in die Kabine nehmen, und wenn es ein junger Elefant ist.»

Körbe voll stachliger tropischer Früchte stapelten sich neben gewaltigen Kartons mit Stereorecordern und Lautsprechern. Zusammengeklappte Kinderwagen mit scharfen Metallkanten lagen auf der Lauer nach ungeschützten Knöcheln. In den Gepäcknetzen über den Sitzen schwankten unhandliche hartkantige Gegenstände, die in bunte Tücher gewickelt waren, und bedrohten schutzlose Köpfe. Allenfalls ein neuzeitlicher Breughel hätte das groteske Elend des kleinen Stückchens Hölle darstellen können, das die Passagiere für sich selbst geschaffen hatten.

Vom lautstarken Leiden der anderen Passagiere unberührt, saßen zwei kräftige Männer, deren Alter schwer zu schätzen war, steif und in sich gekehrt an entgegengesetzten Enden der Touristenklasse. Die runden, hellen Gesichter verrieten nichts über ihre Herkunft. Sie hätten Japaner oder Thailänder, Koreaner oder Chinesen sein können. Sie trugen identische, unauffällige graue Anzüge. Auf dem Boden vor ihren Füßen lagen identische Reisetaschen aus grünem Leinen.

Wären Sally und ihre Kolleginnen nicht mit den Wünschen ihrer Passagiere voll ausgelastet gewesen, wäre ihnen vielleicht die unbewegliche Selbstbeherrschung der beiden Männer aufgefallen, vielleicht auch ihre verblüffende Ähnlichkeit. Aber Sally hielt ein Baby unter dem linken Arm und eine Flasche mit Gumminuckel in der rechten Hand, während von oben ein Koffer mit Eisenbeschlägen auf ihren Kopf zu stürzen drohte. Außerdem war es ihre erste Reise nach Asien, und Jane Simpson, mit der sie die Wohnung teilte, hatte ihr geraten, sich über nichts zu wundern, was in einem Flugzeug westlich von Honolulu geschah.

Genau eine Stunde und fünfundfünfzig Minuten vor der geplanten Landezeit auf dem Flughafen Kaitak in Hongkong standen die beiden grauen Männer gleichzeitig auf. Ihre Blicke kreuzten sich in dem langen Tunnel der Kabine.

Dann schob der erste den blauen Vorhang beiseite, der die erste Klasse von der Touristenklasse trennte, und machte sich auf den Weg zur vorderen Toilette. Vom Knarren der Toilettentür aufgeschreckt, öffnete Miles Corrigan kurz die Augen. Aber letzten Endes ging es ihn nichts an, ob ein Fluggast aus der Touristenklasse die Erster-Klasse-Toilette benützte. Pan Am konnte selbst für die Einhaltung der Regeln sorgen. Er schloß die Augen wieder.

Einen Augenblick später wich der zweite graue Mann einer Schleimpfütze auf der Gummimatte vor der Hecktoilette aus. Angeekelt wischte eine Stewardeß die Hinterlassenschaft eines Teenagers auf, der es nicht mehr bis zur Toilette geschafft hatte. Mit exakten, trotz seiner Körperfülle nahezu geschmeidigen Bewegungen verschwand der Mann in der Toilette und ließ den Riegel ins Schloß gleiten. Genau zehn Sekunden nach dem Besetztzeichen an der vorderen Toilette leuchtete auch das Besetztzeichen für die hintere Toilette auf.

Ohne sich um den Gestank zu kümmern, den die von Windeln und Handtüchern verstopfte Toilette ausströmte, blinzelte Nummer zwei im blauen Licht der Leuchtstoffröhre. Seine Bewegungen verrieten keine Eile. Wenn er effektiv arbeitete, hatte er mehr Zeit, als er brauchte, und man hatte ihn ausgewählt, weil er effektiv arbeitete. Er war einer der besten und vielseitigsten Mechaniker in Asien, und lange Erfahrung hatte seine angeborene Begabung reifen lassen. Außerdem hatte er sorgfältig für diesen Auftrag geübt.

Nummer zwei öffnete den Reißverschluß der Leinentasche und entnahm ihr einen in Tuch gewickelten Werkzeugsatz, zwei an einem Ende leicht verjüngte Gummistöpsel und einen grauen Metallzylinder, der an jedem Ende einen Gewindestutzen trug. Vorsichtig lockerte er die Abdeckplatten hinter der Toilette und richtete den Strahl der Taschenlampe auf das Gewirr von Kabeln und Rohren, das wie ein Netz von Sehnen und Adern unter der Außenwand des Flugzeugs lag.

Er atmete zufrieden ein und machte sich daran, das kurze Verbindungsstück zwischen zwei Abschnitten des dicksten Rohrs zu lockern. Nur sechs Drehungen im Uhrzeigersinn, genau sechs Drehungen mit der Rohrzange aus Aluminium. Dann hielt er inne. Behutsam legte er eine Hand auf das Verbindungsstück, nickte befriedigt und legte die Rohrzange auf dem Waschbecken ab. Die Leitung war praktisch luftdicht geblieben, und jetzt wartete die heikelste Aufgabe auf die empfindsamen Kuppen seiner Finger.

Nummer zwei schob den Metallzylinder, der an einer Drahtschlaufe von seinem linken Handgelenk hing, in die Öffnung. Eine schnelle Drehung des rechten Handgelenks, und das gelockerte Verbindungsstück löste sich vollends und verschwand klirrend im metallenen Flugzeugleib. Mit beiden Händen schob er die zwei Stöpsel gleichzeitig in die offenen Rohrenden.

Er hatte keine Zeit, den Schweiß von der Stirn zu wischen.

Statt dessen brachte er die Gewindestutzen des Zylinders in Bereitschaft und zog in der nächsten Sekunde den Gummistöpsel aus dem rechten Rohrende. Wie das offene Ende eines Gartenschlauchs schob sich der Gewindestutzen über das offene Rohr. Mit einer leichten Fingerbewegung konnte Nummer zwei ihn anziehen. Dann montierte er den linken Gewindestutzen, wischte sich endlich mit dem Handrücken den Schweiß von der Stirn und sah auf die Uhr. Der entscheidende Schritt, von dem das Gelingen der Operation abhing, hatte genau fünfundvierzig Sekunden gedauert. Kein Rohrende hatte länger als zehn Sekunden offen gelegen. Mit Druckverlust war nicht zu rechnen.

Nummer zwei kontrollierte die Verbindungsstücke und packte sein Werkzeug wieder ein, bevor er aus der Reisetasche einen zweiten, etwas größeren Metallzylinder zog, der mit einem biegsamen Gummischlauch an einer bunten Gesichtsmaske befestigt war.

Noch einmal sah er auf die Uhr, dann hängte er den Zylinder an einem Haken im Gürtel ein und schob die Maske locker vors Gesicht. Ruhig und ohne Eile schloß er die Leinentasche wieder. Den Blick starr auf den Sekundenzeiger der Uhr gerichtet, betätigte er einen Schalter an dem glänzenden Metallzylinder, den er in das Belüftungs- und Drucksystem des Flugzeugs eingebaut hatte. Er strich die Maske über dem Gesicht glatt, wartete zwei Umdrehungen des Sekundenzeigers ab und öffnete die Toilettentür.

Eine seltsame Stille hatte sich über die Touristenklasse gelegt. Die hellen Kinderstimmen verstummten, kein Laut war mehr zu vernehmen, und selbst die alten Damen hatten ihre kantonesische Dauerunterhaltung eingestellt. Die Passagiere fühlten sich schläfrig, fielen allmählich in tiefen Schlummer. Nummer zwei nickte befriedigt und schritt, die Leinentasche in der Hand, langsam durch den Mittelgang. Die grellen Farben der Maske vor seinem Gesicht entlockten den schläfrigen Passagieren und Stewardessen nicht einmal einen neugierigen Blick.

Die erste Aufgabe, vor der Nummer eins stand, war weniger anspruchsvoll. Nachdem er den Fallschirm aus seiner Reisetasche angelegt hatte, wartete er, den Blick auf die Uhr gerichtet, in der vorderen Toilette. Im gleichen Augenblick, in dem Nummer zwei das Ventil des Metallzylinders öffnete, zog auch er die Maske über das Gesicht. Nun blieben noch genau zweieinhalb Minuten, bis er sich in die Kabine begeben würde, die sich inzwischen mit Gas gefüllt hatte.

Das unabhängige Drucksystem des Cockpits würde die Piloten vor den Wirkungen des Gases schützen, und notfalls konnte er das Flugzeug auch allein steuern. Es würde sich ohnehin nur um eine kurze Zeit handeln.

Beide Männer waren gründlich ausgebildete Spezialisten. Ihre Ausrüstung war für den Auftrag maßgeschneidert. Sie hatten an der exakten Kopie eines fabrikneuen Lüftungssystems geübt. Aber das Flugzeug war alt, und die Verbindungsstücke zwischen den Rohren waren ausgeleiert. Während Nummer eins auf seinem Posten wartete und Nummer zwei sich im Mittelgang befand, rutschte der rechte Stutzen am ausgeschlagenen Gewinde der Rohrleitung um Haaresbreite ab.

Der Druckverlust war minimal. Dennoch leuchtete zehn Sekunden später ein rotes Warnlicht im Gesichtsfeld des Kapitäns auf. Es zeigte nichts Gefährlicheres an als einen möglichen Druckverlust, aber die Reaktion auf das Warnsignal war dem Kapitän durch ständige Übung zur zweiten Natur geworden. Er reagierte in Sekundenschnelle. Erst drückte er einen Knopf am Armaturenbrett, dann griff er nach der Sauerstoffmaske und schob gleichzeitig den Steuerknüppel nach vorn. Während in den Passagierkabinen unter schrillem Läuten die Zeichen *Gurte anlegen* aufleuchteten, streiften im Cockpit Kopilot und Erster Offizier ihre Sauerstoffmasken über. Um jede Gefahr eines Druckverlustes zu bannen, ging die Maschine in den Sturzflug.

Beunruhigt stieß Nummer eins die Toilettentür auf und sprang mit einem Satz durch die nächste Tür ins Cockpit. Die kompakte Maschinenpistole vom Typ Uzi, die er in der Hand hielt, ließ die Flugmannschaft in ihren Sitzen erstarren.

Miles Corrigans Augen öffneten sich, als Nummer eins die Toilettentür zuschlug, und er konnte gerade noch den breiten Rücken des Mannes erkennen, der im Cockpit verschwand. Der Fallschirm saß wie ein Buckel auf seinem Rücken, und am Gürtel baumelte ein Sauerstoffzylinder.

Miles bemerkte einen leichten Zwiebelgeruch und hakte instinktiv den tragbaren Sauerstoffzylinder aus, der über ihm am Gepäcknetz hing. Automatisch erwachte die Erinnerung an zahllose Flugstunden über die Berge in DC-3-Maschinen ohne Druckausgleich. Er zog die schwarze Gummimaske über die Nase und öffnete das Sauerstoffventil. Adrenalin strömte durch seine Adern, und er bemühte sich, die Lage objektiv einzuschätzen.

Die zuschlagende Tür hatte ihn gewarnt, und seine schnellen Reflexe hatten ihn vor dem Gas geschützt, das seine Mitpassagiere überwältigte. Bewußt unterdrückte er das körperliche Verlangen nach sofortiger Aktivität. Wenn die Gefahr unscharf bestimmt war, konnte unüberlegtes Handeln zur Katastrophe führen.

In den Sitz gekauert, hörte er das Knirschen von Metall auf Metall. Die Ringe des Vorhangs, der die erste Klasse von der Touristenklasse trennte, glitten über die Vorhangstange. Miles zog eine Decke über den Kopf, um die Sauerstoffmaske zu verstecken, und warf einen vorsichtigen Blick unter den Falten hervor.

Nummer zwei marschierte in die erste Klasse, nickte zufrieden, als er die schlafend dahingestreckten Gestalten sah, und blieb stehen, um den Reißverschluß seiner Reisetasche zu öffnen. Als er sich wieder aufrichtete, hing eine Uzi an seinem rechten Handgelenk. Die Augen überflogen noch einmal die Kabine und blieben kurz an dem schnarchenden Humphrey Enwright haften. Der Blick streifte die anderen Schläfer schnell und glitt uninteressiert über die Decke, unter der sich Miles Corrigan verbarg.

Hinter der geschlossenen und verriegelten Tür zum Cockpit lief nun ab, was Nummer eins so oft geprobt hatte. Gegen den Druck der Maschine im Sturzflug gelehnt, warf er dem Kapitän eine Flugkarte im Maßstab 1 : 100 000 zu.

Ein rotes Kreuz markierte einen Punkt sechzehn Kilometer östlich der Inselgruppe Tachen, die vor ein paar Monaten von den Nationalisten an die Kommunisten übergegangen war. Auf einem maschinengeschriebenen Zettel stand: *Begeben Sie sich an die markierte Stelle, verringern Sie die Flughöhe auf 3000 Fuß, und gehen Sie in eine Warteschleife. Der Mann, der hinter Ihnen steht, ist als Navigator und Pilot ausgebildet. Unternehmen Sie keinen Täuschungsversuch. Es wäre vergeblich. Widerstand kann nur Ihren Tod und den Ihrer Passagiere zur Folge haben.*

Nummer eins riß den Lauf der Maschinenpistole hoch und forderte den Kapitän auf, den Sturzflug zu beenden. Der folgte dem Befehl und schob den Steuerknüppel zurück. Alles geschah so schnell, daß der Kopilot immer noch mit dem Versuch beschäftigt war, eine Verbindung mit Hongkong herzustellen und den möglichen Druckverlust zu melden. Mit verächtlicher Geste griff Nummer eins über dessen Schulter nach einem Schalter und stellte das Funkgerät ab.

Im Tower des Flughafens Kaitak hörte ein verschlafener Funker nur die bruchstückhaften Worte: «Pan American Flug 002 ruft...»

Nach mehreren Versuchen, eine Verbindung zum Flugzeug herzustellen, nahm der Funker an, der Funkspruch sei für eine andere Funkstation bestimmt gewesen. Da sich auf dem grünen Radarschirm kein unidentifizierter Punkt zeigte, mußte sich die Maschine außerhalb Radarweite befinden. Radiowellen taten manchmal die merkwürdigsten Dinge.

Der Funker in Hongkong versah seinen Dienst gewissenhaft, aber es war spät am Abend. Er nahm an, Pan Am 002 werde ihn wieder rufen, falls man etwas von ihm wollte. Er riß die Augen auf und bemühte sich, nicht einzuschlafen.

Am Flughafen Sungshan in Taipeh wurde kein Pan-Am-Flug erwartet. Es war reine Routine, daß man den dunkelgrünen Punkt beobachtete, der auf dem Radarschirm das Flugzeug darstellte. Taipeh war ständig auf der Hut vor Abweichungen jeglicher Art von den normalen Flugbewegungen, denn jede Abweichung konnte das erste Zeichen eines kommunistischen Angriffs sein. Aber weder beim zivilen Flughafentower in Sungshan noch in der Kette von Radarkuppeln der Luftwaffe rund um die Insel wurde Alarm ausgelöst.

Auch in Taipeh kam man zu dem Schluß, der unterbrochene Funkspruch sei wohl für eine andere Bodenstation bestimmt gewesen, wahrscheinlich für Hongkong. Der Funker in Sungshan nahm an, der Pan-Am-Funker habe auf eine andere Wellenlänge umgeschaltet.

Unabhängig von den ausbleibenden Reaktionen in Hongkong und Taipeh hätte ohnehin niemand vom Boden aus dem Flugzeug helfen können. Niemand außerhalb der geschlossenen Welt da oben, die mit sechshundertfünfzig Stundenkilometern durch die Luft raste, konnte helfen. Selbst wenn Jagdflugzeuge aufgestiegen wären, hätten sie die Maschine nur hilflos begleiten können. Jeder Versuch, von außen einzugreifen, hätte mehr Gefahr für Passagiere und Mannschaft der Maschine mit sich gebracht als die Luftpiraten selbst. Pan Am 002 war auf sich selbst gestellt. Kein Dritter konnte eingreifen.

In der geschlossenen Welt des Flugzeugs sah Miles Corrigan durch die Falten der Reisedecke zu, wie Nummer zwei seine Leinentasche öffnete und ihr zwei sperrige, in Tuch gehüllte Gegenstände entnahm. Erstaunt sah er, daß die Maske vor dem Gesicht des Luftpiraten mit dem Bild eines farbigen Schmetterlings bemalt war. Irgendwoher war ihm das grellbunte Bild bekannt, aber es gelang ihm nicht, die Erinnerung durch die gewundenen Gänge seines Gedächtnisses zu verfolgen. Wenn er etwas unternehmen wollte, dann jetzt, solange die groteske Gestalt vor ihm mit dem Inhalt ihrer Reisetasche beschäftigt war und die Uzi locker vom Handgelenk baumeln ließ.

Unter der Decke versteckt, schob Miles die Sauerstoffmaske beiseite und sog mit gespannten Nüstern ein wenig Luft ein, bevor er sie wieder aufsetzte. Er spürte keine schädliche Wirkung. Er schnüffelte noch einmal vorsichtig und entdeckte keinen Geruch. Dann erst zog er die Gummimaske endgültig vom Gesicht. Die anderen Passagiere schliefen tief, aber das Betäubungsgas war offenbar vom Belüftungssystem abgesogen worden.

Anscheinend war niemand außer den beiden Männern an dem Anschlag beteiligt. Wenn er einen der beiden ausschalten oder auch nur ablenken konnte, war die Crew vielleicht imstande, mit dem anderen fertig zu werden. Die Erfolgsaussichten waren gering, aber er mußte den Versuch wagen. Alles war besser, als sich wie ein Gepäckstück am Bestimmungsort der Luftpiraten abliefern zu lassen.

Als Miles Corrigan sich ans Werk machte, gurtete Nummer zwei sich gerade den Fallschirm um, der ihn vorher auf dem Weg durch die Kabine nur behindert hätte. Miles griff nach der Cognacflasche, die Sally Hutchins ihm anvertraut hatte, und schlug Nummer zwei damit auf den Hinterkopf. Das Glas splitterte, und der Luftpirat hielt verdutzt inne. Ohne sich um die Blutspur zu kümmern, die ihm über den Kopf rann, griff er nach der Maschinenpistole. Aber die Atemmaske behinderte ihn ebenso stark wie der Fallschirm, der halbangelegt von seinen Schultern hing. Trotz der Gefahr für das Flugzeug mußte er die Waffe benutzen.

Sein Zeigefinger bewegte sich auf den Abzug zu, und Miles bemühte sich verzweifelt, den Lauf, der auf seine Brust gerichtet war, beiseite zu schieben. Als sich ein kurzer Feuerstoß entlud und die Flugzeugkabine mit Korditgeruch erfüllte, zeigte die Maschinenpistole senkrecht nach oben. Miles verwandte alle Kraft darauf, den Lauf nach unten zu drücken.

Der nächste Feuerstoß traf Nummer zwei in die Brust. Als die Waffe vom Rückstoß nach oben getragen wurde, malten die Kugeln eine gerade Reihe von Durchschußlöchern auf die farbenprächtige Schmetterlingsmaske. Das Gesicht des Luftpiraten löste sich in eine amorphe Masse von nacktem rohem Fleisch, gelben Zähnen und weißen Knochen auf.

Die tödliche kleine israelische Waffe feuerte in den wenigen Sekunden, die Miles brauchte, um den toten Zeigefinger vom Abzug zu reißen, noch zehn Schüsse ab. Vor Schreck zitternd, nahm er die Uzi an sich und sprang auf die Tür zum Cockpit zu.

Als er die Schüsse aus der Kabine hörte, hatte der Kapitän die Maschine, ohne sich um die Drohung des Luftpiraten zu kümmern, in steilem Sturzflug absinken lassen. Ein plötzlicher Druckverlust war zwar nicht gewiß, aber immerhin möglich, falls die Außenhaut des Flugzeugs durchlöchert worden war. Er mußte schnell Flughöhe verlieren.

Nummer eins hatte sich beim Geräusch der ersten Salve instinktiv umgedreht und fand nun keinen Halt mehr an der Trennwand, gegen die er sich gelehnt hatte. Als die Maschine plötzlich Höhe verlor, geriet er ins Taumeln. Kopilot und Erster Offizier stürzten sich auf die wankende Gestalt. Automatisch gab Nummer eins einen Feuerstoß ab, der zwischen den Pilotensitzen hindurchging und das Cockpitfenster zerschmetterte.

Als Miles Corrigan durch die Tür sprang, blickte Nummer eins in die rauchende Mündung der Uzi in seiner Hand und ließ die seine fallen.

Der Kapitän zog den Steuerknüppel an und bemühte sich, die Maschine abzufangen. Bei 900 Fuß zog er das Flugzeug gerade und sah sich im Cockpit um.

Ein Schneesturm von Papieren hatte sich aus dem zersplitterten Cockpitfenster ergossen, und alles, was in der Kabine beweglich war, war ihm gefolgt. Plötzlich stieg der Luftdruck wieder an. Der Wind wehte ins Cockpit und schleuderte die Tür zu. Der Kopilot, der Erste Offizier, Miles und der Luftpirat wurden vom Luftdruck gegen die Trennwand gepreßt.

«Also, die Flügel sind drangeblieben», meinte der Kapitän fröhlich. «Ich wollte schon immer wissen, ob das klappt.»

Er prüfte die Instrumente, wackelte mit den Flügeln und bewegte das Höhenruder auf und ab.

«Erster Offizier», befahl er in seltsam steifem Tonfall, «Sie bleiben bei mir. Kopilot, Sie und der Herr mit der Maschinenpistole kümmern sich um die Passagiere. Aber schafft mir erst diesen Gangster hier raus. Ich werde die Maschine absenken, damit Sie raus können, und dann ein bißchen steigen, damit wir Geschwindigkeit verlieren.»

Miles und der Kopilot schleiften den schlaff in ihren Armen hängenden Luftpiraten zur Tür. Der Körper bot ihnen keinen Widerstand.

Die Maschine hielt zunächst eine gleichbleibende Flughöhe ein; dann stieg sie ein wenig, und die Tür zum Cockpit fiel ins Schloß. Im Tohuwabohu einer Kabine, die von umhergeschleuderten Gepäckstücken, Kopfkissen, Flaschen und Besteck übersät war, fesselten Miles und der Kopilot die Hände des Luftpiraten mit seinem eigenen Schlips. Als sie ihm die Maske abstreiften, blickte ihnen das bleiche runde Gesicht ausdruckslos entgegen.

«Der Mann ist tot», rief Miles. Seine Stimme war über dem Knirschen der Maschine und dem Röhren des Windes gerade noch vernehmbar. «Haben Sie den Mandelgeruch bemerkt?»

Für amerikanische Geheimagenten, die Gefahr liefen, gefoltert zu werden, hatten Blausäureampullen zur Standardausrüstung gehört. Die kleine Kapsel, die in einem hohlen Zahn versteckt war, konnte selbst ein bewegungsunfähiger Mann öffnen, wenn er kräftig zubiß.

Miles' Hände zitterten nach all der Gewalttätigkeit, und er hätte einen Cognac gut gebrauchen können. Er sah sich in der Kabine um und lächelte wehmütig, als er den Duft von verschwendetem Cognac unter den Korditdünsten roch.

Miles entdeckte einen dritten Fallschirm, dessen grüne Umhüllung sich auf dem weichen Teppich seltsam unpassend ausnahm. Hatten die beiden Luftpiraten einen Komplizen an Bord, oder hatten sie eine Geiselnahme geplant?

3. KAPITEL

Wie ein verwundeter Adler glitt die schwere Maschine durch die Turbulenzen über der Meerenge von Taiwan. Das kleine Sternenbanner auf dem Seitenruder leuchtete unregelmäßig zwischen tieftreibenden Wolkenfetzen auf. Im Cockpit saßen Kapitän und Erster Offizier vornübergeneigt in ihren Sitzen, um der Gewalt des Sturms zu entgehen, der wie eine Windsbraut durch das zersplitterte Cockpitfenster pfiff.

Das hochgelegene Armaturenbrett vermochte sie kaum zu schützen, und der Luftdruck verzog ihre Gesichter zu Clownsmasken. Die Backen blähten sich auf wie Luftballons und wurden wieder nach innen gepreßt; diabolisch grinsten die Zähne hinter den gespannten Lippen. Das Haar, nach hinten gepreßt, stand grotesk zu Berge, als litten sie Todesängste.

Mit ein wenig Glück würden die Reflexe der erfahrenen Flieger reichen, die DC-7 und ihre menschliche Fracht zu retten. Zu den Gegenständen, die der Sog des zersplitternden Fensters aus dem Cockpit gerissen hatte, gehörte auch das «Buch»: das umfangreiche Handbuch mit Handlungsanweisungen für jedes der menschlichen Phantasie vorstellbare Mißgeschick, das der großen von Menschen erdachten Maschine zustoßen konnte. Doch mit sechsunddreißigtausend Flugstunden war dem Kapitän das «Buch» in Fleisch und

Blut übergegangen. Auch ohne ein Buch konnte er fliegen, wie das Buch es vorschrieb.

Langsam stieg die Maschine auf 4000 Fuß, um Sicherheitsspielraum zu gewinnen, ohne den erschreckten Passagieren zusätzliche Unbill zuzumuten. Je größer der Abstand vom Boden war, desto mehr Zeit blieb, um Rettungsmaßnahmen einzuleiten, sollte ein wichtiger Teil der komplexen Struktur durch die Feuerstöße der Uzi oder die heftigen Flugmanöver beschädigt worden sein. Jeder zusätzliche Fuß Flughöhe bot dem Kapitän zusätzlichen Handlungsspielraum und erhöhte die Auswahl an Landeplätzen.

Nach den Vorschriften des Handbuchs hätte er die Genehmigung zur Notlandung «auf dem nächstgelegenen Flughafen» einholen müssen. Aber der lag auf dem chinesischen Festland, und nur im äußersten Notfall hätte er seine Passagiere und sein Flugzeug der Willkür der entschlossen antiamerikanischen Regierung ausgeliefert, die das Festland beherrschte. Der Flughafen von Sungshan auf Taiwan, einer Insel, deren Regierung wenigstens offiziell den Amerikanern wohl gesinnt war, wäre die logische Alternative gewesen. Aber laut Radiobericht war Sungshan vollständig von Bodennebel verhangen, und er wußte, daß das Blindflugsystem des Flughafens alles andere als zuverlässig war.

Er verminderte auf 350 Stundenkilometer, die niedrigstmögliche Fluggeschwindigkeit, und steuerte den 820 Kilometer entfernten Flughafen Hongkong an. Das Risiko, das die größere Entfernung barg, war ihm voll bewußt.

Anscheinend war die Maschine nur leicht beschädigt, aber das Handbuch warnte ihn vor der leichtfertigen Annahme, beim Weiterflug werde sich der Schaden nicht vergrößern. Mit dieser Annahme setzte er das Leben seiner Passagiere aufs Spiel. Die Entscheidung stand auf Messers Schneide, und der Kapitän hatte den *point of no return* erreicht, an dem ihm das Handbuch allenfalls noch als psychologische Stütze dienen konnte. Die endgültige Entscheidung mußte er selbst treffen, und er allein hatte die Verantwortung für hundertfünf Menschenleben und einen sorgfältig verarbeiteten Haufen Metall im Wert von fünf Millionen Dollar zu tragen.

Der Kopilot hatte bei einem ersten Rundgang keine schweren Schäden außer dem zersplitterten Cockpitfenster und den Geschoßeinschlägen in der Kabinendecke entdeckt. Als er die Maschine ein wenig später wieder auf eine gleichbleibende Flughöhe gebracht hatte, beauftragte der Kapitän den Ersten Offizier damit, eine möglichst gründliche Inspektion vorzunehmen. Der Erste Offizier kam zu dem gleichen Schluß wie der Kopilot, und auch die Steuerung funktionierte. Langsam schob sich die DC-7 durch den nächtlichen Himmel.

Dem Rettungsdienst, dessen Wasserflugzeuge in einer halben Stunde am vereinbarten Treffpunkt bereitstehen sollten, mußte der große Luftkreuzer bis auf seine verringerte Fluggeschwindigkeit ganz normal erscheinen. Das rote Lichtsignal auf der linken Flügelspitze und das grüne Licht auf der rechten leuchteten wie gewöhnlich und auch das weiße Schlußlicht und die roten Blinklichter oben und unten am Rumpf.

Aber im Flugzeuginneren herrschte Chaos. Der zweieinhalbstündige Flug erschien wie ein nicht enden wollendes Fegefeuer. Nach Miles' beherrschter Reaktion auf die unmittelbare Bedrohung gerieten seine Gefühle in Aufruhr. Jeder Mann seiner Altersgruppe, der den Zweiten Weltkrieg nicht zu Hause verbracht hatte, war mit Gewalt konfrontiert worden. Aber Miles Corrigan glaubte, mehr als seinen Anteil erlebt zu haben, weil sich sein Leben in Asien abgespielt hatte, dem Kontinent, in dem Gewalt weit verbreitet war. Von den selbstmörderischen Verteidigungsversuchen der Japaner auf Okinawa bis zur Barbarei des chinesischen Bürgerkriegs hatte er einem Teufelstanz von Verstümmelung, Verheerung, Folter und plötzlichem Tod ebenso beigewohnt wie dem bürokratischen Mord, der sich selbstgerecht Hinrichtung nannte.

Und die fünfziger Jahre hatten nichts zur Linderung des Schocks beigetragen. Der Krieg in Korea war genauso brutal wie irgendeiner, der ihm vorangegangen war, und die Greueltaten der malaiischen Terroristen hatten ihn fast an der Menschheit verzweifeln lassen, zumindest aber an der Menschlichkeit der Asiaten. Und auf den Philippinen, wo fast jeder männliche Einwohner über fünfzehn eine Schußwaffe besaß, endeten die Siegesfeiern nach Wahlen ebenso wie erfolgreiche Geschäftsabschlüsse mit Massakern.

Und der chinesische Bürgerkrieg war noch nicht zu Ende. Noch 1955 gab es Gefechte zwischen den Nationalisten in Taiwan und den Kommunisten, die das gewaltige chinesische Festland beherrschten. War das, was er soeben gesehen hatte, vielleicht ein Teil dieser Zusammenstöße?

Manche Menschen rühmten sich der kühnen Gewalttätigkeit, der sie fähig waren, und der Todesgefahr, der sie um Haaresbreite entgangen waren. Typisch war das für Kampfflieger, die einen sterilen Tod verbreiteten und selbst panische Angst vor dem möglichen Flammentod hatten. Ein Flugzeug konnte sich in Sekundenschnelle in einen brennenden Sarg verwandeln. Miles kannte ein paar Kampfflieger, die immer noch geheime Einsätze für die Nationalisten, für die CIA oder für noch fragwürdigere Auftraggeber flogen. Es war nicht allein das Rauschmittel Wagemut, das sie in Bann hielt, sondern auch die Sucht nach tödlicher Gefahr.

Je öfter ihm Gewalt begegnet war, desto quälender hatte Miles sie empfunden. Er nahm einen kleinen Schluck Cognac, denn zuviel Alkohol, das wußte er, konnte seine Empfindungen nur verstärken. Doch diesmal schien der Cognac nur wenig zu helfen. Seine Hände zitterten, und die Übelkeit, die ihn nach jedem harten Einsatz überfiel, steigerte sich bis an die Grenze des Brechreizes. Dabei hatte es sich letztlich um einen eher unbedeutenden Zwischenfall gehandelt, dessen Folgen allenfalls in zwei toten Luftpiraten und ein paar Dutzend kräftig durchgeschüttelter Passagiere bestanden.

Glücklicherweise hatten sich die meisten von ihnen an den Rat des Flugkapitäns gehalten, die Sicherheitsgurte locker, aber geschlossen zu tragen. Nur ihr Handgepäck war durch den Flugzeugrumpf geschleudert worden und mit unparteiischer Wucht auf weichem Fleisch und hartem Metall aufgeprallt.

Eine Mutter, von deren Stirn Blut tröpfelte, hielt ihren verstörten fünfjährigen Sohn im Schoß. Das Kind hatte im Mittelgang gespielt, als das Gas in die Kabine strömte, und die Drehungen des Flugzeugs hatten den bewußtlosen Körper durch den Raum geschleudert.

Der japanische Ingenieur, der sich beim Start übergeben hatte, war halb betäubt. Sein Gesicht war von Blut aus einer Schädelwunde rot gefärbt. Ohne auf ihren Brokatkimono zu achten, versuchte seine Frau, selbst noch halb taumelnd, das Blut zu stillen.

Ein Kinderwagen hatte sich im Metallrahmen einer Sitzreihe verfangen und drei junge Mädchen eingeschlossen. Wie durch ein Wunder waren alle drei unverletzt geblieben. Die bunten Tücher, in die sie ihre Habseligkeiten gewickelt hatten, flatterten wie Zirkusfahnen.

Miles sah sich nach Sally Hutchins um, der Stewardeß, die

er erst vor zwei Stunden kennengelernt hatte. Er entdeckte sie in der Nähe des rückwärtigen Ausgangs. Sie lag am Boden. Die nylonumhüllten Schenkel waren schutzlos den Blicken eines jeden preisgegeben. Das Gesicht wies keine Verletzungen auf, aber Strümpfe, Rock und Bluse waren zerrissen.

Sally versuchte sich aufzuraffen. Irgendwie war sie ohne sich zu verletzen durch die ganze Kabine gerutscht. Sie hatte die volle Wirkung des Gases zu spüren bekommen, weil sie über die sitzenden Passagiere geneigt mit dem Kopf in der Höhe der Lüftungsöffnungen gestanden hatte. Offenbar hatte das zusammengefaltete Gummirettungsboot neben dem rückwärtigen Ausstieg sie gegen den Sturz abgeschirmt, als das Flugzeug ins Trudeln geriet und Besteck, Geschirr, Gepäck und Menschen wie eine gigantische Betonmischmaschine herumwirbelte.

«Ich glaube, ich habe mir nichts gebrochen.» Sally griff nach seinem Arm. «Aber ich muß entsetzlich aussehen.»

Verlegen steckte sie die Fetzen der weißen Bluse in die Taille des zerrissenen blauen Rocks. Die Hände hoben sich wie von selbst, um das schwarze Stirnband über dem blonden Haar zurechtzurücken, und auf wundersame Weise stellte sich ihre Frisur selbst wieder her.

«Es geht mir schon besser.» Sie lächelte ein wenig verstört. «Muß mich um die Passagiere kümmern.»

Die nächsten anderthalb Stunden arbeiteten Sally Hutchins und Miles Corrigan mit den vier anderen Stewardessen und jenen fünf jungen Chinesen und Chinesinnen zusammen, die ihre Hilfe angeboten hatten. Für einige verletzte Passagiere konnten sie nur wenig tun. Andere konnten sie beruhigen und kleinere Wunden verbinden. Allmählich glich die Kabine einer Unfallstation.

Von den Wasserflugzeugen des Rettungsdienstes begleitet, schob sich die Maschine gleichmäßig durch die Wolken. So erreichten sie Hongkong.

Mit ausgefahrenen Landeklappen neigte sich der stählerne Adler den hellen Lichtern der Landebahn zu. Drei grüne Lichter im Cockpit meldeten dem Piloten, daß das Fahrgestell ausgefahren war. Doch der zerbrechliche Koloß erzitterte, als die Räder auf die Betonpiste aufsetzten. Die Maschine senkte sich und bäumte sich noch einmal auf, während der Kapitän mit dem Steuerknüppel kämpfte.

Endlich spürte er, wie sich die Räder beruhigten und Kontakt zur Landebahn fanden. Er stemmte das linke Ruder gegen den kräftigen Seitenwind, bremste vorsichtig und stellte die Propeller auf Umkehrschub.

Dann konnte der Kapitän nur noch mit stummen Lippen beten, als die DC-7 auf die stürmische See hinter der Landebahn zuraste. Die erwartete Katastrophe trat nicht ein, und das Fahrgestell hielt den Aufprall aus. Kurz vor dem Wasser verlor die Maschine an Geschwindigkeit, und der verletzte Adler konnte landen.

Der Kapitän ließ die Maschine ausrollen und sank erschöpft in den Pilotensitz. Im grellen Scheinwerferlicht sammelte sich ein Pulk von Krankenwagen, Bussen und Traktoren um das Flugzeug. Pan Am 002 war sicher gelandet, und viele helfende Hände streckten sich seiner durchgeschüttelten menschlichen Fracht entgegen.

4. KAPITEL

Erschöpft schliefen Sally Hutchins, Miles Corrigan und Humphrey Enwright in ihren hohen, kühlen Zimmern in drei verschiedenen Etagen des Peninsula Hotels.

Miles lag nackt unter der leichten Sommerdecke und warf sich unruhig von einer Seite zur anderen. Vor seinem inneren Auge tanzten Bilder: Sally und er fielen durch ein Schneegestöber von Schmetterlingsmasken ins Leere.

Sally hatte sich freigestrampelt. Sie trug ein durchsichtiges schwarzes Nachthemd. Sie lag zusammengerollt auf der Seite, aber immer wieder verfiel ihr Körper in spastisches Zucken. Das hochgerutschte Nachthemd gab die Schenkel und die grellroten Schürfwunden am rechten Bein frei. Eine weiche, verletzliche Brust war dem tiefen Ausschnitt entglitten.

Humphrey Enwright lag laut schnarchend auf dem Rükken. Er rührte sich kaum. Der Whisky und sein Mangel an Sensibilität schützten ihn vor den Schrecken der Nacht.

Miles, der als erster erwachte, warf einen Blick auf die Uhr und stellte den Radiowecker an. Nach sechs Minuten Rockmusik und dem albernen Geplapper eines Moderators mit mühsam pseudoamerikanischem Akzent berichteten die Nachrichten in wohltönendem, ebenfalls unechtem Oxfordenglisch über das Abenteuer in den Lüften:

«Nach Schwierigkeiten während des Fluges ist eine Maschine der Pan American Airways heute mit mehrstündiger Verspätung auf dem Flughafen Kaitak gelandet.

Ersten Berichten zufolge handelte es sich um einen Entführungsversuch. Die Landung verlief problemlos, aber mehrere Passagiere wurden bei Turbulenzen während des Flugs verletzt. Die Polizei untersucht den Vorfall, und wir hoffen, in Kürze Näheres zu erfahren.»

Lächelnd stellte Miles das Radio ab. Der Sender stand unter der Kontrolle der Kolonialregierung, die ständig auf der Hut vor politischen Schwierigkeiten war. In ihrem emsigen Bemühen, dem mächtigen Nachbarn namens Volksrepublik China nicht zu nahe zu treten, wagte die Rundfunkanstalt nicht die leiseste Andeutung, daß Peking etwas mit dem Zwischenfall zu tun haben könne. Um vier Uhr nachmittags, zwölf Stunden nach den Ereignissen, waren die polizeilichen Untersuchungen immer noch im Gange.

Miles rief den Zimmerservice an, bestellte ein Steak zum Frühstück und ließ sich mit Miss Hutchins verbinden. Humphrey konnte warten. Außer nostalgischen Erinnerungen gab es vermutlich ohnehin keinen Grund, sich mit ihm zu treffen. Möglicherweise hatte der alte Schwindler ja alle Jubeljahre etwas Interessantes zu bieten. Aber dieses Jahr war kein Jahr zum Jubeln.

Das Telefon weckte Sally. Sie räkelte sich wohlig. Verlegen nestelte sie an ihrem Nachthemd, bevor sie zum Hörer griff.

«Miles Corrigan hier. Erinnern Sie sich an mich?»

Mit schläfrigem Narzißmus bewunderte sie ihre nackte Brust. Aber bevor sie antwortete, schob sie sie ins Nachthemd zurück.

«Hmm, natürlich, Miles. Wie könnte ich Sie vergessen? – Übrigens, Sie haben zwar nicht danach gefragt, aber ja, Sie haben mich geweckt. Und es macht mir nichts aus.»

«Wie geht es Ihnen? Immer noch durcheinander?»

«Leicht angeschlagen, aber ohne Dauerschäden.»

«Wollen Sie immer noch heute abend Hongkong erobern?»

«Hmm... ich glaube schon», antwortete sie langsam. «Ja, gerne... mit Ihnen sehr gerne.»

«Wir können nachher essen gehen. Treffen wir uns in einer Stunde in der Hotelhalle?»

«Sagen wir in zwei Stunden. Ich brauche Zeit für eine Generalüberholung.»

Um halb sieben betrat Sally endlich die barocke Hotelhalle des Peninsula. Beglückt sah Miles zu, wie sie mit leicht wiegenden Hüften auf ihn zukam. Ein unmerklich leichtes Wiegen, gerade kräftig genug, daß man es nicht übersehen konnte. Außerdem, dachte er leicht amüsiert, ließ sie ihn gerade so lange warten, daß keine Zweifel an ihrer Unabhängigkeit aufkommen konnten. Er lächelte anerkennend, als sie sich kokett vor ihm drehte.

Der lange Rock aus weißem Seidenjersey wehte locker um die Knöchel und lag so eng um ihre Hüften, daß sich darunter die leichte Rundung des Bauchs abzeichnete. Das goldgesäumte Oberteil war tief ausgeschnitten und gab die Innenseite ihres Busens frei. Den Hals schmückten dünne Goldketten, und die goldenen Ohrringe trugen schwere Karneole.

Vom Stirnband befreit, das sie im Dienst trug, fiel das hellblonde Haar bis auf die Schultern und gab als leicht wehender Vorhang Gesichtszüge frei, die vielleicht allzu vollkommen, allzu regelmäßig gewesen wären, wären da nicht das schelmische Funkeln in ihren kornblumenblauen Augen und das leicht asymmetrische Lächeln des Mundes unter der kleinen Stupsnase gewesen. Die nachgezogenen, aber nicht gezupften Augenbrauen waren eine Spur dunkler als das Haupthaar. Die Symmetrie des runden Gesichts hätte ohne die vorstehenden Backenknochen, das Erbe eines slawischen Vorfahren, uninteressant wirken können; so aber gewann es etwas Rätselhaftes.

Die dunklen Augenbrauen, überlegte Miles, konnten darauf hinweisen, daß Haar- wie Augenbrauenfarbe natürlich waren, aber ebensogut darauf, daß keine von beiden natürlich war. Ihr Verhalten allerdings war vollkommen natürlich. Sie hatte die atemlose, leicht künstlich wirkende Naivität, die sie im Dienst zur Schau stellte, zusammen mit der himmelblauen Uniform abgelegt. Auch das Schulmädchenlächeln war verschwunden, und sie betrachtete ihn mit der gleichen offenen Neugierde, mit der er sie ansah.

«In Ordnung?» Sie legte den Kaschmirschal über die Sessellehne. «Habe ich die Prüfung bestanden?»

«Mit Auszeichnung! Das Kleid steht Ihnen wesentlich besser als die Uniform der Pan Am. Was trinken Sie?» Miles wandte sich dem Kellner zu, der neben dem Sessel wartete. «Einen Martini auf Eis, fünfundzwanzig zu eins, leicht gerührt, mit einem Stück Zitronenschale.» Sally nickte, und er fügte hinzu: «Das gleiche noch einmal, bitte.»

Während sie auf ihre Martinis warteten, blickte sich Sally ruhig und entspannt in der prächtigen Hotelhalle um, die sie zum erstenmal sah. Der schwere Kristalleuchter, der Stolz der Hotelleitung, glitzerte unter den rotgoldenen Stukkaturen der Decke. Kleine von Sesseln umgebene Tische aus Teakholz bildeten Oasen inmitten der dicken karmesinroten Teppiche. Pikkolos in weißen Jacken, die meisten von ihnen viel zu alt, um den Namen «Pikkolo» noch zu verdienen, eilten mit Getränken und Snacks von Tisch zu Tisch.

Ein Soziologe von der Universität Hongkong hatte dem

hier regelmäßig stattfindenden Ereignis den ironischen Titel einer «internationalen Akkulturations- und Besäufnisstunde» verliehen. Auf der rechten, der englischen Seite des Mosaikbodens wurde die traditionelle Teestunde zelebriert, auf der linken, der amerikanischen, wurden die Rituale der Cocktailstunde wiederholt. Vor der geschwungenen Freitreppe im Hintergrund der Halle säumten den Mittelgang zwei Reihen von Glastüren, hinter denen Pagen mit runden Käppis, rotgesäumten kurzen Jacken und rotgestreiften weißen Hosen standen. Sie hatten nichts anderes zu tun, als ankommenden oder abreisenden Gästen die Tür zu öffnen. Auf dem mit rotem Teppich bespannten Podest in der Hallenmitte spielte die philippinische Kapelle ein Potpourri aus der *Lustigen Witwe*.

Der Musikgenuß und die Einnahme diverser Getränke würden bis zu dem Punkt dauern, den der muntere Soziologe den «unsichtbaren Schmelzpunkt» getauft hatte. Wenn spät am Abend die Lichter dunkler wurden, schienen die Briten wie die Amerikaner mit den Stühlen zu verschmelzen, auf denen sie so lange gesessen hatten.

Tragischerweise gab es Pläne, die weltberühmte Hotelhalle zu «modernisieren». Das hektische Geschlecht, das das neue Hongkong bewohnte, seien es Amerikaner, Briten oder Chinesen, brachte die Geduld nicht auf, den entspannten Ritualen einer besseren Zeit zu folgen. Die Touristen hatten keine Zeit, weil sie voll damit beschäftigt waren, ihr Geld für Sonderangebote auszugeben, während die Einheimischen von dem Zwang besessen waren, rastlos Geld zu verdienen.

«Das muß das echte alte Hongkong sein», bemerkte Sally. «Jedenfalls habe ich es mir immer so vorgestellt.»

«Ein Anblick, der vergeht», sagte Miles. «Genießen wir ihn, solange er noch existiert.»

«Das ist schon etwas anderes als die vergangene Nacht»,

wagte sie sich vor. «Sie waren einfach großartig. Der Kapitän hat es mir erzählt.»

«Jeder echte amerikanische Junge hätte das gleiche getan», lachte er. «Ich konnte es den beiden einfach nicht durchgehen lassen, auch wenn ich für die Heldenrolle langsam ein bißchen zu alt werde.»

«Wohl kaum», strahlte sie ihn an. «Miles, was hatten die beiden vor?»

«Wir werden es nie erfahren. Ich könnte versuchen, es zu erraten, aber ...»

«Und warum raten Sie nicht?»

«Ich glaube nicht, daß sie uns alle beim lieben alten Onkel Mao abliefern wollten.»

«Sondern?»

«Nun gut. Sie haben den Kapitän aufgefordert, in der Nähe einer kommunistisch besetzten Insel zu kreisen. Und sie hatten beide Fallschirme dabei und dann noch einen in Reserve. Also ...»

«Also was? Sag schon, Miles.»

«Vielleicht wollten sie eine Geisel nehmen, mit ihr abspringen, so verrückt das klingt.»

«Es klingt wirklich verrückt. Wer hat schon jemals eine Geisel mit dem Fallschirm aus einem Flugzeug geworfen? Vielleicht waren die Schirme nur für den Notfall gedacht?»

«Warum hätten sie dann einen störenden Reservefallschirm mitschleppen sollen? Wenn die Sonderkommission der Polizei die Passagierliste durchgeht, findet sich möglicherweise ein Name ... ein politischer Gegner vielleicht ... jemand, den die Kommunisten gern erwischt hätten.»

«Das ist sehr weit hergeholt, Miles.»

«Ich weiß.» Er grinste. «Aber fällt dir eine bessere Erklärung ein?»

«Vielleicht wollten sie nur das Flugzeug entführen ... Lösegeld für uns fordern.»

«Eine sehr komplizierte Planung, wenn das alles war.»

«Vielleicht war ein besonders reicher Passagier an Bord. Chinesische Gangster entführen doch ständig Millionäre.»

«Gangster ja, aber nicht Kommissare. Wie dem auch sei ...»

«Wie dem auch sei, du warst großartig.»

«Vielen Dank», antwortete er. «Und was wollen wir heute abend unternehmen?»

«Etwas Aufregendes», sagte sie und mußte über ihre eigenen Worte lachen. «Nicht so etwas Aufregendes wie letzte Nacht, sondern etwas aufregend Amüsantes. Zeig mir das wahre Hongkong!»

«Da gibt es etwas, das dir gefallen könnte: die *Pekinger Nächte*. Ein ganz witziger Club, auch wenn er einigermaßen reputierlich ist.»

«Gehen wir, Miles.»

Miles wußte nicht so recht, was sie sich unter dem «wahren Hongkong» vorstellte. Aber ein Abend im billigen Flitter des sinnenfrohen, käuflichen und gewalttätigen Wanchai-Distrikts wäre wohl etwas zuviel. Das Land der roten Laternen, in dem Seeleute aus aller Welt, Matrosen der US-Marine und Angehörige der britischen Streitkräfte ihr Vergnügen suchten, war nicht nur rauh und herzlich, sondern oft auch gefährlich.

Deshalb hatte er die *Pekinger Nächte* gewählt, wo es nicht ganz so hart zur Sache ging und dennoch recht munter sein konnte. Sally erstrahlte im Weihrauchduft der karmesinroten Dämmerung in weiß-goldenem Glanz vor den rot-goldenen Säulen. Doch die sinnliche Atmosphäre, die sie umgab, beeinflußte ihre klare Körperlichkeit nicht. Sie und Miles unterhielten sich ungezwungen, knabberten Dimsum, und sie rückte ihm auf dem seidenbespannten Sofa näher. Sie sprach von dem Asien, das sie zu entdecken hoffte, und er gab sich Mühe, so zu tun, als kenne er das alles noch nicht. Müßig versuchten sie zu erraten, was die Luftpiraten wohl gewollt hatten.

Später schmiegte sich Sally auf der winzigen Tanzfläche an Miles, und die professionellen Hostessen in ihren engen geschlitzten Kleidern murmelten einander angesichts der Konkurrenz aus dem Amateurlager ärgerlich zu. Sally lächelte. Es war nur allzu deutlich, worüber sie sich beschwerten, auch wenn sie ihren Zorn in abgehacktem Kantonesisch zum Ausdruck brachten. Wenn sie lächelte, verzogen sich die Mundwinkel ein wenig ungleich, und sie blickte ihm verschwörerisch in die Augen.

Sally fragte sich, was sie mit diesem zweifellos attraktiven Mann vorhatte, von dem sie wußte, daß ihre Freundin ihn begehrte. Seufzend pflegte Jane davon zu erzählen, daß sie einmal, ein einziges Mal, mit ihm geschlafen hatte und daß es wunderbar gewesen war. Aber sie hatte es nie geschafft, ihn noch einmal ins Bett zu ziehen, geschweige denn eine engere Bindung zu finden. Bildete sie, Sally, sich ein, sie könne Erfolg haben, wo ihre Freundin gescheitert war? Würde sie nicht nur mit ihm schlafen – denn zu ihrer eigenen Überraschung stellte sie fest, daß sie daran bereits dachte –, sondern auch so etwas wie ein emotionelles Verhältnis schaffen können.

Mehr war ohnehin nicht denkbar. Gewiß, er war hinreißend, und mehr als fünf oder sechs Jahre älter als sie mit ihren Sechsundzwanzig war er wohl auch nicht. Aber er war nicht die Art von Mann, bei dem man auch nur auf den Gedanken käme, den Rest des Lebens mit ihm zu verbringen. Dazu war er zu unstet. Auf alle Fälle war er ungemein attraktiv, nicht zuletzt wegen seiner abenteuerlichen Vergangenheit. Er hatte sich seit Jahren in Asien aufgehalten, und alles an ihm verriet, wie sehr er sich auf diesem faszinierenden Kontinent zu Hause fühlte.

Faszinierend war ein schwacher Ausdruck. Asien war auf den ersten Blick anziehend und überwältigend. Aber sie wollte sich mit ihrem endgültigen Urteil über Asien Zeit lassen und auch mit ihrem Urteil über Miles.

Normalerweise interessierte sie sich nicht für rothaarige Männer, fand sie sogar ein wenig abstoßend. Aber bei Miles war das anders. Die Art, wie sich das Haar über seiner weißen, hohen Stirn sträubte, auch wenn er versuchte, es glattzubürsten, war etwas, das ihr sehr gefiel. Gott sei dank frisierte er sich nicht mit irgendeinem klebrigen Gel, sondern mit Wasser. Und letzten Endes war sein Haar auch gar nicht wirklich rot. Es war überhaupt nicht karottenfarben, eher ähnelte es Kupfer, poliertem Kupfer. Es war fast kastanienfarben.

Auch seine selbstbewußte, aber nicht dominierende Adlernase gefiel ihr. Die grünen Augen unter den schweren Brauen machten ihn dem Raubvogel noch ähnlicher, der nach Beute Ausschau hält. Zu welcher Aggression er fähig war, konnte sie nicht abschätzen. Immerhin hatte er gesagt, er habe sie in die *Pekinger Nächte* geführt, weil die Bars von Wanchai zu rauh für sie seien, und bereits die Atmosphäre dieses Clubs war mehr als aufreizend sinnlich.

Die Stars des Programms waren zwei kleinwüchsige Flamencotänzer, die wie frühreife Kinder oder perverse Liliputaner wirkten. Der schwarzgekleidete Don Pedro, der wegen politischer oder krimineller Missetaten aus Europa geflohen war, spreizte sich wie ein verliebter Zwerghahn. Seine Partnerin, die etwas größer und doppelt so breit war wie er,

[illegible] Rüge
Buchhandlung am Markt [illegible]
[illegible] Schwalbach – Tel 82 82

[illegible] 1998 14:26:4[illegible] 100/20/01656
[illegible] Kassierer

	Menge	Preis	MwSt	Summe
[illegible] 21				
	1	[illegible],00	[illegible]	7,00
		[illegible],00		

	Summe	7,00
	Bar	7,00
	Zurück	0,00
MwSt	7,0 %	0,46
MwSt	16,0 %	0,00
MwSt	Summe	0,46

klammerte sich an ihn, als wolle sie ihn auf offener Bühne verschlingen.

Die Zooatmosphäre wurde durch den Moschusduft der Hostessen verstärkt, die ihre schwitzenden Tanzpartner nach draußen in die Nacht lockten. Denn Verträge, die man hier drinnen abschloß, wurden anderswo erfüllt.

«Die *Pekinger Nächte* sind ein anständiges Lokal», hatte die alte Hexe, der der Club gehörte, ernsthaft behauptet, «aber ich habe keinen Einfluß darauf, was die Mädchen draußen tun.»

Miles wirkte offensichtlich unkonzentriert, und es war nicht die erotisch aufgeladene Atmosphäre der *Pekinger Nächte*, die ihn gefangennahm. Drei Nischen weiter saß im Halbdunkel, unsichtbar, aber an seiner dröhnenden Stimme klar zu erkennen, Humphrey Enwright. Offenbar hatte er den Zustand erreicht, den er selbst als «gut geschmiert» bezeichnet hätte. Er unterhielt sich abwechselnd mit einem unsichtbaren männlichen Gefährten und einer ebenso unsichtbaren Hosteß.

«... unglaublich schön ... das erstaunlichste Objekt, das seit Jahrzehnten aus China gekommen ist. Tut mir leid, daß ich nicht mehr verraten kann. Sie wären erstaunt ... als Kunstkenner wie als Geschäftsmann ... einfach hinreißend.»

Eine Pause, während er einen Drink hinunterstürzte.

«Was für niedliche Händchen. Schade, daß sie nur mit Jade geschmückt sind ... sollten wirklich Diamanten sein. Oh, Verzeihung ... habe ich dich mit Whisky bekleckert? Macht nichts, ich kaufe dir den schönsten Brokatstoff. Und wir tauschen den Jadeschmuck ein. Diamanten für die Finger und Smaragde für die Fußzehen.»

Sanftes Murmeln einer Baritonstimme und ein kichernder Sopran.

«Offenbar taucht dieser Typ überall auf», beschwerte sich Sally. «Und er ist immer so laut.»

«Humphrey war noch nie für seine Zurückhaltung berühmt.»

«Und was steckt hinter seinen großen Worten?» fragte sie angewidert. «Hat er irgend etwas zu sagen?»

«Wer weiß?» Miles zuckte die Achseln. «Normalerweise nicht das geringste. Seine Eitelkeit ist so groß wie ein Walfisch, und er muß angeben, damit sie so groß bleibt. Das Leben neigt eher dazu, ihn auf die Größe einer Sardelle zu reduzieren.»

«Wollen wir gehen, Miles? Das Essen war köstlich, aber die Atmosphäre beginnt mich zu langweilen.»

«Du wolltest doch Hongkong bei Nacht sehen.»

«Ja, aber ich glaube, jetzt habe ich es gesehen. Gehen wir ins Hotel?»

Einladung oder Langeweile? Miles war sich nicht sicher. Aber er hatte nichts dagegen, die immer gleichen Szenen kommerziell geplanter Verführung hinter sich zu lassen, die das Hauptangebot der *Pekinger Nächte* ausmachten.

Miles wand sich zwischen den eng beieinanderstehenden Tischen hindurch und warf dabei einen Blick durch den roten Glasperlenvorhang in eine der dunklen Nischen, in der Humphrey eine Minderjährige streichelte. Vielleicht war das Mädchen unter ihrer rot-weißen Schminkmaske, aus der die schwarzgeschminkten Augen eulenartig hervorblickten, sogar hübsch. Humphreys Begleiter war K. P. Sung, der älteste Sohn eines der renommiertesten Kunsthändler Hongkongs. *Sungs Kunsthandlung: Antiquitäten und Kuriositäten* war weder die größte noch die bedeutendste unter den vielen Galerien der Kronkolonie, aber sie war vermutlich die originellste, und gewiß genoß sie hohes Ansehen.

Das Ganze kam Miles seltsam vor. Die Familie Sung war zu Recht stolz auf ihre Geschäftsmoral. Warum ging dann der junge Sung mit einem bekannten Schwindler und Scharlatan wie Humphrey aus?

Miles zuckte die Achseln und schenkte seine Aufmerksamkeit wieder Sallys heller Stimme. Humphreys Pläne gingen nur Humphrey alleine etwas an. Alles, worum Miles die Göttinnen seines Schicksals bat, war, nie wieder etwas mit seinen zweifelhaften Geschäften zu tun zu haben.

Sally und Miles erreichten die verwinkelten Gassen der Causeway Bay östlich des hektischen Wanchai. Hinter den Eisenläden der geschlossenen Geschäfte klapperten die Mah-Jongg-Steine. Neonlichter warben vor Restaurants und Lebensmittelgeschäften um Kundschaft. Vor den wenigen Läden, die noch geöffnet waren, hingen Kränze von Salzfisch, fette Würste und Schinken aus Yünnan. Auf handgeschriebenen Zetteln wurden Lebensmittelpakete für hungernde Verwandte in der Volksrepublik angeboten. Verstohlen eilten Pärchen Arm in Arm nahegelegenen Stundenhotels zu, während sich biedere Bürger auf den Heimweg machten.

«Faszinierend!» entfuhr es Sally. «So viele Menschen, die so eng beieinander hocken. Und all die Lokale. Hört der Rummel jemals auf?»

«Zurückhaltung, Sensibilität und guter Geschmack zählen nicht zu den Stärken von Hongkong. Aber eine Leidenschaft für das Leben besaß die Stadt schon immer. Alle hier lieben das Leben und das Geld. Vielleicht gerade weil hier so viele auf so wenig Raum zusammengepfercht leben und wissen, daß es nicht ewig dauern kann, schließlich ...»

Über seine eigene Beredsamkeit erstaunt und amüsiert, hielt Miles plötzlich inne. Wenn er redselig wurde, hatte er immer das Gefühl, er spiele eine Rolle, die für einen Schauspieler geschrieben worden war. Unechtes Gewäsch, schalt er sich selbst und wunderte sich, in was für eine Stimmung ihn Sally gebracht hatte. Wie hätte er ahnen sollen, daß sie ihn so zutiefst anrühren würde? Derartige Vorträge hielt er nur vor jemandem, an dem ihm lag, oder – das mußte er zugeben – wenn er ein wenig zuviel getrunken hatte. Aber das konnte heute kaum der Fall sein.

Grinsend erinnerte er sich an einen der peinlichsten Zwischenfälle seines Lebens. Von ein paar Martinis angefeuert, war er in Fahrt geraten und hatte einen Vortrag über die feinen Unterschiede gehalten, die Japaner vom Rest der Menschheit trennen, als eine schlanke dunkelhaarige Französin ihn ohne jedes Zeichen von Ironie, ja anscheinend eher mit mediterranem Respekt vor intellektuellen Glanzleistungen, fragte: «Sagen Sie, Mr. Corrigan, sind Sie das, was man einen weisen alten Mann nennt, wenn auch vielleicht nicht ganz so alt?»

Sie bogen in eine verlassene Straße mit dunklen Häusern und Geschäften ein. Nur über der schäbigen Tür eines grauen Stuckgebäudes in einer Seitengasse wetteiferte eine einzige Neonreklame mit dem schwachen Licht der Straßenlaternen.

«Was heißt das?» Sally zeigte auf den rot-grünen Neonschmetterling, den chinesische Zeichen umflatterten. «Ah, ich verstehe. Darunter steht es ja auf Englisch ... ich nehme an, das soll Englisch sein: *Many Patty Yung Girls!*»

«Der Schmetterlingsclub», übersetzte Miles. «Erstklassige Unterhaltung und charmante Gesellschaft. Komisch, das Symbol hier, der Schmetterling. Sieht den Masken der Flugzeugentführer recht ähnlich.»

«Viel zu ähnlich.» Sally fröstelte. «Nicht genau das gleiche, aber ...»

«Das allein ist es nicht», sagte Miles nachdenklich. «Ich habe es schon einmal gesehen, aber wo...?»

Ein Gong ertönte, und die dunkle Tür unter der Neonreklame öffnete sich. Ein kleines helles Etwas stürzte auf die Straße und erschreckte Sally und Miles. Dann lachten sie erleichtert auf. Die weiße Gestalt, die da im Halbdunkel umhersprang, war ein kleiner Hund, der hinter seinem eigenen Schwanz herjagte.

Das muntere Tierchen tanzte in den Lichtkegel der Straßenlaterne, und Sally schrie entsetzt auf. Es war gar kein Hund, sondern ein kopfloser weißer Hahn; und was aus dem Halsstumpf spritzte, war Blut.

Zwei Männer in dunkelblauen Overalls stürzten aus der offenen Tür. Der erste floh wie in panischer Angst. Der andere, der ihn verfolgte, hielt ein glänzendes Beil in der Hand.

Miles sah, daß er und Sally dem Fliehenden im Weg standen, und zog sie beiseite. Dennoch stieß der Mann die Stewardeß im Vorbeirennen an und riß sie zu Boden.

Dann erreichte sie der Verfolger. Er wich Sally aus und rannte in vollem Tempo auf Miles zu. Der ließ sich fallen, so daß der Angreifer über ihn stolperte. Das Beil fiel klirrend auf die Straße.

Im selben Augenblick sprang Miles wieder auf und zog Sally hoch. Einerseits wollte er instinktiv den Angreifer festhalten, andererseits mußte er Sally beschützen. Er schob sie hinter sich, und schon erhob sich der nunmehr waffenlose Angreifer und wich geschickt dem Fußtritt aus, den Miles auf seine Kniescheibe richtete. Aus dem Augenwinkel sah Miles, wie sich der Mann, der eben noch zu fliehen schien, umdrehte und sich auf ihn stürzen wollte.

«Lauf weg», rief er Sally zu und beugte sich vor, als wollte er den Mann angreifen. «Verschwinde so schnell wie möglich.»

Der Angreifer wartete im Lichtkegel der Straßenlaterne. Er hatte die Arme in der klassischen Verteidigungsposition des Kung-Fu-Kämpfers erhoben. Die eine Hand schwebte drohend über dem Kopf, die andere schützte das Gesicht. Die Gefahr schärfte Miles' Blick, und er erkannte die Schmetterlingstätowierung auf dem rechten Handgelenk des Mannes, bevor dieser sich auf ihn stürzte.

Miles sprang zurück und trat mit der Schuhspitze nach der Kniescheibe seines Gegners. Der schrie auf und fiel zu Boden. Aber der zweite Schläger näherte sich schnell.

Eine Trillerpfeife ertönte, und eine rauhe Stimme rief in kantonesischem Dialekt: «Stehenbleiben, ihr Scheißkerle!»

Die Angreifer machten kehrt und verschwanden in einer Seitengasse. Ein schmächtiger chinesischer Polizist, den schweren Revolver im Anschlag, folgte ihnen. Aus der Seitengasse hörte man einen Schuß, dann noch einen.

«Mein Gott!» keuchte Sally. «Oh, mein Gott!»

«Wir können Gott danken, daß der Polizist gekommen ist.» Im schützenden Licht der Straßenlaterne zog Miles das Mädchen an sich. «Und dafür, daß er bewaffnet ist.»

Der Polizist tauchte aus dem Dunkel der Seitengasse auf und schob die Waffe wieder ins Halfter. Die roten Streifen unter den Silberziffern auf seinen Schulterstücken verrieten, daß er über englische Grundkenntnisse verfügte.

«Die beschissenen Armleuchter sind mir durch die Lappen gegangen», fluchte er auf Kantonesisch. Dann erst fragte er in stockendem Englisch: «Ihre Namen, mein Herr und Dame? Was ist geschehen?»

«Nichts... ein Mißverständnis», antwortete Miles. «Ich bringe die Dame jetzt nach Hause. Sie steht unter Schock.»

Aber der Polizist war hartnäckig. Er brauchte ein paar Minuten, um ihre Namen und die Nummern ihrer Zimmer im Peninsula zu notieren. Dann verlangte er einen ausführlichen Bericht über das, was geschehen war, und übertrug ihre knappe Aussage mühsam in sein Notizbuch.

Nachdem die Routineaufgaben erledigt waren, fragte er: «Sie wollen Anzeige erstatten?»

«Gegen wen?» Miles lachte. «Ich habe die beiden noch nie in meinem Leben gesehen und wäre kaum imstande, sie wiederzuerkennen, falls ich ihnen noch einmal begegnen sollte.»

Der Polizist grinste und antwortete: «O. K., Sie können gehen, jetzt. Vielleicht mein Chef spricht morgen mit Ihnen.»

Miles half Sally in das rote Taxi, das aus dem Nichts aufgetaucht war und nun mit laufendem Motor auf Kunden wartete. Als er dem Chauffeur das Fahrtziel nannte, schob Sally ihre Hand in die seine.

«Das war schrecklich», sagte sie. «Ist Asien immer so gewalttätig?»

«Nur selten. Du hast zweimal Pech gehabt. Offenbar sind wir in eine Privatfehde geraten. Aber jetzt ist alles vorbei.»

«Die Polizei wird unsere Aussage brauchen, wenn sie die beiden erwischen.»

«Das glaube ich nicht», antwortete Miles. «Die Polizei wird sie nicht erwischen, und wir werden nicht aussagen müssen.»

«Wirklich nicht? Woher weißt du das?»

«Der Polizist hat genügend Theater gemacht, um die dummen Ausländer zufriedenzustellen. Jetzt wird er Bericht erstatten und dabei sorgfältig vergessen zu erwähnen, daß die Ganoven aus dem Schmetterlingsclub kamen. Schließlich hat er nicht gesehen, wie sie aus der Tür kamen. Und damit ist die Sache dann erledigt.»

Hartnäckig fragte sie nach: «Warum sollte er den Schmetterlingsclub vergessen?»

Konnte er Sally erklären, wie es in Hongkong wirklich zuging, ohne sie noch mehr zu erschrecken? Noch bevor Miles etwas sagte, kam ihm eine Erinnerung in den Sinn, die allmählich immer klarer wurde und all seine Aufmerksamkeit erforderte. Jetzt fiel ihm ein, daß der bunte Schmetterling das Symbol der Loge zum Grünen Lotos war, eines wenig bekannten Geheimbundes, einer der sogenannten Triaden.

Die Briten nannten alle Geheimbünde nach einem ihrer Vorläufer, dem *Bund der Dreifachen Harmonie*, Triaden. Die chinesischen Geheimbünde waren im dreizehnten Jahrhundert als patriotische Widerstandsgruppen gegen die mongolische Fremdherrschaft entstanden. Später, in einer der Epochen innerer Wirren, von denen China so häufig befallen wurde, hatten sie sich zu einer Art illegaler Schattenregierung entwickelt. Natürlich mußten die meisten von ihnen für ihre Finanzierung auf das organisierte Verbrechen zurückgreifen.

Anscheinend hatten die Kommunisten ihre Macht im eigentlichen China wirksam zerstört, auch wenn sie nicht ganz verschwunden waren. Aber ob man nun von Geheimbünden oder von Triaden sprach, in allen asiatischen Städten mit einer großen Bevölkerung von Auslandschinesen und natürlich auch in Hongkong übten diese Banden eine beachtliche Macht aus. Die chinesische Mafia bestand aus einer Unzahl von einzelnen Logen, deren Mitglieder durch Schwüre, Blutsbrüderschaft und die Androhung harter Strafen für Verräter zusammengehalten wurden. Normalerweise standen die einzelnen Logen in heftiger Konkurrenz zueinander, aber wenn sie sich gefährdet fühlten, waren sie durchaus imstande, sich zum gegenseitigen Schutz zu verbünden.

«Komm wieder zu dir», forderte Sally ihn auf. «Warum wird der Polizist den Schmetterlingsclub vergessen?»

«Sally, wenn keine Ausländer beteiligt gewesen wären,

hätte er sich nicht einmal die Mühe gemacht, Notizen zu machen. Schließlich ist ja niemandem etwas passiert. Mit Sicherheit kassiert er ein anständiges Schmiergeld vom Schmetterlingsclub und gibt einen anständigen Anteil davon an seinen Dienstvorgesetzten ab, und der schmiert den britischen Reviervorsteher. Jede Wette, daß wir nichts mehr davon hören werden.»

«Er wirkte allerdings erleichtert, als du keine Anzeige erstatten wolltest.»

«Er war verflucht erleichtert, daß wir keinen Schaden genommen und so eventuell seine finanziellen Arrangements in Unordnung gebracht hätten.»

«Hier ist wirklich alles anders», sagte Sally schüchtern, «nicht wie in San Francisco.»

«So anders geht es in San Francisco oder Chicago auch nicht zu.»

Laut hupend tauchte das Taxi aus dem Gassengewirr auf und rollte die hell erleuchtete Hennessy Road entlang. Der rastlose Trubel der Stadt, die keine Nachtruhe kennt, umfing sie. Nachtarbeiter saßen auf klapprigen Stühlen vor Imbißständen und schlürften Nudelsuppe. Der grelle Schein von Acetylenlampen fiel auf die Plastik-, Gummi- und Holzwaren, die Straßenhändler auf dem Bürgersteig ausgebreitet hatten. Ausländische Matrosen und britische Soldaten taumelten, von Hostessen begleitet, die sich eng an sie klammerten, aus den Nachtlokalen und steuerten die nahegelegenen Stundenhotels an.

«Vielleicht ist es nicht so anders», räumte Sally ein. «Aber selbst San Francisco ist nicht so … so unmittelbar schäbig.»

«Du hast den schlimmsten Teil der Stadt gesehen», antwortete Miles. «Aber wir befinden uns auf dem Rückweg in die Respektabilität.»

Die grünen Boote der Star Ferry hatten den Fährbetrieb über den Hafen eingestellt. Sally war begeistert von dem Walla-Walla, dem kleinen Motorboot, das sie für einen Hongkong-Dollar pro Person – etwa siebzehn amerikanische Cents – nach Kaulun brachte. Sie stiegen die Betonstufen des Kais hinauf und spazierten an dem Jahrhundertwendebau des Bahnhofs aus rotem Ziegelstein vorbei, dessen Turm eine verkleinerte Nachbildung von Big Ben war. Das Peninsula Hotel direkt neben dem außerordentlich respektablen Gebäude des CVJM war eine Oase der Bürgerlichkeit, auch wenn in unmittelbarer Nähe der Trubel der Nathan Road begann.

Sie fuhren gemächlich zum vierten Stockwerk hinauf, und Miles spielte hinter dem weißgekleideten Rücken des Fahrstuhlführers mit den Zimmerschlüsseln. «Hongkong besteht aus sechzehn Welten», sagte er. «Und sie treffen nur selten aufeinander, meist zufällig.»

«Bist du sicher, daß das alles heute abend ein Zufall war?»

«Ganz sicher», überspielte er seine eigenen Zweifel. «Das letzte, was ein Gangster in Hongkong will, ist, sich mit einem Ausländer einzulassen. Wir machen nichts als Schwierigkeiten, große Schwierigkeiten.»

Er steckte Sallys Schlüssel ins Schlüsselloch, warf seinen eigenen in die Luft und fing ihn gekonnt wieder auf. Zwei runzlige Gesichter sahen sie an und verschwanden um eine Ecke. Keiner der beiden Nachtpagen war einen Tag jünger als sechzig.

«Du warst wunderbar, Miles», flüsterte Sally. «Ein Ritter in schimmernder Rüstung, und das gleich zweimal hintereinander.»

Mit niedergeschlagenen Augen rückte sie näher an ihn heran. Als er sie küßte, seufzte sie leise. Sie glitt aus seinen

Armen und blieb unentschieden vor der halbgeöffneten Tür stehen.

«Gute Nacht, Miles», flüsterte Sally. «Ich habe Jane versprochen, dir einen schwesterlichen Kuß von ihr zu geben.»

Sie zog seinen Mund an ihre Lippen und küßte ihn noch einmal. Der Kuß wirkte nicht sehr schwesterlich, und er legte den Arm enger um sie.

«Also gut, nur noch einen kleinen Drink», meinte sie. «Wir haben ihn verdient. Dein Hongkong ist ein wenig anstrengend.»

Er folgte ihr in das große Zimmer mit den Polstersesseln neben dem niedrigen Tisch, dem breiten Bett und den schweren Vorhängen. Auf der Kommode stand eine kleine Reihe von Minifläschchen mit Scotch: das zollfreie Vorrecht der Stewardessen.

«Schenk schon ein.» Sally schlüpfte aus den Schuhen. «Ich bin in einer Minute wieder da.»

Er hob das Glas, und sie rief verärgert aus: «Nicht doch. Ich habe es schon wieder geschafft.»

Ohne jeden Anschein von Schüchternheit hob sie den langen Rock hoch und zeigte den schwarzen Minislip ... und eine rote Quetschwunde am rechten Schenkel. Ein Blutfleck breitete sich über der gebräunten Haut aus.

«Ich habe mich gestern nacht verletzt. Und daß man mich heute umgerannt hat, hat es nicht gerade besser gemacht.»

«Du solltest das lieber reinigen.» Seine Stimme klang rauh. «Es könnte sich entzünden.»

«Würdest du, bitte ...»

Sie führte ihn ins Badezimmer. Das eng anliegende Kleid war mit einem Knopf zu öffnen. Wie er es geahnt hatte, trug sie außer dem schwarzen Slip nichts darunter.

Er kniete nieder und versuchte, die Wunde mit einem

feuchten Handtuch zu reinigen. Sie wandte den Kopf über die Schulter, um ihm zuzusehen. Ihre Brust strich mit samtweicher Zärtlichkeit über seine Wange. Die rosa Brustwarze war hart und erregt.

Wortlos stillte er das Blut. Immer noch kniend, zog er ihren Slip herab. Sie stieg aus dem letzten Kleidungsstück und stand schlank, nackt und glühend vor ihm.

Er küßte die sanfte Rundung ihres Bauchs und ließ die Lippen über das blaßgoldene Dreieck darunter gleiten. Sally erstickte einen leisen Aufschrei und streckte ihm die Arme entgegen. Er stand auf und schmiegte sich in ihre Umarmung. Sie küßten einander lang und intensiv.

«So siehst du viel besser aus», hauchte er. «Ohne Abendkleid und ohne Uniform.»

«Danke, Miles», flüsterte sie. «Du sorgst so gut für mich.»

Noch während er die Jacke auszog, machten sich ihre Hände an seinem Gürtel zu schaffen. Das Hemd folgte der Jacke, er zog die Hosen aus und hörte ihr stürmisches Atmen.

«Du siehst so auch besser aus, Miles», hauchte sie. «Viel besser.»

Er lag auf dem Bett, und Sally kniete über ihm. Ihr langes Haar wehte über seine Magengrube, und ihre Zunge löste sich und berührte ihn. Ihre Brüste glitten über seine Schenkel.

«Oh, Miles.» Geschickt warf sie sich auf den Rücken. «Du bist so stark.»

Er küßte abwechselnd ihre Brüste, aber sie rief ihm voll Verlangen zu: «Jetzt! Ich will es jetzt!»

Feuchte, duftende Wärme umfing ihn. Sie schlang die Beine um seine Taille, und er fühlte ihr drängendes Begehren, als er in sie eindrang.

«Jetzt!» schrie sie auf. «Jetzt!»

5. KAPITEL

Miles wachte um kurz nach elf auf, räkelte sich behaglich und schaltete das Radio auf dem Nachttisch ein. Er fühlte sich erstaunlich frisch, auch wenn er erst vor vier Stunden durch leere Gänge in sein Zimmer zurückspaziert war. Er fühlte sich verausgabt und zugleich leicht und gereinigt. Bisher hatten sich noch keine Gewissensbisse gemeldet, und er hoffte, sie würden diesmal ausbleiben.

Sie hatten einander wortlos geliebt, und Sallys offene animalische Lust war ihm seltsam unschuldig erschienen, als habe sie noch nie etwas von Sünde gehört. Ihr entfesselter Erfindungsreichtum kannte keine Scham, nur das Bestreben zu geben – und zu empfangen. Miles nahm sich vor, sich nie wieder am zweitbeliebtesten Sport des männlichen Amerikaners in Asien zu beteiligen: an der Klage über Herrschsucht und Prüderie der weiblichen amerikanischen Teilnehmerinnen an der beliebtesten aller Sportarten.

Sally hatte vor Schmerz aufgeschrien, als er ihren aufgeschürften Hintern hart anfaßte, aber sie hatte sich gerächt. Er streckte den Arm über die Schultern und spürte die Kratzer, die ihre Fingernägel auf seinem Rücken hinterlassen hatten. Nur ein einziges Mal hatte sie etwas Ernsthaftes gesagt. Sie lagen nebeneinander, ihr Kopf an seine Schulter geschmiegt, ihr Bein mit dem seinen verschränkt, und rauchten eine gemeinsame Zigarette, als sie ihm zuflüsterte:

«Wahrscheinlich hältst du mich für vollkommen unmöglich. Aber wahrscheinlich sagen das alle deine Frauen beim ersten Mal.»

«So viele Frauen sind es auch wieder nicht», log er, ohne die Frage zu beantworten. «Aber du bist einfach hinreißend, und das sage ich nicht zu vielen Frauen.»

«Ich weiß viel mehr über dich, als du denkst, Miles. Ich weiß einfach, daß es viele andere Frauen gibt. Aber das macht mir nichts. Wozu auch, oder?»

«Du hast irgend etwas im Kopf», sagte er lachend, «aber der Teufel soll mich holen, wenn ich weiß, was.»

«Miles, es ist einfach wunderbar, nur so mit dir zusammenzusein. Aber es gibt keine Haken und Ösen, und ich will dir keine Handschellen anlegen. Ich habe gewußt, was ich wollte, und ich habe es mir genommen.»

«Ich habe es auch gewollt.»

«Das hast du aber gut versteckt… bis ganz zuletzt. Du warst ein vollendeter Gentlemen, jedenfalls beinahe.»

«Tut mir leid», murmelte er.

«Mach dir keine Sorgen um meine Freundin Jane. Frauen sind keine Gentlemen und glauben nicht an den Unsinn, daß man nicht in fremden Revieren wildern darf.»

Sie zog an der Zigarette und reichte sie ihm.

«Aber jetzt einmal ernsthaft…»

Er zog den Rauch in die Lungen und schwieg.

«Ich habe gesagt ohne Haken und Ösen, und ich habe das ernst gemeint. Ich würde dich gern wiedersehen, aber ich fliege morgen. Also kann ich nur hoffen, daß wir einander irgendwann einmal wieder treffen. Hoffentlich bald. Ich fliege jetzt regelmäßig nach Asien.»

«Sieh her, keine Haken, keine Handschellen.» Er hob die Handgelenke vors Licht. «Natürlich will ich dich wiedersehen, und zwar möglichst viel von dir, und das möglichst bald.»

«Wir werden uns wiedersehen, Miles. Das verspreche ich dir. Aber du sollst dich nicht gebunden fühlen.»

Er erstickte ihre Worte mit einem Kuß. Später, unmittelbar bevor er die Zimmertür öffnete, sagte er leise: «Auf der nächsten Reise, Sally, oder in San Francisco.»

Die Zeitansage im Radio erinnerte Miles daran, daß es Morgen war und er sich in seinem eigenen Zimmer befand. Er lächelte, als er an ihr Versprechen dachte, ihm seine Freiheit zu lassen, nahm den Telefonhörer ab und ließ sich mit dem Zimmerservice verbinden.

«Die Dame, wie mich dünkt, gelobt zuviel», zitierte er und wartete auf Papayas, Kümmelbrötchen, Kaffee und die Zeitung. Sally ist eine Dame, sagte er sich, eine aufrichtige und großzügige Dame, weder gehemmt noch lüstern. Vielleicht ein wenig aufrichtiger, als ihr guttut. Und sie konnte leicht zur Gewohnheit werden, zu einer dauerhaften Gewohnheit.

Sie hatten voll Freude miteinander geschlafen; und dennoch empfand er jetzt einen leichten Anflug von Schuld, wie sie ihm sonst besitzergreifende amerikanische oder britische Frauen vermittelten, allerdings nicht den leichten Abscheu, den japanische oder thailändische Mädchen erweckten, die allzu eifrig darum bemüht waren zu gefallen. Es war nur ein leichter Hauch von Schuldgefühl, ein schwaches Erschrekken vor seiner eigenen zügellosen Sinnlichkeit. Vielleicht wurde er langsam erwachsen, vielleicht kehrte er auch in die Pubertät zurück. Als das Frühstück kam, nahm Miles ärgerlich Abschied von seinen nebulösen Versuchen zur Selbsterkenntnis.

Die Schlagzeile der *South China Morning Post* lautete: «FLUGZEUGENTFÜHRUNG VEREITELT. ZWEI UNBEKANNTE TOT.»

Der Bericht enthielt nicht viel, das Miles neu gewesen wäre: überschwengliches Lob für den Flugkapitän, aber keine Erwähnung seiner eigenen Rolle. Die Pressesprecher der Pan American und der Polizei von Hongkong waren so diskret gewesen, wie er es von ihnen erbeten hatte. Die künstlerische und geschäftliche Respektabilität, an der er so hart arbeitete, hätte unter Berichten über seine Beteiligung an der Vereitelung einer Flugzeugentführung gelitten. Diese Art von Berühmtheit hätte ein paar Leute an seine Geheimdiensttätigkeit erinnert und Zweifel an seiner jetzigen Rolle erweckt. Die Zeitung war nicht nur zurückhaltend, wo es um seine Rolle in dem Drama ging, sondern erst recht, wo man an mögliche politische Verwicklungen hätten denken können.

> Die beiden bewaffneten Männer, die das Flugzeug entführen wollten, konnten noch nicht identifiziert werden. Sie besaßen südkoreanische Pässe, die in Seoul ausgestellt worden waren. Nachfragen bei den südkoreanischen Behörden haben jedoch ergeben, daß die Pässe gefälscht waren, bestätigte der Polizeisprecher. Weitere Informationen liegen nicht vor. Die Identität der Luftpiraten liegt ebenso im dunkeln wie das Tatmotiv.

Miles konnte es nur recht sein, wenn das Geheimnis unaufgelöst in Vergessenheit geriet. Während er bei der zweiten Tasse Kaffee den *Hong Kong Tiger Standard* überflog, beschloß er, sich an die Arbeit zu machen.

Dann sprang ihm eine Schlagzeile ins Auge: «Minister treffen Entscheidung im Staatsrat.» Enttäuschenderweise teilte der Bericht nur mit, daß der Geheime Staatsrat Ihrer Majestät die Berufung eines Verbrechers aus Hongkong abgelehnt hatte. Er blätterte weiter. Eine japanische Industriedelegation war zu dem Schluß gekommen, daß das antikapitalistische China ein Modell für die Dritte Welt sei. Die Lebensmittelrationen in Peking waren erneut gekürzt worden. Ein amerikanischer sozialdemokratischer Gewerkschaftsführer warnte vor Handelsbeziehungen zum sozialistischen China. Außerdem erfuhr er, daß eine Frischvermählte die Polizei gebeten hatte, ihren verschwundenen Ehemann zu suchen.

Eine kurze Notiz auf der letzten Seite trug die Überschrift: «EUROPÄER VON WALLA-WALLA GESTÜRZT: TOT.» Der Bericht selbst lautete:

> Ein fünfundfünfzigjähriger Europäer ist gestern nacht ertrunken, als er im Hafen von einem Walla-Walla stürzte.
>
> Chung Kit-hoi, der Fährmann des Bootes, teilte der Polizei mit, der Europäer, der reichlich getrunken hatte, habe ungefähr um 1 Uhr 30 morgens sein Walla-Walla am Blake Pier angeheuert, um nach Kaulun überzusetzen. Nachdem er Schuhe und Jacke ausgezogen hatte, bestand der Europäer darauf, einen kleinen Tanz auf dem Vorderdeck aufzuführen, obwohl der Fährmann ihn vor der unruhigen See gewarnt hatte. Das Boot wurde von einer Welle ergriffen, und der Europäer verlor das Gleichgewicht und fiel über Bord. Chung sagte, er habe an der Unfallstelle gesucht, seinen Passagier aber im Dunkeln nicht finden können.
>
> Der britische Paß in der Jackentasche des Toten wies ihn als Humphrey Enwright aus. Erst gestern war er in der Kronkolonie angekommen.

Miles legte die Zeitung beiseite und zündete sich eine Zigarette an. Er fragte sich, ob es wohl jemanden gab, der Humphreys Tod zutiefst bedauern werde, und kam zu dem betrüblichen Schluß, daß es niemanden geben könne. Nahezu jedermann würde die gleichen Reaktionen empfinden wie er: ein leichtes Bedauern, weil ein seltsames Phänomen verschwunden war, etwa so, wie es ihm gegangen war, als Clarabella, das weiße Zwergnilpferd im New Yorker Zoo, an einem Tennisball erstickt war.

Freundlicheres fiel ihm zu Humphrey nicht ein. Er fand es traurig, daß er nicht mehr lebte, wie er es traurig gefunden hatte, daß Clarabella gestorben war. Beide waren Originale gewesen, und ihr Tod brachte die Welt dem Tag näher, an dem es keine Exzentriker mehr geben würde. Aber niemand hatte Humphrey Enwright als Menschen wirklich gemocht, und die meisten hatten ihn als eine Art Laune der Natur betrachtet: manchmal amüsant, häufiger ärgerlich. Miles hatte noch das empörte Kichern des Botschafters Sir Archibald Courtwright im Ohr: «Ich sage Ihnen, Leutnant Corrigan, mit Enwright wird es ein bizarres und schmähliches Ende nehmen.»

Vielleicht würde Humphreys Dame der Nacht ihm ein paar Minuten nachtrauern. Zumindest würde sie wohl um die Geschenke trauern, die er ihr versprochen hatte und die sie nun nicht mehr bekommen würde. Jedenfalls hatte sie gestern abend keine Geschenke bekommen. Wo hätte ihr Freier um halb zwei Uhr morgens wohl Brokat hernehmen sollen, geschweige denn Diamanten?

Halb zwei Uhr früh? Wenn er um diese Zeit ertrunken war, hatte Humphrey nicht viel Zeit allein mit seiner Freundin verbracht. Miles erinnerte sich, daß Sally und er die *Pekinger Nächte* gegen halb eins verlassen hatten. Der Zwischenfall vor dem Schmetterlingsclub hatte sie zwar aufgehalten, aber um kurz nach eins hatten sie das Walla-Walla bestiegen, um nach Kaulun überzusetzen. Das Wasser im Hafen war vollkommen ruhig gewesen. Ein paar kleine Wellen hatten gegen den hölzernen Rumpf geschlagen, aber der Seegang hätte nicht ausgereicht, auch nur die empfindlichste chinesische Dame zu beunruhigen, geschweige denn den massigen Körper eines Humphrey Enwright.

Wieviel hatte Humphrey wirklich getrunken? Wenn er «leicht geölt» war, wie er sich auszudrücken pflegte, wäre er imstande gewesen, ein Tänzchen auf dem Vorderdeck des Bootes zu wagen. Aber wenn er nur «leicht geölt» und nicht «glorreich voll» war, wie er das letzte Stadium der Trunkenheit nannte, hätte er sich nicht so früh von der Herzensdame dieser Nacht getrennt. Wenn Humphrey «glorreich voll» war, brauchte man drei kräftige Männer, um seinen schweren Körper ins Bett zu schleppen. Wäre er betrunken genug gewesen, sich von dem Mädchen aus der Tanzhalle zu trennen, hätte Humphrey nicht mehr den sportlichen Ehrgeiz besessen, ein Walla-Walla in einen Tanzboden zu verwandeln. Er wäre der Bewußtlosigkeit nahe gewesen.

Miles griff zum Telefon. Weil er das Aufsehen scheute, hatte er beschlossen, sich nicht weiter um die gescheiterte Flugzeugentführung zu kümmern. Aber der Zusammenstoß vor dem Schmetterlingsclub hatte sich erst danach ereignet. Und jetzt noch Humphreys bizarrer Tod!

Den ersten Zwischenfall brauchte man nicht zu beachten. Selbst bei dem zweiten konnte es sich noch um einen Zufall handeln. Aber drei Zwischenfälle hintereinander waren ein paar Zufälle zuviel.

Miles dachte an den abschätzenden Blick, den der zweite Luftpirat auf Humphrey geworfen hatte. Wäre es Humphrey gewesen, der entführt werden sollte, wäre der dritte Fallschirm für ihn bestimmt gewesen, dann hätte auch der Angriff auf Miles vor dem Schmetterlingsclub mehr sein können als ein mißglückter Raubüberfall. Daß er Humphrey kannte, wußte man, und vielleicht steckte er schon viel tiefer in der ganzen Angelegenheit, als er ahnte. Schon zum Selbstschutz mußte er mit K. P. Sung sprechen, den er ohnehin aufsuchen wollte. Möglicherweise war Humphreys Ende wirklich so bizarr und schmählich gewesen, wie es der Botschafter vorausgesagt hatte.

SUNGS KUNSTHANDLUNG: ANTIQUITÄTEN UND KURIOSITÄTEN verbarg sich in einer Ecke des alten Gloucester Building nahe den Schaufenstern der Chinese National Aviation Corporation, die Hongkong nicht anflog. Die Regierung in Peking, die das Ladenlokal geerbt hatte, als sie das Land eroberte, benützte es als Reklame- und Propagandazentrum. Die Familie Sung fand die seltsame Nachbarschaft praktisch: Ein paar neugierige Passanten, die vor den Auslagen der Kommunisten stehenblieben, verirrten sich auch in ihr Geschäft.

«Aber wir sind etwas anderes als die Touristenläden drüben in Kaulun, die nur billigen Trödel verkaufen», pflegte der alte Herr Sung zu sagen, während er zwanzig Prozent Rabatt auf ein unbedeutendes Objekt gab. «Wir bieten Schönheit *und* Qualität.»

In dem kleinen Hinterzimmer des Ladens konnte man einen liebenswert furchterregenden Bären aus der Han-Zeit für 8000 Hongkong-Dollar oder 1000 amerikanische Dollar kaufen. («Bloß vier Hongkong-Dollar für jedes Jahr, das er alt ist», kommentierte dann der alte Herr Sung.) Eine wunderschön aufgezogene Schriftrolle aus der Ming-Zeit kostete vielleicht 6000 Hongkong-Dollar, weniger als 800 Dollar in US-Währung.

K. P. Sung junior sah Miles zu, der seine Blicke durch das Hinterzimmer schweifen ließ. Mongolische und tibetische Juwelenschachteln, Gebetsmühlen und Dolche stapelten sich auf den gebrechlichen Regalen neben Halsbändern aus Jade, Koralle und Türkis.

«Letzte Woche erst angekommen», sagte K. P. «Wir bekommen jedesmal eine größere Lieferung, wenn Peking eine neue Kampagne gegen die Bourgeoisie startet. Dann tauchen die letzten Schätze entweder als Bestechungsversuch oder als Strafabgabe aus den Schränken auf, und Peking verkauft sie gegen Devisen an ausländische bourgeoise Reaktionäre.»

Der junge K. P. benahm sich so munter und zwanglos, wie er es schon als amerikanischer Collegestudent getan hatte. Er trug noch immer einen Bürstenschnitt, und neben einer unschätzbaren Sammlung von Billie-Holiday-Platten war ein fliederfarbener Lotus Elan sein wertvollster Besitz. Seine direkte Art machte seinem altmodischen Vater oft Kummer, aber wenn es um die Etikette des Geschäfts ging, war K. P. voll und ganz Chinese. Erst nach zwei Schalen Tee und Erkundigungen über das Wohlergehen gemeinsamer Freunde war er bereit, zu praktischeren Themen überzugehen.

«Miles, ich fürchte, ich habe nichts, das dich interessieren könnte. Nichts wirklich Besonderes.» Er fuhr sich mit dem Handrücken über die Augenbrauen. «Entschuldige, wenn ich ein bißchen unkonzentriert wirke. Gestern abend habe ich zum ersten Mal Pernod und Champagner durcheinander getrunken, und es wird auch das letzte Mal gewesen sein.»

«Ich wunderte mich schon, als ich dich sah», antwortete Corrigan.

«Du hast mich gesehen?» K. P. war überrascht. «Dann weißt du also, daß ich mit Humphrey Enwright unterwegs war. Er hat von irgendeinem rothaarigen Typ gesprochen. Muß wohl dich gemeint haben. Aber darauf bin ich nicht gekommen. Ich dachte, du hättest ihn seit Ewigkeiten nicht gesehen. Also dich hat er auf dem Flug von Tokio hierher getroffen.»

Kein Ausdruck des Bedauerns, nicht einmal konventionelle Phrasen. So viel Abgebrühtheit paßte nicht zu K. P., der hinter seiner munteren Fassade erschreckend sentimental sein konnte. K. P. konnte sich zu Recht rühmen, der einzige Kunsthändler in Hongkong zu sein, der noch nie einem Touristen mehr als das Dreifache des angemessenen Preises abgeknöpft hatte. Vielleicht hatte ihm Humphrey Enwright, der nie in seinem Leben ein ehrliches Geschäft gemacht hatte, nicht allzu nahe gestanden. Aber er war ein viel zu korrekter Konfuzianer, um nicht wenigstens ein Wort des Bedauerns über Humphreys Tod zu äußern. Miles beschloß, genauso offen zu sein wie K. P. selbst, der sich ja schließlich auch nicht rühmte, noch nie einen Kunsthändler belogen zu haben.

«K. P., weißt du nicht, daß Humphrey tot ist?»

«Tot? Unmöglich! Ich habe mich heute früh gegen ein Uhr in den *Pekinger Nächten* von ihm verabschiedet, und er war vollkommen gesund, allenfalls ein bißchen angetrunken.»

Miles schob den *Standard* über den Tisch, und K. P. murmelte: «Ich habe heute morgen noch keine englische Zeitung gelesen.»

Er las den Artikel langsam und aufmerksam, faltete die Zeitung zusammen und sagte: «Armer Teufel! Was für ein ekelhafter, kalter Tod! Ich habe ihn immer gemocht, auch wenn er ein Gauner war.»

K. P. zog eine Zigarettenspitze aus Jade aus der Tasche

und zündete sich umständlich eine Zigarette an. Seine Hand zitterte ein wenig.

«Bevor ich ihn im Flugzeug traf, hatte ich ihn seit Jahren nicht mehr gesehen», sagte Miles. «Er machte große Worte über irgend etwas Bedeutsames, das demnächst geschehen sollte. Jetzt wird nichts aus seinem großen Coup. Nun ja, er hat nie jemanden betrogen, der es nicht verdient hätte.»

«Das mag wahr sein, aber er hat sich gelegentlich unmöglich benommen», verkündete K. P., der chinesische Puritaner. «Er hat wohl kein leichtes Leben gehabt, Miles. Nach seinen Reden zu urteilen, war er gerade dabei, ein ganz großes Rad zu drehen.»

«Was hat er von dir gewollt?»

«Schwer zu sagen. Mit all dem Champagner und Pernod war ich ein wenig verwirrt. Aber offenbar ging es ihm um zwei Dinge. Etwas – er wollte nicht sagen was –, irgendein Objekt sollte aus China kommen. Er hat gefragt, ob Künstler oder Kunstkenner aus der Volksrepublik gekommen seien oder erwartet würden. Außerdem hat er von Montague gesprochen.»

«Montague?» fragte Miles. «Was für ein Montague?»

«An den wirst du dich kaum erinnern. Da gab es damals eine Affäre, 1945 in Chungking, lange vor deiner Zeit. Cecil Edward Frederick Montague war ein subalterner Beamter im Stab des Vizekönigs von Indien. Er ist damals häufiger mit Kurierflügen nach China gekommen. Mein Vater meint, diese Reisen seien für Montys Kunstsammlung von erheblich größerem Nutzen gewesen als für die Regierung Seiner Majestät.»

«Monty!» rief Corrigan. «Ja, von dem habe ich gehört. Er und Humphrey waren eng befreundet. Humphrey hat immer gesagt, Monty sei es völlig schnuppe, wie er an ein Objekt herankam, wenn er es nur bekam. Was hatte Humphrey denn diesmal über Monty zu erzählen?»

«Er hat vor sich hin geschwätzt, Miles», erinnerte sich K. P. «Was für eine erfolgreiche Karriere Monty gemacht hat: Leitender Politischer Berater im Büro des Britischen Hochkommissars für Südostasien in Singapur. Humphrey schien selbst nicht zu wissen, was los war. Er sagte, eine Menge Leute hätten sich nach Monty erkundigt, aber er wisse nicht warum. Und er wollte nicht verraten, wer die Leute waren.»

«Was ist mit Kunstkennern oder Künstlern aus der Volksrepublik?»

«Ein paar kommen immer nach Hongkong, Kulturdelegationen auf dem Weg nach Südostasien, Indien oder Afrika. Für nächste Woche ist wieder eine angesagt: Maler auf dem Weg nach Indonesien.»

Miles schob eine Locke aus der Stirn und fragte: «Und sonst? Hat er irgend etwas sonst erzählt?»

«Ich bin immer noch ein bißchen benommen. Aber jetzt fällt es mir wieder ein. Humphrey hat sich ein paar Mal nach Professor Turner Li erkundigt. Du weißt doch, Turner hatte nach der kommunistischen Machtübernahme Schwierigkeiten, aber dann ist er mit wehenden Fahnen zu den neuen Herrschern übergegangen. Er wohnt jetzt in Peking und schreibt für die Kommunisten.»

Der junge Kunsthändler öffnete einen Wandschrank und holte eine Flasche Remy Martin heraus. Sorgfältig schenkte er in zwei Cognacschwenker ein und schob Miles einen zu.

«Ich habe seit mindestens einem Jahr kein Wort mehr von Turner Li gehört», fuhr K. P. fort. «Aber seine Tochter Hyacinth lebt in Kaulun. Sie arbeitet für das British Council.»

Dann hob er sein Glas und rezitierte feierlich: «Auf Humphrey! Möge er an einen Ort gegangen sein, wo es viele schöne Dinge gibt, und auch viele Kunden, denen es egal ist, wo die Objekte ihrer Begierde herkommen.»

6. KAPITEL

Schwitzende Menschenmengen drängten sich durch die enge Schlucht der Queen's Road und schoben einander rücksichtslos beiseite. Miles machte Platz für barfüßige Kulis, die unter lauten Warnrufen mit taumelndem Schritt schwere Holzkisten an Bambusstangen auf der Schulter trugen. Er wich Bettlern in Lumpen und behäbigen Kaufleuten im schwarzen Seidengewand aus. Er gab Verkäuferinnen in knielangen westlichen Röcken und Dienstmädchen in weißer Jacke und schwarzen Hosen den Weg frei. Er ging muskulösen Schlägertypen im Unterhemd und britischen Matrosen aus dem Weg, die Hosen mit Schlag trugen und in deren schmalen Gesichtern man die Unterernährung ihrer Kindheit sehen konnte.

Ein rundlicher amerikanischer Tourist betätigte emsig den Verschluß seiner japanischen Kamera. Miles' Blicke folgten der Richtung, in die die Linse wies, und er stellte erfreut fest, daß man den Seitenschlitz im eng anliegenden Seidenrock dieses Jahr vier Zentimeter höher trug als bei seinem letzten Besuch. Vom bunten Zauber der Straße abgelenkt, hätte er fast die kleine Gasse übersehen, deren steile Stufen den Berg hinauf führten.

Das beste bürgerliche Restaurant der Stadt nannte sich *Goldene Gans*. Ein Kellner in schmutzigem Unterhemd zauberte aus dem Nichts ein heißes Handtuch und eine Schale

Nudeln mit Schweinefleisch herbei. Miles war zwar nicht besonders hungrig, aber er wußte, daß er es später bereuen würde, wenn er jetzt nichts aß. Lieber das einfache Essen der *Goldenen Gans* als ein alkoholgeschwängertes Mittagessen in *Jimmy's Kitchen*, wo man beim munteren Geplauder alter Freunde nicht zum Nachdenken kam.

Er stocherte mit den Bambusstäbchen im wirren Geflecht der Nudeln. Die Chinesen konnten einfach alles mit Bambus anfangen, außer Atomenergie produzieren, und wahrscheinlich würden sie das demnächst auch noch schaffen. Er erwischte eine einzelne Nudel und versuchte, sie unversehrt herauszuziehen, aber sie zerriß, bevor er sie aus dem Gewirr befreien konnte.

Das Rätsel, vor dem er stand, war genauso verworren. Er würde nie imstande sein, das zu beweisen, was er vermutete, also wollte er es gar nicht erst versuchen oder jedenfalls nicht sehr bemüht versuchen.

Aber er mußte herausbekommen, ob er selbst bedroht war und ob er Ausweichmanöver einleiten mußte. Egal, wer es war, der Humphrey von dem Walla-Walla gestoßen hatte, Miles ahnte, daß eine verborgene Hand den Faden gezogen hatte, der ihn in das dunkle Wasser des Hafens von Hongkong zog. Und höchstwahrscheinlich hatte dieselbe Hand den Faden gehalten, an dessen anderem Ende die Luftpiraten wie Marionetten hingen.

Die Art, wie Humphrey umgekommen war, deutete darauf hin, daß sein letztes Geschäft tatsächlich das große Geschäft gewesen sein konnte, von dem er sein Leben lang geträumt hatte. Wenn das Geschäft noch lief, konnte auch Miles davon profitieren.

Aber er wußte nicht, wie er ihm auf die Spur kommen sollte. Er hatte den Faden in der Mitte erwischt und kannte weder seinen Anfang noch sein Ende. Vermutlich führte das eine Ende zu Monty: Cecil Edward Frederick Montague, Leitender Politischer Berater im Büro des Hochkommissars Ihrer Britischen Majestät für Südostasien. Und das andere Ende? Miles konnte es sich nicht einmal vorstellen, aber irgendwo an dem Faden hing nicht nur die Loge zum Grünen Lotos, sondern auch der aristokratische Kunstwissenschaftler Turner Li, hinter dessen konfuzianischer Ruhe sich stürmische Leidenschaft verbarg.

Miles kannte Professor Li seit 1947, als sich die Elite und der Abschaum Chinas in der Südhauptstadt Nanking am Jangtsekiang versammelt hatten. Turner war ein Idealist und ein Perfektionist, eine Kombination, die ihn selbst ebenso unglücklich machen mußte, wie jeden, der mit ihm zu tun hatte. Er lebte in beengten Verhältnissen mit seiner Frau und zwei heranwachsenden Kindern in einem Zimmer und kam in einer Ära galoppierender Inflation kaum mit seinem Einkommen aus. Die Stadt, in der er ums Überleben kämpfte, hatte sich bereits halb an den Gedanken gewöhnt, von der Volksbefreiungsarmee Mao Zedongs erobert zu werden.

Turner Li war in doppeltem Sinne als einer derer angesehen, «die vom Auslandsstudium zurückgekehrt sind», denn er hatte an englischen wie an amerikanischen Universitäten studiert. Außerdem hatte er einen kleinen Beamtenposten innegehabt. Wie eine Glucke brütete er über mehr als vierzehntausend Holzkisten mit den Kunstwerken Chinas, die ursprünglich 1936 in Peking eingepackt worden waren, um sie vor den Japanern zu retten. Gelegentlich wählte er eine Bildrolle, eine Statuette oder ein Bronzegefäß aus, das auf einem Propagandaplakat abgebildet werden sollte.

Wie fast alle der Chinesen, die die jungen und naiven Amerikaner für «die Guten» hielten, hatte Turner nicht viel für die nationalistische Regierung übrig. Im Gegensatz zu den meisten unter den «Guten», im Gegensatz zu den meisten gebildeten Chinesen überhaupt, ließ er sich auch nicht von den Versprechungen der Kommunisten verlocken. Im Grunde war er ein unpolitischer Mensch, und seine Seele gehörte der weltjenseitigen Philosophie des Zen-Buddhismus und den nebelhaften Tuschzeichnungen, die von dieser Mystik inspiriert waren. Wenn er von den politischen Wirren in China sprach, zeigte er ebensoviel Verachtung «für die, die gegenwärtig unfähig sind, das Land zu regieren», wie für die, «die sich in Kürze als unfähig erweisen werden».

Turner, der hervorragende Kenner der Meisterwerke Chinas, verachtete die «Kleckse und Kringel» der westlichen abstrakten Malerei und hatte fast genausowenig für die gegenständliche Kunst des Westens übrig.

«Die abstrakten Maler sind ständig auf der Flucht», hatte er Miles einst beim Genuß vieler Schalen kräftigen Tees aus Yünnan belehrt. «Sie stellen sich weder der menschlichen Natur noch dem Dilemma des Menschseins. Statt dessen drehen und winden sie sich und weichen beiden Herausforderungen aus. Die Zenmeister dagegen haben sich auch da, wo sie den Höhepunkt der Sublimierung erreichten, nie von der Realität entfernt. Sie haben auch die gegenständliche Darstellung nie aufgegeben.

Die meisten westlichen Maler haben es nie weiter gebracht, als bis zu oberflächlicher Darstellung. Aber die Zenmeister sind vom Realismus zu den verborgenen Geheimnissen des Universums vorgedrungen, zur innersten Essenz des Lebens. Zen ist disziplinierte Mystik, realitätsverhaftete Mystik. Ein Hügel, ein Fluß oder ein Tempel im Nebel drücken das logisch Unerklärliche, das konventionell Undefinierbare aus.»

Miles erinnerte sich gut an diese Bemerkungen. Er hatte den Wortlaut aus seinen alten Aufzeichnungen rekonstruiert, nachdem er den Widerruf gelesen hatte, den Turner Li ein paar Jahre später unter dem Titel «Sozialismus und Zen» in der *Peking Literary Gazette* veröffentlicht hatte.

> Miles Corrigan war ein typisches Beispiel für die raubgierigen amerikanischen Geier, die sich auf die Kultur Chinas stürzten. Er gab sich als Kunstkenner aus, aber in Wirklichkeit hat er auf Anordnung der amerikanischen Geheimdienste in Zusammenarbeit mit den Verrätern des nationalistischen Geheimdienstes die nationalen Schätze Chinas gestohlen.

Das also war der verwirrte idealistische junge Marineleutnant, der versucht hatte, mehr über Chinas künstlerisches Erbe zu erfahren, und sich darum bemüht hatte, die politischen Wirren in China zu verstehen. Nach dem Angriff auf Miles Corrigan hatte Turner Li seinen Kotau vor den neuen Herren gemacht.

> Die sozialistische Malerei hat die Essenz des Universums erreicht, auch wenn einige von künstlerischer Technik besessene Personen unsere jungen Maler als primitiv und rein gegenständlich kritisiert haben. In Wirklichkeit aber hat die sozialistische Malerei das Ziel erreicht, dem die unaufhörliche Suche des Zen galt. Wir haben das einst Unmögliche erreicht, und wir haben erkannt, daß die geheimnisvolle Essenz, nach der die Zenmeister suchten, das Wohl des Volkes war. Unter der inspirierten Führung der Kommunistischen Partei und ihres Vorsitzenden Mao Zedong haben die sozialistischen Maler

endlich den Gipfel erreicht, weil sie alles der Doktrin vom Dienst am Volk untergeordnet haben.

Miles erwachte aus seinen Erinnerungen und sah, daß er seine Nudeln aufgegessen hatte und daß der Kellner andere Kunden, die auf den Tisch gewartet hatten, herbeiwinkte. Er zahlte und sagte sich, er würde ebenso irrational reagieren wie Turner Li selbst, wenn er versuchte, den gewundenen Argumenten des alten Kunstkenners zu folgen.

Statt dessen rief er Turner Lis Tochter Hyacinth im British Council an. Sie war freudig überrascht, etwas von ihm zu hören, und verabredete sich für den Abend mit ihm. Dann machte er sich an die Runde geschäftlicher Besprechungen, die schon vor seiner Ankunft arrangiert worden waren.

So spannend er das Schicksal von Turner Li und Humphrey Enwright auch fand, wie der Topf voll Gold am Ende des Regenbogens auch aussehen mochte, die Galerie de Sola brauchte jetzt Nachschub an Kunstwerken. Wenn die Galerie nichts anzubieten hatte, würde es Miles de Sola Corrigan schwerfallen, weiterhin seinen kostspieligen Vorlieben zu frönen.

7. KAPITEL

SPÄT AM NACHMITTAG ging ein Wolkenbruch nieder, und schimmernde Kaskaden verhüllten Gebäude, die kaum hundert Meter entfernt waren. Nach einer Dreiviertelstunde setzte gleichmäßiger Nieselregen ein. Als Miles nach einem einsamen Abendessen in *Gaddi's Restaurant* im Peninsula das Taxi bestieg, glichen die Straßen von Kaulun glänzend schwarzen Seidenbändern, in denen sich die Neonreklamen wie Juwelen spiegelten.

Der Taxifahrer spähte angestrengt durch die beschlagene Windschutzscheibe und versuchte, Kensington Mews Nr. 15 zu finden. Die kurze Sackgasse mit ihren Palisaden von Fachwerkbungalows im Tudorstil wirkte mitten in Hongkong so chinesisch wie Plumpudding. Aus einem Fenster neben der roten Haustür von Nr. 15 fiel Licht, und eine grazile chinesische Dienerin in langer weißer Jacke und schwarzem Rock öffnete die Tür. Ihr dicker schwarzer Zopf schaukelte über dem Rücken, als sie Miles ins Haus führte.

Ein unsichtbares Grammophon spielte Rimski-Korsakows «Indische Gesänge», und er trat durch einen Torbogen in ein ganz mit roter Seide ausgeschlagenes Zimmer. Hinter halbgeöffneten Vorhängen war nur eine einzige Tuschzeichnung sichtbar. Feinste Grautöne beschworen ein winziges Dorf unter einem zerklüfteten Berg eher herauf, als daß sie es abgebildet hätten.

Leichter Weihrauchduft hing in der Luft, und auf einem niedrigen Schwarzholztisch stand eine Flasche Courvoisier VSOP. Eine Frau Mitte der Zwanzig lag, den Cognacschwenker in der Hand, ausgestreckt auf einem mit tiefblauer Seide bespannten Sofa. Als sie aufstand, gab der hohe Schlitz in ihrem engen weißen Rock ein dreieckiges Stück weißen Schenkel über dem Strumpfband frei.

«Wie gefällt Ihnen das Bühnenbild?» fragte sie mit weit ausladender Geste. «Ein Kenner des Orients sollte es zu schätzen wissen. Einen Cognac?»

«Liebend gern», antwortete Miles. «Wie geht es Ihnen, Hyacinth?»

«Gut, glaube ich. Schön, daß Sie sich nach all den Jahren an mich erinnern.»

Sie sah ihn mit festem Blick an, während er den Cognac einschenkte.

«Ich habe Sie nie vergessen, Miles», fügte sie hinzu. «Der junge amerikanische Idealist, der China liebte, mit dem sich mein Vater so gern unterhalten hat. Als ich klein war, habe ich Sie *Meiguo xiansheng* genannt, Herr Amerika. Ich habe Sie angehimmelt.»

«Ich habe nicht gewußt, daß ich einen so nachhaltigen Eindruck auf Sie gemacht habe, Hyacinth. Ich fühle mich geschmeichelt.»

«Heute weiß ich natürlich, daß amerikanischer Idealismus auch nur Geschwätz ist», antwortete sie. «Ich weiß, daß Sie ein ganz normaler Geschäftsmann sind. Was wollen Sie von mir?»

«Allein die Freude, Sie zu sehen, ist die Fahrt von New York her wert.»

«Mein Vater hat mir beigebracht zu sagen: ‹Ich bin erfreut, Gnade vor Ihren Augen gefunden haben›.» Sie schenkte sich noch einmal ein. «Was wollen Sie sonst noch von mir?»

«Nichts, außer Ihrem ausgezeichneten Cognac.»

«Miles, spielen Sie nicht Versteck mit mir», befahl sie. «Sagen Sie mir, was Sie wollen.»

«Ich habe die Nacht-und-Nebel-Aktionen aufgegeben. Aber ich würde mich gerne über Ihren Vater unterhalten.»

«Was wollen Sie über ihn wissen?» Hyacinth stellte ihr Glas energisch ab. «Was wollen Sie von ihm?»

«Ich würde ihn gern treffen.»

«Das geht nicht», antwortete sie erschreckt. «Erinnern Sie sich noch, was *jingsuan* heißt? Liquidierung! Wollen Sie, daß man ihn liquidiert?»

«Natürlich nicht. Aber ich habe gehört, er sei auf dem Weg nach Hongkong. Und ich fürchte, er schwebt in Gefahr. Erinnern Sie sich an Humphrey Enwright?»

Sie nickte.

«Er ist tot, seit gestern abend. Ich glaube, er ist ermordet worden. Und sein Tod hat irgend etwas mit Ihrem Vater zu tun.»

«Sie kündigen nur Unheil an, wie ein schwarzer Vogel.» Hyacinth fuhr mit den Fingerspitzen über seinen Handrücken. «Sie bringen anderen Unheil und nehmen nie Schaden. Wie ein Diamant können Sie alles schneiden, aber nichts schneidet den Diamanten.»

Sie nahm seine Hand in beide Hände und führte sie an ihre Wange.

«Natürlich erinnere ich mich an Humphrey. Aber was in aller Welt könnte er mit meinem Vater zu tun haben?»

«Seien Sie vorsichtig, daß der Diamant nicht springt», sagte Miles lachend. «Ich bringe kein Unheil. Ich warne vor möglichem Unheil. Ich glaube, daß man Humphrey ermordet hat, weil er sich nach Ihrem Vater erkundigt hat, weil er gefragt hat, wann Ihr Vater nach Hongkong kommt.»

«Sie wissen, daß mein Vater nach Hongkong kommt?»

«Ich dachte es mir. Aber ich weiß weder warum noch wann.»

«Sie dürfen nicht versuchen, ihn zu treffen, Miles. Auf keinen Fall. Die Kommunisten lassen ihn kurzfristig raus, aber sie trauen ihm nicht. Wenn er Sie trifft... Bei Ihrer Vorgeschichte werden sie überzeugt sein, daß er sich absetzen will.»

Miles zog seine Hand zurück, schenkte sich einen Schluck Cognac ein und fragte: «Warum lassen sie ihn überhaupt raus, wenn sie ihm nicht trauen, wenn sie fürchten, er könnte sich absetzen?»

«Ich weiß es nicht. Ich habe keine Ahnung. Aber Sie dürfen ihn auf keinen Fall treffen. Außerdem würde das mein Bruder nicht zulassen.»

Sie richtete sich auf und strich den Rock über den Knien glatt. Unaufgefordert schlurfte die kleine Amah auf ihren Stoffschuhen ins Zimmer.

«Ah Su macht sich Sorgen um mich.» Sie winkte sie aus dem Zimmer. «Sie ist sehr eifersüchtig.»

Wie eine rosa Perle breitete sich leichte Röte über Hyacinths schmales Gesicht und stieg bis zu den Locken auf, die ihre hohe Stirn verhüllten. Ließ der Alkohol sie erröten, oder hatte er kompliziertere Gefühle ausgelöst: Zorn, Angst oder vielleicht Zuneigung? Miles tat, als habe er ihre rätselhafte Bemerkung nicht gehört, und griff wieder nach ihrer Hand.

«Ich wußte nicht, daß Ihr Bruder kommt», sagte er. «Ich wußte nur, daß er stellvertretender Herausgeber des *Da Gongbao* ist. Früher hieß das Blatt wohl *L'Impartial.*»

«Er kommt raus, um auf Vater aufzupassen und um mich über meine vaterländischen Pflichten zu belehren. Bitte, Miles! Lassen Sie die beiden in Ruhe! Sie dürfen sich nicht einmischen.»

Miles nippte an seinem Cognac. Dann holte er tief Luft. Es würde nicht leicht sein.

«Ich will Ihrem Vater und Ihrem Bruder nichts Böses», sagte er schließlich. «Schade, daß sie nicht das gleiche für mich empfinden. Haben Sie gesehen, was Ihr Vater in der *Literary Gazette* über mich geschrieben hat? Aber davon einmal ganz abgesehen, was immer er vorhat, er wird Hilfe brauchen. Humphrey war nicht viel wert, aber irgend jemand hat ihn umgebracht. Ob es Ihnen paßt oder nicht, ich hänge da mit drin. Und für Sie ist es besser, wenn ich auf Ihrer Seite bin.»

«Sie haben den Artikel also gesehen? Sie wissen natürlich, daß er ihn schreiben mußte, daß er das nicht ernst gemeint hat.»

«Aber geschrieben hat er es», warf Miles ein. «Also ist mir die Familie Li etwas schuldig.»

«Also gut. Das wenige, was ich weiß, werde ich Ihnen erzählen», lenkte sie ein. «Mein Vater ist Mitglied einer Kulturdelegation nach Indonesien. Er unterbricht die Reise in Singapur, um einem wohlhabenden Sammler ein paar Rollen zu übergeben.»

«Wem?»

«Das weiß ich nicht.» Demonstrativ kühl blickte sie starr geradeaus. «Peking will nur, daß er die Echtheit der Rollen bestätigt. Wer würde an seiner Expertise zweifeln? Mein Bruder ist Pekings Wachhund. Sie werden bei Morgan Tan wohnen, dem Kautschukmillionär.»

Sie stürzte ihren Cognac hinunter und fuhr in dem gleichen ausdruckslosen Tonfall fort: «Woher sollte ich wissen, warum Humphrey umgebracht wurde? Ich weiß, daß es nichts mit der Familie Li zu tun hat. Vaters Auftrag ist vollkommen legal. Keine Tricks. Miles, Sie dürfen nicht versuchen, ihn hier zu treffen. Denken Sie daran, wenn irgend jemand in Gefahr schwebt, dann Sie. Und Sie stellen eine Gefahr für ihn dar.»

Hyacinth faltete die Hände im Schoß. Ihr Gesichtsausdruck änderte sich nicht, aber Tränen traten ihr in die Augen und flossen in zwei kleinen Bächlein über die Wangen.

«Jetzt habe ich Ihnen alles gesagt, was ich sagen kann, alles, was ich weiß», sagte sie. «Ah Su wird mich ins Bett bringen. Sie müssen jetzt gehen. Aber vorher müssen Sie mich küssen. In Nanking haben Sie mir immer einen Gutenachtkuß gegeben.»

Miles nahm die zerbrechliche Gestalt in die Arme. Die salzigen Tränen waren echt, aber sie war kein Kind mehr. Ihre Lippen antworteten auf seinen sanften Druck, und ihre Zungenspitze tastete sich in seinen Mund. Dann trommelten ihre kleinen Fäuste gegen seine Brust und schoben ihn weg. Er zog sich zurück und wollte gehen, aber sie hielt seine Hand fest.

«Miles, ich habe mir geschworen, mir immer alles zu nehmen, was ich haben will.» Hyacinths geheimnisvolle dunkle Augen öffneten sich weit. «Alles, was ich will, wenn ich es wirklich will. Vielleicht will ich es, vielleicht auch nicht. Aber ich möchte, daß du mit mir kommst.»

Er folgte ihr durch einen langen Gang und bewunderte ihre schlanken Knöchel und die sanft geschwungene Linie ihres Rückens, die das eng anliegende Kleid unterstrich. Hinter ihm schlurften die Stoffschuhe der Amah über den Teakholzboden; vor ihm wurde der moschussüße Weihrauchduft immer schwerer.

Hyacinth führte ihn in ein schwach beleuchtetes Schlafzimmer. Die Wände waren hinter blaßblauen Seidenvorhängen verborgen, die mit dem chinesischen Zeichen für Glück bestickt waren. Ein breites Bett aus Rosenholz mit einer dunkelroten Bettdecke stand an einer Wand. Die vier Bettpfosten trugen einen karmesinfarbenen Betthimmel. Das traditionelle chinesische Ehebett war so hoch, daß man eine kleine Leiter brauchte, um es zu besteigen. Alle Möbel waren aus leuchtend blaßgoldenem Rosenholz: eine Kommode, ein Ankleidetisch mit Kristallspiegel und Griffen aus poliertem Messing, zwei mit karmesinfarbener Seide bezogene Stühle. Auf einem Altartisch brannten in einer Silberschale Räucherstäbchen vor einer alten Elfenbeinstatuette.

«Meine Schutzgöttin Guanyin.» Hyacinth deutete mit perlrosafarbenen Fingernägeln auf die Statuette. «Sie gilt als Göttin der Barmherzigkeit. Aber du weißt wohl, daß sie vor langer Zeit ein kriegerischer Halbgott war. Sie ist nicht wirklich weiblich, sie steht zwischen den Geschlechtern, so wie ich.»

Miles ließ sich in einem der Rosenholzstühle nieder und sah zu, wie Ah Su ein Tablett mit der Courvoisier-Flasche und zwei Cognacschwenkern auf den Altartisch stellte. Dann schloß die Amah die Tür und zog die blauseidenen Vorhänge vor. Jetzt waren sie dem emsigen Getriebe der Stadt da draußen so fern, als umfinge sie die Luxuskabine eines Ozeandampfers. Das leise Summen der unsichtbaren Klimaanlage verstärkte diese Illusion.

Der goldfarbene Teppich aus Tientsin erstickte das Geräusch ihrer Stoffschuhe, und Ah Su zog die Vorhänge vor der hinteren Wand zurück. Die Tür, die jetzt sichtbar wurde, führte zu einem Badezimmer. Die Wände waren mit dunklen Bronzespiegeln verkleidet, in denen sich eine in den Marmorboden eingelassene, übergroße schwarze Badewanne spiegelte.

«Der Vormieter war ein Hedonist», erklärte Hyacinth sachlich. «Genauer gesagt, die Konkubine, die er hier untergebracht hatte, war Hedonistin. Jetzt genieße ich die Annehmlichkeiten, die für sie bestimmt waren.»

Ah Su drehte die goldenen Hähne auf, und die Wanne füllte sich allmählich mit Wasser. Sie streute ein rosenfarbenes Pulver aus einem weiß-blauen Porzellanflakon ins Wasser, und Jasmingeruch durchwehte die Wohnung.

«Ich habe dir ja gesagt, daß Ah Su mich gerne zu Bett bringt», lächelte Hyacinth. «Sie stammt aus Swunduk, der Heimat der Amahs, die nie heiraten. Sie haben andere Vorlieben.»

Miles nippte schweigend an seinem Cognac und zog an seiner Zigarette.

«Hast du nichts zu sagen, Miles?»

«Nichts Wichtiges. Ich fühle mich sehr behaglich und bin sehr neugierig, auch wenn ich mich frage, was für eine Rolle ich dabei spielen soll.»

«Das frage ich mich auch. Jedenfalls zieht mich Ah Su gerne aus. Ich glaube, das Ritual wird dir gefallen.»

Die Amah stand vor ihrer Herrin, und ihre Hände machten sich an den Verschnürungen zu schaffen, die den hohen Kragen des eng anliegenden Kleides schlossen. Sie öffnete den schräg eingenähten Reißverschluß, und Hyacinth trat aus ihrer schwarzen Hülle heraus. Ah Su wandte sich ab und faltete das Kleid sorgfältig zusammen, bevor sie es in eine offene Schublade legte. Hyacinth, nur mit einem Unterkleid aus schwarzer Spitze bekleidet, stand reglos da. Ein überlegenes Lächeln spielte um ihre rosenfarbenen Lippen.

Als sie das Unterkleid öffnete, überzog leichte Röte Ah Sus Gesicht, und die Zunge spielte aufgeregt zwischen ihren Zähnen. Miles fühlte, wie sein Blut in Bewegung geriet. Nur Hyacinth schien so unbewegt wie eine junge Dame bei der Anprobe. Es war, so schien es Miles, eine seltsame Vorstellung, die ihm da geboten wurde, und Hyacinth war eine seltsame Exhibitionistin.

Ah Su trat hinter ihre Herrin und öffnete den durchsichtigen schwarzen Büstenhalter. Als ihre Hände die Seidenträger über die elfenbeinfarbenen Schultern gleiten ließen, liebkosten sie die kleinen festen Brüste, schmiegten sich um ihre Rundung und glitten vorsichtig über die Brustwarzen. Hyacinths veilchenfarben blasse Brustwarzen wurden unter der Liebkosung hart und fest. Ihre Augen funkelten, und ihr träumerisches Lächeln wurde intensiver.

Die Amah legte das leichte Kleidungsstück weg und kniete vor ihrer Herrin nieder. Langsam und genüßlich zog sie den schwarzen Slip über die sanfte Rundung der Hüften, über weiche Schenkel und wohlgeformte Waden. Mit geschlossenen Augen gab sich Hyacinth den sanften Bewegungen der Amah hin. Die öffnete den schwarzen Strumpfgürtel und rollte die glänzenden Strümpfe herunter, Hyacinth hob nacheinander beide Beine, so daß die Amah die Strümpfe wegnehmen konnte. Dann stand sie nackt im Raum. Das Delta zwischen den Schenkeln war fast unbehaart, die Spalte in der Mitte deutlich sichtbar.

Immer noch kniend, beugte sich Ah Su vor und ließ die Zunge behutsam zwischen die zarten Schamlippen ihrer Herrin gleiten. Ihre Hände umfaßten Hyacinths Po, und ihre Zunge bewegte sich schneller. Aber nach wenigen Augenblicken schob die Herrin den Kopf der Dienerin sanft beiseite.

«Ich habe geglaubt, es werde dir Spaß machen zuzusehen, Miles.» Es war das erste Mal, daß Hyacinth sprach. «Aber Ah Su ist enttäuscht.»

Mit wiegenden Hüften stieg Hyacinth in die schwarze, jasminduftende Wanne. Ihr Körper glänzte im spiegelglatten Wasser wie altes Elfenbein. Ah Su kniete neben der versenkten Badewanne und erforschte mit einem weichen Lappen jeden Winkel der zarten Nacktheit ihrer Herrin. Langsam bewegten sich ihre Hände zwischen den gespreizten Beinen, glitten über weiche Backen, streichelten erregte Brustwarzen. Miles fühlte wie sein Glied anschwoll.

Etwas später erhob sich Hyacinth zögernd, um sich von einem rosafarbenen Handtuch umfangen zu lassen. Ah Su tupfte ihren Körper trocken, bevor sie Brüste und Schenkel mit Parfüm betropfte. Als ein rosaseidener Morgenmantel Hyacinths Nacktheit verhüllte, sprach sie wieder.

«Die Japaner haben die Reinlichkeit von uns Chinesen gelernt», bemerkte sie beiläufig. «Vor der Liebe müssen wir makellos sein. Möchtest du baden?»

Obgleich Miles auf seine Unerschütterlichkeit, seine Fähigkeit, sich durch nichts schockieren zu lassen, stolz war, hatte ihn die genüßliche Selbstdarstellung der schönen Chinesin überrascht und erregt. Er war zu oft Gast in japanischen Bädern gewesen, als daß es ihm etwas ausgemacht hätte, sich vor zwei Frauen auszuziehen. Aber er entzog sich Ah Sus hilfsbereiten Händen.

«Um so besser», lachte Hyacinth. «Sie würde alles für dich tun, aber es würde ihr keinen Spaß machen. Sie zittert ja schon vor Eifersucht.»

Die gedankenlose Grausamkeit, die hinter Hyacinths Worten lag, störte Miles. Er stieg in das parfümierte Wasser. Sie hatte ihre lesbische Beziehung zu der kleinen Amah offenherzig eingestanden. Allein die Tatsache, daß Hyacinth außer Frauen auch Männer mochte, war kein Grund, Ah Su zu quälen. Er verdrängte die kritischen Gedanken und gab sich dem Genuß hin, sich von Ah Su den Rücken bürsten zu lassen. Sie ging ein wenig rauher vor als nötig, aber das hatte seinen eigenen Reiz.

Er stieg aus der Wanne und ließ sich von Ah Su ein Handtuch reichen. Er trocknete sich ab und bedankte sich für den Frotteemantel, den die Amah ihm reichte. Hyacinth gab Ah Su knappe Anweisungen in einem Dialekt, den Miles nicht verstand, und die Dienerin verließ das Zimmer. Als sie die Tür schloß, warf sie einen ausdruckslosen Blick auf den Mann, der ihren Platz im Bett ihrer Herrin usurpiert hatte.

«Wenn du den Cognac mitbringst, bringe ich dir ein altes chinesisches Spiel bei», sagte Hyacinth. «Muß dieser Bademantel eigentlich sein?»

Neugier löste Miles' leichte Verärgerung über die hochmütige Art ab, mit der Hyacinth die Amah und auch ihn behandelte. Vielleicht inszenierte sie ja ein symbolisches Rachedrama gegen das männliche Geschlecht. Sie behandelte nicht nur Ah Su grausam, sondern sie schien es auch darauf abgesehen zu haben, ihn zu demütigen, indem sie das Kommando übernahm. Aber gleichgültig, was für ein Spiel sie spielte, er war bereit mitzuspielen, jedenfalls vorläufig.

Mit dem Cognacschwenker in der Hand stieg er die Stufen zum Bett empor, wo Hyacinths Körper im gedämpften Licht wie Elfenbein erstrahlte. Sie stützte sich auf einen Ellbogen und gab ihm einen schnellen Zungenkuß. Dann nahm sie ihm den Cognac ab und löste sich aus seinen Armen.

«Ich halte meinen Schwur, mir alles zu nehmen, was ich will», flüsterte sie. «Ich will dich.»

«Ich brenne vor Neugierde und nicht nur vor Neugierde. Was für ein Spiel willst du mit mir spielen?»

«Es ist ein altes chinesisches Spiel und heißt: Der Bär sucht nach Honig. Erst einmal darfst du der Bär sein, vielleicht werde ich nachher die Bärin spielen.»

Sie nippte an ihrem Cognac und ließ ein paar Tropfen in die Halsbeuge fallen.

«Such, Bär!» befahl sie. «Such!»

Miles' Zunge leckte die aromatischen Cognactropfen auf. Sein Mund folgte der Spur, die von der Schulter auf eine Brustspitze führte.

«Braver Bär», murmelte sie, «kluger Bär.»

Die Spur führte auf ihren Nabel, und sie erzitterte vor Entzücken unter seiner suchenden Zunge. Das Cognacglas schwebte über ihrem ausgestreckten Bauch, gab einen Tropfen nach dem anderen frei und bewegte sich weiter nach unten.

«Trink, Bär!» befahl sie. «Trink!»

Miles' Zunge fuhr über ihre geöffneten Schamlippen.

Hyacinth wand sich vor Vergnügen, als er kühner wurde und seine Zunge immer tiefer in sie eindrang, sie langsam liebkoste.

«Braver Bär», stöhnte sie und öffnete die Schenkel weit. «Komm, Bär, komm!»

Später stellte sie die Bärin dramatisch dar, schnüffelte geräuschvoll und folgte der Cognacspur mit kehligem Brummen. Ihre begeisterte Reaktion auf das Wiederaufflammen seiner Erregung strafte die Beteuerung ihrer lesbischen Neigungen Lügen. Beim zweiten Mal gaben sie sich einander langsam und wollüstig hin.

«Das war ein wunderschönes Spiel», flüsterte er in ihr Ohr. «Kennst du viele solche Spiele?»

«Altes chinesisches Spiel», murmelte sie schläfrig. «Altes chinesisches Spiel aus dem Harem des Kaisers. Die Konkubinen haben es miteinander gespielt. Hunderte von Konkubinen. Sie hatten genug davon, auf ihn zu warten.»

Sie war eingeschlafen. Miles schlüpfte vorsichtig aus ihrer Umarmung. Während er sich anzog, betrachtete er aufmerksam die Elfenbeinstatuette auf dem karmesinroten Bett. Er spürte, wie die liebevolle Zuneigung vergangener Tage wieder erwachte. Die Zuneigung war gemischt mit der Ungeduld, die einem ein widerspenstiges Kind einflößt. Er verließ den Raum und schloß leise die Schlafzimmertür. Ah Su hatte auf ihn gewartet und verriegelte jetzt die Haustür hinter ihm. Der Blick, den sie ihm zum Abschied zuwarf, war feindselig und verriet zugleich Mitleid.

Offenbar konnte Hyacinth Li durch den zügellosen Einfallsreichtum, mit dem sie ihren schlanken Körper einsetzte, nicht nur Erregung, sondern auch Hingabe wachrufen. Was spielte sie sonst noch für Spiele, im Bett und anderswo? Aber als er in den Sprühregen hinaustrat, der noch immer über Kensington Mews fiel, verdrängte der Gedanke an den Kautschukmillionär Morgan Tan in Singapur das Bild der schönen Hyacinth aus seinem Kopf.

Hyacinths Vater, Turner Li, sollte in Singapur bei einem Mann wohnen, den er verabscheute. Morgan Tan hatte zusammen mit Turner Li an der Universität Peking studiert, und Turner hatte ihn einmal als einen «seelenlosen Philister ohne Sinn für Moral und Ästhetik» beschrieben und hinzugefügt: «Ehrfurcht empfindet er nur, wenn er einen Fünfhundertdollarschein betrachtet.» Und dieser Mann sollte mit dem Segen der Kommunisten Turner Lis Gastgeber in Singapur sein.

Bie sha! Ganbu zhi yao zhidao zhege jiahuo shi sheiya!

Miles fühlte, wie jemand seine Arme von hinten festhielt, und sah das kurze Aufflackern einer Taschenlampe, als das rauh geflüsterte Kommando im Pekingdialekt ihn aus seinen Träumen riß: «Nicht töten! Der Kader will nur wissen, wer der Kerl ist!»

Mit der rechten Ferse trat er kräftig nach hinten. Ein erstickter Schmerzensschrei, und der Griff um seinen Arm lockerte sich. Mit der rechten Hand schleuderte er die Taschenlampe zu Boden. Dann rammte seine Schulter einen Körper und stieß ihn beiseite. Er drehte sich um und begann wegzurennen, aber im nächsten Augenblick sah er, daß er auf das geschlossene Ende der Sackgasse zurannte. Bevor er sich umdrehen konnte, traf ihn etwas hinter dem Ohr, und er fiel auf das nasse Straßenpflaster.

Es dauerte ein paar Minuten, bis Miles zu sich kam. Wellen von Schmerz begleiteten die Wiederkehr des Bewußtseins. Mit der rechten Hand suchte er nach dem Feuerzeug, während die linke die Beule auf seinem Kopf berührte. Im flackernden Licht sah er, daß seine Brieftasche offen auf dem Pflaster lag. Seine Fingerspitzen waren mit einer schwarzen Masse beschmiert.

Die Angreifer waren gründlich und gut ausgerüstet gewesen. Die Papiere in seiner Brieftasche hatten ihnen nicht genügt, also hatten sie ihm Fingerabdrücke abgenommen.

Offenbar hatten zwei verschiedene Gruppen etwas mit den Verwicklungen zu tun, in die er hineingeraten war: die Loge zum Grünen Lotos und Pekinger Agenten, die Hyacinth zu bewachen schienen. Der Grüne Lotos war wohl kaum an seinen Fingerabdrücken interessiert. Wie wollte man sie wohl überprüfen? Aber in Peking hatte man seine Fingerabdrücke mit Sicherheit zu den Akten genommen.

Wenn er gegen zwei Gruppen von schattenhaften Feinden kämpfen mußte, war Vorsicht nicht nur der bessere Teil der Tapferkeit, sondern die einzige Möglichkeit. Er mußte rasch aus Hongkong verschwinden. Und das nicht nur, um sich in Sicherheit zu bringen. Der Schauplatz verlagerte sich offenbar nach Singapur.

8. KAPITEL

WIR HABEN JEDE EINZELNE Ritze im Fundament mit Zement ausgegossen, jedes Schlupfloch verstopft, durch das eine Kobra hätte kriechen können. Aber in der nächsten Nacht hörte Mary wieder das gleiche flinke, gleitende Geräusch. Ich griff nach meinem alten Gurkhadolch und machte das Licht an. Keine Schlange weit und breit, aber die Dielenbretter warfen Wellen.»

Der rundliche Alexander Cutler verlieh seiner Erzählung mit weit geschwenktem Bierkrug Nachdruck. Mit unermüdlicher Neugier streifte er durch den politischen Irrgarten von Singapur und sammelte begierig die makabren Geschichten seiner chinesischen und malaiischen Bewohner. Wenn er die gesammelten Erzählungen weitergab, verlieh er ihnen all den theatralischen Schwung, den er in seinen Berichten als Südostasienkorrespondent der behäbig konservativen BBC zügeln mußte.

«Alex liebt seine Geschichten. Aber diese Geschichte ist uns selbst passiert!»

Die blonde Mary Cutler lachte. Wie schon immer wirkte sie im dunkelhäutigen Singapur gebrechlich und vergeistigt. Dunkle Halbmonde färbten die zarte Haut unter ihren Augen, die nervös hin und her schweiften.

«Wie alle Gärtner ist auch unser alter *Kebun* eine Autorität für übernatürliche Erscheinungen. Er sagte, jedermann wisse, daß es in unserem Haus Geister gebe. Warum hätten wir es wohl sonst so billig bekommen?» fuhr sie fort. «Der Geist schlief nachts auf dem Dach über seiner Hütte. Also hat er letzte Woche seinen Vetter, einen berühmten Geisterbeschwörer aus Rangan, gebeten, nach Singapur zu kommen. Der Vetter hat dann den Geist vertrieben, und zwar in unseren Teil des Hauses. Für dieses Wochenende haben wir ihn noch einmal bestellt. Aber wohin sollen wir den Geist diesmal jagen?»

Der Partytrubel wirbelte zwischen Mary Cutler und der alten Anrichte mit dem runden weißen Wasserflecken hindurch. Die elementaren Zutaten jeder Party in Singapur standen bereit: Cognac, Gin, Scotch und Bier. Rund um den Eiskübel aus Zinn gab es Ginger-ale, Sodawasser, Coca-Cola, Rose's Limejuice und abgekochtes Wasser in leeren Ginflaschen.

Der geräumige Salon mit der weißgetünchten Decke über den Betonpfeilern vor der Einfahrt war fast fünf Meter hoch. Trotzdem hüllte ein Nebel von Zigaretten- und Zigarrenrauch die Gäste ein. Die drei Türen und sechs Fenster standen offen, aber die vier zerbeulten Deckenventilatoren konnten den Dunst kaum bewegen. Die Kissen auf den Rattanmöbeln waren mit ornamentalen indonesischen Batikmustern in Braun und Blau bezogen. Malaiische Dolche mit geschwungener Schneide hingen an den Wänden rund um das Samuraischwert, das den Ehrenplatz in der Mitte einnahm.

Zwei sehr junge und sehr rosige englische Offiziere, die auf einem Rattansofa saßen, diskutierten lautstark. Eine zierliche Inderin von höchstens fünf- oder sechsundzwanzig Jahren mit blauschwarzem Haar in einem roten Sari lag zu ihren Füßen auf einem Gebetsteppich aus Taschkent ausgestreckt und las einem hageren Malaien mit schütterem Bart T. S. Eliot vor.

«Ich weiß es genau, John», insistierte der untersetzte Offizier. «Ich habe es mit eigenen Augen gesehen. Tigerbier und Anchorbier werden im gleichen Kessel gebraut und dann in verschiedene Flaschen abgefüllt.»

«Unsinn, Dick», fuhr der andere dazwischen. «Tiger hat eine milde Reife, an die Anchor nicht herankommt.»

«Du warst ja auch ganz sicher, daß es den Sumpf auf der Landkarte nicht gab», zischte Dick mit kaum verhohlener Wut. «Und dann haben wir uns zwei Tage lang durch den Schlamm gekämpft. Und du hast auch genau gewußt, wo sich Ah Gee und seine Terroristen versteckten, bloß gefunden haben wir sie nicht.»

Peinlich berührt verzog John das Gesicht und sagte: «Mein lieber Dick! Wir hatten uns doch darauf geeinigt, daß wir nie wieder... Nach der Standpauke, die der Adjutant mir gehalten hat...»

«Tut mir leid. Du konntest nicht anders. Es wäre natürlich irre spannend gewesen, wenn du recht gehabt hättest.»

Die Wogen der Party überrollten das Gespräch. Miles nahm Alex Cutler beim Arm und zog ihn auf die Veranda.

«Können wir uns unterhalten, bevor die nächste Zirkusnummer abläuft?»

Grinsend schob der Journalist den schwarzen Spitzbart vor, der ihm einen sorgsam gepflegten Hauch mephistophelischer Tiefe verlieh.

«Miles, meine Dressurnummern sind hervorragend trainiert. Sie führen ihre Tricks vor, ob der Dompteur anwesend ist oder nicht. Heute ist die Zusammensetzung besonders ausgewogen. Die älteren Raubtiere, hauptsächlich Engländer von der Universität, haben die jüngeren trainiert.»

Miles blickte auf die flackernden Öllampen in einem benachbarten malaiischen Kampong, während er dem BBC-Korrespondenten seine Geschichte erzählte. Alex Cutler war ein auf sympathische Weise schlampiger Mensch. Aber nicht nur seine neidischen Kollegen, sondern auch hochmütige Lokalpolitiker und herablassende Diplomaten waren sich einig darüber, daß er der bestinformierte Mann in Südostasien war.

«...nach dem Angriff, ich habe ihn übrigens nicht angezeigt, hatte ich das Gefühl, daß Hyacinth recht haben könnte», faßte Miles seinen Bericht zusammen. «Ich stellte eine Gefahr für sie dar. Ich habe die Tatsache auch nicht gerade begrüßt, daß ich offenbar selbst in Gefahr geraten war. Also bin ich nach Singapur gefahren. Der nächste Akt des Melodrams, wenn es ein Melodram und keine Farce ist, sollte sich hier abspielen. Ich mache mir Sorgen um den alten Turner Li. Ich kann mir nicht vorstellen, daß der Große Vorsitzende ihn rausläßt, wenn es sich nicht um eine ganz große Sache handelt.»

Cutler stürzte die lauwarme Neige aus seinem Bierkrug hinunter und wischte sich mit dem Handrücken den Mund ab. Er rülpste leise und sagte: «Ich nehme an, Sie wollen nicht nur Details, sondern auch Hintergrundwissen.»

«Was wird mich das kosten?»

«Vorläufig gar nichts. Nicht bis Sie das Pendant zu meinem Tang-Kamel gefunden haben. Dann können wir die Rechnung begleichen. Was die Details angeht, kann ich Professor Li unauffällig durchsuchen lassen, wenn er morgen den Zoll passiert. Er wird es nicht einmal merken. Noch kontrollieren wir Briten den Geheimdienst. Und was den Hintergrund angeht, da sollten Sie am besten mitkommen und zuhören, was meine Zirkustiere erzählen. Ihr Professor

Li hätte sich keinen gefährlicheren Zeitpunkt aussuchen können, um die Stadt der Löwen zu besuchen. Die feindlichen Streitkräfte haben ihre Positionen bezogen, und die Schlacht um Singapur wird bald beginnen. Ein paar von den Anführern der militanten Linken und ihre Anhänger sind heute abend hier.»

«Wie steht es in der Rassenfrage?» fragte Miles. «Immer noch die gleiche Situation wie früher?»

«Sie wollen es wirklich genau wissen, was? Ja, die Situation ist in etwa gleich geblieben. Die Bevölkerungszahl beträgt zirka 1,2 Millionen. Drei Viertel davon sind Chinesen: die Unternehmer, die Bankiers, die Ladenbesitzer. Ein paar Briten, die das Ganze immer noch wie eine Kolonie regieren, aber das ändert sich. Etwa zehn Prozent Inder: hauptsächlich Beamte, Ärzte, Rechtsanwälte. Und der Rest sind die Malaien, die Söhne des Landes, die ihr Erbe verloren haben, als der Sultan vor hundertfünfzig Jahren Singapur an Stamford Raffles verkauft hat. Sie wissen ja, die Malaien sind Polizisten, Taxifahrer und Dienstboten und natürlich gute Muslims.»

«Ich wollte es nur repetieren, Alex. Und die politische Lage?»

«Passen Sie auf. Hauptsächlich spielt sich der Dschungelkrieg oben in Malaia ab. Kommunistische chinesische Guerillakämpfer gegen die Briten. Und hier in Singapur bildet sich eine breite Palette politischer Parteien von der Mitte bis zur extremen Linken aus. Und alle kämpfen um die Macht an dem Tag, an dem die Briten abziehen. Einige kämpfen dafür, daß der Abzug möglichst bald kommt und so demütigend für die Kolonialherren wird, wie es nur geht. Aber sehen Sie es sich doch selbst an.»

Die Gruppe in dem großen Saal mit dem Teakholzboden, der sich über den abgerutschten Betonpfeilern leicht senkte, sah einer akademischen Versammlung ähnlicher als einem Treffen von Verschwörern. Wäre da nicht das bunte Rassengemisch gewesen, hätte man sich genausogut in Cambridge, England, oder Cambridge, Massachussetts, treffen können. Die Hautfarben reichten vom dunklen Purpur der Südinder über das Zimtbraun der Malaien und die gelbliche Elfenbeinfarbe der Chinesen bis zum frischen Rosa der Briten. Im übrigen sah das Ganze aus, wie jede Versammlung eitler Intellektueller und hoffnungsvoller Politiker irgendwo auf der Welt aussieht.

Pubertäre Obszönitäten mischten sich mit koketten Pseudo-Weisheiten und dem Rhythmus der Musik. Miles gesellte sich zu einer kleinen Gruppe, die sich um einen hageren dunkelhäutigen Mann in einer Safarijacke aus beigefarbener Seide versammelt hatte. Eine käsige Blondine saß neben ihm, streichelte die haarige Hand, die auf ihrem Schoß lag, und rieb ihren Hintern nachdenklich über die Sofakissen.

«Paul da Silva», flüsterte Cutler. «Generalsekretär der Massen-Operations-Partei oder kurz: MOP. Die Dame ist Janet Digby aus London. Sie schläft mit Paul, tippt für den Geheimdienst und ist mit einem jungen schottischen Hauptmann verlobt, der irgendwo an der Grenze nach Thailand auf Terroristenjagd ist. Ich lasse euch allein.»

Da Silva, der aufmerksam seinen eigenen Worten lauschte, machte gelegentlich eine Pause und nahm einen Schluck aus dem Glas in seiner freien Hand.

«... können nicht erwarten, daß die Briten irgend etwas freiwillig geben. Müssen das annehmen, was sie anbieten, und ihnen gleichzeitig unsere Verachtung zeigen ...»

Miles blickte nachdenklich die blasse Engländerin auf dem Sofa an. Es schien sich um eine interessante Beziehung zu handeln.

«Ihre scheinbaren Zugeständnisse dienen nur dazu, unsere Entschlossenheit auszuhöhlen. Sie wollen unseren Willen brechen, damit wir ihre sogenannten liberalen Reformen akzeptieren. Die Briten ihrerseits gehorchen ihren pseudodemokratischen amerikanischen Herren. Was sie uns anbieten, sind Ideale auf tönernen Füßen und vergoldete Handschellen.»

Da Silva sah sich um und vergewisserte sich, daß sein Publikum aufmerksam zuhörte, nippte an seinem Whisky und fuhr fort: «Ich verabscheue Gewalt, und ich beklage ihre Folgen. Aber es hat noch nie eine Revolution ohne Gewalt gegeben. Ich fürchte, da wird Singapur keine Ausnahme sein.

Die Allgemeine Arbeitergewerkschaft spricht für das Volk. Aber die Marionettenregierung wagt es, sogar die Aufrichtigkeit unserer Mitglieder anzuzweifeln. Wir raten zur Mäßigung, aber der Volkszorn wächst.

Und dann die Festnahmen. Fünf Männer, einfache chinesische Arbeiter, Beamte und Intellektuelle, werden grundlos verhaftet. Das Volk verlangt, daß etwas geschieht. Wenn der Premierminister den Generalstreik will, soll er ihn haben. Wie können friedliebende Gewerkschaftsfunktionäre Gewalt verhindern? Das Unrecht schreit nach Rache, und wir können der gerechten Rache nicht im Wege stehen.»

Paul hielt inne, zog seine Hand aus dem Schoß der Engländerin, um eine Zigarette anzuzünden, und rief dem chinesischen Kellner, der neben dem Büffet stand, zu:

«Boy, noch einen Whisky! Und zwar einen doppelten!»

Nach dem herrischen Befehl wurde der Tonfall von da Silvas Monolog immer dramatischer. Miles erkannte, daß er es mit einem zwanghaften Redner zu tun hatte, einem Mann, der in seine eigenen Worte verliebt war, der immer und überall sprechen mußte, wo er ein Publikum fand.

«Denkt daran, daß die Studenten auf unserer Seite stehen. Die Schüler und Studenten der chinesischsprachigen Hochschulen haben sich von dem Linsengericht abgewandt, das die Kolonialisten und Kapitalisten ihnen anbieten. Dem Vorbild ihres großen Mutterlandes folgend, werden sie Schulter an Schulter mit den unterdrückten Arbeitern kämpfen.

Jedermann weiß, daß der eigentliche Feind nicht der dekadente Brite ist, sondern der räuberische Amerikaner. Der Monopolkapitalismus der Vereinigten Staaten treibt den Gouverneur der Kolonie, seinen sorgsam ausgewählten Premierminister und ihre Marionetten im Parlament an. Die blutbeschmierten Hände der Yankees sind zu jeder Schandtat bereit. Aber wir werden siegen!»

Eine aristokratische englische Stimme flötete in die unerwartete Pause hinein: «Eine aufwühlende Darbietung, Paul. Genauso herzbewegend wie deine Rede unter dem Banyanbaum. Aber vergiß bitte nicht, daß ein paar von uns Engländern zu den Guten gehören. Einige von uns sind auf deiner Seite.»

Der Anwalt saß schweigend da und genoß die Bewunderung seiner Anhänger.

«Manchmal macht er mir beinahe angst», vertraute der ein wenig tölpelhaft wirkende Engländer der schlanken Brünetten an, die zusammen mit ihm den Raum betreten hatte.

«Hallo, Tommy», sagte da Silva ohne große Begeisterung. «Wie geht es Tanya? Ich habe gehofft, dich hier zu treffen, aber es ist spät geworden, und ich muß gehen.»

Die blonde Janet Digby stand gehorsam auf und folgte ihrem Herrn und Meister zur Tür. Plötzlich breitete sich Ruhe im Raum aus. Selbst der bärtige Malaie und die grazile Inderin im roten Sari wirkten entspannt, als sei plötzlich ein Stromkreis abgeschaltet worden. Von der emotionellen

Spannung befreit, die da Silva ausstrahlte, wandte sich Miles den Neuankömmlingen zu.

«Ich bin Tommy Willing», stellte sich der Engländer mit schleppender Stimme vor, «und das ist Tanya Tan.»

Mit unbeteiligtem Interesse registrierte Miles ihren mattweißen Teint und den leicht orientalischen Schnitt der Augen.

«Ich heiße Corrigan, und ich handle mit Bildern, und ich bin Amerikaner», sagte er. «Aber ich habe seit Jahren keinen unterdrückten Säugling aus der Dritten Welt mehr gefressen.»

Willing lächelte nervös, und die Augen der jungen Frau nahmen einen Ausdruck schweigenden Vorwurfs an.

«Ich bin sicher, daß Sie das nicht tun, Mr. Corrigan.»

Tanya Tans Akzent war verwirrend britisch. «Sie sind zu gut versorgt, um Säuglinge aus der Dritten Welt zum Frühstück zu verspeisen. Die bestehen hauptsächlich aus Haut und Knochen. Und außerdem vermuten ein paar von uns, daß nicht alle Amerikaner Bestien sind.»

Ihre direkte Art ließ eine Atmosphäre unmittelbarer Vertrautheit entstehen, und Miles bereute seine aggressive Bemerkung.

«Vielen Dank», sagte er. «Der Gefühlsausbruch tut mir leid, aber ich fing an, mich verfolgt zu fühlen. Einen Drink zur Versöhnung?»

Tommy Willing hatte sich zurückgezogen und kreiste nun wie ein Reiher um die grazile Inderin in dem roten Sari.

«Ja, bitte. Gin und Lime, bitte. Ich fürchte, meine Einstellung ist untypisch. Mein Freund Aziz würde sagen, ich sei von bourgeoisem Gedankengut angesteckt.» Tanya nickte dem bärtigen Malaien zu. «Sehen Sie, mein Vater ist Morgan Tan. Sie werden von ihm gehört haben: der große, böse, aufgeblasene Kautschukkapitalist.»

«Ich heiße wirklich Miles Corrigan, und ich verkaufe tatsächlich in New York Gemälde und Plastiken. Außerdem bin ich ein Ausbeuter. Ich bezahle meinen Künstlern nichts. Die meisten davon sind schon lange tot.»

Miles warf einen Blick auf die aristokratisch schlanken Fesseln unter dem blaßblauen Kleid. Der Kragen erinnerte an chinesische Vorbilder, aber die weite Bluse und der voll fallende Rock ließen sie eher russisch erscheinen. Er wandte sich den Flaschen auf der Anrichte zu.

«Was will Paul da Silva eigentlich?» fragte er sie, als er zurückkam. «Und wer steht hinter ihm?»

«Die erste Frage ist leicht zu beantworten. Er will die Macht. Wo es um die zweite geht, kann ich Ihnen nur verraten, daß er die Allgemeine Arbeitergewerkschaft vertritt. Meine linken Freunde betonen, daß die AAG eine ‹Volksbewegung› sei. Meine konservativen Freunde und meine amerikanischen Freunde bestehen darauf, daß es sich um eine ‹kommunistische Tarnorganisation› handelt. Jedenfalls weiß ich, daß die AAG die einzige handlungsfähige Opposition ist, die es je in Singapur gegeben hat, und die einzige Gewerkschaft, die meinem Vater je Zugeständnisse abgerungen hat. Paul will mit der Massen-Operations-Partei an die Macht kommen. Sie müssen wissen, daß er der Generalsekretär ist. Er versucht wie ein Wahnsinniger, Chinesisch zu lernen, damit er sich mit seinen Anhängern unterhalten kann.»

Sie warf einen Blick auf die Armbanduhr.

«Mr. Corrigan, ich hoffe, wir können uns ein andermal unterhalten. Ich muß jetzt gehen.»

«Kann ich Sie nach Hause bringen?» entfuhr es ihm.

«Tut mir leid. Ich habe Tommy versprochen, ihn auf eine Party seiner Freunde von der Kolonialregierung zu begleiten. Wir unterhalten gute Beziehungen zu allen Seiten.»

Sie drehte sich um und war verschwunden. Corrigan fühlte, wie ihm jemand ein Glas in die Hand schob, und sah in das dämonisch grinsende Gesicht seines Gastgebers.

«So trifft der Osten in Singapur den Westen!» Alex wischte sich die Biertropfen aus dem Bart. «Tanya ist ein gutes Mädchen, Miles. Aber ich fürchte, sie vereint zu viele Gegensätze in sich, um glücklich zu werden. Hat sie Ihnen erzählt, wer ihr Vater ist?»

«Das hat sie.»

«Das tut sie immer. Sie ist wie besessen von dem Mann. Ich weiß nicht, ob es eine unnatürliche Vorliebe ist, ein wenig übertriebene Zuneigung oder einfach blanker Haß. Ihre Mutter war eine weißrussische Gouvernante in einer sehr bürgerlichen Schweizer Familie. Niemand weiß, ob Morgan Tan und sie je verheiratet waren. Aber das ist schon lange her, und außerdem ist die arme Frau tot.»

Miles nippte an seinem Drink und lächelte dankbar: Sein Gastgeber hatte ihm Marc eingeschenkt. Alex erinnerte sich wirklich an alles. Er wandte sich um, um sich zu bedanken, aber Alex war hinaus auf die Veranda gestürzt, wo ein junger britischer Offizier und ein chinesischer Jüngling sich auf dem Boden wälzten und aufeinander einprügelten. Der Korrespondent packte die Kampfhähne am Kragen, trennte sie, beruhigte sie mit frischen Drinks und kehrte etwas außer Atem zurück.

«Die Tiere sind heute in Hochform. Eben hieß es noch: ‹Ich hoffe, meine Vettern erwischen dich im Dschungel, du mieser Söldner›, und jetzt schwören die beiden, sie seien die besten Freunde.»

Er machte eine Pause und schenkte sich ein neues Bier ein. Als er weitersprach, wurde er ernst.

«Miles, das sind keine Freunde, und sie werden es nie sein.

Der Zirkus wird unregierbar. Singapur ist eine chinesische Stadt, eine höchst explosive chinesische Stadt. Diesmal ist es ernst. Irgend jemand will, daß da Silvas ‹fünf einfache chinesische Arbeiter› freigelassen werden. Irgend jemand ist bereit, die Stadt in ein Schlachtfeld zu verwandeln, damit sie freigelassen werden. Aber mich verwirrt das Ganze. Ich verstehe einfach nicht, warum die Linke sie so wichtig nimmt.»

«Ein günstiger Anlaß für etwas anderes, Alex? Ein Anlaß für eine Kraftprobe?»

«Möglich, aber für den geringen Gewinn ist es ein hohes Risiko. Die Männer, die da abgeschoben werden sollen, sind nur kleine Rädchen im Getriebe der Linken. Sie sind einfach nicht wichtig genug. Ich bin überzeugt, daß AAG und MOP noch nicht bereit sind, es auf eine Kraftprobe ankommen zu lassen. Sie sind organisatorisch noch nicht so weit. Aber die Entscheidung steht unmittelbar bevor.»

9. KAPITEL

DAS STÄNDIGE HÄMMERN in Miles' Schläfen war ebenso schlimm wie das Gefühl, seine Kehle bestehe aus Sandpapier. Aber diese Qualen, die bis weit in den Nachmittag anhielten, waren nicht das Schlimmste. Zugezogen hatte er sich seine Qualen, indem er auf Alex Cutlers Party Wein, Bier und Marc durcheinander getrunken hatte. Das schlimmste waren die seelischen Leiden: völlige Isolation von der Außenwelt, schwere Depressionen und das überwältigende Gefühl absoluter Sinnlosigkeit.

Miles war früh aufgestanden, aber den größten Teil des Tages hatte er erfolglos vertan. Er war nach Johore Bahru gefahren, der alten Sultansstadt siebzig Kilometer weit im Norden, um eine Sammlung zu besichtigen, die man ihm in höchsten Tönen angepriesen hatte. Wie sich an Ort und Stelle herausstellen sollte, bestand sie aus Kopien von Statuetten der Tang- und Wei-Zeit, die aus der späten Qing-Zeit stammten: ein Unterschied von etwa tausend Jahren und mehr als zehntausend Dollar.

Der betagte kantonesische Eigentümer war zwischen dem Stolz auf seine mittelmäßige Sammlung und der Hoffnung auf Profit hin und her gerissen. Miles war ihm schließlich entkommen, indem er behauptete, die Objekte seien so großartig, daß keiner seiner Kunden sie sich leisten könne. Dennoch war der alte Herr in seinen beiden beherrschenden

Leidenschaften gekränkt worden: seiner ästhetischen Begeisterung und seiner Profitgier.

Das einzige Mittel gegen einen bösartigen Kater am trüben Ende eines feuchtwarmen Tages in Singapur war viel Flüssigkeit: kaltes Bier zur inneren und ein Swimmingpool zur äußerlichen Anwendung. Miles' Mietporsche wirkte flott genug, aber die rote Farbe brannte in den Augen, und die Karosserie war so heiß, daß man sie nicht anfassen konnte. Ausnahmsweise war es kein Vergnügen, einen Porsche zu fahren, und das nicht nur wegen der Hitze.

Die ehemals so ruhige Bukit Timah Road war zu einer gefährlichen Herausforderung geworden, seit er sie vor einem Jahr zum letztenmal befahren hatte. Am Straßenrand wechselten sich die blauen Landrover der Polizei mit ihren vergitterten Fenstern mit den roten Wagen des Überfallkommandos ab. Auf der Ladefläche der Lastwagen warteten dunkelhäutige malaiische Sondereinsatzkommandos mit Gasmasken, Schutzschilden, langen Schlagstöcken und Gewehren auf den Einsatzbefehl.

Die Fabriken am Straßenrand hatten sich in kleine Festungen verwandelt. Wachposten in Arbeitskleidung patrouillierten hinter hastig errichteten Barrikaden aus Stacheldraht. Tücher, über denen nur die Augen sichtbar blieben, verhüllten die Gesichter. Große schwarze Transparente auf Chinesisch und Englisch klebten an den Mauern und streckten sich von einer Palme zur anderen über die Straße: «Wir verteidigen unser demokratisches Streikrecht, bis unsere Führer freigelassen werden!» Und, in drohenderem Tonfall: «Freilassung der Märtyrer oder Generalstreik!»

Als Miles sich in der Innenstadt auf den Weg machte, hatte er gewußt, daß ein Streik bevorstand, aber er war überrascht, wie schnell er sich ausgebreitet hatte. Alex Cutler lag jede

Panikmache fern, aber seine Voraussagen hatten sich bewahrheitet. Der Journalist hatte von Verschwörern gesprochen, die bereit seien, die Stadt in ein Schlachtfeld zu verwandeln. Die Atmosphäre der Gewalt, die über der Bukit Timah Road lag, war so real wie die erdrückende Hitze.

Im malaiischen Hinterland waren die Briten bereits in einen neuen Krieg verwickelt. Der Feind waren Auslandschinesen unter kommunistischer Führung, von denen viele noch vor vierzehn Jahren Seite an Seite mit den Briten gegen die japanische Invasion gekämpft hatten. Sie hatten mindestens so gut, oft besser gekämpft als britische oder australische Einheiten.

Auch Singapur hatte den Krieg gegen die Japaner nicht vergessen. Eine der Festungen, in denen die Arbeiter sich verschanzt hatten, war das glänzend weiße Montagewerk der Ford Company, in dem Generalleutnant Sir William Percival seinen Degen und die Kronkolonie Singapur an den Feind übergeben hatte. Ein Stückchen südlich der Fordwerke lag das Straßenstück, auf dem fünftausend chinesische Freiwillige in ihrem heldenhaften und verzweifelten Kampf gegen die Japaner gefallen waren. Ihr letzter Widerstand war frei gewesen von der Mischung aus Heldenmut, Verwirrung und Unfähigkeit, durch die sich ihre Verbündeten auszeichneten. Die chinesischen Freiwilligen hatten gegen einen Feind gekämpft, der China verwüstet hatte und den sie deshalb haßten.

Ein chinesisches Singapur, mußte sich Miles eingestehen, würde wohl keinem Angreifer mehr widerstehen, wenn es darum ging, die britische Herrschaft zu verteidigen. Viel eher würde es sich gegen die britische Krone erheben. Vergangenheit, Gegenwart und Zukunft trieben auf der Bukit Timah Road einem gewalttätigen und vielleicht katastrophalen Zusammenstoß entgegen.

Miles warf einen Blick auf die Uhr und trat auf das Gaspedal. Er würde verspätet zu einer Verabredung mit Turner Li im Coconut Grove kommen, einem Hotel, mit dem ihn mancherlei Erinnerungen verbanden. Verspätet, aber hoffentlich nicht zu spät.

Endlich rollte der rote Porsche durch das schimmelnde Eisentor. Nur in Singapur, vielleicht sogar nur am unheilschwangeren Coconut Grove, konnte Eisen sichtbar schimmeln. Miles fuhr die geschwungene Auffahrt zu dem verfallenen Herrenhaus mit seinen weißen Säulen hinauf und erinnerte sich an die Geschichten, die man ihm aus der Zeit berichtet hatte, als das heutige Hotel Hauptquartier der Kempeitai gewesen war, der japanischen Militärpolizei, deren Brutalität noch diejenige der Gestapo übertraf. Der pensionierte Komiker Bill Bailey, der das Coconut Grove leitete oder genauer gesagt, es um seine Person herum laufen ließ, hatte heute noch Schwierigkeiten, chinesische Angestellte zu finden. Ihre abergläubischen Seelen begannen nach einiger Zeit die Geister zu hören, die im Dunkeln wandelten, und wachten von den entsetzlichen Schreien aus den alten Folterzellen auf, auch wenn Folterknechte und Folteropfer seit einer halben Generation tot waren.

Miles ließ den Porsche in der schlammbedeckten Auffahrt stehen und wandte sich wieder der unruhigen Gegenwart zu. Der Tag hatte mit einem Anruf von Alex begonnen.

«Ihre weiße Taube ist heute früh angekommen», verkündete er fröhlich. «Die Jungens haben ihn gründlich durchsucht. Tut mir leid, Miles, er hatte nichts Besonderes dabei. Ein paar wertvolle Rollbilder, technische und politische Literatur zur Ästhetik und die übliche Reiseausstattung: Rasierzeug, Medikamente und so weiter. Nachdem der Zoll mit ihm fertig war, hat man ihn in Morgan Tans Haus gebracht.»

Alex machte eine Pause, und Miles konnte seinen Atem hören, als er den Rauch seiner Zigarette inhalierte.

«Ein seltsames Paar: der intellektuelle Kommissar und der aufgeblasene Kapitalist», bemerkte Cutler. «Trotzdem, vielleicht sind Sie auf dem Holzweg.»

Miles war alles andere als sicher, sich nicht auf dem Holzweg zu befinden. Seine Zweifel waren erwacht, als er Turner Li in Morgan Tans Haus angerufen hatte. Es war zu einfach gewesen.

Als er sich auf Englisch nach Turner Li erkundigte, hatte der Diener den Hörer aufgelegt. Aber er hatte ein zweites Mal angerufen und auf Chinesisch behauptet, er sei der Verleger des linksgerichteten Boulevardblatts der Stadt. Dann war Turner am Apparat gewesen, hatte sich sofort an ihn erinnert und war einverstanden gewesen, sich am gleichen Nachmittag im Coconut Grove mit ihm zu treffen. Anscheinend hatte er keinen Augenblick gezögert.

Wie auch immer, Miles freute sich darauf, den alten Mann nach sieben oder acht Jahren wiederzusehen. Es ging ihm nicht nur um Nostalgie, Zuneigung und Neugierde. Turner war ihm eine Erklärung für die Lügen schuldig, die er in der *Literary Gazette* über ihn verbreitet hatte. Vielleicht war es ja naiv, aber er hoffte, Turner werde eine Erklärung für den unprovozierten Angriff haben. Er war dem älteren Freund in Nanking sehr nahe gestanden, und er hatte geglaubt, Turner habe auch etwas für ihn übrig. Konnten die Zwänge der Politik alle menschlichen Bindungen zerstören?

Was immer sich in Singapur geändert haben mochte, das Coconut Grove war nicht davon betroffen. Es war verfallen, ruhig und von schalem Bierdunst durchweht wie schon immer. Miles ging durch die verlassene Bar in den Hof. Seine Absätze schlugen klackend auf den Mosaikboden.

Turner Li im weißen Leinenanzug und weißen Schuhen spielte mit einem jungen malaiischen Braunbären. Er schob Bananen durch die Käfigstäbe und wich den ungeschickten Versuchen des Tiers aus, ihn in die Finger zu beißen. Er hatte sich nicht sehr verändert, allenfalls war er schlanker geworden, die Gesichtszüge hatten an Schärfe gewonnen, und der silberne Heiligenschein, der ihn umwehte, war ausgeprägter. Er wischte sich die Hände am Handtuch ab und begrüßte Miles.

«Ich schwänze Schule», sagte er, «um Sie wiederzusehen. Haycinth – warum legen sich Mädchen eigentlich so komische Namen zu –, Hyacinth hat mir erzählt, wie freundlich Sie sich in Hongkong um sie gekümmert haben.»

Erleichtert, daß die unberechenbare Hyacinth diesmal diskret gewesen war, antwortete Miles: «Ich freue mich, Sie wiederzusehen, Professor Li. Aber es ging nicht um Freundlichkeit, sondern um eine besorgte Warnung.»

«Wie auch immer, es hat sie gefreut. Ich selbst muß zugeben, daß ich immer das Gefühl hatte, Sie seien einer der besten unter den allwissenden jungen Männern, die gekommen waren, um uns Chinesen vor unseren eigenen niederen Instinkten zu retten.»

Turner Li winkte dem kleinen Bären vielverheißend mit dem Finger zu. Der Bär schnüffelte an den Käfigstäben und wartete darauf, daß sein Wohltäter wiederkam.

«Ich habe in letzter Zeit ohnehin nicht viele Menschen gesehen», fügte er hinzu. «Ich habe sehr zurückgezogen gelebt. Ich war froh, daß Sie angerufen haben. Hyacinth hat mir erzählt, daß Sie den Artikel gesehen haben, den ich gezwungen war über Sie zu schreiben. Ich weiß, daß ich Ihnen eine Erklärung schulde. Aber lassen Sie einen alten Mann in dem Glauben, daß Sie auch ein wenig Zuneigung für ihn empfinden!»

Turner Li sprach mit der unvermittelten chinesischen Offenheit, die den Fremden so oft verblüfft, der zu wissen glaubt, daß alle Chinesen geheimnisvoll und verschlagen sind.

Miles verfluchte seinen Kater, die Hitze, Singapur und seine eigene Insensibilität. Turner hatte seiner Empörung geschickt die Luft abgelassen. Jetzt konnte er nicht mehr den unschuldig Beleidigten spielen, auch wenn er jedes Recht dazu gehabt hätte. Dann war da auch noch Hyacinth, die anscheinend Gefallen an ihm gefunden hatte. Es gab andere Worte dafür, aber vorläufig war «Gefallen» nicht schlecht.

«Professor Li», sagte er, «als ich hierhergekommen bin, war ich mir nicht sicher, was mir am wichtigsten war: Sie wiederzusehen, eine Erklärung für Ihren Angriff auf mich zu verlangen oder meine Neugierde darüber zu befriedigen, was Sie hier vorhaben.»

«Ich gebe zu, daß ich ein paar harte Worte gebraucht habe», sagte der ältere Mann ausweichend. «Sie waren nicht alle vollkommen wahr. Man könnte auch sagen, daß einige vollkommen unwahr waren. Aber Ihre Neugierde wird unbefriedigt bleiben. Dafür würde ich Sie gerne zu einem Drink einladen. Offenbar ist hierzulande kaltes Bier das Universalheilmittel. Vielleicht können Sie mir dafür ein wenig über die Welt erzählen, von der ich die letzten paar Jahre nichts gesehen habe.»

Ein rundlicher junger Chinese, barfuß in fleckigem Unterhemd und schmutziger Turnhose, knallte zwei große Gläser auf den Rattantisch. Nachdem er mit stirnrunzelnder Konzentration das Wechselgeld gezählt hatte, setzte er sich auf einen Strohschemel in einer Ecke und verschwand hinter einer chinesischen Illustrierten. Miles warf einen Blick auf die Schlagzeile: «Erneuter Einfall der amerikanischen Imperialisten in die chinesische Provinz Taiwan!»

«Eigentlich ist es ja seltsam, was für Vorurteile ihr Amerikaner gegen die Regierung des Volks habt», fuhr Turner Li fort, als der Kellner sie verlassen hatte. «Ihr cleveren jungen Amerikaner wart es doch, die in Nanking die ganze Zeit wetterten: ‹Seht euch bloß dies Elend an! Und die Schweine von Nationalisten tun nichts dagegen. Zum Teufel mit der Demokratie, es muß ein Blutbad geben!› Jetzt habt ihr das, was ihr damals gewollt habt. Die Kommunisten greifen immer energisch durch. Und wieder sind die Amerikaner nicht zufrieden. Ich kann nur sagen, ich finde das höchst verwirrend.»

«Ganz so sehe ich es nicht», murmelte Miles ausweichend. «Aber anscheinend sind gewisse allgemeinmenschliche Werte im heutigen China untergegangen.»

«Zweifellos», antwortete Turner Li, «und vielleicht war das nicht nötig. Ich muß zugeben, einen alten Mann wie mich strengt das alles sehr an. Das neue Zeitalter gehört der Jugend.»

«Ein Teil der Jugend scheint auch nicht gerade begeistert von der Volksregierung.»

«Mag sein. Aber es gibt so viele von uns Chinesen, junge wie alte. Was mich angeht, ich fühlte mich nur noch müde und erschöpft. All die hektische Tätigkeit, und so vieles davon ist eitel.»

«Sprechen Sie von Wichtigtuerei?»

«Gewiß, auch wenn ich ein anderes Wort gewählt hätte. Aber ihr Amerikaner mit eurem Sinn für das Praktische solltet euch eigentlich freuen. Man baut Dämme; man impft Kinder; das Eisenbahnnetz wird erneuert und erweitert; Stahlwerke schießen aus dem Boden; Bauernhöfe werden zusammengelegt, um sie effektiver bewirtschaften zu können.»

«Das ist schon eine Leistung», meinte Miles, «hart arbeitende chinesische Bauern dazu zu bringen, noch mehr zu leisten.»

«Im Gegenteil. Ich muß schon sagen, gerade in der Landwirtschaft sind noch gewaltige Fortschritte möglich: Kunstdünger, Pestizide, wirksamere Bewässerungssysteme, großflächige Mechanisierung und vieles mehr. Als Chinese freue ich mich über die neue Stärke meines Landes, auch wenn es mich als Mensch bekümmert, daß so viele Individuen den Massen geopfert werden. Als verstockter bürgerlicher Ästhet fürchte ich, daß uns dieser wilde Ansturm auf die materielle Welt nur weiter von der Realität wegführt. Vielleicht wissen wir gar nicht wirklich, wohin wir gehen. Ich bin verwirrt.»

Auch Miles' Einschätzung dieses neuen Turner Li war alles andere als klar. Die scheinbare Offenherzigkeit konnte auch dazu dienen, das zu verhüllen, was der alte Mann sagen wollte. Jedenfalls war das ihre Wirkung. Um sich so offen kritisch zu äußern, mußte Turner entweder sehr sicher oder sehr verängstigt sein, fast schon jenseits aller Hoffnung. Aber was von beidem traf zu?

Der Ältere bestellte, ohne genau hinzusehen, noch zwei Bier. Er stand auf und steckte dem kleinen Bären noch eine Banane durch die Käfigstäbe, während er darauf wartete, daß der barfüßige Kellner den Hof verließ.

«Ich habe die Kommunisten nie gewollt, und das wissen sie», fuhr er dann fort. «Sie haben mir meine amerikanischen Freunde, meinen idealistischen Ästhetizismus und meine Zeit in Harvard nie verziehen. Sie bilden sich ein, diese Jahre seien ein einziges sybaritisches Festmahl, wenn nicht gar eine Orgie gewesen.

In Wirklichkeit habe ich in Harvard meinen Magen ruiniert. An meinem zweiten Tag in Amerika bin ich in ein Café gegangen. Die ganzen ungewohnten Lebensmittel verwirrten mich. Schließlich habe ich auf ein Sandwich mit Krabben und Brunnenkresse gezeigt. Können Sie sich vorstellen, daß ich sechs Wochen von Sandwiches mit Krabben und Brunnenkresse gelebt habe?»

Als Miles die Geschichte das erste Mal gehört hatte, hatte er sie nicht glauben wollen, inzwischen wußte er, daß sie wahr war. Bei einem Abendessen in New York hatte sich eine Freundin seiner Mutter an den kleinen Chinesen erinnert, der von Sandwiches mit Krabben und Brunnenkresse lebte, bis man ihm die gebackenen Bohnen mit Graubrot zeigte, von denen er sich den ganzen nächsten Monat ernährte. Er erwähnte die Erinnerung nicht, denn Turner Lis lang zurückgehaltene Worte sprudelten jetzt wie ein Wasserfall.

«Sie werden mir meine amerikanischen Freunde nie verzeihen. Könnt ihr Amerikaner besser vergeben? Wie steht es um Sie, Miles? Können Sie mir das verzeihen, was ich geschrieben habe?»

«Ich weiß es nicht, Professor Li. Aber es macht mir Spaß, mit Ihnen Bier zu trinken. Wahrscheinlich war ich damals ein wenig raffgierig.»

«Miles, ich habe nicht geschrieben, Sie seien raffgierig. Ich habe geschrieben, Sie seien der Handlanger einer amerikanischen Verschwörung, die China seiner Kunstschätze berauben wolle. Und damals waren sie so etwas wie ein Räuber. Ich muß zugeben, daß es mir oft schwergefallen ist, die Trennlinie zwischen Ihrer Liebe zum Schönen und Ihrem Gewinnstreben zu erkennen.»

«Vielleicht war ich ja ein zweitklassiger Kunsträuber. Aber ein Handlanger einer weit verbreiteten Verschwörung?»

«Politik, junger Mann, Politik! Ich mußte so schreiben, wie

sie es wollten, wenn ich überleben wollte. Aber Sie müssen zugeben, Sie und Ihre Freunde haben einige schöne Gegenstände verschwinden lassen.»

Turner war jetzt in voller Fahrt. Nach einem Jahrzehnt erzwungenen Schweigens öffneten sich die Schleusen seiner Beredsamkeit.

«Aber ich habe gelernt, niemanden zu verurteilen. Heute gibt es in China Blutvergießen, Gemetzel und bitteres Leid. Aber jede Dynastie hat die Macht mit Gewalt erobert und ihre größten Werke mit Blut getränkt. Rücksichtslosigkeit, ja sogar Grausamkeit können notwendig sein. Jede große Leistung der Menschheit trägt den Stempel menschlichen Leidens wie ein Künstlersiegel.»

Mit arthritischem Gang erhob sich die hagere weißgraue Gestalt und ging zum Käfig, um noch eine Banane durch die Gitterstäbe zu schieben. Als er wieder an dem klapprigen Tisch saß, fuhr er fort:

«Paradoxerweise haben alle Dynastien ihre größten Kunstwerke geschaffen, als ihr Niedergang einsetzte, kurz nach dem Höhepunkt ihrer Macht. Die Orchidee ist am schönsten, wenn sie ein wenig zu weit erblüht ist. Vielleicht wird noch einmal aus menschlichem Leid und rohem Materialismus große Schönheit entstehen. Dennoch muß ich zugeben, daß ich das Recht einer jungen Dynastie nicht anerkennen kann, ihren Willen – und ihr Leiden – Außenstehenden aufzuzwingen.»

Der letzte Satz klang härter, entschiedener als die weitschweifigen Ausführungen, die ihm vorangegangen waren. Miles hatte sich nie der verbreiteten Illusion hingegeben, Chinesen drückten sich unklar aus. Die Chinesen hatten ihren Ruf für geheimnisvolle Verschlagenheit weitgehend dadurch erworben, daß sie genau das sagten, was sie meinten.

Offenheit war schon immer eine gute Methode gewesen, selbsternannte Experten und übertrieben subtile Diplomaten in die Irre zu führen. Aber Miles verstand nicht, was der alte Kunstkenner diesmal wirklich sagen wollte.

«Moralische Urteile haben nur vor dem Hintergrund der jeweiligen Umstände eine Bedeutung», improvisierte er. «Die gegenwärtigen Exzesse der Gewalt in China können nicht durch die erwarteten zukünftigen Gewinne gerechtfertigt werden. Aber ich kann auch etwas, das in Peking geschieht, nicht nur deshalb verurteilen, weil es in San Francisco nicht geschieht. Dennoch ist ein spezifischer Aspekt von dem, was in Peking geschieht, auf keine Weise zu rechtfertigen: die Unterdrückung von Kunst und Literatur.»

«Ja, künstlerisch ist die Gegenwart steril», stimmte ihm Turner halbherzig zu. «Aber die meisten Pflanzen blühen um so kräftiger, wenn sie einmal gründlich beschnitten worden sind. Die große Tang-Dynastie hat jede Neuerung, besonders den neuen buddhistischen Kult und seine Kunst, rigoros unterdrückt. Aber die Tang-Zeit hat unsere größten Schriftsteller hervorgebracht. Und außerdem ...»

Turner Li hielt plötzlich inne und nahm einen Schluck Bier. Ausnahmsweise konnte man ihm am Gesicht ablesen, was er gerade tat. Er bereitete wie ein Schachmeister seinen nächsten Zug vor.

«Und aus dem Niedergang der Tang entstand die anmutigste aller Legenden», sagte er schließlich. «Ich spreche von Yang Guifei, der Konkubine so rundlich wie ein Sperling, die einem Kaiser den Kopf verdrehte und durch ihre Raffgier beinahe eine Dynastie stürzte. Aber dieses kleine Mädchen vom Lande, der Katalysator des Niedergangs, hat einige der größten literarischen und bildenden Kunstwerke inspiriert, die China je hervorgebracht hat.»

«Und wird eine neue Yang Guifei das gleiche tun?»

«Natürlich nicht!» sagte der alte Mann empört. «Das Wesen der Yang Guifei lag in ihrer Launenhaftigkeit, nicht in ihrem berechnenden Wesen. Die neuen Frauen sind anders. Die werden niemanden zu Gedichten inspirieren.

Sie erinnern sich an Bai Juyis Gedicht über Yang Guifei, *Das Lied vom langen Leid.* Eines der größten lyrischen Werke unserer Nation, Werk eines Dichters, der – wie wir das heute nennen würden – ein soziales Gewissen besaß. Aber der Sozialkritiker Bai Juyi hat die Tragödie der korrupten Yang Guifei besungen.

Sein Gedicht hat andere Künstler inspiriert. Wie viele Maler haben sich durch *Das Lied vom langen Leid* an Yang Guifei berauscht! Die glänzende Karriere, die begann, als ein gewaltiger Eunuch sie nackt, nur in ein Seidentuch gehüllt, über den schneebedeckten Hof ins Schlafgemach des Kaisers trug. Die Art, wie sie die Macht mißbrauchte. Ihr Tod, den meuternde Truppen erzwangen. Wic viele Maler haben diese Szenen benützt, um den Gefühlsüberschwang ihres eigenen Lebens auszudrücken.»

Das Geräusch eiliger Schritte erklang auf dem Mosaikboden, und ein junger Chinese stürzte in den Hof. Äußerlich glich er Turner Li wie ein jüngeres Ebenbild. Verhaltene Kraft statt der Hinfälligkeit des Älteren, gerade Schultern statt der gesenkten Achseln, Turners silberner Haarkranz glänzte in jugendlichem Schwarz.

«Miles», sagte Turner, «erinnern Sie sich noch an meinen Sohn Yingnan?»

Der junge Mann schüttelte dem Amerikaner wortlos die Hand. Danach wandte er sich seinem Vater zu und sprach in gebieterischem Chinesisch.

«*Diedie, women zai waigguo. Bu yinggai*... Vater, wir sind im

Ausland. Du solltest nicht allein umherstreifen. Ich habe mir Sorgen gemacht, nach dir gesucht, bis der Fahrer mir erzählt hat, daß er dich hierher gebracht hat. Wer ist dieser Ausländer?»

«Ein Freund, ein amerikanischer Freund», antwortete Turner Li auf englisch. «Und er versteht dich.»

Der junge Li Yingnan wandte sich Miles zu. Neugierde mischte sich in seine Feindseligkeit, als habe er eben erst bemerkt, daß Miles existierte.

«Es ist nicht richtig, daß mein Vater an unserem ersten Tag in Singapur weggeht, ohne es mir zu sagen», verkündete er. «Heutzutage sollte ein patriotischer Chinese nicht mit Leuten wie Ihnen sprechen. Komm, Vater, wir müssen gehen.»

So ermahnt, verlor Turner Li sein Selbstvertrauen.

«Auf Wiedersehen, Mr. Corrigan», sagte er und verschwand im Gefolge seines energischen Sohnes aus dem Hof.

Miles war verwirrter, als er es zu irgendeinem Zeitpunkt gewesen war, seit er Humphrey im Flugzeug getroffen hatte. Er hatte Aufklärung erhofft. Statt dessen hatte ihn Turner Li mit Andeutungen, Anspielungen und subtilen Nuancen zurückgelassen, die verworrener waren als jedes Nudelgericht. Er seufzte, bestellte bei dem rundlichen Kellner noch ein Bier und beschloß, Tanya Tan anzurufen.

10. KAPITEL

Miles fragte sich, ob ihm in Singapur nichts als Frustration und Verwirrung beschieden war. Normalerweise verstand er die Chinesen, jedenfalls meistens. Aber momentan fiel es ihm außerordentlich schwer, irgend jemanden zu verstehen, ob es sich um Chinesen handelte oder um Europäer. Das Gespräch mit Turner Li hatte die Verwirrung nur verstärkt. Der alte Kunstkenner war ihm ein Rätsel, verborgen hinter Tausenden von hauchdünnen Andeutungen über seine Einstellung zu Peking und die Aufgabe, die er im Auftrag Pekings erfüllen sollte. Miles kam zu dem Schluß, daß er der Lösung des Rätsels um Humphreys große Reden und seinen schäbigen Tod keinen Schritt näher gekommen war. Das Ziel schien weiter entfernt als zu Beginn.

Tanya Tan war das nächste Geheimnis. Vielleicht war es das Russische an ihr, ihre slawische Launenhaftigkeit, die ihn so verwirrte. Er kam einfach nicht dahinter, was mit Tanya los war. Am Telefon hatte sie gesagt, sie würde sich gerne mit ihm treffen und sei diesen Abend frei. Aber die Einladung zum Abendessen hatte sie ausgeschlagen. Sie zöge es vor, ihn erst am nächsten Tag zum Mittagessen zu treffen. Zumindest schien er ihr nicht ganz gleichgültig zu sein, auch wenn sie für ihn ein Rätsel blieb.

Jetzt standen sie nebeneinander vor der Theke des Padang Restaurants und betrachteten die rosenfarbenen Krabben, das sautierte Rindfleisch mit Kokosnuß, die Auberginen in Chilisauce und die kalten Spiegeleier in rotem Pfeffer. Tanya, die Singapur sonst so gut kannte, sagte, sie sei noch nie im Padang gewesen.

«Angeblich ist es das einzige malaiische Restaurant in Singapur», bemerkte Miles, «vielleicht sogar im Malaiischen Bund.»

«Die meisten Malaien können es sich nicht leisten, zum Essen auszugehen», warf sie ein. «Außerdem stammt der Koch aus Padang in Indonesien, also eher Sumatra als Malaia.»

«Es soll auch das beste Restaurant für ein Katerfrühstück sein.»

«Frühstück?» fragte sie streng. «Das ist mein Mittagessen, und zwar ein spätes Mittagessen. Im Hause des *Tan Tan* wird um sieben Uhr gefrühstückt. Wir glauben an Gesundheit und gute Werke.»

Sie setzten sich an einen runden Marmortisch, und der Kellner brachte Schalen mit weißem Reis und rotem Curry.

«Und was ist *Tan Tan*?» fragte Miles.

«Mr. Corrigan! Also gut: Miles. Sie können die mahnende Handbewegung lassen. Vielleicht fressen Sie auch keine sozial benachteiligten Säuglinge zum Frühstück, aber ich kann einfach nicht glauben, daß Sie *Tan Tan* nicht kennen.»

«Ich weiß wirklich nicht, was das ist. Es klingt wie ein Glücksspiel.»

«Das ist *Fantan*», lachte sie. «*Tan Tan* ist kein Glücksspiel, sondern ein sicheres Geschäft. Das beste Geschäft, seit jemand den Sarg erfunden hat und noch viel überflüssiger. *Tan-Tan*-Pillen werden in jedem auslandschinesischen Haushalt gegen alle nur erdenklichen Beschwerden eingenommen. Mein Vater beschäftigt mehrere tausend junge Mädchen, die in verfallenen Fabrikhallen *Tan Tan* herstellen. Die Pillen bestehen hauptsächlich aus Kampfer und ein bißchen Rhinozeroshorn. Sie haben sicher schon einmal unser Warenzeichen gesehen: ein aggressiv männliches Nashorn. Wahrscheinlich sind sie zu nichts gut, aber mein Vater versichert mir, daß sie auch keinen besonderen Schaden anrichten. Natürlich sind sie sehr gut für die Familie Tan.»

«Danke für den Vortrag», sagte Miles. «Das nächste Mal werde ich es besser wissen. Ich glaube, mir täte jetzt ein Bier gut.»

«Wir sind in einem muslimischen Restaurant», erinnerte sie ihn. «Wir werden uns mit Eiskaffee behelfen müssen.»

Mit dem scharfen Kokosnußcurry wurde sein Kopf klarer. Zum zehntenmal, seit der junge Li Yingnan seinen Vater wie eine besorgte Amme ermahnt hatte, dachte Miles über das unterbrochene Gespräch nach. Turner war ganz offensichtlich nicht senil, und Turner hatte ihm etwas sagen wollen. Aber was? Immerhin schienen zwei Punkte klar zu sein: Erstens, Turner mochte die Kommunisten noch immer nicht; und zweitens, aus irgendeinem Grund war er wie besessen von der romantischen Figur der kaiserlichen Konkubine Yang Guifei.

«Was», fragte Miles aus heiterem Himmel Tanya, «wissen Sie über Yang Guifei? Sie sehen ihr ähnlich, aber Sie haben eine bessere Figur.»

«Eine rundliche Dame aus dem niederen Adel von betörender Schönheit, die sich mit Händen und Füßen nach oben gestrampelt hat. Sie hat ihren Gatten, einen kaiserlichen Prinzen, verlassen, um Konkubine seines Vaters zu werden. Beinahe wäre sie Kaiserin geworden.» Tanya nahm keine Notiz von seinem eher schwerfälligen Kompliment und fuhr in knappem Telegrammstil fort. «Löste eine Rebellion aus, weil sie Hunderten von Verwandten zu Rang und Reichtum verhalf. Die Revolte hat beinahe die Tang-Dynastie zerstört. Wurde hingerichtet. Wurde zur dauerhaften Inspirationsquelle für sentimentale männliche Dichter und Künstler...»

«Inspirationsquelle für Dichter und Künstler!» unterbrach Miles. «Gehen wir! Sie müssen etwas für mich tun.»

Ein kleines ramponiertes schwarzes Taxi mit eleganten Sitzbezügen aus weißem Segeltuch brachte sie in der nachmittäglichen Hitze zu dem edwardianischen Kuppelbau, der die hohen Regale der Rafflesbibliothek beherbergte.

«Miles, ich hätte ja doch gestern abend mit Ihnen ausgehen können», lachte Tanya, als sie an der Kunstabteilung angekommen waren. «Sie interessieren sich ja tatsächlich für das, was ich im Kopf habe.»

«Um den Rest können wir uns später kümmern. Jetzt haben wir erst einmal Arbeit. Nehmen Sie die chinesische Seite, und ich nehme die englische. Ich brauche alle Erwähnungen von Yang Guifei im Zusammenhang mit Malern.»

«Nehmen Sie die Chinesen», sagte sie bestimmt. «Ich nehme die englische Literatur.»

Unwillkürlich blickte er von den Seiten staubbedeckter Bücher auf, wenn sie sich nach einem neuen Band in den Regalen streckte und der dünne Stoff der Bluse sich über ihren Brüsten spannte. Aber er zwang sich weiterzulesen. Chinesisch war eine teuflische Sprache, wenn man außer Übung war; und das war er seit längerem. Nach fast zwei Stunden legte Tanya den zwölften Band beiseite.

«Es würde mir helfen, wenn ich wüßte, was Sie suchen», beschwerte sie sich. «Bisher war keine der Bemerkungen über Yang Guifei, ihre Posen, ihren Teint, ihren Geschmack und was es sonst noch gab, das Richtige. Wissen Sie eigentlich, wonach Sie suchen?»

«Nicht genau. Ich weiß nur, daß es etwas Geheimnisvolles, Verborgenes und sehr Seltsames ist.»

Tanya seufzte und begann wieder in den verstaubten Seiten zu blättern.

«Ist das geheimnisvoll genug?» fragte sie fünf Minuten später. «Das bedeutendste Gemälde, das Yang Guifei darstellt, hat seit der mongolischen Eroberung Chinas im dreizehnten Jahrhundert kein Mensch mehr gesehen. Es gibt Kopien, aber das Original ist verschwunden. Seltsamerweise entstand das Bild erst dreihundert Jahre nach ihrem Tod, um die Mitte des elften Jahrhunderts. Hier, lesen Sie selbst.»

> Die erschütterndste und anrührendste Tradition, die von Yang Guifei und dem Malerpinsel berichtet (las Miles), ist die des «Drachenkönigs» Wang Long, der alle seine Gemälde mit diesem Pseudonym signierte. Wang Long, der um 1050, zur Blütezeit der Song-Dynastie, lebte, war von Yang Guifei besessen.
>
> In seinem Wahn ließ er seine eigene Lieblingskonkubine Kleider im Stil der Tang-Dynastie tragen, redete sie mit Erhabene Kaiserliche Majestät an und warf sich vor ihr zu Boden. Die Legende nahm den Maler so gefangen, daß er sich schließlich nach Kaiser Xuanzong von Tang, dem Liebhaber der historischen Yang Guifei, nannte.
>
> Die Konkubine lernte nur allzu schnell, sich wie eine hochmütige, launenhafte kaiserliche Konkubine zu benehmen, und zeigte dem einfachen Künstler ihre Verachtung. So versäumte sie es, ihm die Unterwürfigkeit entgegenzubringen, die seiner verspäteten Selbsterhöhung zum Kaiser angemessen gewesen wäre. In seiner Verblendung griff Wang Long, als seine Konkubine ihm

zu wenig Höflichkeit erwies, in einem Wutanfall zum Schwert und hackte sie in Stücke.

Auf die mörderische Wut folgte grenzenlose Reue. Er spannte ein neues Seidentuch auf und malte mit übernatürlicher Schaffenskraft ein Rollbild zu Ehren der Frau, die tot zu seinen Füßen lag. Er signierte das Gemälde, indem er den Pinsel in ihr gerinnendes Blut tauchte. Dann warf er sich in das Schwert, das seiner Geliebten den Tod gebracht hatte, und starb.

Die Szene, die er malte, verewigte seine Besessenheit: Yang Guifei im Augenblick ihres Todes, als «vor den Reitern starb, / durch Schlamm und Staub gezerrt, / das Mädchen mit den zarten Augenbrauen». Mit diesen Zeilen aus Bai Juyis Meisterwerk *Das Lied vom langen Leid* signierte er das Bild, das zu den größten Meisterwerken der chinesischen Malerei gehört.

Das Bild war ein Juwel der kaiserlichen Sammlung der Song-Dynastie. Aber es verschwand während der Schlacht von Hongkong im Jahre 1278, als die mongolischen Angreifer das letzte Aufgebot der Song schlugen und ein treuer Lehnsmann den jugendlichen Kaiser in die Arme schloß und mit ihm gemeinsam ertrank. Immer wieder tauchte das Gerücht auf, ein mongolischer Offizier habe das Gemälde gerettet. Aber die chinesischen Annalen enthalten nach diesem Datum keine zuverlässigen Hinweise auf das Meisterwerk.

Glücklicherweise ist das Gemälde auch heute noch nicht ganz verloren. Mindestens drei Hofmaler der Song-Zeit haben Kopien des Bildes gemalt, das unter dem Namen *Das Lied vom langen Leid* bekannt ist. Später hat die bekannte Fälscherfamilie Jin, die gegen Ende des siebzehnten Jahrhunderts arbeitete, mehrere Kopien dieser Kopien hergestellt. Eine dieser Kopien wiederum befand sich im Sommerpalast vor den Stadtmauern von Peking, als französische und britische Truppen ihn im zweiten Opiumkrieg plünderten. Aber keine der Kopien konnte die Leidenschaft des von Reue ergriffenen Wang Long ganz wiedergeben.

Das verschwundene Original soll ein einmaliger Höhepunkt der Malerei gewesen sein. Liebe, Macht, Leidenschaft und Wahnsinn wirkten an diesem Meisterwerk mit, das mit Blut signiert wurde, unter Blutströmen gemalt wurde, den Geist vergossenen Bluts verewigte.

«Ist das geheimnisvoll und dramatisch genug?» fragte Tanya leise. «Selbst die Kopien, selbst die Fälschungen sind von Geheimnissen umhüllt.»

«Jedenfalls ist es eine haarsträubende Geschichte», antwortete Miles. «Ich würde das Bild zu gerne sehen oder genauer gesagt: Ich hätte es zu gerne gesehen.»

«Jetzt aber Schluß mit der Malerei. Jetzt können Sie mich zu dem Drink einladen, den Sie mir versprochen haben. Ich habe über den Drink und die Umgebung nachgedacht, die alldem angemessen sind. Ich will einen Singapore Sling im Raffles Hotel: einen imperialistischen Drink in einem imperialistischen Hotel mit einem amerikanischen Imperialisten.»

«Das noch nie gehört: Singapore Sling.» Der Kellner schien verwirrt. «Ich gehe Barmann fragen.»

Fünf Minuten wurden zu zehn, und der Kellner kam nicht wieder. Miles entschuldigte sich und ging durch die ein wenig heruntergekommene Hotelhalle zu dem winzigen Telegrafenamt. Er formulierte zwei Telegramme und riß jedesmal die nächsten fünf oder sechs Blätter aus dem Block und warf sie in den Papierkorb, eine Vorsichtsmaßnahme, die ihm zur Gewohnheit geworden war. Das eine trug die Adresse: Professor Thomas Morninghurst, Fakultät für Kunstgeschichte, Columbia Universität, New York. Das andere war an Dr. John Suggs, 76 West 85th Street, New York. Als er zum Tisch zurückkehrte, erwarteten ihn ein lächelnder Kellner und ein lächelnder Barkeeper.

«Ich habe noch nie gehört diesen Drink», sagte der Barkeeper. «Aber ich habe gefunden in diesem Buch.» Er schwenkte ein fleckiges Exemplar des *Esquire Bar Guide.* «Sie wollen wirklich trinken diese Dinge durcheinander?»

Die beiden Chinesen in ihren weißen Jacken blickten gespannt auf Tanya, die den Drink probierte.

«Schmeckt richtig, Mem?» fragte der Kellner.

«Sehr gut!» versicherte sie. Nur Miles flüsterte sie verstohlen zu: «Genau wie Himbeerlimonade.»

Während er an seinem Drink nippte, sagte sie plötzlich: «Vielleicht sollte ich ja nicht fragen, aber ich muß es einfach wissen: Woher kommt Ihr geheimnisvolles Interesse an dem geheimnisvollen Bild?»

«Im Grunde weiß ich es selbst nicht», antwortete er. «Wenn alles gutgeht, kann ich es Ihnen in ein paar Tagen erzählen. Hören Sie, Tanya, ist es sehr schlimm, wenn ich Sie nicht nach Hause bringe? Ich muß noch jemanden besuchen.»

Miles eilte aus der marmorgefliesten Halle in den neblig trüben Nachmittag. Tanya trank langsam ihren Drink aus, verstaute die Zigaretten ordentlich in der Handtasche und erhob sich graziös. Unterwegs blieb auch sie am Telegrafenamt stehen. Als der Beamte die Worte ihres Telegramms zählte, ließ sie ihre Handtasche fallen. Sie bückte sich, um sie aufzuheben, und sammelte die Blockformulare ein, die Miles in den Papierkorb geworfen hatte.

11. KAPITEL

Morgan Tan gab einen Empfang. Gelegentlich sah man den einen oder anderen plebejischen Austin oder Chevrolet, aber die aristokratischen Rolls-Royce, Cadillac, Mercedes und Lincoln, die an der weißen Säulenhalle vorfuhren, straften sie mit hochmütiger Mißachtung. Aus den Luxuslimousinen stiegen europäische Diplomaten und Geschäftsleute im weißen Smoking mit Begleiterinnen, die bunt gemusterte Baumwollblusen trugen, und rundliche chinesische Kautschukmagnaten mit ihren viel jüngeren diamantenbehängten Gespielinnen im engen, hochgeschlitzten Kleid. Würdevolle Hausdiener in weißen Jacken wiesen den Gästen auf Malaiisch, Englisch oder in einem von drei chinesischen Dialekten den Weg über den Marmorboden der Eingangshalle.

Es war eine kleine, für Morgan Tans Verhältnisse nahezu intime Veranstaltung. Gerade fünfzig Gäste konnten an vier runden Tischen im Speisezimmer der Familie Platz nehmen. Der Schwarzholztisch mit den Perlmuttintarsien im großen Speisesaal war nicht gedeckt. Er war es, von dem Morgan Tan oft mit dem stillen Stolz des Besitzers sagte, einhundertundfünfzig Gäste könnten hier sitzen, «ohne daß sich ihre Ellbogen ins Gehege kommen». Der große Saal war geschlossen, seine zehn Klimaanlagen schwiegen, die eingebauten Vitrinen mit den gewaltigen Glasscheiben blieben dunkel. Allenfalls gelegentliches Scheinwerferlicht eines vorüberfahrenden Autos spiegelte sich glitzernd in den silbernen und goldenen Gedecken für dreihundert Personen. Auch die Ming-Vasen, die Han-Statuetten, die weidengrünen Song-Schalen und die barocken Jadefiguren aus der Mandschu-Zeit waren heute abend nicht ausgestellt.

Morgan Tan bezeichnete sich selbst als einen Mann von kultiviertem Geschmack und bescheidenem Lebensstil. Die prahlerische öffentliche Schaustellung des Wohlstands, wie kleinere Millionäre sie liebten, war nicht seine Sache. Über den ehemaligen Kuli, der heute ein Vermögen von zwanzig Millionen US-Dollar besaß und soeben ein Abendessen für dreitausend Gäste auf dem Rasen im Stadtpark gegeben hatte, äußerte er sich tolerant, auch wenn es ihm nicht ganz gelang, einen Anflug von Verachtung zu verbergen. Fünfhundert goldbraune Spanferkel waren über offenem Feuer dem Gott des Wohlstands geopfert worden. Nicht nur die Elite der Auslandschinesen, sondern auch die Spitzen der europäischen Einwohnerschaft waren anwesend gewesen. Glücklicherweise verstanden nur wenige der nichtchinesischen Gäste den fukienesischen Dialekt ihres Gastgebers, der seine Begrüßungsrede ohne viel Nachdenken mit den Worten *«Ang mao»* begann, was sich in etwa mit «rothaarige fremde Teufel» übersetzen läßt.

Morgan Tan war kein Neureicher, der es nötig gehabt hätte, der Welt seinen Reichtum vorzuführen. Sein Großvater, der – wie er mit Stolz erzählte – als Kuli nach Singapur gekommen war, hatte die ersten Millionen angesammelt. Sein Vater, bei dem es eher um Dutzende von Millionen ging, war zugleich der unangefochtene Sprecher der Chinesen in Singapur gewesen.

Morgan Tan hatte später das Vermögen seines Vaters um

ein Vielfaches vermehrt. Im sicheren Bewußtsein seiner ökonomischen Begabung wollte er als Kunstkenner, als Mäzen und als Wohltäter des Schulsystems gesehen werden. In mühsamer Forschungsarbeit war es gelungen, unter seinen verehrten Vorfahren drei oder vier Gelehrte und einen Beamten mittleren Ranges aufzuspüren. Diese Männer hatten vor drei oder vier Jahrhunderten gelebt, bevor das Schicksal die Familie Tan hatte verarmen lassen, so daß sein Großvater sein armseliges Fischerdorf in Fukien verlassen mußte und sich auf den Weg nach Singapur machte. Kultur gehörte, wie Morgan Tan gern bemerkte, zum Familienerbe.

Mit einem leichten Sommersmoking aus Kunstseide sowie Hemd- und Manschettenknöpfen aus Sternsaphiren angetan, begrüßte Morgan Tan jeden seiner Gäste in seiner eigenen Sprache: Peking-, Shanghai- oder Amoy-Chinesisch, Englisch, Malaiisch, Französisch oder Deutsch. Wenn er lächelte, glänzten weiße Zähne in einem dunklen, gleichmäßig geschnittenen Gesicht, und er verbeugte sich graziös. Neben ihm erstrahlte seine Tochter Tanya: Ihr heller, schwanengleicher Hals leuchtete über dem Stehkragen des langen Abendkleides aus flimmernder laotischer Seide, das mit stilisierten silbernen Vögeln bestickt war. Die schlangenförmige Rubinnadel im Haar bildete das Pendant zum dunkelroten Schimmer eines breiten Rubinarmbands. Ihre älteren Halbbrüder, alle im kunstseidenen Sommersmoking, unterhielten sich ein wenig steif und förmlich mit den Gästen ihres Vaters.

Dennoch handelte es sich um einen kleinen Empfang im engeren Bekanntenkreis. Die meisten Gäste sprachen einander mit dem Vornamen an, und es war kaum die Hälfte der sonst üblichen vierzig Diener zu sehen. Natürlich schenkten die Diener Champagner aus. Aber es handelte sich um einen diskreten Krug und nicht den Dom Perignon, der im Haus

Tan angeboten wurde, wenn es darum ging, Fremde zu beeindrucken.

«Ein paar enge Freunde, nur damit man sich nicht aus den Augen verliert», sagte Morgan Tan immer wieder. Seine Schuld war es nicht, wie er auf Befragen erklärte, daß der Kreis seiner engen Freunde sich mit den wirtschaftlichen und politischen Verhältnissen änderte.

«Letzten Endes», fügte er häufig hinzu, «wäre eine Einladung nur peinlich für alte Freunde, deren Vermögen so geschrumpft ist, daß sie nicht einmal mehr vorgeben können, sich revanchieren zu wollen. Man muß zur Elite gehören, um sich unter der Elite wohl zu fühlen.»

Morgan Tan breitete einladend die Arme aus, die Saphirmanschettenknöpfe leuchteten, und versilberte Platten mit Vorspeisen erschienen auf den runden Mahagonitischen. In dieser Gesellschaft brauchte niemandem erläutert zu werden, wie man die Eßstäbchen richtig hält. Und der Gastgeber brauchte nicht auf die goldenen Klammern in der Form der Schriftzeichen für Glück und langes Leben hinzuweisen, mit denen die Gäste ihre Servietten befestigten. Sie wußten, daß sie die Klammern als Andenken an einen angenehmen Abend im Hause Tan mit nach Hause nehmen sollten. Einige von ihnen hatten schon ein paar Dutzend davon gesammelt: nicht gerade ein Vermögen, aber eine ansehnliche Summe für einen britischen Beamten.

Morgan Tan strahlte, und die Diener trugen nach den Vorspeisen das erste Hauptgericht auf. Frisch aus Hongkong eingeflogene Seeschnecken und Abalonen wurden in Porzellanschalen serviert, die in muschelförmigen Terrinen aus reinem Silber ruhten. Aus silbernen Kellen wurden die Schalen der Gäste gefüllt, die in einem vergoldeten Filigrangestell hingen.

«Monty, ich glaube mich zu erinnern, daß Sie eine Vorliebe für Seeschnecken haben», sagte Morgan Tan in seinem spröden präzisen Englisch. «Hoffentlich mögen Sie sie auf kantonesische Art mit ein wenig Amoy-Würze.»

Der Engländer, der zur Rechten des Gastgebers saß, hob die Augen. Ein dünnes Lächeln umspielte die schmalen Lippen unter dem rötlichen Schnurrbart, den ein paar graue Strähnen durchzogen. Er war emsig dabei gewesen auszurechnen, was die Meeresfrüchte wohl gekostet hatten. Mindestens 70 britische Pfund pro Seeschnecke oder Abalone, etwa 150 amerikanische Dollar. Die Terrinen mußten seinerzeit gut 500 Pfund gekostet haben, also etwa 1250 Dollar; heute waren sie sicher das Doppelte wert.

«Köstlich, Morgan», antwortete er. «Ich habe nicht mehr so gut gegessen, seit wir das letzte Mal bei Ihnen eingeladen waren.»

«Das freut mich, Monty», antwortete der Gastgeber. «Es tut mir nur leid, daß wir uns nicht häufiger sehen.»

«Ich habe in letzter Zeit viel zu tun gehabt, war ständig auf Reisen.»

Die blaßblauen Augen des Engländers richteten sich auf den Kellner, der Haifischflossensuppe in einer vergoldeten Suppenschüssel auftrug, die wirkte, als hätte Cellini persönlich ihr die tödliche Haifischform gegeben.

«Wir alle wissen, wie beschäftigt Sie sind, bei all der Unruhe, die in Asien herrscht. Was täte der Hochkommissar Ihrer Majestät ohne seinen Leitenden Politischen Berater?»

«So wichtig bin ich nun auch wieder nicht, Morgan. Ich versuche nur, meinen bescheidenen Beitrag zu leisten», beantwortete Cecil Edward Frederick Montague die rituelle chinesische Schmeichelei mit einer Demonstration traditioneller britischer Bescheidenheit.

«Aber warum reden wir von Politik?» fragte Morgan Tan. «Kennen Sie Professor Li, Professor Turner Li?»

«Natürlich weiß ich, wer er ist», antwortete Montague. «Ich bin entzückt, ihn endlich kennenzulernen.»

«Professor Li versteht mehr von Malerei der Song- und Yuan-Zeit als irgend jemand sonst. Ich hoffe, wir können uns nach dem Essen mit ihm unterhalten. Er hat ein paar Bildrollen dabei, die Sie interessieren könnten.»

Das eherne Ritual des festlichen Diners ging seinen Gang. Große gedämpfte Fische, die kurzsichtig aus ihrem Saucenteich starrten, kündigten das nahende Ende an. Auf den Fisch folgte Suppe in hohen zylindrischen Wintermelonen als Vorbote der rituellen Nudeln als Symbol des langen Lebens und eines Desserts von süßen, geschmorten Lotosstengeln.

Geschickt holte Morgan Tan Cecil Montague und Turner Li aus der Menge der übrigen Gäste heraus, die jetzt beim ersten Cognac angelangt waren. Er machte sich nichts daraus, bevorzugte Gäste von der gewöhnlichen Herde zu trennen. Jeder unter den Anwesenden wußte, daß Morgan Tan über konventionelle Regeln erhaben war.

Mit überdimensionierten Cognacschwenkern in den Händen folgte das auserwählte Paar dem Gastgeber in sein Arbeitszimmer. Mit einer Grundfläche von fünfzig Quadratmetern war es der kleinste unter den sechs Empfangsräumen.

Morgan Tan und Cecil Montague zogen an ihren Havannas und bliesen den Rauch mit offensichtlichem Vergnügen in die Luft. Turner Li rauchte mit hastigen Bewegungen, die an einen Vogel erinnerten, Lucky Strike.

Der englische Diplomat war groß und hager. Trotz seiner zweiundfünfzig Jahre war er so ungeschickt wie ein Schuljunge, der die Herrschaft über seine Arme und Beine noch nicht erlangt hat. Eine herzlich rauhe Fassade überlagerte sein nervöses Temperament, ohne es ganz verbergen zu können. Den linken Arm, den in Birma ein Granatsplitter getroffen hatte, trug er in einer schwarzen Schlinge. Wenn er entspannt war, wirkte er äußerst aristokratisch.

Der chinesische Kunstexperte war klein und extrem hager. Sechsundsechzig Jahre Gefahr und Mühen hatten ihre Spuren in seinem Gesicht hinterlassen. Obgleich er fast in dem schwarzen Ledersessel versank, verriet das rhythmische Zucken seiner Füße, wie nervös er war. Dennoch strahlte er aufgrund der tausendjährigen konfuzianischen Selbstdisziplin und des konfuzianischen Selbstbewußtseins seiner Familie eine Aura der Gelassenheit aus. Auf geheimnisvolle Weise wirkten sein überschwenglicher Gastgeber und der aggressiv muntere Engländer angesichts seiner zurückhaltenden Ruhe klein und unbedeutend.

«Ein großartiges Fest», sagte Montague. «Aber Ihre Feste sind ja immer großartig.»

«Danke, Monty, sehr freundlich von Ihnen», antwortete der Gastgeber. «Und ich weiß, daß Sie das nicht nur aus Höflichkeit sagen, keine ‹Gästeworte› benützen, wie wir Chinesen das nennen.»

«Ich meine es ernst, wirklich!»

«Gut, ich will auch keine Gästeworte benützen», fuhr Morgan Tan fort. «Ich werde unsere wertvolle Zeit nicht mit Formalitäten verschwenden. Professor Li hat es eilig, und ich erwarte in einer Stunde einen wichtigen Anruf aus London.»

«Schade, daß wir so wenig Zeit haben.» Plötzlich überfiel Montague der beängstigende Verdacht, er könne gezwungen werden, sich zu entscheiden oder gar eine Verpflichtung einzugehen. «Geht es um etwas Geschäftliches?»

«Nein, Monty, jedenfalls nicht im üblichen Sinne», erwiderte Morgan Tan lachend. «Jedenfalls geht es nicht um Ihr Geschäft oder das meine. Wir brauchen uns nicht über das Schicksal von Millionen Menschen oder Hunderten von Millionen Dollar zu unterhalten. Es geht um etwas Wichtigeres als Geschäfte oder Politik. Ich möchte, daß Sie sich ein paar Bilder ansehen, die ich vielleicht kaufen will.»

«Tut mir leid, mein Freund, ein Mißverständnis», lächelte Montague erleichtert.

«Meine eigene Schuld. Ich bin in letzter Zeit verdammt nervös. Ich habe einfach zuviel im Kopf.»

«Wir leben in schwierigen Zeiten, Mr. Montague.» Turner Lis erster Beitrag zum Gespräch war seltsam ausdruckslos. «Überall gibt es Schwierigkeiten.»

«In der Tat, Professor Li», antwortete Montague. «Aber wir werden es schon schaffen. Ich bin sicher, daß wir alle es schaffen werden.»

«Bevor ich es vergesse, Monty», warf Morgan Tan ein. «Bevor wir uns die neuen Rollbilder ansehen, gibt es eine Kleinigkeit, um die ich Sie bitten wollte.»

«Was immer Sie wollen, mein Freund. Stets zu Ihren Diensten.» In Montagues Antwort mischten sich Gier und Mißtrauen. «Worum geht es denn?»

«Als der Hochkommissar mir das letzte Mal die Ehre erwiesen hat, mich zu besuchen, hat er einen kleinen Gegenstand bewundert, der mir gehört. Nichts wirklich Bedeutendes, nur eine kleine Song-Schale aus der *famille verte.* Natürlich wollte ich ihn nicht in Verlegenheit bringen.»

«Sehr korrekt», stimmte Montague weise zu, «ganz richtig!»

«Später», fuhr der Gastgeber fort, «habe ich ihn überreden können, mir zu erlauben, ihm die Schale zu leihen. Ich bin sicher, sie wird ihm große Freude bereiten.»

«Nur eine Leihgabe?» fragte Montague, als wisse er nicht, wovon die Rede war. «Ich bin sicher, das wird Seine Exzellenz freuen.»

«Natürlich hat es mit der Rückgabe keine Eile», fügte Morgan Tan hinzu, während sich drei Köpfe über die Schachtel aus Seidenbrokat beugten, in der die zerbrechliche Schale mit dem zarten Blumenmuster erstrahlte. «Ich weiß, daß Seine Exzellenz schöne Gegenstände zu schätzen weiß.»

«... und schöne Frauen», blökte Montague und hielt sich gerade noch davor zurück, seinem Gastgeber den Ellenbogen in die Seite zu stoßen.

«Ein schönes Stück», sagte Turner Li ohne Begeisterung.

«Und nun die *pièce de résistance*!» Morgan Tan stand auf und öffnete eine Mahagonischiebetür in der Wand. «Ich brauche Ihren Ratschlag, Monty.»

«Sie schmeicheln», antwortete der Engländer.

Turner Li stand auf. Wieder, wie schon zuvor, war er von den beiden Gemälden hingerissen, die im indirekten Licht der Nische hingen. Sie waren auf Seidenrollen aufgezogen und hatten etwa die gleiche Größe: etwa neunzig auf einhundertundfünfzig Zentimeter. Das linke Gemälde stellte eine Figur im weiten blaßgrünen Gewand dar. Sie war weder eindeutig männlich noch eindeutig weiblich, aber die weiblichen Züge überwogen. Das Gesicht strahlte erhabene Ruhe aus, aber das Lächeln auf den vollen Lippen zeugte von Mitleid mit der Endlosigkeit menschlichen Leidens.

«Eine Göttin der Barmherzigkeit», erklärte Turner Li. «Vermutlich mittlere Tang-Zeit, um 740 nach Christus. Man sieht, daß der Übergang vom männlichen zum weiblichen Typus noch nicht ganz abgeschlossen ist. Ein einmaliges Gemälde. Ich kenne nur zwei oder drei vergleichbare Darstellungen der Guanyin.»

Morgan Tan deutete eine leichte Verbeugung an und fragte: «Und das zweite Gemälde, Professor Li?»

«Großartig, gehört zu den besten Pinselarbeiten, die ich je gesehen habe. Leider ist es eine Kopie. Eine wertvolle Kopie, aber eine Kopie. Ich würde sie ohne Zögern zwischen 1690 und 1730 datieren. Doch wer aus einer begabten Fälscherfamilie der Qing-Zeit diese Kopie angefertigt hat, kann ich nicht sagen.»

Wie gebannt lehnte sich Montague vor und starrte das Gemälde an. Die Darstellung war realistischer als das erste und kam wohl deshalb dem westlichen Geschmack stärker entgegen.

Zwei Gruppen von Soldaten, die an dem Zeichen *yong*, «tapfer», auf dem Brustschild zu erkennen waren, standen sich in zwei Reihen gegenüber. In den langen Lanzen spiegelten sich die letzten Strahlen der Abendsonne, die gerade noch als rote Scheibe über zerklüfteten Bergen sichtbar war. Eine weibliche Gestalt von hinreißender Schönheit in austernfarbenem Gewand kniete mit gesenktem Haupt im Vordergrund auf dem Boden. Über die schillernden Wangen liefen Tränen. Auf einem Felsbrocken im Hintergrund saß, in kaiserliches Gelb gewandet, eine verzweifelte männliche Gestalt und stützte den Kopf in die Hände.

«Mein Gott, wie schön!» rief Montague aus. «Man fühlt das Leid und den Kummer… und auch die Pracht.»

«Das Lied vom langen Leid», sagte Turner Li bedächtig. «Der Augenblick, in dem Kaiser Xuanzong seine Liebe opferte, um sein Reich zu retten. Seine eigenen Truppen waren es, die den Tod der kaiserlichen Konkubine Yang Guifei verlangten. Und der Kaiser mußte sich fügen.»

«Sonst hätte er seinen Kopf und den Thron verloren und seine Geliebte noch dazu», warf Morgan Tan ein. «Er hat die einzig vernünftige Entscheidung getroffen. Er hatte noch Hunderte von anderen Konkubinen.»

«Aber nur eine Yang Guifei», sagte Turner leise. «Bai Juyi hat sein großes Gedicht über diesen Augenblick geschrieben: *Das Lied vom langen Leid*.»

«Jetzt fällt es mir wieder ein», dröhnte Montague. «Wie dumm von mir, nicht gleich darauf zu kommen.»

«Sie haben in letzter Zeit so viel anderes im Kopf.» Der Gastgeber verfiel unwillkürlich in Schmeichelei.

«Sie sind beide großartig, Morgan. Nehmen Sie beide», riet ihm Montague und fügte schelmisch hinzu: «Das heißt, falls Sie es sich leisten können.»

Morgan Tan ging nicht auf den plumpen Scherz ein. Es stand außer jeder Frage, daß er sich mühelos alles leisten konnte, was er haben wollte. Stumm betrachtete er die Bilder mit einem schweren Vergrößerungsglas.

«Also, Professor Li», sagte er schließlich, «Mr. Montague ist auch unserer Meinung. Anscheinend haben wir den gleichen Geschmack. Wenn Sie wollen, können wir noch einmal über den Preis für die Guanyin verhandeln. Aber die 100 000 US-Dollar, die Ihre Auftraggeber verlangen, kommen mir angemessen vor. Bei dem anderen Gemälde bin ich unsicher.»

«Es ist Ihre Entscheidung, Mr. Tan», antwortete Turner Li. «Wie Sie wissen, bin ich kein Kunsthändler. Ich bin hier nur der Bote, der ein wenig von Kunst versteht.»

«Natürlich, Herr Professor, natürlich!» bemühte sich Morgan Tan, den Kunstexperten zu besänftigen. «Sie haben selbst gesagt, es sei schwer, sich einen Preis für die Yang Guifei vorzustellen.»

«Ich bin berechtigt, die Yang Guifei zu einem sehr niedrigen, einem nahezu lächerlichen Preis anzubieten», sagte

Turner Li abwartend. «Die Echtheit der Kopie kann nicht eindeutig nachgewiesen werden, obgleich ich so gut wie sicher bin. Dennoch ist es ein Gemälde ungewisser Zuschreibung. Da Sie die Guanyin nehmen wollen, bin ich berechtigt, die Yang Guifei für 150 000 Singapur-Dollar, also etwa 50 000 amerikanische Dollar anzubieten.»

«150 000 Singapur-Dollar!» entfuhr es Montague. «Für einen armen Beamten ist das eine schöne runde Summe. Aber das Bild ist tatsächlich großartig. Ich kann es mir genau in meinem Landhaus in Kent vorstellen. Aber es wäre verrückt, auch nur daran zu denken. In ein paar Jahren werde ich pensioniert, und dann zählt jeder Pfennig. Nein, das ist nichts für mich. Ich wünschte nur, ich könnte es kaufen, wenn Sie es nicht haben wollen, Morgan.»

«Gefällt es Ihnen so gut, Monty?»

«Und wie! Es ist einfach vollkommen!»

«Warum kaufen Sie es dann nicht?» fragte Morgan Tan leichthin.

«Ich kann es nicht kaufen. Könnte es mir unter keinen Umständen leisten. Matilda würde mir die Hölle heiß machen. Die Rechnungen für die Schule sind fällig und so weiter.»

«Hören Sie, Monty!» sagte Morgan Tan schnell entschlossen. «Ich will die Yang Guifei nicht wirklich haben. Sie würde nicht in meine Sammlung passen. Schließlich ist es eine Kopie. Ich würde Ihnen sogar raten, die Finger davon zu lassen. Es entspricht nicht Ihrem Standard.»

«Ach wissen Sie, mein Standard ist nicht derselbe wie Ihrer.»

«So weit voneinander sind wir nun auch wieder nicht», antwortete Morgan Tan. «Also, wollen Sie es wirklich haben?»

«Ja, aber ich fürchte ...»

«Monty, das wird langsam peinlich», sagte Morgan Tan bedächtig. «Es ist schwierig so etwas zu sagen, sogar zu einem alten Freund. Aber schließlich sind wir schon so lange befreundet... Warum nehmen Sie es nicht? Sagen wir, mit einem zinslosen Darlehen.»

«Verführerisch, sehr verführerisch», murmelte der Engländer. «Ein vollkommenes Rollbild, das mich an Asien erinnern wird, wenn sie mich in Kent aufs Altenteil schicken. Sehr verführerisch, aber nein ...»

«Monty, ich bestehe darauf.» Morgan Tans Einfall wurde zu einem unerschütterlichen Wunsch. «Sie beleidigen mich, wenn Sie ablehnen.»

«Aber wirklich, Morgan.»

«Ich bestehe darauf.»

«Was für eine Zahlungsfrist?» fragte der Engländer. «Es könnte Jahre dauern, vielleicht viele Jahre.»

«Das ist schon in Ordnung, Monty», antwortete Morgan Tan. «Denken Sie nur an die Freude, die es mir macht, einem alten Freund eine Freude zu machen.»

«Also, ich weiß nicht, ich könnte ja, wenn ...»

«Abgemacht, Monty, abgemacht», sagte Morgan entschieden. «Es gehört Ihnen.»

«Und was für Sicherheiten, mein Freund?»

«Sicherheiten unter alten Freunden? Ihr Wort genügt mir.»

«Das geht nicht», sträubte sich Montague. «Irgend etwas Schriftliches muß es schon geben.»

«Wenn Sie darauf bestehen, schreiben Sie mir einen einfachen Schuldschein ohne festen Zahlungstermin aus. Keine Termine und keine Zinsen. Ich will Sie nicht in Schwierigkeiten bringen.»

«Das ist sehr großzügig», antwortete der Engländer. «Verdammt großzügig.»

Gierig blickte er auf das Rollbild und studierte mit Besitzerstolz die subtile Farbgebung und die dramatische Körperhaltung.

Morgan Tan lächelte angesichts der Leidenschaft seines Freundes.

«Wenn Sie sich von dem Bild losreißen können, werde ich Professor Li bitten, den Schuldschein zu schreiben. Es ist günstiger, wenn er auf ihn ausgestellt ist, auch wenn ich es bin, der zahlt.»

In den Anblick des Gemäldes versunken, nickte der Engländer zustimmend.

«Nur noch eines, Monty», bemerkte Morgan Tan. «Bitte sagen Sie vorläufig nichts über das Gemälde. Es ist natürlich alles vollkommen in Ordnung, aber allzuviel Öffentlichkeit könnte für Professor Li und seine Auftraggeber peinlich werden.»

«Sehr verständlich», stimmte Montague bereitwillig zu.

«Ich schicke es Ihnen morgen zu. Es ist ein wenig unhandlich, und es wäre auffällig, wenn Sie es heute abend mitnehmen wollten.»

«Ich kann es gar nicht früh genug haben. Vielen Dank, Morgan, tausend Dank. Matilda wird auch begeistert sein. Und wenn nicht, dann kann ich sie immer noch überreden. Vielen Dank, Morgan, ich bin Ihnen wirklich dankbar.»

12. KAPITEL

MILES WARF DEN SCHWARZEN Telefonhörer ärgerlich in die Gabel. Er lehnte sich in den Schaukelstuhl aus Plastik zurück und betrachtete melancholisch den Haufen schmutzige Wäsche in der Ecke des Zimmers, das im Werbeprospekt des Ocean Park Hotels ein wenig großsprecherisch als «geräumige Veranda-Suite mit Seeblick» beschrieben war. Vor zwei Tagen war das gesamte Personal in Ausstand getreten, «um unserer vollkommenen Solidarität mit den arbeitenden Massen der Allgemeinen Arbeitergewerkschaft Ausdruck zu verleihen». Seitdem hatte nichts mehr richtig funktioniert, sosehr sich auch der Besitzer Michael Tong, seine Frau Ivy und drei Amahs bemühten, die zu alt waren, um sich einschüchtern zu lassen.

Weder brüderliche Solidarität noch revolutionärer Eifer, sondern unverhüllte Drohungen hatten die belebten Korridore des Ocean Park in verlassene Gänge verwandelt. Die freundlichen Zimmerkellner und Pagen hatten sich bei der Familie Tong und ihren Gästen entschuldigt und verlauten lassen, sie hätten keine Lust zu gehen. Aber sie fürchteten um das Leben ihrer Familien, wenn sie den jungen Terroristen mit den kalten Augen nicht folgten, die aus den chinesischen Oberschulen ausgeschwärmt waren. Die verbotene Malaiische Kommunistische Partei bezeichnete die Siebzehn- bis Zwanzigjährigen, die auf Befehl politische Gegner liquidierten, ganz offen als Mordkommandos. Ihr Motiv war in der Tat eine Mischung aus revolutionärem Eifer und einem chinesischen Nationalismus, der sich nur wenig von reinem Rassismus unterschied.

«Die dicken Trinkgelder der ausländischen Imperialisten werden euch nichts nützen, wenn ihr tot in der Gosse liegt», hatten die Studenten das Hotelpersonal gewarnt. Der Hinweis hätte kaum ausdrücklicher sein können. Das Personal hatte seine Zelte abgebrochen.

Das Wissen darum, daß die Pagen und Amahs lieber geblieben wären und sich wenig um die politischen Kämpfe kümmerten, bot nur schwachen Trost.

Miles schob die schmutzige Wäsche in einen Schrank, aber die elastische Masse drängte ins Freie und sprengte die Schranktür. In einem feuchtwarmen Klima, in dem man Baumwolle trug und sich dreimal täglich umzog, sammelte sich getragene Wäsche mit der gleichen Unausweichlichkeit an wie verstaubte Akten in einer Verwaltungsbehörde.

Was schlimmer war: Das Telefonsystem hatte sich von miserabel auf katastrophal verschlechtert. Im Ocean Park war man stolz darauf, daß alle Zimmer Telefon besaßen, aber die Apparate hatten keine Wählscheiben. Ein vollständiger Zusammenbruch wäre vielleicht angenehmer gewesen als das quälende Warten, wenn die ungeübte Ivy Tong versuchte, ein Gespräch zu vermitteln. Unweigerlich verband sie einen zunächst mit drei falschen Nummern, bevor sie die eine richtige erreichte, und dann unterbrach sie das Gespräch meist am kritischen Punkt.

Miles hatte jetzt bereits seit zwei Tagen versucht, eine zweite Zusammenkunft mit Turner Li auszumachen. Zu den Schwierigkeiten, die in der Telefonzentrale des Ocean Park entstanden, gesellte sich die hartnäckige Sturheit des Personals bei Morgan Tan, das einen zunächst absichtlich falsch verstand und zum Schluß regelmäßig versicherte, Professor Li sei nicht zu Hause.

Und dann die endgültige Kränkung. Freundlich und höflich wie immer hatte sich Turner Li endlich gemeldet. Aber nach ein paar Worten hörte Miles die Stimme seines Sohns.

«Vater», hatte Y. N. Li aufgebracht gerufen, «wer ist das?»

Eine unhörbare Antwort, und der Hörer wurde aufgelegt.

Miles gab den Versuch auf. Offensichtlich würde es ihm nicht gelingen, eine zweite Verabredung zu treffen. Eines war klar: Miles de Sola Corrigan war der letzte, dem es Turner Lis Sohn erlauben würde, mit seinem sorgsam bewachten Vater zu sprechen. Ein einziger Lichtstrahl fiel in die Finsternis. Als bei einem seiner Anrufe zufällig statt eines Hausdieners Tanya Tan den Hörer abgehoben hatte, war es ihm gelungen, sich mit ihr zum Abendessen zu verabreden.

Tonlos durch die Zähne pfeifend, zog er sein letztes sauberes Hemd an, ein Sporthemd mit einem schrillen Batikmuster in Braun und Lila, das er nicht besonders mochte. Er fuhr kräftig mit der Bürste über das widerspenstige dunkelrote Haar, steckte eine Rolle Singapur-Dollar ein und knallte die Türe hinter sich zu. Die leichte Befriedigung, die dieser milde Gewaltakt ihm verlieh, verflog, als sich von der feuchten Decke ein Schneesturm von Gipskörnchen über seinen Kopf und seine Schultern ergoß.

Erwartungsvoll summte die East Coast Road unter den Reifen des roten Porsche. Rechts von Miles glänzte das Meer in der langsam einsetzenden Dämmerung, und in der Ferne erschienen die indonesischen Inseln in verzaubert violettem Licht. Zu seiner Linken wechselten die herrschaftlichen Bungalows der Reichen mit malaiischen Kampongs ab, in denen Hunderte von Menschen dicht gedrängt in palmblattgedeckten Pfahlbauten lebten. Er hatte Bedok als Treffpunkt gewählt, weil es weitab vom Stadtzentrum lag, wo Horden von militanten Streikposten und Oberschülern die Auseinandersetzung mit der Polizei suchten. Erst recht weit war Bedok von der Bukit Timah Road entfernt, wo die Aktivisten gegen Sondereinsatzkommandos der Polizei kämpften. Wenn es an diesem Abend überhaupt noch einen ruhigen Ort auf der von Unruhen erschütterten Tropeninsel gab, dann zwischen den Imbißständen am Strand von Bedok.

Tanya wartete schon auf ihn. Sie nippte an einem Tiger Bier, dem beliebtesten Getränk der Kolonie. Wie eine Erscheinung aus einer anderen Welt saß sie auf einem klapprigen Gartenstuhl an einem runden Blechtisch vor Hok Kee's «Bier und Köstlichkeiten des Meeres». Die bunten Lampen in den Bäumen spiegelten sich in ihrem glänzend braunen Haar wider und warfen vielfarbige abstrakte Muster auf den weiten cremefarbenen Rock ihres Kleides.

Eine Reihe von *Hadschis* in weißen Kappen knieten zu ihren Füßen, als seien sie in Anbetung der kleinen tönernen Grillgefäße versunken, deren Holzkohlenglut unter den langen Sate-Spießen sie mit Fächern frische Luft zuwehten. Niemand wußte wirklich, warum die *Hadschis*, fromme Gläubige, die die Pilgerfahrt nach Mekka gemacht hatten, ein Monopol auf den Verkauf von kleinen Stückchen Ziegen- oder Hühnerfleisch an Bambusspießchen hatten, die mit pikanter Erdnußsoße serviert wurden. Miles hatte sich damit abgefunden, daß ihm die Geheimnisse des orientalischen Alltags ebenso verschlossen bleiben würden wie der Grund für die Vorliebe der Imbißbudenbetreiber von Bedok für das blendende Licht überdimensionierter Acetylenlampen, an deren Stelle sie genausogut elektrische Beleuchtung hätten einsetzen können.

Tanya kam ihm entgegen, und das Licht des Halbmonds spiegelte sich in ihren haselnußfarbenen Augen. Freudig lächelte sie ihn an und streckte ihm beide Hände entgegen.

«Was für eine gute Idee, nach Bedok zu fahren, Miles. Ich bin seit Jahren nicht mehr hier gewesen.»

«Eine Abwechslung nach den Empfängen Ihres Vaters oder den festlichen Diners im Elizabethan Grill?»

«Und eine Abwechslung nach Raffles Place und der Bukit Timah Road. Die aufgebrachten Studenten und Arbeiter, wie Paul da Silva sie nennt, sind überall ausgeschwärmt. Heute spielen sie alle verrückt. Sie haben mich zweimal angehalten, um sicherzugehen, daß ich keine ausländische Imperialistin bin. Ein netter Junge mit einer gefährlich wirkenden Hacke hat mir sogar geraten umzukehren. Aber ich hatte es mir nun einmal in den Kopf gesetzt zu kommen, ob mit oder ohne Streik.»

«Ich bin froh, daß Sie gekommen sind. Sehr froh. Aber wie werden Sie wieder nach Hause kommen?»

«Ach, das werde ich schon schaffen. Der Name Tan ist immer noch eine gute Losung. Aber reden wir nicht von Politik. Ich habe vor, mich vollzustopfen, all die schmierigen, fettigen Dinge zu essen, die ich mir seit Jahren versagt habe.»

«Vielleicht sollte ich Sie doch besser gleich nach Hause bringen. Die Gefahr...»

«Sie sind weitaus gefährdeter als ich. Die Jungens sind auf der Jagd nach rothaarigen Teufeln wie Ihnen.» Sie lachte und streckte den Zeigefinger aus. «Sehen Sie die riesige Krabbe auf dem Tisch da drüben? Die will ich haben.»

Miles vergaß seine Befürchtungen, ließ sich auf ihre heitere Stimmung ein und bestellte eine gewaltige Mahlzeit: Krabben im Salzmantel, in der Schale gedämpfte Garnelen, gebratenen Fisch mit säuerlicher roter Sauce und dünne Nudeln mit Hummerstückchen. Sie stürzte sich begeistert auf das Essen, und nach den langweiligen Sandwiches des halbtoten Ocean Park Hotels tat er das gleiche. Sie aßen wie hungrige Kinder und sprachen kaum ein paar Worte miteinander. Eine halbe Stunde später lehnten sie sich gesättigt von einem Tisch voll Krabben- und Garnelenschalen zurück.

«Nicht schlecht.» Befriedigt aufseufzend, wischte sich Tanya die Hände an einem heißen Handtuch ab. «Ich kann mich nicht erinnern, wann ich das letzte Mal so viel gegessen habe. Sie haben einen schlechten Einfluß auf mich.»

Miles betrachtete bekümmert die Flecken auf seinem letzten sauberen Hemd und sagte lächelnd: «Nicht doch, einen guten Einfluß. Was spricht gegen einen gesunden Appetit?»

Später gingen sie am Strand spazieren, und ihre Hand lag leicht auf seinem Arm.

«Setzen wir uns hier hin.» Sie zog ihn zu sich herab. «Genau hier.»

«Ein Platz wie jeder andere!»

«Besser!» Sie ließ seine Hand nicht los. «Hier kennt uns niemand, und niemand, der uns kennt, weiß, daß wir hier sind.»

«Es ist ein seltsamer Ort.» Zärtliche Gefühle stiegen in ihm auf. «Praktisch die Südspitze des asiatischen Kontinents. Und ein paar Kilometer weiter ist die Hölle am Kochen. Wenn man hier sitzt, könnte man glauben, der Friede sei über die Welt gekommen, als hätten alle Menschen ein Recht auf Frieden.»

«Das haben sie, und das wäre auch so, wenn uns die Politiker nur in Ruhe ließen.»

Tanya lehnte sich mit ausgestreckten Armen zurück und sah zu dem zitronengelben Halbmond auf, der über dem Südchinesischen Meer am Himmel hing.

«Miles», sagte sie leise, «ich bin hier genausowenig zu Hause wie Sie. Manchmal, in einem Augenblick wie diesem, fühle ich mich in Singapur ruhig und daheim. Aber letzten Endes bin ich emotionell Europäerin. Ich fühle mich eigentlich immer am stärksten in Europa zu Hause, unmittelbar bevor mich das Heimweh nach Singapur wieder überfällt.»

«Und China?» fragte er behutsam. «Haben Sie auch Heimweh nach China?»

«Eigentlich nein, nicht von selbst. Jedenfalls nicht, bevor mein Vater einen seiner Vorträge über die Ehre, Chinese zu sein, gehalten hat. Dann bin ich wohl zur Hälfte stolz darauf, daß ich Chinesin bin, und zur Hälfte wütend, weil er von mir verlangt, daß ich mich als Chinesin fühle.»

Sie legte wieder die Hand in die seine und erklärte mit Nachdruck: «Ich bin nicht daran schuld, daß ich keine Chinesin bin. Er ist daran schuld! Ich bin nicht daran schuld, daß meine Mutter Russin war und ich in der Schweiz zur Schule gegangen bin. Was erwartet er eigentlich von mir?»

«Das weiß ich nicht. Aber alles, was ich von Ihnen will, ist, daß Sie Sie selbst sind. Ich würde nichts an Ihnen ändern wollen, weder Ihren Charakter noch Ihre Augenfarbe, noch Ihren kleinen Zeh.»

Sie lächelte ihm zu. Ihre nachdenkliche Stimmung verflog.

«Nichts würde ich ändern.» Er bemühte sich, den unverbindlich scherzenden Tonfall beizubehalten. «Nicht einen Deut.»

«Ich wollte schon immer wissen, was genau ein Deut ist. Trägt man ihn, ißt man ihn oder schaut man ihn an? Wäscht man ihn jeden Morgen?»

«Was immer ein Deut sein mag, jeder Deut an Ihnen spricht von Vollkommenheit.»

«Obwohl ich ein wenig durcheinander bin?»

«Heutzutage sind wir alle verwirrt und durcheinander», antwortete Miles ernsthaft. «Mir geht es da nicht besser als Ihnen.»

«Unsinn!» sagte sie energisch. «Ich bin Eurasierin. Ich lebe zwischen zwei Welten und gehöre zu keiner. Woher wollen Sie wissen, wie das ist, wenn man nachts wach liegt und sich fragt, ob man wirklich existiert? Haben Sie jemals das Gefühl, daß es Sie in Wirklichkeit vielleicht gar nicht gibt, weil es niemanden gibt, zu dem Sie gehören, weil Sie überall ein Fremder sind?»

«Die Kombination von Ire und Jude ist fast genauso unbeständig», bemerkte er. «Mein Vater war ein harter irischer New Yorker Bulle, der beschloß, Rechtsanwalt zu werden. Sein Vater war ein neueingewanderter Maurer. Meine Mutter stammte aus der portugiesisch-jüdischen Aristokratie New Yorks. Jedenfalls hielten sie sich selbst für Aristokraten, auch wenn eine Menge weißer angelsächsischer Protestanten, die viel später nach Amerika gekommen war als sie selbst, sie für eingebildetes Judengesindel hielt.»

Er hielt inne, zündete zwei Zigaretten an und reichte ihr eine zum Zeichen schweigenden Einverständnisses.

«Das ist nicht dasselbe!» Sie nahm das weiße Stäbchen an, ohne es zu beachten. «Überhaupt nicht!»

«Nichts ist genau dasselbe wie etwas anderes. Aber es gibt Übereinstimmungen. Sehen Sie, Sie sind Sie selbst, niemand anders, weder die Tochter Ihrer Mutter noch die Tochter Ihres Vaters, sondern nur Sie selbst. Besonders heute abend sind Sie Sie und niemand anders. Und ich bin sehr froh darüber.»

«Das ist nett, Miles. Es ist sehr nett, daß Sie das sagen.»

Sie rückte näher an ihn heran und ließ ihre Lippen leicht

wie Schmetterlingsflügel über seine Wange gleiten. Er drückte ihre Hand.

«Das war ernst gemeint», bestätigte er, «vollkommen ernst. Heute abend gibt es nur dich. Vielleicht bist du eine Mischung aus vielen Dingen, aber hauptsächlich bist du du.»

«Heute abend mag das stimmen», murmelte sie leise. «Aber morgen, morgen, wenn wir nicht mehr zusammen sind, werde ich wieder eine Sammlung von Scherben sein. Du hast wenigstens ein Land. Ich habe nicht einmal das.»

«Ein Land? Ja, das habe ich wohl. Ein Land, das selbst eine Sammlung von Scherben ist, aber irgendwie hält es zusammen. Rein zufälligerweise bin ich auch Kunsthändler. Mein Onkel starb als eingefleischter Junggeselle und hat mir seine Galerie hinterlassen. Sie war hauptsächlich für französische Impressionisten und, so seltsam es klingt, russische Ikonen bekannt.»

«Wie bist du auf asiatische Kunst gekommen?»

«Keine sehr originelle Geschichte. Sprachausbildung in der Marine, dann in China und Japan stationiert. Und plötzlich war ich im Geschäft mit fernöstlicher Kunst.»

«Und jetzt passen die Scherben alle zusammen, oder?»

«Vielleicht, weil ich ihnen erlaubt habe, sich aneinanderzufügen. Vielleicht solltest du das auch tun: nicht dagegen ankämpfen, den Dingen einfach erlauben, sich aneinanderzufügen.»

«Ich lasse mich ohnehin treiben. Ich kämpfe nicht. Sich treiben lassen ist einfach. Ich bin zu bequem, um mich anzustrengen. Vielleicht brauche ich etwas, an das ich mich hingeben kann.»

«Nicht einen Deut», wiederholte er, «nicht einen Deut würde ich ändern.»

«Nun gut, vielleicht nicht heute abend.»

Er legte den Arm um ihre Schultern und küßte sie sanft. Sie zog sich anfangs zurück, aber nicht mehr als einen oder zwei Zentimeter.

«Miles, wir benehmen uns wie Kinder, die sich im Dunkeln aneinanderkuscheln.»

«Ganz schön erwachsene Kinder, Tanya. Und in unserer Dunkelheit herrscht wunderschöner Mondschein.»

Langsam und ruhig küßte er sie noch einmal, dann zog er sie hoch. Sie bewegten sich emotionell viel schneller aufeinander zu, als er es erwartet hätte. Und körperlich? Das mußte sich erst noch zeigen, aber erstaunlicherweise hatte er es nicht eilig.

«Wenn wir schon vom Dunkel reden, heute ist kein guter Abend, um lange unterwegs zu bleiben. Die Phantome der Finsternis sind real, nicht eingebildet.»

«Müssen wir gehen, Miles?»

«Wenn du wirklich allein nach Hause fahren willst.»

Sie gaben sich einen kurzen Abschiedskuß, bevor sich Tanya in ihren kleinen blauen Fiat zwängte und sich auf den Weg nach Süden machte. Ihre Hupe rief ihm ein letztes Aufwiedersehen zu. Miles blickte auf das Meer hinaus und rauchte nachdenklich eine Zigarette. Schließlich stieg er in den roten Porsche und fuhr langsam über die verlassenen Straßen zu seinem dunklen Hotel.

Die Hotelhalle war menschenleer und finster. Er nahm seinen Schlüssel vom Haken und sah, daß fast alle anderen Schlüssel noch hinter der Theke hingen. Das Ocean Park Hotel war so etwas wie eine evakuierte Region. Erschreckt waren seine Gäste in alle Himmelsrichtungen geflohen: nach Süden zum Flugplatz oder nach Norden nach Malaia.

«Mr. Corrigan, gut, daß ich Sie erwische.» Michael Tong, der behäbige Besitzer, kam aus seinem Büro. «Es sind zwei

Telegramme für Sie angekommen, recht verspätet, fürchte ich. Sie sind erst vor einer Stunde gekommen.»

Miles riß das vertraute blau-weiße Kuvert der Cable & Wireless Co. auf. Ein bloßer Streik konnte ihre schnellen Boten nicht aufhalten. Dazu war eine größere Katastrophe nötig, ein Erdbeben etwa oder eine Überschwemmung.

MILES (LAUTETE DAS ERSTE): MÖGLICHERWEISE HAST DU DA ETWAS. ES IST NICHT SICHER, ABER ES GIBT GUTE GRÜNDE ANZUNEHMEN, DASS ORIGINAL, ICH WIEDERHOLE: ORIGINAL, DES LIEDS VOM LANGEN LEID VON WANG LONG IN DER KAISERLICHEN SAMMLUNG PEKING AUFBEWAHRT WURDE. DA SAMMLUNG NIE RICHTIG KATALOGISIERT, KANN ES JAHRHUNDERTE DA GEWESEN SEIN. ALLE SPUREN VERLIEREN SICH NACH DER PLÜNDERUNG DES SOMMERPALASTS 1860. FALLS EXISTENT MINDESTENS EINE VIERTEL MILLION WERT. DREI KOPIEN AUS DER QING-ZEIT BEKANNT, GEGENWÄRTIGER ORT UNBEKANNT. KOPIEN SIND ZWANZIG- BIS FÜNFZIGTAUSEND WERT. NEBENBEI: LEGENDE BEHAUPTET, ORIGINAL BRINGE BESITZER ABWECHSELND GLÜCK UND UNGLÜCK. SCHICKE EILBRIEF MIT DETAILS FÜR DATIERUNG VON PAPIER UND SEIDE. NORMALES BERATUNGSHONORAR. TELEGRAMMGEBÜHREN ZU DEINEN LASTEN. WÜNSCHE ERFOLGREICHE JAGD. GRÜSSE, MORNINGHURST.

Miles Corrigan lächelte zufrieden. Vielleicht jagte er doch nicht hinter einem Irrlicht her. Dann lachte er. Es war typisch für Professor Morninghurst, den führenden Experten für chinesische Malerei, daß er eine definitive Antwort gab und ein paar Dollar zusätzlich für Telegrammgebühren ausgab, um ihn daran zu erinnern, daß er nicht nur für die

Beratung, sondern auch für die Telegrammgebühren bezahlen mußte.

> SIGNATUR EXTREM SCHWACH (LAUTETE DER KNAPPE TEXT DES ZWEITEN TELEGRAMMS). FALLS WIRKLICH BLUT, AUSGEBLEICHTES ROSTBRAUN UND ABGEPLATZTE STELLEN. SUGGS.

Miles steckte die Telegramme in die Tasche und stieß die Schwingtür zu dem schwach beleuchteten Korridor auf. Munter zu einer Melodie marschierend, die er vor sich hin pfiff, machte er sich auf den langen Weg zu seinem Zimmer. Michael Tong beklagte sich ständig darüber, daß das Hotel ursprünglich als Militärkrankenhaus geplant und von einem arbeitsunwilligen Architekten nur oberflächlich umgebaut worden war. Die Korridore gingen speichenförmig von der Empfangshalle in der Mitte des Gebäudes aus und waren für Gäste gedacht, die gut zu Fuß waren. Überdies bot die Anlage ungestörte Ruhe in Zimmern, die weit auseinander lagen. Aber für das Personal war es die reine Hölle. Insgesamt eignete sich die Anlage nicht sehr zum Hotel.

Der behäbige Michael Tong beendete seine immer gleiche Klage üblicherweise mit der erwartungsvollen Frage: «Kennen Sie nicht jemanden, der ein wunderbar angelegtes und höchst profitables Hotel in erstklassigem Zustand kaufen will?» Seit einer Woche hatte er diese Frage nicht mehr gestellt. Niemand plante Investitionen in einer Stadt, die am Rande des Bürgerkriegs stand.

Miles gingen Michaels Sorgen wenig an. Er war viel zu zufrieden mit sich selbst. Sein spontaner Entschluß, nach Singapur zu fahren, könnte sich als höchst gewinnbringend erweisen.

Das Lied vom langen Leid. Die Zeilen des Dichters gingen ihm durch den Kopf: «...und vor den Reitern starb, / durch Schlamm und Staub gezerrt, / das Mädchen mit den zarten Augenbrauen.» Der offiziellen Geschichtsschreibung Chinas galt derart lyrisches Empfinden als eines disziplinierten Beamten unwürdig. Aber gelegentlich konnte das leidenschaftlich romantische Gefühl der Chinesen die puritanische Fassade durchbrechen.

Die Bildrolle, um die es ging, falls sie wirklich existierte, war natürlich nicht das Original. Peking würde einen nationalen Kunstschatz von so hohem künstlerischem und historischem Wert niemals außer Landes lassen. Aber vielleicht handelte es sich um eine der alten Kopien. Wenn er sie bekommen konnte, bedeutete das mindestens 20 000 US-Dollar auf dem freien Markt. Und er kannte einen Sammler, der bereit war, das Doppelte zu zahlen, um seine Sammlung aus allen Epochen der chinesischen Malerei zu vervollständigen. Falls dieser Kunde etwas über die blutige Vergangenheit des Bildes wußte, konnte es auch 50 000 oder 60 000 Dollar wert sein.

Er warf den Zimmerschlüssel in die Luft und fing ihn wieder auf. Er war entzückt, weitaus begeisterter, als selbst von einem derart großen Geschäft zu erwarten war. Warum wohl?

Tanya! Tanya gab es auch noch. Vor allem anderen, vielleicht sogar vor dem Gemälde, gab es Tanya!

Miles war in Hochstimmung wie ein Unterprimaner nach seinem ersten Rendezvous. Er konnte seine eigenen Gefühle nicht leugnen. Jedenfalls war klar, daß sie keine Abneigung gegen ihn empfand. Das reichte für den Augenblick. Er pfiff laut und improvisierte Triller und Arpeggien. Tanya mit den haselnußfarbenen Augen, mit der mattweißen Haut, mit dem glänzenden Haar und den zarten Rundungen.

Verblüfft entdeckte Miles, daß seine Gedanken kaum sexuell gefärbt waren. Das sah ihm nicht ähnlich. Normalerweise liebte er eilig und zog sich ebenso eilig zurück. Einen Augenblick hörte sein Pfeifen überrascht auf. Dann wandte er sich von seinen Vorahnungen ab. Was kommen sollte, würde kommen, sagte er sich ohne Anspruch auf Originalität. Überdies standen der Beziehung so viele Hindernisse im Weg, daß er kaum befürchten mußte, eine dauerhafte Bindung einzugehen.

«Gaudeamus igitur.» Mit gedämpfter Baritonstimme sang Miles das alte Studentenlied, «Laßt uns froh sein, dessenthalben», und ließ den bittersüßen Text auf sich wirken. Warum sollte er nicht froh sein. Gewiß, das Alter war unausweichlich, aber es war noch fern. Munter schmetterte er: *«...post molestam senectutem, nos habebit humus.»*

Wie ein verzerrtes Echo antwortete ihm aus der Ferne ein Tenor: «Sprach der Kesselflicker zu der Gräfin... und sein Schwanz hing bis zum Boden, und er kratzte sich die Hoden.»

Überrascht hielt Miles inne, aber der geheimnisvolle Tenor kam ihm nicht näher. Der Sänger mußte sich draußen am Strand befinden, wo er ungeniert das Lied vom Kesselflicker und der Gräfin sang. Grinsend fiel Miles in den Refrain ein, während er den Schlüssel ins Schloß steckte und die Tür aufstieß.

«Hoi-yah!»

Das schwere Keuchen warnte ihn, einen Augenblick bevor der Handkantenschlag seinen Nacken traf. Er wand sich und hob einen Arm zur Abwehr, aber der Schlag unterlief seine Deckung und traf unter der Kinnlade auf. Auch wenn er ihn zum Teil abgewehrt hatte, schmerzte der Schlag wie ein Schwertstreich. Er glitt zu Boden. Kopf und Schultern waren gerade noch im Zimmer, die Beine streckten sich in den Korridor.

Miles fühlte, wie rauhe Hände seinen Körper umdrehten. Im regenbogenfarbenen Ring der Schmerzen schwammen zwei Gesichter vor seinen Augen. Die Hände griffen nach seinem Hemd.

«Oi, nei-ya! Gam mat yeh?» rief der Tenor in schlechtem Kantonesisch. «Heda, was zum Teufel soll das?»

Verblüfft ließen die Angreifer von Miles ab, und sein Kopf schlug auf dem harten Nadelfilz des Bodens auf. Noch schwamm ihm alles vor den Augen, aber er erkannte dünne Beine in khakifarbenen Socken, die an ihm vorbeiliefen. Einen Augenblick später hörte er einen Schuß, dann noch einen.

Miles schloß die Augen. Er wollte nichts als unbeweglich, gedankenlos liegenbleiben. Das war das dritte Mal in dieser Woche, dachte er noch, bevor der graue Nebel, der den vielfarbigen Wirbel vor seinen Augen abgelöst hatte, zu undurchdringlicher Dunkelheit wurde.

Als er aufwachte, beugte sich eine merkwürdige Erscheinung über ihn. Dünn und ausgemergelt, trug die Gestalt weite Khaki-Shorts und einen khakifarbenen Uniformrock, auf dessen Epauletten der einsame Stern eines Inspektors zweiten Grades der Polizeikräfte von Singapur prangte. In der rechten Hand hielt der Fremde einen Revolver.

«Wie geht es Ihnen?» fragte die nunmehr schon vertraute Tenorstimme. «Schaffen Sie es bis ins Bett, wenn ich nachhelfe?»

Miles nickte zustimmend und taumelte auf den Arm des Inspektors gelehnt zum Bett. Die Laken waren abgezogen, und die Matratze war aufgeschlitzt. Als er anfing, klarer zu sehen, erkannte er, daß das Zimmer durchsucht worden war.

Alle Schubladen waren aus den Schränken gezogen, seine Koffer lagen offen auf dem Boden, und ein Strom von schmutziger Wäsche ergoß sich über die zersplitterten Möbel.

Ein Glas näherte sich seinen Lippen, und er trank automatisch. Reiner Weinbrand. Sein Wohltäter hielt einen enormen Cognacschwenker in der Hand.

«Cutworth ist mein Name, Basil Cutworth», erklärte die Tenorstimme. «Konnte nicht zulassen, daß sie meinen Sangesbruder verprügeln. Kennen Sie ‹Der Ball in Kerriemuir›?»

«Ja, aber bitte nicht jetzt.»

Miles erkannte, daß sein Retter fröhlich und gründlich betrunken war.

«Also, wenn das so ist...», der Tenor war beleidigt. «Dann kann ich ja wieder zu meiner Strandfete zurück.»

«Finde es wunderbar... großartiges Lied», sagte Miles. «Aber bitte nicht jetzt.»

«Natürlich, alter Junge, blöd von mir. Ihnen ist wohl noch nicht wieder nach einem Lied zumute.» Von Entschuldigungen überquellend, schenkte sich Basil Cutworth noch einen großen Weinbrand ein. «Gut, daß sie die Flaschen nicht kaputtgemacht haben.»

Er hielt inne und inspizierte das Zimmer, bevor er weitersprach.

«Ziemlicher Saustall, was die da angerichtet haben. Und dann sind sie mir auch noch im Nebel entkommen. Hat keinen Sinn, daß ich es melde. Das gesamte Revier ist im Sondereinsatz.»

«Danke», sagte Miles. «Könnten Sie Michael Tong finden und ihm sagen, daß ich ein neues Zimmer brauche?»

«Natürlich.» Cutworth trank seinen Weinbrand aus und

schüttete sich noch einen ein, bevor er ging. «Die kommen nicht wieder. Aber schließen Sie die Tür trotzdem ab.»

Miles hob mühsam die Beine über die Bettkante. An die Wand gelehnt, betrachtete er den Trümmerhaufen, der seine Habe war. Sein Aktenkoffer lag in einer Ecke. Der Inhalt war über den Boden verstreut.

Als er sich bückte, um den Aktenkoffer aufzuheben, durchfuhr ein stechender Schmerz seinen Nacken und seine Schultern. Er tastete das Futter hinter den Innentaschen ab. Die Durchschläge seiner eigenen Telegramme waren noch da. Er steckte die Antworttelegramme dazu, bevor er den Geheimverschluß betätigte, der wie eine der Nieten am Kofferrand aussah.

«Nach was hätten sie sonst suchen können?» fragte er sich. «Es müssen die Telegramme gewesen sein.»

13. KAPITEL

Es schien sich um eine Routineangelegenheit zu handeln, aber Cecil Edward Frederick Montague war nervös. Er hatte Übung im Umgang mit Besuchern, die sich weigerten, vorher zu sagen, was sie wollten, und spielte das Spiel seit Jahren. Aber die Stimme am Telefon war hart, spöttisch, fast einschüchternd gewesen. Ihm war das ölige Gesäusel von Leuten vertrauter, die Geheimnisse verkaufen oder einen Gefallen erbitten wollten.

Also war er ein wenig nervös, obgleich er alle Vorsichtsmaßnahmen getroffen hatte. Seine hagere Frau, Lady Matilda, und die beiden munteren Töchter waren nicht zu Hause. Sie plantschten im Schwimmbecken des exklusiven Tanglin Clubs. Ein chinesischer Polizist in Zivil wartete auf dem Parkplatz auf sie und sah den malaiischen Chauffeuren zu, die auf dem Boden hockend in ihre nicht enden wollenden Würfelspiele um viel zu hohe Einsätze vertieft waren. Der Sicherheitsbeauftragte des Hochkommissariats für Südostasien bestand darauf, daß Familienangehörige britischer Verwaltungsbeamter während der «Unruhen» das Haus nicht ohne bewaffneten Personenschutz verließen.

Cecil Montague liebte seine elfjährigen Zwillingstöchter, auch wenn er von seiner sauertöpfischen Frau weniger hingerissen war. Er war ihrer ständigen Klagen müde und empfand ihren knochigen Körper als alles andere als erotisch, eher als abstoßend. Ihr verdankte er die steile Karriere, die dem Schwiegersohn eines ehemaligen Vizekönigs von Indien zustand. Aber jetzt wäre er sie liebend gern los gewesen.

Außerdem würde sie ihm keinen einzigen Penny mehr einbringen. Aller Grundbesitz fiel an ihren Bruder, den Erben des Familientitels; und ihr Vater, der Earl of Underwood, konnte seinen Schwiegersohn nicht ausstehen.

Nichts hätte Cecil Montague lieber getan, als Lady Matilda in die Wüste zu schicken. Leider mußte er Rücksicht auf die beiden kleinen Mädchen nehmen, ganz zu schweigen von dem guten Ruf, den er in einer kleinen, geschlossenen und selbstgerechten Gesellschaft genoß. Außerdem stand da bei der Pensionierung noch die Möglichkeit der Erhebung in den persönlichen Adelsstand und der damit verbundenen Pfründen an.

Ein zweiter Geheimpolizist wartete in den Dienstbotenräumen hinter dem Haus, und drei malaiische Wachtmeister überwachten den Eingang. Da es sich um eine heikle Angelegenheit handeln konnte, würde der Polizist den Gast, der sich da selbst eingeladen hatte, nur zu Gesicht bekommen, wenn ein Notfall eintrat. Ein Glockenzug in der Armlehne von Montagues Sessel konnte ihn und die anderen alarmieren. Unter dem Sesselkissen lag ein Revolver, aber Montague machte sich keine Gedanken um seine eigene Sicherheit. Er war von Geburt an unfähig, körperliche Furcht zu empfinden, was ihm zwei militärische Auszeichnungen und einen zerschmetterten Arm eingebracht hatte. Die rauhe Stimme aber hatte komplexere Gefährdungen angedeutet als rein körperliche Bedrohung.

«Da es sich um eine rein persönliche Angelegenheit handelt», hatte der Anwalt namens Pritchard vorgeschlagen, «ist es Ihnen vielleicht lieber, mich bei sich zu Hause und nicht im Büro zu empfangen.»

Cecil Montague war selbst zum Zentralarchiv gegangen, statt seinen persönlichen Assistenten Pritchards Akte besorgen zu lassen, was unnötige Aufmerksamkeit auf sein Interesse an dem Mann gelenkt hätte. Aber die Akte hatte ihm nicht viel verraten.

George Pritchard, der damals wie heute als Juniorpartner für die angesehene Anwaltsfirma Copplestone, Heath, White & Co. arbeitete, hatte tapfer gekämpft, als die Japaner Hongkong einnahmen. Er hatte drei Jahre Zwangsarbeit in den Kohlebergwerken von Honshu überlebt und war nach dem Krieg wieder nach Hongkong gezogen. Nachdem er es geschafft hatte, Seniorpartner der Firma zu werden, hatte er sich von seiner schottischen Ehefrau scheiden lassen und eine zwanzig Jahre jüngere Chinesin geheiratet. Über Pritchards zweite Frau fand sich in der Akte nur der knappe Vermerk: «Herkunft unbekannt.»

Pritchard war als Anwalt Pekings aufgetreten, als die Regierung der Volksrepublik den Versuch machte, eine Flotte von chinesischen Zivilflugzeugen zurückzuholen, die unmittelbar vor dem Zusammenbruch der Nationalregierung auf dem Hongkonger Flughafen Kaitak gelandet waren. Außerdem arbeitete er für eine Anzahl von im Chinahandel tätigen Firmen. Aber das hieß nichts. Viele Anwälte in Hongkong waren auf die eine oder andere Art mit Peking im Geschäft.

Im übrigen zeugten die Berichte über Pritchard von einem so gutbürgerlichen Lebenswandel, daß es schon langweilig wurde: die üblichen Clubs; die übliche Firmenpraxis, die ihn reich gemacht hatte; die üblichen kleinen Abenteuer mit den Frauen seiner Freunde und Mädchen aus Tanzlokalen. Überhaupt nichts Ungewöhnliches.

Dennoch fuhr Montague zusammen, als er Reifengeräusche in der Einfahrt hörte. Er empfing nicht gerne Besucher, die selbst die Initiative übernahmen. Üblicherweise bestimmte er die Bedingungen und beherrschte die Unterhaltung.

Die unscharfe Fotografie in der Akte hatte Montague nicht auf Pritchards Erscheinung vorbereitet. Untersetzt und dick, stolzierte er mit vorgeschobenem Brustkorb in den Raum. Die zerfurchten Wangen waren feuerrot, und auf der vorspringenden Nase thronte eine gewaltige schwarze Brille.

«Mr. Montague, wie freundlich von Ihnen, mich zu empfangen», knarrte die Stimme. «Ich werde Ihnen nicht mehr als ein paar Minuten Ihrer kostbaren Zeit rauben.»

Montague wies auf einen Sessel und fragte: «Whisky?»

«Mit ein bißchen Soda, bitte.»

Keiner von beiden sagte ein Wort, solange Montague den bernsteinfarbenen Whisky einschenkte. Schweigend schüttete Pritchard seinen halben Drink in einem Zug hinunter. Vorsichtig wie erfahrene Ringkämpfer warteten beide darauf, daß der andere den Kampf aufnahm.

«Wie gesagt», brach Pritchard endlich das Schweigen, «ich arbeite für Copplestone, Heath und White.»

«Die Firma ist mir bekannt.»

«Dann kennen Sie unseren Ruf. Keine langen Erklärungen erforderlich.»

«Kaum.»

«Komisch, daß wir uns nie getroffen haben. Massenweise gemeinsame Bekannte. Dickie Little, Rob MacIntosh und Hector Steward lassen schöne Grüße ausrichten. Hab Ihnen gesagt, daß ich Sie vielleicht treffen würde, wenn ich nach Singapur komme.»

«Nette Kerle», antwortete Montague kühl. «Hab sie im Krieg kennengelernt. Noch einen Schluck?»

«Ja, gerne.»

Pritchard machte seinem zweiten Whisky fast ebenso schnell den Garaus wie dem ersten.

«Aber ich bin nicht hier, um Erinnerungen auszutauschen, so angenehm das sein kann. Eine kleine geschäftliche Angelegenheit, Mr. Montague. Eine Bagatelle, um die ich mich normalerweise nicht kümmern würde. Aber da ich sowieso in der Gegend war... Wir können sicher alles rasch klären.»

«Das hoffe ich.» Montague war schon ein wenig entspannter. «Es ist viel zu heiß für Geschäfte.»

«Ich weiß gar nicht, wie ich es ausgehalten habe, bevor es Klimaanlagen gab. Aber damals war ich jünger.»

«Das waren wir wohl alle», sagte Montague lächelnd.

«Wissen Sie, ich kann mich noch an meinen ersten Abend in Singapur Mitte der Dreißiger erinnern», erzählte der Anwalt. «Bin mit den Offizieren der alten *Caronia* an Land gegangen. Was für eine Nacht. Wir haben um vier Uhr früh ein Rennen auf der Orchard Road veranstaltet und die Kulis in ihren eigenen Rikschas gezogen.»

«Hab ich auch schon getan, Pritchard. Wir waren jung, dumm und unerfahren.»

«In der Tat, Montague, in der Tat.» Das Lachen des dicklichen Anwalts klang rauh, wie Kohle, die in den Keller rutscht. «Aber wir müssen wohl zum geschäftlichen Teil kommen.»

«Gut. Was kann ich für Sie tun?»

«Wie gesagt, eine Bagatelle. Mein Mandant ist in Schwierigkeiten. Können Sie mir die 50 000 Dollar für das Bild in den nächsten paar Tagen geben?»

«Was für ein Bild?» Montague wußte wirklich nicht, wovon die Rede war. «Was für ein Mandant?»

«Das Rollbild. Wie hieß es noch? Ach ja, *Das Lied vom langen Leid.* Komischer Bildtitel.»

«Ihr Mandant, sagen Sie?» Montague war schockiert. «Warum wendet sich Morgan Tan nicht direkt an mich? Und außerdem ...»

«Das muß ein Mißverständnis sein. Morgan Tan hat nichts damit zu tun. Mein Mandant ist Professor Turner Li, ein offizieller Vertreter der Regierung der Volksrepublik China.»

«Turner Li! Der hatte doch mit den Abmachungen nichts zu tun. Morgan Tan hat mir versichert, sein Name auf dem Schuldschein sei eine reine Formalität.»

«Tut mir leid, alter Junge. Wie schon gesagt, ich weiß nichts davon, daß Morgan Tan etwas damit zu tun hätte. Aber so sind die Gesetze nun einmal; nichts als Formalitäten. Mein Mandant hat Ihren Schuldschein über fünfzigtausend US-Dollar, und er braucht das Geld. Ich habe versucht, ihn davon abzubringen, aber seine Regierung besteht auf Zahlung.»

«Besteht auf Zahlung?» rief Montague aus. «Besteht? Das kann sie gar nicht. Es ist ein Schuldschein auf unbestimmte Zeit ... keine Zahlungsfrist.»

«Unbestimmte Zeit für beide Seiten, Montague.» Pritchards Ton wurde bestimmter. «Sie haben ganz recht, keine bestimmte Zahlungsfrist. Aber das heißt, daß mein Mandant Ihren Schuldschein kündigen kann, wann immer er will.»

«Aber Morgan Tan hat gesagt ...»

«Ich habe Ihnen schon gesagt, daß das Ganze nichts mit Morgan Tan zu tun hat.»

«Sie verlangen fünfzigtausend US-Dollar bis ...»

«Bis übermorgen. Andernfalls besteht mein Mandant bedauerlicherweise darauf, daß wir gerichtlich gegen Sie vorgehen. Es hat keinen Zweck, mit ihm zu diskutieren. Das habe ich versucht, aber es hat nichts gebracht.»

«Übermorgen», wandte Montague ein. «Das ist extrem kurzfristig. Ich fürchte, ich kann nicht so schnell ...»

«Ich fürchte, Sie müssen. In der Not frißt der Teufel Fliegen, Mr. Montague. Aber wir wollen nicht übertrieben hart sein.»

«Sind Sie aber!» explodierte Monty. «Das Ganze ist ein verdammt unverschämter Betrug, wenn Sie mich fragen! Ich werde mich an Morgan Tan wenden. Er wird es Ihnen schon zeigen, Ihnen und Ihrem Mandanten.»

«Tan ist oben im Norden auf einer seiner Kautschukplantagen. Wir können ihn nicht erreichen, und er kann jetzt auch nichts mehr an der Sache ändern.»

«Aber ich kann einfach nicht zahlen! Ich will nicht, und ich kann nicht, und ich werde nicht zahlen!» erklärte Montague. «Offen gesagt, ich bin nicht flüssig. Es ist alles fest angelegt. Außerdem ist das ja praktisch eine Erpressung.»

«Das ist ein hartes Wort, Mr. Montague», antwortete der Anwalt. «Aber wie Sie wollen. Wissen Sie, wir brauchen nicht einmal vor Gericht zu gehen ...»

«Was soll das nun wieder heißen?»

Pritchards wettergegerbtes Gesicht erstrahlte in tiefem Rot. Wortlos schenkte er sich den nächsten Whisky Soda ein.

«Soll ich Ihren auffüllen?» fragte er unverschämt. «Sie sehen aus, als könnten Sie es brauchen.»

Montague schob seinen kleineren Gast ärgerlich beiseite und schenkte sich einen doppelten Whisky ein.

«Wir brauchen nicht vor Gericht zu gehen», wiederholte der Anwalt. «Es liegt da der Verdacht auf Korruption in der Luft. Irgend etwas ist faul an der Geschichte. Warum sollte Professor Turner Li, und das heißt die Regierung der Volksrepublik, Ihnen eine wertvolle Bildrolle so gut wie schenken? Das ist es, was ich mich frage. Wieso gegen einen einfachen Schuldschein ohne festen Zahlungstermin und ohne Zinsen? Und hauptsächlich, was soll der lächerliche Preis von fünfzigtausend US-Dollar? Dieses Bild ist mehr als hunderttausend Pfund wert, mindestens eine viertel Million Dollar. Was haben Sie eigentlich angestellt, Mr. Montague?»

«Verdammte Unverschämtheit!» explodierte Montague. «Verschwinden Sie!»

«Wie Sie wollen. Aber ich komme wieder.»

«Also gut, setzen Sie sich schon», gab Montague ermüdet nach. «Setzen Sie sich hin, und lassen Sie mich nachdenken.»

«Sie sollten wissen», fuhr Pritchard erbarmungslos fort, «daß die Regierung der Volksrepublik sehr ungehalten über die Tatsache ist, daß sich ein nationaler Schatz des chinesischen Volkes in den Händen eines höheren britischen Beamten befindet. Ein paar Heißsporne in Peking reden von diplomatischen Folgen, von einem öffentlichen Protest.»

«Sollen sie doch protestieren. Das Geschäft war vollkommen in Ordnung. Sie haben zugegeben, daß Turner Li ihr Beauftragter war, und er hat mir die Bildrolle verkauft. Ich kann nichts dazu, wenn Peking sich mit seinen eigenen Beauftragten uneins ist.»

Montagues Tonfall wurde bestimmter. Es konnte ihm wirklich nichts passieren. Kühl lehnte er sich im Sessel zurück und nippte an seinem Whisky Soda.

«Und das Geld?» zerstörte Pritchard seine Seelenruhe. «Wann bekommen wir das Geld?»

«Hören Sie, Pritchard, ich kann das Bargeld einfach nicht flüssigmachen», antwortete der Diplomat gefaßt. «Aber die Lösung ist ja wohl einfach. Sie können das Bild im Austausch gegen den Schuldschein wiederhaben.»

«So einfach ist es nicht. Es ist alles schon zu weit gediehen. Meine Anweisungen sind eindeutig: Bargeld bis übermorgen, oder...»

«Warum?» rief Montague aus. «Warum wollen sie das Bild nicht zurückhaben?»

«Das weiß ich selbst nicht, alter Junge.» Pritchards rauhe Stimme wurde sanft und mitleidig. «Ich komme nicht dahinter, wie sie denken. Habe ich noch nie gekonnt. Vielleicht ist für sie das Bild unrein geworden, weil ein Agent des internationalen Imperialismus es in der Hand gehabt hat. Ich habe so etwas schon einmal gehört. Aber was wirklich in ihren seltsamen orientalischen Köpfen vorgeht, weiß nur Gott allein. Ich fürchte, es heißt Geld oder...»

«Oder was?»

«Ein Skandal, nehme ich an. Aber darüber hat Peking zu entscheiden, nicht ich. Man geht davon aus, daß Sie so rein sein könnten wie frisch gefallener Schnee und dennoch, schon die leiseste Andeutung eines Skandals... Zusammenarbeit mit dem Feind, nennt man so etwas. Schon die leiseste Andeutung eines Skandals würde, sagen wir einmal, nicht gut für Sie sein.»

«Aber ich sage Ihnen, ich *habe* das Geld nicht. Wollen die mich denn ruinieren?»

«Vielleicht. Es sind rachsüchtige kleine Teufel. Und sie sind nicht begeistert von dem, was in Singapur vor sich geht.»

«In Singapur?» fragte Montague verständnislos. «In Singapur? Aber *sie* waren es doch, die die Unruhen angezettelt haben.»

«Ich habe ärgerliche Reden über Unterdrückungsmaßnahmen gelesen. Man scheint anzunehmen, daß Sie dahinterstecken.»

«Zuviel Ehre.» Montague lachte gequält. «Sagen Sie ihnen, sie irren sich. Ich bin es nicht, der die harte Linie vertritt. Ganz im Gegenteil. Können Sie sie nicht überreden, das Bild zurückzunehmen und das Ganze zu vergessen?»

«Ich fürchte, nein. Tut mir verdammt leid, aber das liegt nicht in meiner Macht.»

Pritchard stürzte seinen vierten Whisky hinunter und machte Anstalten zu gehen. Montague folgte ihm bedrückt zur Haustür.

«Ach, übrigens, der endgültige Termin ist übermorgen um Mitternacht», fügte der Anwalt hinzu. «Und dann... ach Gott, das hätte ich ja fast vergessen. Es besteht die Möglichkeit zu etwas, das die Chinesen einen Kompromiß nennen, sozusagen ein *Quidproquo*.»

«Was für ein *Quidproquo* um Gottes willen?»

«Das weiß ich nicht, alter Junge. Ich bin nur der Bote.»

«Um was könnte es denn gehen?» beschwor ihn Montague. «Helfen Sie mir auf die Sprünge.»

«Tut mir leid. Ich habe nicht den blassesten Schimmer. Nebenbei bemerkt, ich würde das Tonband unserer Unterhaltung löschen. Mir kann es nichts anhaben, wissen Sie, aber Ihnen...»

Montague schloß langsam und nachdenklich die Tür. Ihm war es, als schlösse sie sich vor all seinen Zukunftshoffnungen.

Er konnte nicht einmal Morgan Tan erreichen, der ihn unwissentlich in die Falle gelockt hatte. Morgan Tan, hatte der Rechtsverdreher gesagt, war irgendwo in Malaia und unerreichbar. Schön, vielleicht war er für einen normalen Bürger unerreichbar, aber einem Mitglied des Hochkommissariats standen andere Mittel zur Verfügung. Beruhigt atmete Montague tief durch. Morgan Tan würde das Mißverständnis aufklären oder das Bargeld besorgen. Fünfzigtausend Dollar waren für Morgan Tan weniger als ein Flohstich.

«Ich brauche Mr. Morgan Tan», wies Montague den diensthabenden Telefonisten an. «Versuchen Sie es in der Golden Palm Plantage in Kedah. Es handelt sich um ein dringendes Dienstgespräch.»

Er mixte sich noch einen Whisky Soda und ließ sich im Sessel nieder. Warum hatte er sich so aufgeregt? Warum hatte er sich von dem Rechtsverdreher in Panik versetzen lassen? Morgan konnte das Problem im Handumdrehen lösen. Schließlich war ihm Morgan einen Gefallen schuldig. Er sprang auf, als das Telefon klingelte.

«Hallo», sagte er. «Hallo, Morgan, wie geht es…»

«Tut mir leid, Mr. Montague», sagte der Telefonist. «Mr. Tan ist nicht erreichbar. Man weiß nicht, wann er wiederkommt.»

«Versuchen Sie es weiter», befahl Montague barsch. «Ich muß unbedingt mit ihm sprechen.»

Es würde alles in Ordnung kommen, sagte er sich, natürlich würde es das. Dennoch zog er den neuesten Kontoauszug seiner Londoner Bank aus der Schreibtischschublade.

Die Zahlen waren eindeutig. Das Konto war um 9452 Pfund überzogen, beinahe 25 000 US-Dollar oder die astronomische Summe von 75 000 Singapur-Dollar. Der Begleitbrief des Filialleiters zeugte von Verständnis. «Wir erwarten keine Schwierigkeiten bei der Aufrechterhaltung des Kredits gegen angemessene Zinszahlung.» Aber andererseits konnte die Bank «keine Anträge auf zusätzliche Kreditgewährung mehr entgegennehmen».

Die Abfindung, die Montague bei seiner Pensionierung zu erwarten hatte, würde den Kredit bequem decken, es würden sogar noch 15 000 Pfund übrigbleiben. Aber in Pension konnte er erst in drei Jahren gehen. Er hatte all seine Pläne und seine Geldanlagen an diesem Datum ausgerichtet. Wenn er den Dienst ohne Abfindung und ohne Pension quittieren mußte, war er ruiniert. Alles, wofür er gearbeitet hatte, würde wie ein Kartenhaus zusammenbrechen. Und dann noch der Skandal!

Unwillig gestand er sich ein, daß ihm ein größerer Skandal drohte. Die Regenbogenpresse würde sich vor Freude überschlagen, wenn sie über den Schwiegersohn des Earl of Underwood herziehen konnte. Wie harmlos das ganze Geschäft auch gewesen sein mochte, es würde nicht in Vergessenheit geraten wie eine kleinere Übertretung. Es würde mehr hängenbleiben als nur ein «Hauch von Korruption», von dem der verdammte Rechtsverdreher gesprochen hatte. Eine Anklage wegen vorsätzlichen Vertrauensbruchs, vielleicht sogar wegen Verrats, lag in der Luft. Er würde Geld, Ruf und Freunde verlieren.

Aber jedermann, tröstete sich Montague, sogar der Hochkommissar, nahm kleine Geschenke an. Um so mehr Grund hatten sie, antwortete ihm gnadenlos eine innere Stimme, an ihm ein Exempel zu statuieren, um sich selbst zu schützen. Und außerdem hatten sie dann nicht zu befürchten, Anlaß einer energischen diplomatischen Protestnote zu werden, einen internationalen Konflikt heraufzubeschwören. Die chinesisch-britischen Beziehungen waren auch ohne eine derartige Katastrophe gespannt genug.

Seine Vorgesetzten würden ihn ohne Skrupel opfern. Sie würden ihn mit Begeisterung opfern und mit so viel öffentlichem Rummel wie möglich, denn seine Schande würde als Beweis ihrer eigenen Aufrichtigkeit gewertet werden. Morgan Tan war seine letzte Hoffnung.

Um Viertel nach ein Uhr morgens klingelte das Telefon in dem Schlafzimmer, das Cecil Montague nicht mit seiner

Frau teilte. Morgan Tans Stimme klang müde. Das Gespräch war gestört und durch die weite Verbindung nach Nord-Malaia verzerrt. Trotzdem merkte man der Stimme Verärgerung an. Dies war kein günstiger Augenblick, und Montague wußte das trotz der zahlreichen Whiskys, die er getrunken hatte, während er den Telefonisten beschwor, die Suche nach Morgan Tan nicht aufzugeben. Aber es gab keine andere Hoffnung.

«Morgan», sagte er, «Morgan, mein Freund. Wie geht es Ihnen?»

«Ich bin müde, Monty, sehr müde. Es war eine lange Reise. Was kann ich mitten in der Nacht für Sie tun?»

«Ach, eigentlich nur ein kleines Mißverständnis. Aber ich mußte es Ihnen erzählen.»

Über dem Knacken der Leitung fragte die dünne Stimme: «Was für ein Problem haben Sie?»

«Morgan, es hat ein Mißverständnis wegen des Schuldscheins gegeben.»

«Wegen des Schuldscheins?»

«Sie erinnern sich doch? Der Schuldschein, den ich Ihnen neulich gegeben habe.»

«Ach ja, der Schuldschein. Aber Monty, Sie haben mir keinen Schuldschein gegeben. Sie haben ihn Turner Li gegeben.»

«Genau das ist das Problem, Morgan, mein Freund. Hier ist ein Typ aufgetaucht, ein Anwalt, der Li vertritt. Der verlangt das Geld bis übermorgen um diese Zeit.»

«Oh!» Die Stimme war kühl. «Und?»

«Ich weiß, daß Sie es in Ordnung bringen können. Wissen Sie noch, daß Sie gesagt haben, bei dem Schuldschein handle es sich um eine reine Formsache? Können Sie ihn nicht zurückholen?»

«Ich fürchte, es hat sich herausgestellt, daß es um mehr als eine Formsache geht. Turner Lis Sohn hat sich geweigert, mein Geld für das *Lied vom langen Leid* anzunehmen. Er war nur bereit, mich mein eigenes Rollbild bezahlen zu lassen. Ich fürchte, Sie schulden Turner Li das Geld wirklich.»

«Oh!» Montagues Hoffnungen verflogen. «Aber können Sie nicht...»

«Nur so eine Idee, Monty. Sie können das Problem immer noch lösen, selbst wenn Sie das Geld nicht haben.»

«Ja?» fragte Montague gespannt. «Wie?»

«Warum geben Sie nicht einfach das Bild zurück?»

«Das ist ja das Problem. Sie wollen das Bild nicht. Sie wollen Bargeld. Und ich habe das Geld nicht, Morgan.»

«Das ist bedauerlich, Monty, sehr bedauerlich. Aber ich sehe nicht, was ich tun könnte.»

«Wenn Sie den Schuldschein nicht zurückbekommen können, Morgan... Es ist mir sehr peinlich, aber würden Sie einen Schuldschein über die Fünfzigtausend von mir akzeptieren? Ich würde später zahlen.»

«Ich werde darüber nachdenken, Monty. Aber auf Anhieb sehe ich nicht, wie ich mich da einmischen könnte. Wenn sie das Geld von *Ihnen* wollen, hat das sicher einen Grund. Ich könnte Ihnen das Geld natürlich geben, auch wenn ich nur sehr ungern unsere Freundschaft gefährde, indem ich Ihnen noch mehr Geld leihe. Aber ich muß an meine Beziehungen zu anderen Partnern denken. Es geht nicht nur um die Kunstwerke, die ich gelegentlich von ihnen kaufe, sondern um unsere Geschäftsbeziehungen. Ich darf sie einfach nicht beleidigen. Aber ich werde darüber nachdenken.»

«Tun Sie das, bitte... Und bitte denken Sie daran, daß ich nur noch achtundvierzig Stunden habe.»

«Ich werde sehen, was ich tun kann, aber ich bin nicht sehr

optimistisch. Gute Nacht, Monty. Ich bin sicher, daß Sie einen Ausweg finden werden. Ich vertraue auf Sie. Gute Nacht.»

Wie betäubt legte Cecil Montague den Hörer auf. Er konnte nicht mehr um etwas betteln, das er offensichtlich nicht bekommen würde. Er hatte selbst zu oft andere in ebendiesem scheinbar mitfühlenden Tonfall abgewimmelt, um ein hartes und klares Nein mit der Zuckerwatte zu verwechseln, in die es verpackt war.

Was war der Kompromiß? Was für ein *Quidproquo* hatte Pritchard angedeutet? Er mußte es herausbekommen. Hier lag seine einzige Hoffnung, dem Bankrott und der Schande zu entgehen.

14. KAPITEL

Wie immer dämmerte der Morgen in Singapur früh. Eine Sonne aus geschmolzenem Kupfer erhob sich leuchtend über dem Südchinesischen Meer. Goldene, rosenfarbene und violette Strahlen setzten die Palmblätter in Flammen und verwandelten Tausende von Bäumen in gigantische funkensprühende Feuerwerkskörper. Das Licht vergoldete die Kuppeln der Amtsgebäude und warf seine sanfte Glut auf die Ziegeldächer von Geschäften und Wohnhäusern.

Aber die Luft blieb stumpf und feucht. Die Stadt bot ihren erwachenden Einwohnern keinen erfrischenden Morgentrank, sondern die abgestandene Neige von gestern. Gegen Mittag würden die Straßen zu einer einzigen überhitzten Sauna werden. Gelegentliche Gewitterschauer würden die Stadt nicht abkühlen, sondern in ein Dampfbad verwandeln.

Dunkelhäutige Malaien erwachten in ihren palmgedeckten Hütten und sahen einem weiteren Tag voll von trübsinnigem Herumlungern entgegen. Goldhäutige Chinesen erwachten in ihren Betonblocks, die Wohnung und Geschäft in einem waren, und spürten bereits früh am Morgen ihre Nerven. Selbst wohlhabenden Chinesen und privilegierten Europäern schlugen, als sie ihre kühlen Schlafzimmer verließen, die Ausdünstungen der Abwasseranlage entgegen: scharfe Desinfektionsmittel, abgestandener Urin und verrottende Pflanzen.

Noch schlief der Leitende Politische Berater im Büro des Britischen Hochkommissars für Südostasien in seinem zerwühlten Bett. Cecil Montague war gegen drei Uhr früh in traumschweren Schlummer gesunken. Unruhig zuckte er bei jeder Umdrehung des leise knatternden Deckenventilators zusammen, denn Klimaanlagen hielt er aus prinzipiellen Gründen für ungesund. Alkoholgeschwängerte Atemzüge wehten durch seinen struppigen Schnurrbart; unruhig warf er sich auf den schweißnassen Laken von einer Seite auf die andere.

Keine zwanzig Kilometer weiter der Sonne entgegen, an der Ostküste der Insel, erwachte Miles im kühlen Dämmerlicht der Suite neben seinem verwüsteten Zimmer. Von Schmerzen am ganzen Körper geplagt, richtete er sich auf und lehnte sich gegen sein Kissen.

Heftpflaster verhüllte wie ein Kokon die blauschwarzen Flecken, die sich von den Schultern über seinen ganzen Oberkörper erstreckten. Um zwei Uhr früh hatte ein aus dem Schlaf geschreckter Hotelarzt den Verband als Vorsichtsmaßnahme gegen einen möglichen Knickbruch des Schlüsselbeins oder der Rippen angelegt und Miles aufgefordert, sich im Laufe des Tages zur Röntgenuntersuchung ins Städtische Krankenhaus zu begeben.

Die Schmerzmittel, die der Arzt ihm gegeben hatte, machten Miles immer noch schläfrig, als er zum Telefonhörer griff, um sein Frühstück zu bestellen. Selbst für die wenigen Gäste, die noch im Hotel wohnten, würde es mindestens eine halbe Stunde dauern, bis einer der verbliebenen Kellner das Frühstück brachte. Müßig griff er zum Nachttischradio.

«... hat die Mobilisierung sämtlicher Polizeireserven angeordnet. Ich wiederhole: Alle Mitglieder der Polizeireserve melden sich sofort an ihrem Einsatzposten. Die Regierung hat darauf hingewiesen, daß es sich bei der Mobilisierung um eine reine Vorsichtsmaßnahme handelt. Es werden keine größeren Unruhen erwartet. Ich wiederhole: Es werden keine größeren Unruhen erwartet, und die Arbeiter werden aufgefordert, sich wie üblich an ihren Arbeitsplatz zu begeben. Hier spricht Radio Singapur. Und jetzt das Morgenkonzert.»

In den Baracken der Vaterländischen Mittelschule grinsten junge chinesische Mädchen und Jungen höhnisch, als sie die Durchsage hörten. Sie waren lange vor Morgengrauen erwacht und hatten sich dezent und diszipliniert von den Matratzen auf dem Boden ihrer improvisierten Schlafsäle erhoben. Ihr natürlicher Sinn für anständiges Benehmen wurde durch die strenge Trennung der Geschlechter verstärkt, über die Wächter der Revolutionären Moral wachten, eine Elitetruppe von politisch geschulten älteren Schülern. Als Bürgerwehr gingen sie auf dem Schulgelände Patrouille und wachten argwöhnisch über jeden denkbaren Verstoß gegen die guten Sitten und jede verdächtige Aktion der malaiischen Polizisten, die sich vor den verriegelten Toren versammelt hatten.

Die meisten Polizisten hatten eine unruhige Nacht in einem der Mannschaftswagen hinter sich, die in den Nebenstraßen rund um die Schule standen. Sie hatten Befehl, das Schulgelände zu überwachen, aber keine Bewegungen in die Schule hinein oder aus ihr heraus zu behindern, «solange dies nicht unbedingt zur Aufrechterhaltung der öffentlichen Ordnung notwendig ist». Das Schulgelände war Privatbesitz, und die von den Jugendlichen eingeschüchterten erwachsenen Mitglieder der Schulleitung hatten die Regierung vor unbefugtem Betreten gewarnt. Britische höhere Polizeidienstgrade hatten nachdrücklich um Erlaubnis gebeten, die

Schüler vom Schulgelände vertreiben und sie nach Hause schicken zu dürfen, bevor es zu Gewalttaten kam. Aber Patrick Wee, Chef einer unter britischer Oberhoheit halbautonomen Lokalverwaltung der Partei der Allianz für die Demokratie, hatte die Erlaubnis verweigert.

«Unsere Kinder sind nicht böse, sondern krank», hatte Premierminister Wee dem Polizeipräsidenten, einem Briten, erklärt. «Wir müssen sie durch Liebe und Verständnis heilen. Wir dürfen sie nicht durch strenge Strafen zu weiteren Gewalttaten anstacheln.»

Nicht einmal kokette Blicke zwischen den Jungen und den Mädchen hatten den Gleichmut ihrer puritanischen Anführer gestört. Die Leidenschaft der Schüler war rein politisch. Sie waren voll damit ausgelastet, «die gerechtfertigten Forderungen der Arbeiter zu unterstützen».

Die zweitausend Schüler der Vaterländischen Mittelschulen und weitere fünfunddreißigtausend in anderen chinesischsprachigen Schulen waren zur «Speerspitze der Revolution» ernannt worden, zur Waffe in der Hand einer kleinen Gruppe militanter Kader, die nur Peking verantwortlich waren. Zwar waren die Auslandschinesen in den englischsprachigen Schulen politisch uninteressiert, aber die Schüler der chinesischsprachigen Schulen waren als politische Sturmtruppen einsetzbar. Jugendlicher Idealismus verband die heranwachsenden Schüler mit der Regierung der Volksrepublik China, die den Anspruch erhob, eine vollkommene Gesellschaft der Gleichen zu schaffen und China wieder zu einer Weltmacht werden zu lassen. Die Schüler, die sich heute wie einst von der Kolonialregierung unterdrückt fühlten, kämpften voll Eifer gegen die herrschende Ordnung. Chinesischer Patriotismus und rassische Solidarität verschmolzen in ihrem revolutionären Eifer miteinander.

Der Ausdruck Schüler war allerdings irreführend. Viele von ihnen waren knapp unter, einige auch über zwanzig. Die Elite war in Mordkommandos organisiert, die die Stadt terrorisierten. Die erwachsenen Kader, ihre heimlichen Anführer, beherrschten auch die Allgemeine Arbeitergewerkschaft und kontrollierten die Massen-Operations-Partei. Durch ihre Kinder wurden die wohlhabenden und gutbürgerlichen Auslandschinesen in das Netz der Verschwörer verwickelt. Aber es waren die Schüler selbst, die das Messer an der Kehle Singapurs waren, und das Messer war bereit zuzustechen.

Die Schüler hatten bereits drei Tage in freiwilliger Klausur verbracht und waren jeden Morgen mit der Hoffnung erwacht, daß dieser Tag endlich Taten bringen werde. Aber noch hatten sie den Befehl nicht erhalten, in die Stadt auszuschwärmen. Vermummte Wächter der Revolutionären Moral bewachten die Tore und gingen im inneren Umkreis auf Patrouille, um jeden Kontakt mit den beunruhigten Eltern zu verhindern. Für den heutigen, den vierten Tag hatte man den Schülern Taten versprochen.

FREIHEIT FÜR UNSEREN DIREKTOR! lautete die Parole auf einem Bettlaken über dem Haupttor. Transparente schmückten die Stacheldrahtsperren: UNSER DIREKTOR IST EIN MÄRTYRER DES VATERLANDS! KEINE ILLEGALEN ABSCHIEBUNGEN! LEISTET WIDERSTAND GEGEN DIE UNTERDRÜCKUNG IM IMPERIALISTISCHEN POLIZEISTAAT!

Ähnliche Spruchbänder hingen 25 Kilometer weiter feucht und matt am Maschendrahtzaun der Fabrik der Metal Box Company am anderen Ende der Bukit Timah Road. Die Arbeiter, die sich in der Fabrik verschanzt hatten, hatten nicht viel zu tun, außer Transparente zu beschriften und grinsend den malaiischen Polizisten zuzusehen, die draußen vor dem Tor in Bereitschaft standen. UNTERSTÜTZT DIE VA-

TERLÄNDISCHE EINHEITSFRONT DER DEMOKRATISCHEN ARBEITER UND INTELLEKTUELLEN! verkündete ein großes Spruchband in roh gestalteten chinesischen Zeichen.

Die englischen Parolen waren konkreter: EIN LOHN, BEI DEM DAS LEBEN LOHNT! KAPITALISTEN TRINKEN UNSER BLUT! UNSERE FORDERUNGEN SIND GERECHTFERTIGT! Ein Thema beherrschte die Parolen der Arbeiter wie die der Studenten: KEINE ILLEGALEN ABSCHIEBUNGEN! FREILASSUNG DER PATRIOTISCHEN MÄRTYRER! FREIHEIT FÜR THE SAM-LOK UND SEINE VIER HELDENHAFTEN GENOSSEN!

Der Streik der Arbeiter hatte mit vage formulierten Forderungen nach allgemeinen Lohnerhöhungen begonnen. Dann waren vierzigtausend Schüler und Studenten zur Unterstützung der Arbeiter mobilisiert worden. Schließlich hatte sich aus der allgemeinen Protestbewegung die Forderung nach Widerstand gegen die Abschiebung des Direktors der Vaterländischen Mittelschule The Sam-lok und von vier Gewerkschaftsführern herauskristallisiert. Die fünf saßen im Changyi Gefängnis in Haft. Aber im Laufe der Nacht war es ihnen mit Hilfe eines malaiischen Polizisten gelungen, ihre Befehle aus dem Gefängnis herauszuschmuggeln. Der war jetzt 300 Singapur-Dollar reicher und konnte auf «Vergebung für den Dienst am Imperialismus, wenn das Volk die Macht ergreift», bauen.

Der Formulierung der Befehle war eine lange Diskussion unter den «fünf Märtyrern» vorangegangen, die eine nichtsahnende Regierung in einer Gemeinschaftszelle untergebracht hatte. Ihr Kriegsrat war von zwei Prinzipien bestimmt, die von der Untergrundorganisation der Malaiischen Kommunistischen Partei formuliert worden waren: Die gerechte Sache brauchte zusätzliche Märtyrer; und die Abschiebungsbescheide mußten zurückgenommen werden.

Die Strategie war einfach und tödlich. Arbeiter, Schüler und Studenten sollten sich vor dem gußeisernen Tor zur Residenz des britischen Kolonialgouverneurs versammeln. Sie sollten die sofortige Freilassung der Gefangenen verlangen, eine Forderung, der die Regierung nur nachkommen konnte, indem sie abdankte. Die Verschwörer waren zu dem Schluß gekommen, man könne die Polizei zu einem gewalttätigen Gegenschlag provozieren und so die Märtyrer schaffen, die so dringend benötigt wurden. Wenn auch nur ein Schüler getötet oder ernsthaft verletzt wurde, würde sich das überwiegend chinesisch bevölkerte Singapur empört gegen die Greueltat erheben, die malaiische Söldner im Auftrag der britischen Imperialisten begangen hatten.

Den ganzen vierten Streiktag über herrschte an den Barrikaden der Metal Box Fabrik und der Vaterländischen Mittelschule ein unruhiger Waffenstillstand. Arbeiteraktivisten und Schülerkader starrten über den Tüchern, die ihre Gesichter verhüllten, mit ausdruckslosem Blick auf die unbewegten Reihen der malaiischen Polizeikräfte. Die Arbeiter skandierten Parolen und beriefen politische Schulungsgruppen ein. Die Schüler sangen patriotische Lieder und die Hymne der Volksrepublik und tanzten revolutionäre Volkstänze. Gelegentlich hielt ein Lincoln, ein Cadillac, ein Rolls-Royce oder ein bescheidener Chevrolet kurz vor dem Haupttor an, und eine weinende Mutter bat ihren Sohn vergeblich, in den Schoß der Familie zurückzukehren. Die Väter reagierten pragmatischer und sorgten für politische Rückversicherung, indem sie dem Führungskomitee Geld aufdrängten. Die Streikleitung tagte kontinuierlich in einer Bretterbude gleich hinter dem Tor.

Die Polizei nahm keine Notiz von einer beständigen Abwanderung über die rückwärtigen Mauern der Schulen und Fabriken. Ausgewählte Aktivisten schlichen sich einzeln hinaus und machten sich durch die feuchtwarmen Straßen Singapurs auf den Weg zum Amtssitz der Kolonialregierung. Dort versammelten sie sich auf einem Hügel hundert Meter vor dem Tor.

Um 3 Uhr 10, als Singapur in der Mittagshitze schlief, nahmen kräftige Infanteristen des Gurkharegiments Aufstellung vor den beiden Wachhäuschen am vergoldeten Gittertor des Regierungsgebäudes. Ihre Bajonette waren aufgepflanzt, aber die Gewehre waren nicht geladen. Die Gurkhas waren eine Paradetruppe, keine Kampfeinheit. Aber seit dem frühen Morgen parkten vier gepanzerte rote Einsatzwagen auf dem ovalen Platz vor dem Tor. Drinnen warteten die Sondereinsatzkommandos, das scharfe Schwert der Staatsgewalt.

Um 3 Uhr 12 fuhr ein blauer Polizeijeep vor. Ein kräftig gebauter, rotgesichtiger Kommissar sprang heraus und trommelte mit seiner Reitgerte gegen die Karosserie des vordersten der roten Einsatzwagen. Das melancholische Gesicht von Polizeiinspektor Basil Cutworth wurde in der Luke über dem Wagendach sichtbar.

«Basil!» rief der Kommissar hysterisch. «Basil! Sie kommen! Folgt mir!»

Um 3 Uhr 13 setzten sich die Wagen in Bewegung und rollten wie wütende Elefanten vorwärts. Sirenengeheul zerriß die Stille des tropischen Nachmittags, und die Alarmglokken schrillten. Die Motoren heulten auf, als nervöse Fahrer den Gang einlegten.

Um 3 Uhr 15 trafen Polizei und Streikkommandos in einer Seitenstraße aufeinander. Auf der einen Straßenseite schützte eine Absperrung ahnungslose Passanten vor einem steilen Abgrund. Grinsend sprangen malaiische Polizisten, die nur darauf gewartet hatten, gegen die Chinesen, den Erbfeind und Ausbeuter ihrer Rasse, ins Feld zu ziehen, aus den Wagen. Sie trugen ihre Gewehre geschultert, aber sie spielten in freudiger Erwartung mit ihren schwarzen Schutzschilden und den meterlangen Schlagstöcken.

Um 3 Uhr 16 wichen die Polizisten, von der Jugend und dem friedlichen Verhalten der nicht genehmigten Versammlung, die sie zerstreuen sollten, überrascht, zurück.

Die älteren Schüler und Studenten, die den Zug von etwa neunhundert Demonstranten anführten, trugen Plakate mit der Forderung: FREILASSUNG DER PATRIOTISCHEN MÄRTYRER! Der Rest des Demonstrationszuges, der entlang der Absperrung Aufstellung genommen hatte, schwankte zwischen offensichtlicher Unschuld und mitleiderregender Verwundbarkeit. Die meisten der weißgekleideten Jungen und Mädchen waren zwischen dreizehn und siebzehn, und am Ende des Zuges hüpften und sprangen ungefähr einhundert verwirrte Siebenjährige. Ein paar hundert Arbeiter, die sich zweihundert Meter von den Schülern entfernt versammelt hatten, sahen schweigend zu.

Um 3 Uhr 17 brüllte der britische Polizeikommissar die Schüler an und forderte sie auf englisch auf, die Straße sofort zu räumen. Inspektor Basil Cutworth, der aus dem Wagen gestiegen war, beschwor den Kommissar, die Lautsprecher am Einsatzwagen zu benutzen. Der Kommissar schüttelte ärgerlich den Kopf und weigerte sich, das vorbereitete Tonband mit der fünf Minuten langen Standardwarnung auf chinesisch, malaiisch und englisch abzuspielen. Er wollte nicht noch einmal einen Tadel wegen mangelnder Einsatzbereitschaft einstecken, wie ihm das vor drei Jahren geschehen war, als radikal-islamische Malaien Rassenunruhen ausgelöst hatten.

Um 3 Uhr 18 fragten ein paar beunruhigte Stimmen auf chinesisch: «Was hat er gesagt? Was tun wir jetzt?» Die Anführer der Schülerkommandos kümmerten sich nicht um die Fragen und hoben die Fäuste zu einem ironischen Gruß. Dann führten sie ihre Gefolgschaft mit dem Ruf an: «Unsere Einheit ist unsere Stärke.» Der Polizeikommissar erhob die Hand zum Befehl, und die malaiischen Polizisten griffen an. Polizeiinspektor Basil Cutworth marschierte ärgerlich und verwirrt hinter seinen Leuten her.

Um 3 Uhr 19 stießen die beiden Gruppen zusammen. Die Parolen verstummten, und noch einmal breitete sich für einen Moment Stille über dem schläfrigen Nachmittag aus. Dann zerrissen die grunzenden Ausrufe malaiischer Polizisten, die mit Schlagstöcken auf schutzlose Köpfe einprügelten, und die schrillen Schreie junger chinesischer Mädchen die Stille. Ein Schüler wehrte sich halbherzig, aber die meisten blieben einfach untätig stehen.

Um 3 Uhr 21 wichen die Gruppen voreinander zurück. Von der Gewalttätigkeit seiner Kollegen mitgerissen, verdrehte ein Polizist den Kopf eines Jungen, als wolle er ihn abreißen. Andere traten mit schweren Stiefeln auf Jugendliche ein, die mit über dem Kopf gefalteten Händen im Straßengraben lagen. Der Kommissar schlug mit fettigen Fäusten um sich, und Inspektor Basil Cutworth schüttelte verzweifelt den Kopf.

Um 3 Uhr 22 gab Basil Cutworth den einzigen Befehl, den er an diesem Tag geben sollte. Fünfzehn Polizisten schlangen geschickt ein schweres Seil um einen Haufen Schüler und banden sie an der Absperrung fest. In seltsamer Inkonsequenz versuchte die Polizei jetzt, die Räumung zu verhindern, die sie eben noch angeordnet hatte.

Um 3 Uhr 26 hatten die meisten Schüler sich vor den

langsameren Polizisten in Sicherheit gebracht, und die Arbeiter waren in Seitenstraßen ausgewichen. Im Rückzug warfen sie noch ein paar Steine auf die Ordnungskräfte. Der Platz und die Zufahrtsstraße waren menschenleer bis auf atemlose Polizisten, zweiundzwanzig verhaftete Schüler, die in einen Polizeiwagen geschoben wurden, und vierzehn Jugendliche, die sich vor Schmerz auf dem heißen Straßenpflaster wanden.

Der Zwischenfall hatte von seinem spontanen Anfang bis zum ungewissen Ende sechzehn Minuten gedauert. Aber die Polizei hatte ihre Gefangenen, und die Bewegung hatte ihre Märtyrer.

Kleine Gruppen von Schülern und Arbeitern zogen noch weit in einen Abend hinein, der weder Kühle noch Linderung versprach, durch die Straßen von Singapur. Ein paarmal kam es zu Zusammenstößen mit der Polizei. Dann warfen sie Zicgcl und Steine und zogen sich langsam zurück. Die Polizei griff immer wieder an, und die kurzbeinigen Malaien wirkten dabei wie wütende Stiere bei der aussichtslosen Jagd auf flinke Stierkämpfer. Weder konnten sie die Aufrührer einfangen noch dem Vandalismus Einhalt gebieten.

Flammen aus den Benzintanks brennender Automobile erleuchteten die veilchenfarbene Dämmerung. In einer Mischung aus jugendlichem Übermut und politischem Haß verbrannten die Schüler «imperialistische» Fahrzeuge. Sie winkten einen glänzend polierten Mercedes vorbei, in dem ein fetter chinesischer Millionär saß. Aber sie stürzten sich auf den winzigen Austin eines indischen Bankangestellten und stellten ihn begeistert auf den Kopf. Der Fahrer verschwand ungehindert in einer Nebenstraße, während die Angreifer sein Auto mit Eisenstangen zu Schrott schlugen.

So unbekümmert, wie sie am Tag zuvor Kopf-oder-Zahl gespielt hatten, warfen die Schüler brennende Streichhölzer in das Benzin, das aus dem Tank tropfte. Beim siebten Versuch fing es Feuer, und ein rotgelber Flammenstoß beleuchtete die fröhlichen Gesichter der Schüler.

Eine Polizeistreife mit dem Auftrag, die soeben verhängte Ausgangssperre zu überwachen, marschierte mit schwerem Stiefeltritt um die Ecke. Die Schüler warfen ihr zum Abschied ein paar Steine entgegen und verschwanden in der Dunkelheit.

Drei Blocks weiter boten sich neue Vergnügungen. Mit hoch erhobenen Eisenstangen sammelten sie sich um einen eindrucksvollen Chrysler Imperial, der sich durch das Gewirr kleiner Gäßchen auf die breite Orchard Road zu bewegte. Der grauhaarige Chauffeur trat erschreckt auf die Bremse. Die Straße war zu eng, um zu wenden, und ein geparkter Lastwagen versperrte zehn Meter weiter vorne den Weg.

In den Sitzpolstern der Luxuslimousine wachte Turner Li überrascht auf. Vorwurfsvoll blickte er seinen Sohn an, der neben ihm saß.

«Was ist los?» fragte er. «Was geht hier vor?»

«Nur ein paar Schüler, Vater. Kein Grund zur Aufregung.»

«Ich habe dir gesagt, wir sollten heute nicht ausgehen.»

«Es war notwendig, Vater. Wir können es uns nicht immer aussuchen.»

Der Chauffeur steckte den Kopf aus dem Fenster.

«Lakai der Imperialisten! Speichellecker des Großkapitals!» Im Abendschatten waren die Gesichter unsichtbar, die weißen Hemden leuchteten im Dunkeln, die Schüler beschimpften den grauhaarigen Alten.

«Wo kommt ihr her?» fragte einer von ihnen. «Und wo fahrt ihr hin?»

«Wir sind im Auftrag des Volkes unterwegs», antwortete der Chauffeur, «im Auftrag des chinesischen Volkes.»

«Sieht eher aus wie ein geiler alter Bock auf dem Heimweg vom Puff», rief einer der Schüler spöttisch.

Seine Gefährten sammelten sich um den Chrysler und hoben ihre Eisenstangen, um zuzuschlagen. Der Anführer zerschmetterte das Seitenfenster und fragte noch einmal: «Wo fahrt ihr hin?»

«Ins Haus der Familie Tan», erwiderte der Chauffeur leise und ruhig. «Wir kehren ins Haus der Familie Tan zurück.»

Der Anführer winkte seine Gefolgsleute zurück und dachte einen Augenblick nach.

«Fahrt weiter!» sagte er schließlich. «Und seid vorsichtig.»

Der Chrysler machte sich majestätisch wieder auf den Weg.

«Siehst du, Vater», sagte Y. N. Li. «Ich habe doch gesagt, daß es keine Schwierigkeiten geben wird.»

Die Limousine verlor erneut Geschwindigkeit, als sich der Fahrer bemühte, dem auf der Straße geparkten Lastwagen auszuweichen. Er entdeckte, daß er nicht vorbeikam und drückte herrisch auf die Hupe.

Als hätten sie nur auf dies Signal gewartet, tauchten sechs Gestalten aus der Dämmerung auf. Es waren keine Schüler, sondern ältere Männer in blauen Overalls, die sich mit der schweren, bedrohlichen Grazie professioneller Schläger bewegten.

Der erste riß die Hintertür der Limousine auf. Die Männer legten keine Hand an den Chauffeur und kümmerten sich nicht um den jungen Y. N. Li. Narbengezeichnete Hände mit geschwollenen Fingergelenken griffen nach Turner Li und rissen ihn wie ein Lumpenbündel aus dem Wagen. Im Scheinwerferlicht funkelten Messer, und die Schmetterlingstätowierung der Loge zum Grünen Lotos wurde auf den Handgelenken der Angreifer sichtbar.

Turner Li lag reglos auf dem Asphalt. Seit der Chauffeur versucht hatte, sich den Weg freizuhupen, waren genau achtundvierzig Sekunden verstrichen.

15. KAPITEL

MILES ZOG DEN ARM aus der schwarzen Seidenschlinge und streifte mühsam das schweißdurchtränkte Hemd ab. Sein Gesicht war blaß, dunkle Ringe säumten die rotgeränderten Augen, und die Nase zog sich vor Schmerz zusammen.

«Ein beschissener Tag!» Er sprach in dem leeren Raum laut mit sich selbst und füllte den Cognacschwenker mit Marc. «Erst die verdammte Schulter, dann die Unruhen, und jetzt auch noch der arme alte Turner.»

Er steckte eine Zigarette an und ließ sich im Sessel nieder. Im Radio, das er am Morgen vergessen hatte abzuschalten, lief ein Bachkonzert. Die Harmonie der Akkorde war anregend und beruhigend zugleich.

«Ein beschissener Tag!» wiederholte Miles und rief sich eine Zeile aus Bai Juyis *Lied vom langen Leid* ins Gedächtnis: «... und vor den Reitern starb, durch Schlamm und Staub gezerrt, das Mädchen mit den zarten Augenbrauen.»

Der Text, fand er, paßte nur allzugut. Er selbst war insgesamt viermal überfallen worden, zweimal in Hongkong, zweimal in Singapur. Humphrey Enwright war in den dunklen Wassern des Hafens von Hongkong gestorben, und nun sah es so aus, als werde auch Turner Li sterben. Aber der Überfall auf Turner hatte nichts mit dem Rollbild zu tun; er war einem sinnlosen Zwischenfall im Gefolge der Unruhen zum Opfer gefallen.

Miles hatte gesehen, wie der alte Mann in die Unfallstation des Krankenhauses eingeliefert wurde, als er selbst gerade gehen wollte. Er hatte stundenlang gewartet, war weggegangen, um etwas zu trinken, war wiedergekommen und hatte noch einmal zwei Stunden gewartet, bis ihm ein überarbeiteter Röntgenarzt versicherte, daß weder Rippen noch Schlüsselbein gebrochen waren. Es handelte sich allenfalls um starke Quetschungen.

Turner Lis hagere Gestalt war mit Blut und Straßenschmutz beschmiert, aber seine weisen alten Augen strahlten eine seltsame Ruhe aus. Verstört ging Y. N. Li neben der Tragbahre her. Physisch war ihm nichts geschehen, aber offensichtlich stand er unter Schock. Er blieb stumm.

Nachdem er die Wunden des alten Mannes genäht und eine Bluttransfusion angeordnet hatte, murmelte der chinesische Unfallarzt: «Ich glaube, Ihr Freund wird es überleben. Die Wunden sind schwer, aber nicht tödlich. Allerdings ist er sehr schwach ... sehr alt.»

Miles hatte am Bett des alten Mannes gesessen und gehofft, seine stumme Anwesenheit könne Turner Li ein Trost sein. Bevor ihn die Krankenwärter wegschoben, hatte Turner mit schwacher Stimme gesprochen.

«Erleuchtung, Miles?» hatte er geflüstert. «Wer weiß? Aber vielleicht weiß ich es bald.»

«Unsinn, Turner», hatte Miles erwidert. «In ein paar Tagen sind Sie wieder ganz gesund.»

«Sie waren nie ... nie ein guter ... lügen können Sie einfach nicht ...» Nach einer langen Pause war die dünne Stimme noch einmal erklungen. «Kümmern Sie sich um meine Angelegenheiten, Miles.»

«Um was für Angelegenheiten, Turner? Was soll ich für Sie erledigen?»

«Ach, kümmern Sie sich nur drum... das Rollbild, wissen Sie... und Hyacinth natürlich.» Dann verstummte Turner Li, als die Beruhigungsmittel anfingen zu wirken.

Ich werde ihn morgen besuchen, sagte sich Miles. Nein, heute. Es ist schon nach Mitternacht. Immerhin hat er eine Chance. Ich werde ihn heute früh besuchen und sehen, wie es ihm geht. Das ist ohnehin alles, was ich tun kann.

Miles war ein wenig überrascht davon, wie sehr ihn die gedankenlose Grausamkeit des Überfalls auf Turner Li berührte. Natürlich war der Mut des alten Mannes bewegend. Aber mitleiderregender war, daß es ihm vorkam, als sei es sein eigener Vater, der hier gedemütigt und unterdrückt wurde. Die Zuneigung des alten Mannes und das Vertrauen, das er in ihn setzte, berührten Miles zutiefst.

Er hatte während der langen Fahrt vom Krankenhaus zum Hotel durch verlassene Straßen über seine eigenen Reaktionen nachgedacht. Außer ihm waren nur die Jeeps der Polizei unterwegs. Die Sirenen sangen ein Klagelied für die verwüstete Stadt und die kleine, blutüberströmte Gestalt Turner Lis. Die Wunden des alten Kunstexperten klagten die Brutalität an, von der anscheinend jeder radikale Umschwung begleitet war, eine Brutalität, die auch dann beklagenswert blieb, wenn der Umschwung notwendig war. Das alte China, für das Turner Li stand, war vom neuen China rücksichtslos ausgenützt worden, ausgenützt und dann zynisch weggeworfen.

«Ach, zum Teufel damit», sagte Miles laut und hob das Glas. «Hör auf, darüber nachzudenken, alter Junge!»

Er fing an, unzusammenhängend und weinerlich zu werden, und schuld daran waren Übermüdung, wiederholte Schockerlebnisse und zuviel Marc. Turner Li war nur eines der zahlreichen Opfer asiatischer Grausamkeit, die er im

Laufe der Jahre miterlebt hatte. Es war töricht, eine tiefere Bedeutung hinter dem Zwischenfall zu suchen.

Miles wußte, daß er trotz seiner Müdigkeit nicht sofort einschlafen würde. Erst mußte er Abstand von der Unruhe des Tages gewinnen. Das Bachkonzert war beruhigend, und der feurige Marc würde mit der Zeit jedes Gefühl abstumpfen. Lautes Klopfen an der Tür schreckte ihn aus dem Halbschlaf.

Kam, der alte Nachtwächter, stand vor der Tür. Zahllose Fältchen umrahmten das wissende Lächeln in seinem dunklen Gesicht.

«Dame für Sie», sagte er zahnlos grinsend. «Ich sage: zu spät. Sie sagt: nicht zu spät.»

Wie selbstverständlich spazierte Tanya in sein Schlafzimmer. Über einem langen weißen Rock aus leichtem Stoff schlang sich der Gürtel des beigefarbenen Regenmantels eng um ihre Taille. In der Hand hielt sie eine Abendtasche aus schwarzem Samt. Der scharlachrote Lippenstift war der einzige Farbton in ihrem blassen Gesicht.

«Du bist mir einen Drink schuldig, Miles.»

«Du bist mir immer willkommen», anwortete er fröhlich und schob einen Stapel Zeitungen vom Sofa, bevor er ihr einen großen Marc einschenkte.

Tanya trank die Hälfte und schüttelte sich. «Der ist aber stark», sagte sie.

«Das soll er auch. Er ist gut gegen alles, was einem nur fehlen kann.»

Ihre Augen blickten in die Ferne, ihre Bewegungen waren nervös, und die linke Hand war so verkrampft, daß sich die rotlackierten Nägel in die Handfläche bohrten. Hätte sie nicht ganz normal gesprochen, hätte Miles sie für das zweite Schockopfer gehalten, das er heute abend erlebte.

«Mir fehlt nichts... überhaupt nichts», versicherte sie. «Mir geht es gut. Es war nur ein langer Tag... ein sehr langer Tag.»

Ihre Augen wurden schmaler und blickten auf die schwarze Schlinge, in der er den linken Arm trug.

«Du auch, Miles? Was ist geschehen?»

«Nichts Besonderes, nur ein kleines Mißverständnis.»

«Ein Mißverständnis mit wem?» fragte sie. «Wann?»

«Gestern abend...»

«Und du hast mich nicht angerufen?»

«Ich wollte dich nicht damit belästigen. Und außerdem habe ich nicht das Recht...»

«Miles, *ich* habe das Recht zu fragen. Ich beanspruche es. Du hättest anrufen sollen. Für mich ist es schon anstrengend genug, daß du du bist. Was ist geschehen?»

«Nur eine kräftige Zerrung, sagte der Arzt. Ich bin ein bißchen verprügelt worden. Und was ist mit dir? Für mich bist du immer hübsch, aber du hast schon besser ausgesehen.»

«Wie gesagt, nur ein langer Tag.»

«Warum ziehst du nicht den Mantel aus und entspannst dich? Die Klimaanlage ist in Ordnung, aber so kalt ist es auch wieder nicht. Oder ist dein Blut so dünn?»

«Ich behalte den Mantel lieber an. Wir haben es nicht mit dünnem Blut zu tun, sondern mit einem dünnen Nachthemd.»

«Wie nett von dir, daß du darauf vorbereitet bist, über Nacht zu bleiben.» Er versuchte weiter, einen unverbindlichen Tonfall beizubehalten. «Ich fühle mich geschmeichelt.»

«Ach, Miles.» Ihre Augen blickten nicht mehr in die Ferne. Zurückgehaltene Tränen ließen sie feucht schimmern. «Es war ein *sehr* langer Tag.»

«Erzähle!» Er setzte sich neben sie aufs Sofa. «Wir haben alle einen sehr, sehr langen Tag hinter uns.»

Sie lehnte den Kopf an seine unverletzte Schulter, und unter ihren geschlossenen Augenlidern quollen Tränen hervor. Er legte den Arm enger um sie und zog sie an sich. Die Sorge, die ihn überwältigte, und das Mitgefühl, das er für sie empfand, verwirrten ihn. Seine Lippen formten die üblichen, abgegriffenen Trostworte, aber erschreckt mußte er feststellen, daß die hundertmal benutzten Formeln diesmal einer tieferen Quelle entsprangen.

«Warum benützen wir Klischees, wenn wir am tiefsten bewegt sind?» fragte er sich laut. «Warum wirken starke Gefühle wie ein zweitklassiger Film.»

«Aber sie sind tröstlich», lächelte Tanya unter Tränen, «sehr tröstlich.»

«Das freut mich», sagte er sanft. «Erzähl mir, was los ist... wenn du willst.»

«Miles, ich weiß, daß ich nervös und überreizt bin.» Dunkle Wimpern verbargen ihre Augen. «Alle sind heute überreizt. Aber das, was geschehen ist, ist... Verrat.»

«Verrat?»

«Der einzige Ausdruck dafür, der einzig mögliche Ausdruck. Mein Vater war es, auf dem ich mein Leben aufgebaut habe, die Quelle meiner Stärke. Aber, Miles, er ist *böse.*»

Er sagte nichts, sondern streichelte stumm ihre Schulter und war überrascht, wie zerbrechlich sie sich unter dem Regenmantel anfühlte.

«Du weißt, wie ich mich als Eurasierin fühle. Ich bin manchmal regelrecht in zwei Hälften zerrissen. Mein Vater war immer mein Trost. ‹Fühl dich nicht einsam›, hat er immer gesagt, ‹du bist es nicht.› – ‹Du hast meine Liebe›, hat er gesagt, ‹und meine Unterstützung.› Außerdem seien Eurasier die Vorkämpfer einer neuen Welt, in ihnen vereinten sich Rassen und Kulturen zu einer neuen Harmonie der Zukunft. Es war eine stolze Rolle, die er mir anbot.»

Sie nahm einen Schluck aus dem bauchigen Glas und erzitterte, als der Alkohol durch ihre Kehle lief.

«Ich sollte nur daran denken, hat er gesagt, wie er die beiden Welten miteinander versöhnt habe, er, der sein chinesisches Erbe nie vergessen habe und sich dennoch im Westen wohl fühle. Seine Geschäfte schlügen eine Brücke zwischen zwei Welten. Beide Kulturen zu verstehen und zu verkörpern, das sei Adel und Stärke.»

«Und jetzt?»

«Und jetzt habe ich erfahren, daß er, mein Vater, mein Vertrauen mißbraucht, beide Kulturen verrät. Er hat sogar einen seiner eigenen Landsleute geopfert, einen seiner chinesischen Brüder, der zugleich einer seiner ältesten Freunde war.»

«Turner Li?»

«Woher weißt du das?»

«Ich habe es eben in diesem Augenblick erraten. Aber erzähl mir nicht mehr, wenn es dir weh tut!»

«Gib mir noch einen Schluck.» Sie wischte sich die Augen. «Es ist schon gut. Wenn überhaupt, dann muß ich es jetzt erzählen. Ich will, daß du es weißt.»

Tanya zitterte noch immer, aber sie nahm sich eisern zusammen.

«Wir waren gestern abend alle lange auf. Auf dem Weg ins Bett bin ich vor der Tür zum Arbeitszimmer meines Vaters stehengeblieben. Ich machte mir Sorgen, hatte Angst, dieser schreckliche Tag sei zu anstrengend für ihn gewesen. Die Tür war angelehnt, sie stand einen Spalt breit offen. Ich hörte seine Stimme.

‹Was, er ist nicht tot?› rief mein Vater auf chinesisch. *‹Nicht tot? Im Krankenhaus? Ihr wißt doch, daß er mich mit diesem verdammten Bild in Verbindung bringen kann. Selbst dieser Trottel Montague wird schließlich kapieren, daß wir den Schuldschein nicht verwenden können, wenn mein Name dabei auftaucht. Von selbst würde er sich nicht trauen. Montague hätte nie den Mut, es darauf ankommen zu lassen. Aber Turner könnte es, und er würde es auch tun. Wenn er überlebt, ist das Ganze nur ein leerer Bluff. Warum stirbt der alte Mann nicht?›*

Ich stand wie versteinert mit der Hand auf der Klinke da. Eine murmelnde Stimme versuchte, meinen Vater zu besänftigen. Ich konnte sie nicht verstehen. Ich wollte mich gerade leise wegschleichen, als das Telefon klingelte. Mein Vater hob ab.

‹Tot?› sagte er auf englisch. *‹Wie schrecklich! Wie entsetzlich traurig. Wann?›* Eine Pause, dann fügte er hinzu: *‹Ja, natürlich kümmere ich mich darum. Danke für den Anruf. Auf Wiedersehen.›»*

«Turner ist tot?» unterbrach Miles sie. «Das habe ich befürchtet. Wahrscheinlich ist er, ganz kurz nachdem ich bei ihm war, gestorben.»

«Ich fürchte, ja. Ich habe ihn gemocht. Er war nett.»

Miles war schockiert, traurig und zornig. «Ja, er war nett. Sehr alt, sehr schwach, aber nett.»

«Es tut mir leid. Er war dein Freund.»

«Ein ganz besonderer Freund.»

«Ich bin beinahe fertig.» Sie wirkte jetzt ruhiger. «*‹Also, da haben wir ja beide Glück gehabt›*, sagte mein Vater jetzt wieder auf chinesisch. *‹Der Alte hat die Kurve gekratzt. Hat nichts mehr gesagt, ist einfach vom Koma in den Tod gerutscht. Ich nehme an, das kostet mich einen gewaltigen Kranz. Aber die Beerdigung kann Peking bezahlen, und wir können weitermachen wie geplant.›*

Die andere Stimme war jetzt besser zu verstehen. Sie sagte: *‹Sehen Sie, Mr. Tan, es ist alles gutgegangen. Die Jungens vom*

Grünen Lotos haben ganze Arbeit geleistet, auch wenn wir in China Typen wie sie erschießen. Und jetzt sieht es auch noch aus, als hätte ihn die Polizei auf dem Gewissen. Das hätte doch gar nicht besser klappen können.»

Tanya glitt aus Miles' Armen. Mit einem schweren silbernen Feuerzeug zündete sie eine Filterzigarette an und blies den blauen Rauch in die Luft. Als sie fortfuhr, war ihre Stimme kühl und beherrscht.

«Er hat leise gelacht, Miles. Mein Vater hat tatsächlich gelacht, und dann hat er gesagt: ‹*Es steht wirklich alles zum besten. Sie werden Verständnis dafür haben, daß ich mir vorhin Sorgen machte. Ich darf nun einmal nicht in Verdacht geraten, nicht einmal um einer Operation willen, wie es diese hier ist.*›

Der andere hat geantwortet: ‹*Natürlich, Mr. Tan. Sie sind viel zu wertvoll. Peking weiß die Opfer zu würdigen, die Sie bringen.*› Und mein Vater hat wieder gelacht und gesagt: ‹*Es ist mir eine Ehre, dem Vaterland zu dienen. Es ist meine Pflicht als Patriot.*› Es war die Stimme eines Fanatikers. Seine Pflicht als Patriot! Wenn ich an die Schweizer Bankkonten denke, von denen niemand außer mir etwas weiß, nicht einmal meine Brüder. Seine Pflicht als Patriot! Einen alten Mann zu töten, einen netten, harmlosen, alten Mann, der einer seiner ältesten Freunde war!

Ich bin gleich fertig, Miles. ‹*Geben Sie mir den Schuldschein*›, sagte mein Vater ‹*Hier ist er sicher. Und sagen sie Pritchard, er soll weitermachen wie geplant. Der Weg ist frei.*›

Ich war entsetzt. Ich habe mich in mein Schlafzimmer geschleppt, mich ausgezogen, ohne über irgend etwas nachzudenken, und habe mich hingelegt. Aber ich konnte nicht schlafen. Mein Vater ist ein Ungeheuer, und alles, was er mir erzählt hatte, ist eine einzige Lüge. Er gehörte nur einer Welt an, der grausamen, alten chinesischen Welt. Alles, was er mir erzählt hatte, daß ich ein Kind der Liebe sei, die Vorkämpferin einer neuen Welt, es war alles gelogen. Er liebt niemanden. Er kann nur hassen.»

Miles schloß sie wieder in die Arme. Mit kalten Augen lehnte sie sich zurück.

«Tanya!» Er überlegte sehr genau, was er jetzt sagen wollte. «Das, was jemand sagt, kann auch dann wahr sein, wenn er selbst ein Lügner ist. Dein Vater hat etwas Wahres gesagt, auch wenn er dem, was er weiß, selbst nicht traut. Hör auf, dich zu quälen.»

Sie schüttelte sich ungeduldig und sprach im gleichen sachlichen Ton weiter.

«Es gibt nicht viel mehr zu erzählen. Ich habe Stunden wach gelegen und mich gefragt, was mein Vater tut. Und ich habe ihn gehaßt. Ich habe nie gewußt, daß ich jemanden so sehr hassen kann, wie ich diesen Mann hasse. Ich wollte ihm weh tun. Dann fiel mir ein, wie wichtig ihm der Schuldschein war, wie er die ganze Zeit von dem Schuldschein gesprochen hat. Wenn ihm der Schuldschein so wichtig war, konnte ich ihm am besten weh tun, wenn ich den Schuldschein an mich nahm.

Ich habe gewartet, bis alle schliefen, und dann habe ich mich barfuß an seinen Schreibtisch geschlichen. Ich habe den Schuldschein in einem Umschlag zwischen alten Zeitungen und Illustrierten gefunden. Ich wußte, daß er dort sein mußte. Er redete immer von Poe und dem *Entwendeten Brief* und sagte, das beste Versteck sei gar kein Versteck.

Ich hatte Angst, mich anzuziehen, Angst, man könnte mich erwischen, bevor ich aus dem Haus war. Deshalb habe ich den Regenmantel übergeworfen und bin zu dir gekommen.»

Tanya steckte die Hand in die Manteltasche und zog den

Schuldschein heraus, den Cecil Montague auf den Namen von Turner Li ausgestellt hatte. Sie gab Miles den Zettel und hielt ihn dabei zwischen Zeigefinger und Daumen, als handle es sich um etwas Unreines.

Langsam las Miles die dünnen, krakeligen Buchstaben, mit denen Turner Li sein eigenes Todesurteil unterzeichnet hatte: *Ich verpflichte mich, Dr. Turner Li, seinen Erben oder seinen Rechtsnachfolgern die Summe von US-$ 50 000 (fünfzigtausend amerikanische Dollar) als Gegenleistung für das als* Das Lied vom langen Leid *bekannte Rollbild zu zahlen, wobei kein bestimmter Zahlungstermin festgesetzt, sondern die Zahlung ins Belieben der betroffenen Parteien gestellt wird.* Unterzeichnet: *C. E. F. Montague.*

«Ein knapper, aber tödlicher Text», meinte Miles. «Kein Wunder, daß sie bereit sind, dafür zu töten. Das Risiko, das darin liegt, deinen Vater in die Sache hineinzuziehen ... es ist kühn. Sie müssen etwas *sehr* Wichtiges planen. Ich frage mich nur ...»

«Miles», fiel sie ihm energisch ins Wort, «was immer es ist, was sie vorhaben, du mußt sie daran hindern. Mein Vater darf keinen Vorteil aus dem Mord an Turner Li ziehen. Du hast den Schuldschein. Kannst du ihn nicht Mr. Montague geben und das Bild zurückholen? Mein Vater würde vor Wut schäumen. Und das ist es, was ich will.»

«Und deshalb bist du zu mir gekommen?»

«Nicht nur deshalb, Miles. Vielleicht ist es nicht einmal der wichtigste Grund. Aber es ist ein Grund. Das ist die Wahrheit. Von heute an will ich vollkommen offen sein, keine Halbwahrheiten und halben Lügen erzählen wie mein Vater.

Miles, er hat mich benützt, um hinter dir her zu spionieren. Er hat mich aufgefordert, mich mit dir zu treffen und dich zu überwachen. Ich habe ihm sogar die Telegrammformulare gebracht, die du im Raffles weggeworfen hast. Er hat behauptet, du wolltest Turner Li betrügen.»

«Und du hast ihm geglaubt?»

«Und ich habe ihm geglaubt!» gab Tanya ohne Umschweife zu. «Ich hatte keinen Grund, ihm zu mißtrauen. Aber jetzt bin ich bei dir.» Sie lachte. «Irgendwo mußte ich ja schließlich hingehen, und du warst eine bequeme Anlaufstelle.»

«Vollkommene Offenheit von jetzt an? Keine Geheimnisse?»

«Vollkommene Offenheit, Miles, mein Liebling, keine Geheimnisse, nichts Verborgenes.»

Sie wandte sich ab und öffnete den Gürtel. Der Regenmantel fiel von ihren Schultern. Über einem durchsichtigen Nachthemd trug sie einen langen Morgenmantel. Langsam drehte sie sich um und blickte ihn an.

Sein Atem stockte, als er sie ansah. Sie hatte hohe Brüste, und die Taille zog sich in sanftem Schwung zu den reifen Hüften hin. Unter den schimmernden Falten des Nachthemds neigte sich der Bauch in süßer Kurve dem glänzenden Dreieck zwischen ihren Schenkeln zu.

Tanya ließ den Morgenmantel von den Schultern gleiten und hob die Arme. Miles streifte das Nachthemd über ihren Kopf und ließ es auf das Sofa fallen.

«Vollkommen offen», lächelte sie, «keine Geheimnisse, nichts Verstecktes.»

Mit übertriebener Zärtlichkeit schloß Miles Tanya in die Arme. Die harten Warzen ihrer Brüste schmiegten sich sanft an seine nackte Brust. Er hielt die Begierde zurück, die sein Körper ankündigte. Diesmal ging es weder um die animalische Freude am Sex, die Sally ausgezeichnet hatte, noch um Hyacinths perversen Erfindungsreichtum.

Und dann vergaß er alle Frauen vor Tanya, alles auf der

Welt außer Tanya. Hingebungsvoll, begierig und verlangend erforschten sie langsam und ohne Eile ihre Körper, als stünde die Zeit für sie still.

«Vielleicht», flüsterte er, während ihre Fingerspitzen auf seiner Brust verworrenen Mustern folgten, «ist das die Liebe, die wahre Liebe.»

«Es gibt kein Vielleicht», erwiderte sie flüsternd, «ich *weiß*, daß es Liebe ist.»

Ihr fiel es leichter als ihm, von Liebe zu sprechen, während ihre Hände voll Neugier über seine Hüften fuhren. Das Blut klopfte laut in Miles' Ohren, als er Tanyas gemächlichen Bewegungen im Spiegel zusah.

Die Finger seiner rechten Hand glitten über ihren Rücken und fanden die glatte Rundung des Gesäßes. Vorsichtig zog er sie an sich und spürte, wie ihre samtene Haut seinen nackten Körper streifte. Einen Augenblick verharrte sie reglos in seinen Armen. Dann streichelten ihre Brüste seinen Leib, als sie sich zurückzog.

«Leg dich hin!» befahl sie. «Ich will dich lieben. Und du mußt deine Schulter schonen.»

Gehorsam ließ er sich in die kühlen Laken fallen. Ihre Zärtlichkeit war Gnade, die ihn segnete und ihm die Absolution für alles erteilte, was in der Vergangenheit gewesen war.

Jauchzendes Frohlocken riß ihn in die Höhe. Aus der Ferne hörte er sie aufschreien. Jenseits jedes vertrauten Gefühls spürte er seine Explosion im gleichen Augenblick wie die ihre. Nach einer kleinen Unendlichkeit ließ sie sich auf ihn fallen.

«Das war das erste Mal, du meine Geliebte», flüsterte er, «das erste Mal, daß mir das je geschehen ist.»

«Keine Geheimnisse, nichts Verborgenes», flüsterte sie. «Du bist mein Geliebter.»

16. KAPITEL

«Du musst schon zugeben, daß es ein komischer Name ist.»

Tanya lachte und rekelte sich genüßlich im Sonnenschein des späten Vormittags, der durch die Fensterläden auf das zerwühlte Bett fiel.

«Tanya Tan! Fast so schlimm wie Jerome K. Jerome oder Evan Jones Evans. Jemanden, der so hieß, habe ich in Cambridge tatsächlich gekannt. Ich könnte genausogut Mary Maryland heißen. Ich glaube, ich sollte meinen Namen ändern.»

Ein leises, warnendes Erschrecken ergriff Miles, der vor dem Spiegel stand und seine rot-grün gestreifte Seidenfliege band. Er wandte sich um und sah die junge Frau an, die sich wie eine gesättigte Tigerkatze in die weißen Laken kuschelte.

«Was für einen Namen willst du denn annehmen?» griff er das Spiel auf. «Wie wäre es mit Lili Lin?»

«Dann schon lieber Giselle de Ballentier. Als kleines Mädchen war ich überzeugt, daß französische Namen ungemein weiblich sind; weiblich, aber unabhängig und ... stark. Französisch ist eigentlich eine Frauensprache. Wie würde es dir gefallen?»

«Nicht besonders gut. Ich meine, du solltest bei Tanya Tan bleiben. Das ist ein hübscher Name. Aber solange du darüber nachdenkst, wie wäre es mit einer Bloody Mary?»

«Soll ich mein Leben lang dabei bleiben, Miles?»

«Gut, vielleicht nicht gerade das ganze Leben», wich er aus. «Aber auf alle Fälle noch ein Weilchen.»

Er griff zur Karaffe, schenkte die rote Flüssigkeit in die Gläser und krönte sein Werk mit zwei Zitronenscheiben. Die Tabletts mit den spärlichen Resten eines späten Frühstücks standen draußen vor der Tür. Plötzlich überfiel Miles eine Vorahnung davon, daß sich das ganze Arrangement als ein wenig zu häuslich und solide für sein dauerndes Wohlbefinden erweisen könnte.

Die Nacht, die sie zusammen verbracht hatten, war traumhaft schön, wenn auch zu kurz gewesen. Sie waren beide seelisch erschöpft, sie von der schrecklichen Entdekkung, daß ihr Vater ein falsches Spiel trieb, er ebenso sehr von den Verletzungen, die er erlitten hatte, wie von der gespannten Atmosphäre, die sich über der unruhigen Stadt ausbreitete. Nachdem sie sich einander genußvoll und intensiv hingegeben hatten, waren sie beide eingeschlafen.

Der Morgen barg seine eigenen Gefahren. Miles war mit einem Gefühl des Wohlbefindens aufgewacht, das ihm sonst nach seiner ersten Begegnung versagt blieb, einer Mischung aus Freude und Zärtlichkeit. Zuviel Zärtlichkeit aber konnte sein Untergang sein. Dennoch beugte er sich über sie und drückte ihr einen leichten Kuß auf die Lippen.

Tanya zupfte an seiner Fliege und meinte: «Wetten, ich könnte dich dazu bringen, das Ding viel schneller wieder auszuziehen, als du es angezogen hast.»

Nichts wäre Miles lieber gewesen, als wieder zu ihr in das breite Bett zu schlüpfen. Leider war das unmöglich. Was immer er tun wollte, er mußte es jetzt tun; sowohl in seinem eigenen Interesse, um wenigstens einen Blick auf das Bild werfen zu können, als auch im Interesse einer von Unruhen zerrissenen Stadt. Er wußte nicht genau, was er tun wollte, aber er wußte, daß es Zeit war zu handeln. Auch seiner eigenen Gefühle war er sich nicht sicher. Er wußte, warum er sich automatisch ausweichend geäußert hatte, als Tanya davon sprach, ihren Namen zu ändern, als wolle sie den seinen annehmen.

Neben der Liebe und Zärtlichkeit, deren Tiefe er noch gar nicht voll erfaßt hatte, war er erstaunt darüber, den an Selbsthaß grenzenden Ekel nicht zu empfinden, der ihn sonst nach den hektischen Geschlechtsakten erfaßte, die in seinem Leben nur allzu häufig waren. Sein Erbe war nicht nur jüdische Selbstkritik, sondern auch katholisches Schuldgefühl.

Diesmal hatte Miles nicht das Gefühl, eine Sünde begangen zu haben. Was, fragte er sich, bedeuteten seine ungewohnten Reaktionen? Oder was kündigten sie an? Jetzt war er es, der sich schüchtern gab, wenn auch nur vor sich selbst.

«Du bist ein eitler Pfau, Miles Corrigan», spottete Tanya. «Das gilt nicht nur für die Fliege. Ich könnte dich auch dazu bringen, deinen schicken Gürtel ganz schnell aufzumachen.»

«Nichts leichter als das, und nichts, das ich lieber täte. Aber was meinst du denn, was ich mit der kleinen Zeitbombe anfangen soll, die du da mitgebracht hast?»

«Ach das Ding!» Sie wollte die verspielte Stimmung nicht aufgeben, in der sie sich glücklich fühlte. «Wahrscheinlich müssen wir da etwas unternehmen. Aber muß es jetzt gleich sein?»

«Je eher, desto besser. Sie sind sicher auf der Suche nach dir.»

«Möglich, aber so schnell werden sie mich nicht finden. Niemand könnte auf die Idee kommen, daß ich hier bin.»

«Hoffentlich...»

«Miles», unterbrach sie ihn. «Von deiner Eitelkeit einmal

ganz abgesehen, der Anzug steht dir sehr gut. Aber was wird aus mir? Es ist ein sonniger Tag in Singapur, und der Regenmantel ist nicht ganz das Richtige. Aber so kann ich auch nicht auf die Straße.»

Tanya ließ das Laken fallen, das sie mit dem Kinn festgehalten hatte. Der Anblick ihrer perlfarbenen Brüste und der zärtlichen kleinen Falte ihrer Taille war für Miles noch immer eine Offenbarung. Aber er antwortete mit einem Scherz.

«Du könntest einfach so auf die Straße gehen. Das wäre eine Sensation und viel aufregender als ein Regenmantel. Sie würden die Demonstrationen absagen, um dich anzustarren.»

Tanya bemerkte, wie sehr er sich um einen unverbindlichen, lockeren Ton bemühte. Fast wie sie selbst, fast als hätten sie beide Angst, ihre wahren Gefühle zu zeigen. Sie war sich nahezu sicher, daß sie wußte, was Miles empfand, auch wenn er selbst es noch gar nicht wissen sollte. Aber sie wollte ihre Gefühle noch nicht offenbaren. Das hatte nichts mit ihrem neckischen Hinweis darauf zu tun, daß sie sich eine dauerhafte Beziehung vorstellen konnte.

Aber war sie sich denn ihrer eigenen Gefühle wirklich so sicher? Es war alles so unerwartet, so überwältigend und ein klein wenig erschreckend!

Tanya tat, als habe sie den Abscheu schon überwunden, der sie bei der Entdeckung überfallen hatte, daß ihr Vater ein Verräter war, daß er sie ein Leben lang belogen hatte, sie und alle anderen. Aber es würde ewig dauern, bis sie vergessen konnte, daß der Mann, auf den sie ihr Leben gegründet hatte, sie verraten hatte. Die Wunde würde wohl niemals ganz verheilen. Doch den Tod ihrer Illusionen wollte sie beklagen, wenn sie allein war. Sie würde es ihrem Kummer nicht gestatten, sich in ihre Beziehung zu Miles hineinzudrängen.

Beziehung? Was für eine Beziehung war das denn wirklich? Bisher allenfalls sexuelle Attraktion und der gemeinsame Spaß an neckischer Spielerei.

Was auch immer Miles fühlen mochte, woher konnte sie wissen, daß die Gefühle, die sie für ihn hegte, mehr waren als Suche nach Trost für ihren Kummer? Immerhin konnte niemand sagen, sie habe sich Miles wie eine verlassene Geliebte an den Hals geworfen. Eine Frau, die von ihrem Vater enttäuscht ist, sucht sich keinen Liebhaber als Ersatz.

Wirklich nicht? War sie denn nicht von einem starken Gefühl ins andere, von einem Extrem ins andere verfallen? Wenn das wahr sein sollte, woher ihre Gewißheit, daß ihre Gefühle für Miles nicht künstlich waren?

Einfach weil sie *wußte*, daß sie echt und nicht künstlich waren. Von dem Augenblick an, an dem sie ihn zum erstenmal getroffen hatte, hatte sie sich zu ihm hingezogen gefühlt. Die Art, wie er sein Kinn nach vorne hielt, und die kupferfarbene Locke, die ihm in die hohe Stirn hing, sein zur Schau getragenes Selbstvertrauen und seine geschmeidigen Bewegungen. Angeblich wirkte ein attraktives Äußeres auf Frauen weniger stark als auf Männer, aber auf sie wirkte es. Und außerdem lebte er wie sie in zwei Welten: in Asien und im Westen.

Einen Chinesen konnte sie auf keinen Fall heiraten. Die totale Unterwerfung und der vollkommene Gehorsam, die chinesische Männer erwarteten, waren mittelalterlich. Außerdem fand sie nur wenige Chinesen körperlich attraktiv.

Sollte sie einen Europäer heiraten? Vielleicht, aber sie würde sich nie von dem Gefühl frei machen können, daß ein Mann, der ihr chinesisches Erbe nicht teilte, sich ihr gegenüber herablassend verhalten würde. Und außerdem konnte europäische Arroganz genauso zerstörerisch sein wie chinesische Arroganz.

Natürlich war Miles ein Europäer oder genauer gesagt, da er Amerikaner war, wohl einfach ein Weißer. Aber er war ein Weißer, der genausoviel, vielleicht sogar mehr über Asien wußte als sie, ein Fremder, der Asien liebte und dennoch imstande war, den gelegentlich trügerischen Glanz des Orients zu durchschauen. Seine gemischte Herkunft war gewiß nicht so belastend wie die ihre. Und doch waren sie beide auch von der Abstammung her Wanderer zwischen zwei Welten.

Aber warum dachte sie überhaupt an Heirat? Von Heirat war im Moment einfach nicht die Rede, wenigstens vorläufig nicht.

Sie fing seinen fragenden Blick auf, erkannte, wie er nach dem Grund ihres langen Schweigens suchte, und sagte fröhlich: «Wenn ich nun einmal nicht so auf die Straße kann, dann mußt du eben etwas gegen unsere beiden Probleme unternehmen: deine kleine Zeitbombe und mein Garderobenproblem. Ich bin gern hilflos und lasse mir Dinge besorgen.»

«Und wie ich es dir besorgen werde», grinste er lüstern, «immer und immer wieder.»

«Ich kann es kaum erwarten. Aber du solltest Cecil Montague den Schuldschein so schnell wie möglich bringen. Soll er ihn doch selbst vernichten.»

«Und das Bild, mein Schatz? Darf er das behalten?»

«Eigentlich gehört es ihm nicht», überlegte sie, «oder?»

«Nicht bevor er es bezahlt hat. Das ist fast das einzige, woran man sich in diesem Chaos festhalten kann. Montague gehört es nicht, wem immer es gehören mag.»

«Meinem Vater jedenfalls auch nicht», konstatierte sie energisch. «Meinem Vater sogar auf keinen Fall. Ich nehme an, in Wirklichkeit hat es Turner Li gehört. Also gehört es jetzt wohl seinem Sohn, Y. N.»

«So sicher ist das nicht. Du weißt, daß Turner mich gebeten hat, mich um seine Angelegenheiten zu kümmern, unter anderem um das Bild. Er hat mich darum gebeten, nicht Y. N.»

Wozu sollte er Tanya erzählen, daß Turner ihn auch gebeten hatte, sich um seine Tochter Hyacinth zu kümmern? Außerdem war Y. N. kaum in der Lage gewesen, den letzten Bitten seines Vaters zu lauschen, geschweige denn, sie zu verstehen.

«Du willst doch nicht etwa sagen, daß es jetzt dir gehört?»

«Nein, das könnte ich kaum behaupten.»

Absichtlich lenkte Miles vom Thema ab. Der Wunsch, das *Lied vom langen Leid* zu besitzen, war ihm nicht nur in den Sinn gekommen, er hatte sich darin festgesetzt.

«Jedenfalls bin ich es, der die Verantwortung trägt. Turner hat sie mir aufgebürdet. Also kann ich es weder Montague noch Y. N. überlassen, solange ich nicht genau weiß, was hier gespielt wird. Wir wissen noch nicht einmal, was dein Vater mit dem Schuldschein vorhatte.»

«Wahrscheinlich hast du recht, Liebling», gab sie zu. «Also gut. Erst einmal brauche ich etwas zum Anziehen. Dann polieren wir unsere Lupen, verbergen den Dolch im Gewande und hüllen uns in schwarze Mäntel, um herauszufinden, was wirklich geschehen ist. Gib mir einen Stift, damit ich dir ein paar Konfektionsgrößen aufschreiben kann.»

«Kann ich es ihnen...», eine beredte Handbewegung, «nun, nicht einfach zeigen?»

«Nein, das kannst du nicht. Du hast sehr geschickte Hände, aber Konfektionsgrößen sind praktischer. Ich mache dir eine Liste.»

«Du wirst etwas Unauffälliges brauchen», riet er, «und eine große Sonnenbrille und einen von den breiträndrigen Strohhüten, wie sie die Amahs als Sonnenschutz tragen.»

«Ich verstehe», lachte sie. «Ich werde ein Bild überwältigender Schönheit abgeben.»

«Du wirst dich einfach auf meinen schlechten Geschmack verlassen müssen.»

«Alles, nur das nicht! Geh ins Town & Country auf der North Bridge Road, und frag nach Mrs. Tan. Sie ist übrigens nicht mit mir verwandt. Du kannst dich auf sie verlassen.»

«Bist du sicher?»

«Ganz sicher. Und jetzt komm, und gib mir einen Kuß, bevor du gehst.»

Er setzte sich auf die Bettkante und spürte ihren warmen, nackten Rücken unter seinen Handflächen. Ihre Lippen bebten unter seinem Kuß. Er fing an, sie sanft auf das Bett zu legen. Aber sie warf den Kopf zur Seite und entschlüpfte seinem Griff.

«Ich hab dir doch gesagt», lachte sie, «daß ich dich dazu bringen könnte, deine schicke Fliege ganz schnell wieder auszuziehen. Aber jetzt ist nicht der Augenblick dafür. Je schneller du gehst, desto früher bist du wieder da.»

Miles machte sich auf den Weg durch den endlosen Hotelflur und pfiff dabei leise vor sich hin. Er mußte grinsen, als er merkte, daß es ein altes Marschlied der Roten Armee war, das er pfiff.

Michael Tong saß behäbig schwitzend in der Portiersloge. Ein breites Lächeln zog über sein Gesicht, als sich Miles erkundigte: «Wie geht es?»

«Besser, Mr. Corrigan, viel besser. Langsam fangen die Kellner und Gepäckträger wieder an zu arbeiten. Sie haben wohl gemerkt, daß die Wäsche endlich gewaschen ist. Und die Unruhen werden wohl auch bald zu Ende sein.»

«Darauf würde ich mich nicht verlassen. Ach, haben Sie vielleicht ein paar Kuverts ohne Absender?»

Miles schrieb die Adressen in sorgfältiger Druckschrift und spazierte gemächlich zum anderen Ende des Parkplatzes, wo er die Briefe in den runden roten Briefkasten warf. Er stieg in den Porsche, ließ den Motor warmlaufen und brauste im Kavaliersstart davon. Kein sauberer Fahrstil, aber es würde die Aufmerksamkeit etwaiger Beobachter auf ihn richten und sie von dem Hotel ablenken, in dem Tanya sich versteckt hielt.

Auf der North Bridge Road vermißte er das gewohnte Gedränge von Autos, Dreiradwagen, Lastwagen und Fahrrädern. Auf dem breiten Bürgersteig hinter der Flutmauer drängten rücksichtslose Fußgänger einander aus dem Weg wie immer. Aber der Autoverkehr auf dem feuchten, heißen Asphalt der Straße, in der man von einer lackierten Ente bis zum Abendkleid von Balenciaga einfach alles kaufen konnte, war viel schwächer als sonst. Die wenigen Fahrzeuge bewegten sich schneller als gewöhnlich und versuchten den blauen Polizeijeeps mit ihren vergitterten Windschutzscheiben aus dem Weg zu gehen.

Miles ließ den Porsche in eine enge Parklücke gleiten und stieg aus. Auch die Passanten und die Ladenbesitzer verhielten sich anders als sonst. Der hagere indische Wächter vor Hop Huats Goldladen blickte aufmerksam um sich und hielt sein Gewehr fest in beiden Händen. Normalerweise lag er ausgestreckt in einer Hängematte und ließ die Flinte griffbereit auf dem Boden liegen. Die rundlichen chinesischen Matronen in ihren weiten geblümten Sommeranzügen blieben nicht stehen, um den neuesten Klatsch auszutauschen, sondern kauften ihren Tagesbedarf an Fisch, Gemüse und Fleisch eilig ein. Kleine Gruppen von Schülern und Studenten in weißen Hemden und weißen Shorts stolzierten über den breiten Bürgersteig. Sie waren völlig isoliert. Die Passanten hielten Abstand von ihnen, als hätten sie die Pest.

In den Anblick verloren, marschierte Miles direkt an dem unauffälligen Eingang von Town & Country vorbei. Als er sich ruckartig umdrehte, stieß er mit einem Chinesen mittleren Alters zusammen, dessen kahler Kopf vor Schweiß glänzte. Der kräftige Mann im zerrissenen Unterhemd und schmutzigen blauen Shorts ging weiter, ohne aufzusehen, und murmelte Flüche im Fukiendialekt vor sich hin.

Miles zuckte die Achseln. Seine Gedankenlosigkeit würde nicht den Anlaß zum nächsten Aufruhr geben. Das waren nur die schlechten Manieren, die in Singapur normal waren.

Er fragte nach Mrs. Tan, und eine hübsche Frau mit munterem Gesicht und rauher Stimme erkundigte sich nach seinen Wünschen. Er übergab ihr Tanyas Liste, und sie schickte zwei rundliche Verkäuferinnen aus, um die diversen Artikel einzusammeln. Alles in allem kamen vierzehn Pakete zusammen.

«Man könnte meinen, sie hätte eine Expedition zum Südpol vor», scherzte Miles.

«Das ist alles notwendig, Mr. Corrigan, unbedingt notwendig», lächelte Mrs. Tan. «Oder wenigstens hält sie es für notwendig.»

«Also, wenn Sie meinen... Was macht das Ganze?»

Er griff in die Innentasche der Jacke, aber die Brieftasche war nicht da. Ohne sich aufzuregen, suchte er in den anderen Taschen. Es wäre nicht das erste Mal gewesen, daß er die Brieftasche in die falsche Tasche gesteckt hatte. Aber sie blieb verschwunden.

«Hören Sie, ich fürchte...»

«Das scheint mir auch so», lächelte die Ladenbesitzerin. «Ich habe schon gedacht, Sie wollten einen Seemannstanz vorführen. Anscheinend haben Sie Ihre Brieftasche vergessen. Ich schreibe es auf Miss Tans Rechnung.»

«Das wäre nett von Ihnen.»

«Kein Problem. Wissen Sie, als ich noch in Shanghai lebte, hat man überhaupt nur auf Kredit eingekauft. Die jungen Europäer haben sich ihr Gehalt nie auszahlen lassen. Man konnte einfach für alles unterschreiben: für Rikschas, Restaurantrechnungen, weißrussische Prinzessinnen, sogar für die Kollekte in der Kirche. Am Monatsende haben sich die Gläubiger ihr Geld dann in der Lohnbuchhaltung abgeholt. Was übrigblieb, bekamen die Küchenjungen für den Haushalt. Auf die Art haben die jungen Männer gewaltige Schuldenberge aufgehäuft.»

«Muß Spaß gemacht haben», bemerkte Miles. «Können Sie auch noch einen Anruf auf die Rechnung schreiben? Und gibt es hier ein Telefon, das ein bißchen weniger öffentlich ist als das hier vorne auf der Theke?»

Mrs. Tan zeigte ihm den Weg in ein winziges Büro hinter dem Laden.

«Hier stört Sie niemand. Ich hoffe, Tanya geht es gut.»

«Das hoffe ich auch.»

Die Telefonzentrale im Hotel brauchte nur drei Minuten, um den Anruf in sein Zimmer durchzustellen. Das war ein neuer Rekord. Vielleicht hatte Michael Tong ja recht, und von jetzt an wurde alles immer besser.

«Miles!» rief Tanya überrascht. «Was für eine schöne Überraschung. Ich wußte, daß du es nicht ertragen würdest, so lange nicht mit mir zu sprechen.»

«Das ist natürlich auch ein Grund, Tanya. Leider nicht der einzige. Ich glaube, wir haben einen Fehler gemacht.»

«Was ist los, Miles? Worüber machst du dir Sorgen?»

«Vielleicht über gar nichts, vielleicht über eine Menge. Ich bin gerade bestohlen worden. Ein Taschendieb hat meine Brieftasche erwischt. Ich habe das Hotel möglichst auffällig verlassen. Und jetzt weiß ich, daß man mir gefolgt ist. Also ist mein Zimmer der ungünstigste Ort, an dem du dich aufhalten kannst. Wie bist du gestern ins Hotel gekommen?»

«Mit dem Auto natürlich. Um die Zeit war kein Taxi zu kriegen, und zu Fuß konnte ich ja wohl nicht gehen.»

«Und wo ist dein Auto jetzt?»

«Ich nehme an, da, wo ich es gelassen habe: auf dem Hotelparkplatz.»

«Großartig!» stöhnte er. «Einfach großartig!»

«Wo hätte ich das Auto denn sonst lassen sollen? Unter einem Busch? Oder hätte ich es am Strand vergraben sollen? Was ist denn los?»

«Du kennst dich in diesem Spiel nicht aus, und ich fange an, unvorsichtig zu werden», erklärte er. «Entweder haben sie dich jetzt schon gefunden, oder sie werden dich spätestens in einer Stunde gefunden haben.»

«Soll das heißen, sie wissen, wo ich bin?»

«Wenn sie es noch nicht wissen, dann bald. Daß du den Wagen auch auf dem Parkplatz lassen mußtest! Du hättest genausogut ein Schild aufstellen können. Vielleicht hast du noch ein bißchen Zeit. Aber wenn dein Vater einmal merkt, daß der Schuldschein verschwunden ist...»

«Was dann?»

«Du kennst ihn besser als ich. Was dann?»

«Er wird wütend sein, rasend. Er kann es nicht ausstehen, wenn sich jemand in seine Pläne einmischt. Aber wenn es auch noch seine liebe, gehorsame, unterwürfige Tochter ist, wird er noch dreimal wütender sein.»

Miles wollte sie auf die Gefahr aufmerksam machen, aber er wollte ihr keine Angst einjagen. Er kam zu dem Schluß, daß ein bißchen Angst ihre Aufmerksamkeit erhöhen würde. Also sagte er: «Dein Vater muß seinen Freunden in Peking beweisen, daß seine Loyalität ihnen gegenüber alle anderen Loyalitäten übersteigt. Vielleicht, indem er an dir ein Exempel statuiert. Du mußt sofort verschwinden. Wo kannst du hingehen?»

«Vielleicht zu Maggie Wong», sagte sie zögernd. «Gestern abend, bevor ich beschlossen hatte, zu dir zu kommen, habe ich auch schon einmal an sie gedacht. Dann habe ich entschieden, daß du interessanter bist. Maggies Vater ist ein großes Tier in der Nationalistischen Partei und ein rabiater Kommunistenfresser. Auf dem Anwesen gehen drei Schäferhunde und zwei Leibwächter Patrouille. Wahrscheinlich ist Maggie die beste Idee. Ich werde sie anrufen...»

«Ruf nicht an! Geh direkt hin! Nimm den Zimmerschlüssel mit, gib ihn nicht an der Rezeption ab. Geh den Strand entlang, nicht die Straße, bis du an einen Taxistand kommst. Nimm nicht den ersten Wagen in der Reihe und weder einen chinesischen noch einen indischen Fahrer. Sieh zu, daß du einen malaiischen Fahrer findest. Wie ist Maggie Wongs Telefonnummer?»

«27 28 23», sagte sie mit ängstlicher Stimme. «Miles, ist bei dir alles in Ordnung? Gib auf dich acht!»

«Wir werden beide keine Probleme haben, wenn wir uns beeilen. Also los jetzt!»

Er hängte ein und raste aus dem Laden. Hinter sich sah er die Pakete auf dem Ladentisch und Mrs. Tan mit erstaunt geöffnetem Mund.

17. KAPITEL

Am gleichen Nachmittag schlug Cecil Edward Frederick Montague, Träger des St. Michaels- und St. Georgsordens sowie des Order of the British Empire, des Ordens für besondere Verdienste und des Verdienstkreuzes, Leitender Politischer Berater im Büro des Hochkommissars Ihrer Britischen Majestät für Südostasien, die Stunde der Wahrheit. Wie ein wütender Stier den Matador angreift, der ihn quält, hatte Montague selbst die Konfrontation gesucht. Er konnte den Termin nicht mehr abwarten, den der Anwalt George Pritchard auf zwölf Stunden später festgesetzt hatte. An rein körperlichem Mut hatte es Cecil Montague nie gefehlt. Aber seine psychologischen Reserven waren ebenso überbeansprucht wie seine finanziellen Rücklagen.

Dreiundvierzig Stunden lang hatte er sich emsig bemüht, dem Netz zu entkommen, das sich um ihn zusammenzog. Sein wohlhabender Schwiegervater konnte ihn nicht ausstehen, von da war also gewiß keine Hilfe zu erwarten. Er konnte seine Frau nicht um Geld bitten, weil er bereits doppelt soviel ausgegeben hatte, wie sie ihm anvertraut hatte. Nur durch geschickte Buchführung und ausgeklügelte Lügen hatte er die Unterschlagung bisher verheimlichen können. Wenn sie dahinterkam, war die bösartige Ziege durchaus imstande, ihn zu verklagen und ihn vor aller Welt bloßzustellen. Die verdammte Lady Matilda bot keinerlei verdammte Hoffnung.

Banken waren nutzlos, weil er keine Sicherheit leisten konnte. Er hatte es schon bei allen privaten Quellen versucht, und in Singapur hieß das, seit die sephardischen Juden ihr Geld abgezogen hatten, chinesische Quellen. So großartige Titel sie auch führen mochten, seine britischen Freunde verfügten nicht über größere Summen. Im Gegensatz zu den unabhängigen chinesischen Unternehmern waren sie nur die Verwalter von Geldern, die ihren Firmen gehörten.

Ein paarmal hatte sich ihm auf seiner Suche vorübergehende Hoffnung gezeigt. Aber jedesmal war der Preis, den er in der Form von Begünstigung in der Zukunft hätte zahlen müssen, zu hoch gewesen. Genauer gesagt, er hätte den Preis niemals zahlen können, nicht weil er moralische Skrupel gehegt hätte, sondern weil man seine Macht und seinen Einfluß bei weitem überschätzt hatte.

Fest davon überzeugt, daß sich ein korrupter höherer Beamter ebenso souverän über alle Vorschriften hinwegsetzen könne, wie es korrupte Mandarine der Kaiserzeit getan hatten, waren die Millionäre höflich, beinahe unterwürfig gewesen. Aber in der Sache waren sie unerbittlich geblieben.

«Warum so wenig, Mr. Montague?» hatte einer von ihnen gefragt. «Nehmen Sie hunderttausend in Gold, eine viertel Million, wenn Sie wollen.»

Aber jeder einzelne hatte ihm klargemacht, daß ein durch keine Bürgschaft abgesichertes Darlehen über einen unbestimmten Zeitraum nur dann realisierbar sein würde, wenn er sich seinem Wohltäter bedingungslos zur Verfügung stellte. Wenn die Chinesen jemanden kauften, dann war er für alle Zukunft ihr Diener und Schuldknecht. Weil er wußte, daß er das, was sie wollten, nicht liefern konnte, hatte es Cecil Montague sogar noch einmal bei Morgan Tan probiert und war mit honigsüßem Lächeln abgewiesen worden.

Es gab niemanden mehr, den er um ein Darlehen bitten konnte. Ein einsamer Hoffnungsstrahl durchdrang seine Verzweiflung. Ein Satz kam ihm immer wieder in den Sinn, ein Satz, der ihm Hoffnung schenkte und zugleich seine Ängste verstärkte.

«Nur ein kleines *Quidproquo*», hatte Pritchards Andeutung gelautet. Das bedeutete doch wohl, daß er nur einmal etwas tun mußte, daß er sich nicht für alle Zeiten in den Dienst von Pritchards Auftraggebern in Peking stellen mußte. Danach würde er wohl das Bild behalten und zugleich den Schuldschein wiederbekommen können, den er so sorglos unterzeichnet hatte. In einem optimistischen Augenblick hatte er beschlossen, darauf zu beharren, im Austausch für dieses «kleine *Quidproquo*» die Rolle zu behalten und eine quittierte Rechnung zu erhalten. Das würde ihn für die Zukunft davor schützen, erpreßbar zu werden.

Natürlich hatte er nicht vor, etwas Ehrenrühriges zu tun, aber wahrscheinlich war das *Quidproquo* gerade noch akzeptabel. Schließlich waren die Leute in Peking keine Dummköpfe.

Als Montague schließlich, zwischen Furcht und Hoffnung schwebend, zum Telefonhörer griff, war er von dem emotionellen Aufruhr, der in seinem Inneren tobte, erschöpft. Pritchard war von dem Anruf überrascht, weil der letzte Termin ja noch ein paar Stunden in der Zukunft lag. Nach vorgespieltem Zögern hatte er sich schließlich bereit erklärt, im Laufe des Nachmittags vorbeizukommen. Die beiden Männer saßen in der gleichen Position im Arbeitszimmer, die sie vor anderthalb Tagen eingenommen hatten.

«Sagen Sie, was Sie zu sagen haben, Pritchard.» Diesmal wollte Montague um jeden Preis derjenige sein, der den Gesprächsverlauf bestimmte. «Ich werde nichts versprechen, keine Verpflichtungen übernehmen, bevor ich alles gehört habe, was Sie mir sagen können.»

«Sie können das Geld wohl nicht auftreiben, oder wie?» antwortete Pritchard aalglatt. «Das tut mir aber leid für Sie, mein Freund.»

«Darum geht es nicht. Natürlich könnte ich das Geld auftreiben, wenn ich wollte.»

«Nun, das läuft mehr oder weniger auf das gleiche hinaus, würde ich sagen. Sie könnten das Geld auftreiben, aber Sie haben es nicht aufgetrieben.»

«Das habe ich nicht gesagt.» Montague spürte, wie ihm die Initiative entglitt. «Ich habe nur gesagt, daß ich bereit bin, mir Ihren Vorschlag anzuhören.»

«Vorschlag?» fragte der aufgeblähte Anwalt von oben herab. «Was für einen Vorschlag?»

«Sie haben doch von einem *Quidproquo* gesprochen, oder nicht?»

«Ach so, das meinen Sie. Ja, ich könnte mir möglicherweise ein *Quidproquo* vorstellen. Aber es handelt sich um so eine Kleinigkeit, daß man kaum von einem Vorschlag sprechen kann.»

«Was um Gottes willen ist es denn?» Montagues blaßblaue Augen drohten aus den Höhlen zu quellen, und sein prächtiger rötlichgrauer Schnurrbart senkte sich betrübt. «Um was geht es denn um Gottes willen?»

«Nervös, mein Freund?» fragte der Anwalt besorgt. «Keine Ursache. Sie brauchen sich nicht aufzuregen. Wie gesagt, es geht um eine Kleinigkeit.»

«Also, was nun? Wenn Sie etwas zu sagen haben, spucken Sie es schon aus!»

«Ganz unter uns, ich bin sehr erleichtert. Bei unserem letzten Gespräch wußte ich noch nicht, was eigentlich verlangt war. Aber es ist eine so kleine Bitte, daß ich mir nicht vorstellen kann, was Sie dagegen haben könnten.»

«Gut! Aber um was geht es? Hören Sie auf mit dem Katz-und-Maus-Spiel, verdammt noch mal.»

«Tut mir leid, mein Freund. Ich dachte, es würde Sie freuen zu hören, daß es etwas so Geringfügiges ist. Wissen Sie was, ich verstehe diese Leute nicht. Ich verstehe einfach nicht, warum sie so ein Theater darum machen.»

«Wenn Sie mir jetzt mitteilen würden ...», sagte Montague eisig.

Der kleine Anwalt stürzte seinen Whisky hinunter. Gemächlich zündete er sich einen fetten burmesischen Stumpen an und überzeugte sich davon, daß er gut zog, bevor er weitersprach.

«Es ist eigentlich so gut wie nichts ... nichts als das, was sowieso Ihr Beruf ist. Das ist es ja, was mich so überrascht. Aber Sie kennen unsere gelben Brüder. Sie erledigen Dinge nie einfach, wenn sie einen Umweg finden können.»

«Also, um was geht es?» stieß Montague hinter aufeinandergebissenen Zähnen hervor.

«Ich will Sie nicht auf die Folter spannen. Tut mir leid, wenn ich ein bißchen weitschweifig gewesen sein sollte. Wie gesagt, es ist sehr einfach ...»

«Ja! Spucken Sie es schon aus!»

«Sie haben von dieser Abschiebungsgeschichte gehört? Irgend so ein unbedeutender Schuldirektor und drei oder vier Gewerkschaftsführer.»

«Nicht gerade wahrscheinlich, daß ich nichts davon gehört haben sollte, wenn jeder Kuli und jeder Schuljunge in Singapur Bescheid weiß. Besonders wenn die Hälfte von ihnen mit Protestveranstaltungen beschäftigt ist.»

«Regen Sie sich nicht auf, mein Freund. Ich wollte nur

sichergehen. Also, zum Kern der Sache: Meine Klienten wollen nicht, daß diese fünf Männer abgeschoben werden.»

«Warum ist ihnen das so wichtig?» Für einen Augenblick hatte Montagues professionelle Neugier die Oberhand über seine Befürchtungen gewonnen.

«Das weiß ich nicht so genau. Wer weiß, was sie denken. Wenn Sie mich fragen, ist ihnen das Ganze extrem peinlich. Die Leute, die da abgeschoben werden sollen, sind kleine Fische, sehr kleine Fische sogar. Aber die Abschiebung könnte der Volksrepublik China peinlich sein.»

«Wie das?»

«Das müssen Sie so sehen. Wenn man sie in die Volksrepublik abschiebt, steht Peking vor der Frage, ob es sie akzeptieren will oder nicht. Akzeptiert man sie, ist das soviel wie ein Eingeständnis, daß Peking hier irgendwelche krummen Touren gedreht hat. Dabei handelt es sich doch um eine rein lokale, spontane Volksbewegung.»

«Ja», meinte Montague. «Ich kann einsehen, wo das peinlich werden kann. Gibt es sonst noch Gründe?»

«Da bin ich wieder nicht ganz sicher. Aber nehmen Sie einmal an, einer oder zwei von ihnen oder sogar alle fünf beschließen, daß sie lieber nach Taiwan gehen wollen, zu den Nationalisten. Das wäre eine kräftige Ohrfeige für Peking.»

«Klingt einleuchtend.» Montague unterdrückte den Verdacht, daß es vielleicht um etwas ganz anderes ging. «Und was soll ich dabei tun?»

«Den Fall überprüfen natürlich. Überprüfen Sie den Fall und fällen Sie ihre eigene Entscheidung. Die sogenannte Regierung von Singapur hat den Abschiebungsbescheid voreilig ausgestellt. Sie können ein Veto einlegen.»

«Ich nehme an, das könnte ich», überlegte Montague. «Aber warum sollte ...»

«Passen Sie auf, Montague», unterbrach ihn Pritchard. «Ich fordere Sie nicht auf, sich über Ihr eigenes wohlerwogenes Urteil hinwegzusetzen oder etwas zu tun, was Ihrem Gewissen widerstrebt. Überprüfen Sie einfach den Fall, und treffen Sie Ihre eigene Entscheidung.»

«Das wäre möglich.»

«Sehen Sie das Ganze doch einmal unter politischem Aspekt. Eine übertriebene Reaktion des Premierministers oder dergleichen. Und dann gibt es da noch rechtliche Probleme. Direktor The Sam-lok und die anderen sind in der Kolonie geboren, nicht in China. Theoretisch haben sie ein Anrecht auf die britische Staatsbürgerschaft, obwohl das, wie Sie wissen, eine komplizierte Frage ist. Können Sie überhaupt legal abgeschoben werden?»

«Ich nehme an, die Frage ist untersucht worden.»

«Eben nicht», lächelte Pritchard. «Wenn dem so wäre, wüßten Sie es. Die Papiere wären über Ihren Schreibtisch gelaufen.»

«Vielleicht ist es wirklich nicht untersucht worden», gab Montague zu.

«Dann kümmern Sie sich doch bitte um die Angelegenheit. Meine Auftraggeber wollen Ihnen natürlich keine Vorschriften machen. Aber Sie wissen ja, wie sie es sich vorstellen.»

«Ich nehme an, ich könnte den Fall überprüfen. Eigentlich hätte ich das schon vor Wochen tun sollen.»

«Na sehen Sie», sagte Pritchard voll Freundlichkeit und Sympathie. «Kein Problem. Wie gesagt, eine einfache Angelegenheit.»

Montague stand auf und streckte sich. Es war, als habe man ihm soeben schwere Handschellen von den Gelenken genommen. Die Erleichterung war nahezu unerträglich. Beinahe fröhlich schüttete er Whisky und Eis in die Gläser.

«Selbstverständlich kann ich den Fall noch einmal überprüfen.» Er hob das Glas. «Aber ich kann Ihnen nicht im voraus sagen, was dabei herauskommen wird.»

«Das ist nicht nötig, mein Freund, überhaupt nicht nötig», versicherte Pritchard. «Überprüfen Sie es nur. Und wenn meine Auftraggeber mit dem Resultat zufrieden sind, ist alles in Butter. Dann gehört das Bild Ihnen, und der Schuldschein auch. *Falls* sie zufrieden sind. Dann ist alles erledigt und vergessen.»

«Ich würde eine quittierte Rechnung brauchen», sagte Montague energisch. Triumphierend übernahm er wieder die Gesprächsleitung. Endlich hatte er Pritchard dahin gebracht, wohin er ihn haben wollte.

«Kein Problem, mein Freund, überhaupt kein Problem. Ich habe Ihnen ja gesagt, daß sie das verdammte Ding nicht wiederhaben wollen.»

Montague warf einen gnädigen Blick auf den rotgesichtigen kleinen Gockel. Fast wurde ihm der kleine Anwalt sympathisch. Letzten Endes kümmerte sich der ja auch nur um seine Arbeit. Er vertrat seine Auftraggeber und hielt sich an ihre Instruktionen. Wenn er nur von Anfang an nicht so ein Theater gemacht hätte. Im Grunde war doch, wie gesagt, alles ganz in Ordnung und korrekt.

Als erfahrener Bürokrat plante Montague bereits sein weiteres Vorgehen. Morgen früh wollte er offiziell die Akte anfordern. Wenn eine Revision berechtigt war, würde er dem Hochkommissar seinen Vorschlag energisch vortragen, und der würde zustimmen. Genau wie er wollte auch der Hochkommissar vor allem die Ruhe in Singapur bewahren. Der sicherste Weg, katastrophale Unruhen zu verhindern, wäre es, die fünf zur Abschiebung verurteilten Männer freizulassen. Ein vernünftiger Kompromiß, ein angemessener Gnadenakt würde die erhitzten Gemüter abkühlen und die Ordnung wiederherstellen.

Je länger Montague über die Möglichkeiten nachdachte, desto günstiger stellten sie sich ihm dar. Natürlich würde er die Akte sorgfältig lesen, bevor er eine Entscheidung traf. Natürlich würde er Pritchards Auftraggebern nicht automatisch das zugestehen, was sie haben wollten, egal, was das für Folgen für ihn selbst haben könnte.

«Auf Ihr Wohl, Mr. Pritchard!» Er hob sein Glas. «Auf Ihr Wohl und Ihre Gesundheit!»

«Prost», kicherte der ordinäre kleine Typ. «Prost, alter Junge!»

18. KAPITEL

ALS ER DEN KÜHLEN SCHATTEN von Town & Country verließ, schlug Miles die feuchte Wärme der Stadt wie ein Mantel entgegen, der sich um seinen Körper schlang. Die gnadenlos strahlende Sonne schien seine Augen verdorren zu lassen. Ihm wurde schwindlig, er stolperte und wurde von einem hochaufgeschossenen Schüler angerempelt, der in die unvermeidlichen weißen Shorts und ein weißes Hemd gekleidet war.

«Entschuldigung», sagte er. «Ich wäre beinah hingefallen.»

Der Jüngling warf einen abschätzigen Blick auf ihn und öffnete dann den Mund zu einer Beschimpfung im abgeschliffenen Pekingchinesisch der südostasiatischen Auslandschinesen.

«Wang biedan! Yang quizi!» sagte er langsam und betont: «Unehelicher Sohn einer Schildkröte! Ausländischer Teufel!»

«Xiexie ni! Ni shi Zhongguoren ma?» antwortete Miles. «Vielen Dank! Sind Sie Chinese?»

Verblüfft nickte der Schüler.

«Ich weiß Ihre traditionelle chinesische Höflichkeit zu schätzen», fuhr Miles auf chinesisch fort. «Ich bin entzückt von den guten Manieren, die Sie als Erbe der großen chinesischen Kultur erlernt haben.»

Schockartig aus dem unreflektierten Hochmut gerissen,

der seiner politischen und rassischen Überlegenheit entsprang, blieb der Junge mit offenem Mund stehen.

Miles mußte laut lachen, als er sich in den Porsche zwängte. Es war ein kindischer Sieg, aber er hatte die Arroganz des Schülers wie einen Luftballon zum Platzen gebracht. Es war auch nur ein kleiner Sieg. Aber auch ein kleiner Sieg konnte ihm Kraft verleihen für die Anstrengungen, die ihm bevorstanden.

Er ließ den auffälligen roten Sportwagen in den Verkehrsstrom gleiten. Ausnahmsweise war er froh, daß der Wagen so auffällig war. Solange er überlegte, wie es weitergehen sollte, konnte er eine weithin sichtbare falsche Fährte über die ganze Insel legen.

Er mußte davon ausgehen, daß die Gegenseite ihn observierte. (Automatisch verfiel Miles in den Jargon einer Unterwelt der Geheimdienste, der er gehofft hatte, entkommen zu sein.) Er wußte nichts über die Stärke der Gegenseite, aber offensichtlich hatte man ihn beobachtet, seit er Humphrey Enwright das erste Mal wiedergetroffen hatte. Er war es müde, darauf zu warten, daß der Gegner auf ihn zukam. Von nun an wollte er das Tempo bestimmen. Wenn er sie verwirren konnte, würde sich die Gegenseite vielleicht verraten.

Gemächlich rollte der Porsche am weißen Turm des Cathay Building vorüber, dem vielstöckigen und leicht verfallenen Denkmal einer britischen Selbstgewißheit, wie sie vor Pearl Harbor geherrscht hatte. Später hatte man diese leichtfertige Überzeugung von der eigenen unüberwindlichen Überlegenheit das «Singapursyndrom» genannt. Noch immer bestimmte das unerschütterliche Singapursyndrom das Denken der meisten höheren britischen Beamten auf der Insel. Viele jüngere britische Beamte wurden von seinem exakten Gegenteil bestimmt. Ihren seelischen Zustand hatte

Miles nach der politischen Wochenzeitung, die sie so aufmerksam und gelegentlich auch so gläubig wie andere die Bibel studierten, das «*New-Statesman*-Syndrom» getauft.

Die älteren Staatsdiener wußten einfach, daß die Sonne niemals über dem britischen Weltreich untergehen würde, das sich rund um sie herum auflöste. Ihre ernsthaften jungen Nachfolger wußten, daß sie die Bahn der Sonne nicht beschleunigen konnten, und bemühten sich deshalb, die Auflösung des Weltreichs voranzutreiben.

Sie waren in rituellem Abscheu gegen die chinesischen Nationalisten und zwanghafter Bewunderung der kommunistischen Volksrepublik China ebenso gefangen, wie sie das Spanien Francos ablehnten und zugleich die weitaus autoritärere Sowjetunion verteidigten, die Stalin der Welt hinterlassen hatte. Ihnen kam es nicht darauf an, was eine Regierung wirklich tat, sondern nur darauf, was sie zu tun behauptete. Wenn die politischen Führer sich fortschrittlich nannten und erklärten, für das Wohl der Menschheit zu arbeiten, stimmte man ihnen automatisch zu, unabhängig davon, wie die Wirklichkeit aussah.

Die Bereitschaft, einer Unmenschlichkeit mit Toleranz zu begegnen, die im Namen der Menschlichkeit ausgeübt wurde, erstreckte sich auch auf die Kampagnen der Malaiischen Befreiungsarmee. Diese chinesische Guerillatruppe, deren Ziel es war, die malaiische Mehrheit unter die Herrschaft der chinesischen Minderheit zu zwingen, kämpfte auf dem Festland nördlich von Singapur noch immer grausam und beharrlich für ihre Ziele. Aber immerhin sagten die Terroristen, sie kämpften für Unabhängigkeit und Demokratie.

Miles ließ den Porsche in die Orchard Road rollen und dachte über den Todeswunsch nach, der ihm hinter dem *New-Statesman*-Syndrom zu stecken schien. Hauptsächlich wollten die jungen Beamten Buße für die Ungerechtigkeit der britischen Kolonialherrschaft tun. Aber von dieser Schuld wußte Miles sich frei, ebenso frei wie von jeder Form von Todessehnsucht. Ihm ging es um Miles Corrigan, nicht um die leidende Menschheit.

Seine unmittelbare Aufgabe war es, das geheimnisvolle Bild zu finden, das *Das Lied vom langen Leid* hieß. In Wirklichkeit gehörte es weder Y. N. Li noch Cecil Montague; und Peking hatte seine Rechte daran durch eine verbrecherische Verschwörung verwirkt. Möglicherweise würde es irgendwann einmal Miles da Sola Corrigan gehören.

An der Bukit Timah Road hingen noch immer anfeuernde Transparente vor den geschlossenen Fabriken. Sie verlangten die Freilassung der Märtyrer und die Erfüllung der gerechtfertigten Forderungen der Arbeiter. Die Forderungen waren in der Tat gerechtfertigt, denn die chinesischen und britischen Unternehmer in Singapur hatten ihren Angestellten seit langem so wenig zugestanden wie irgend möglich. Die automatische Reaktion auf Forderungen der Arbeitnehmer war noch immer Unterdrückung, auch wenn es den Arbeitern in Singapur besser ging als irgendwo sonst in Südostasien.

Der Streik hielt an, aber das Alltagsleben nahm seinen üblichen Gang wieder auf. Die Jeeps der Polizei bewegten sich demonstrativ zwischen schwer beladenen Lastwagen, Privatautos in allen Farben des Regenbogens und schwarzen Minitaxis, die glänzten wie Wasserkäfer. Eines dieser Taxis verfolgte Miles wahrscheinlich, aber im Glanz der Sonne unter den grünen Palmen sahen sie alle gleich aus.

Langsam bog er in die schmale Standspur neben der vierspurigen Schnellstraße ein. General C. T. Chan hatte ihn eindringlich gebeten, seine Sammlung zu besichtigen. Er mochte den geldgierigen ehemaligen Funktionär der Nationalisten, der mittlerweile in einen undurchsichtigen Flirt mit den Kommunisten verstrickt war, nicht besonders, aber im Laufe seiner Amtskarriere hatte sich Chan ein paar gute Stücke unter den Nagel gerissen.

Wie verabredet, ließen die Diener den amerikanischen Kunsthändler ins Haus, obwohl der General selbst nicht zu Hause war. Miles verbrachte einige Zeit damit, ein paar Porzellanstücke anzuschauen, für die er kein kommerzielles Interesse hatte, von denen aber einige von bestrickender Schönheit waren. Nach einer Stunde verließ er das Haus mit einer schweren Havanna im Mund, die er dem Zigarrenschrank seines abwesenden Gastgebers entnommen hatte. Wenn er C. T. Chan ein paar ungemütliche Stunden mit seinen neuen kommunistischen Freunden beschert hatte, konnte es Miles nur recht sein.

Gemächlich spazierte er zu dem Porsche zurück. Er ließ sich hinter das Steuer fallen und ließ seinen Verfolgern viel Zeit, die Spur aufzunehmen, bevor er die Richtung zur Innenstadt einschlug. Drei Taxis verließen die Warteschlange und folgten dem Porsche.

Er wählte einen gewundenen Weg durch kleine Nebenstraßen. Ein Taxi mit der Nummer S-1065 folgte ihm durch die Dalvey Road zur Nassim Road, von wo aus er wieder in den Verkehrsstrom der Orchard Road einbog. Eine Zeitlang verschwand S-1065, aber als er vor der First National City Bank parkte, war sein Verfolger wiederaufgetaucht.

Er brauchte Bargeld und ein Telefon. Laughton Pomeroy, der schlanke Neuengländer mit dem traurigen Gesicht, der die Zweigstelle leitete, half ihm gerne. In der Vergangenheit hatte er für Miles finanzielle Transaktionen in beachtlicher Höhe vorgenommen.

Am Schreibtisch in dem kleinen Büro, das die Bank für

gute Kunden bereithielt, wählte Corrigan die Nummer Maggie Wongs, die ihm Tanya gegeben hatte. Zwanzig Minuten lang, während deren er nervös drei Zigaretten rauchte, war der Anschluß besetzt. Stur wählte er immer wieder.

«Bingwa? Bingwa?» begrüßte ihn schließlich eine energische Frauenstimme auf kantonesisch: «Wer ist da? Wer ist da?»

Miles zuckte zusammen. Er würde sein miserables Kantonesisch bemühen müssen.

«Wong-siu jieh haido ma?» stotterte er in den Hörer. «Ist Miss Wong zu Hause?»

«Chutgai la!» verkündete die Stimme triumphierend. «Ausgegangen!»

«Tan-siu jieh haido ma?» – «Und Miss Tan?»

«Chutgai la!» Die gleiche Antwort im gleichen fröhlichen Tonfall.

«Sprechen Sie Englisch?» fragte er hoffnungsvoll.

Zu seiner frohen Überraschung erfuhr er: «Ein bißchen ich kann tun.»

«Ist Miss Tan mit Miss Wong ausgegangen?» fragte er.

«Nein!» Der Tonfall der Amah war eisern. «Miss Wong gestern nach Kuala Lumpur.»

«Aber Miss Tan war heute da?»

«Haiya!»

Das klare Ja ließ sein Herz höher schlagen, und er fragte: «Kann ich Miss Tan sprechen?»

«Geht nicht! Schon gesagt, ausgegangen.»

«Wann ist sie ausgegangen?» fragte er.

«Vielleicht zehn, fünfzehn Minuten vorbei.»

«Wohin ist Miss Tan gegangen?» Er kam sich vor wie in einer Quizshow für Vollidioten. «Wissen Sie wohin?»

«No-ah!» Ein Punkt für die Amah und ihre Mannschaft. «Ich keine Ahnung.»

Miles dachte nach, aber die Amah unterbrach ihn. «Sie jetzt fertig? Viel Arbeit hier.»

«Einen Augenblick noch», bat er. «Ist Miss Tan allein ausgegangen?»

«Allein? Allein?» antwortete die Amah mißtrauisch. «Ich nicht kennen allein. Jetzt aufhängen.»

«Nur noch eine Minute.» Er sprach langsam und deutlich. «Miss Tan ausgegangen mit einem Mann? Jemand gegangen mit Miss Tan?»

«Warum nicht vorher fragen? Miss Tan ausgegangen mit anderen Männern.» Die rauhe Stimme war ernüchternd und entschlossen. «Jetzt fertig?»

«Noch eine Minute, bitte.» Miles wußte, daß er klang wie eine Schallplatte mit einem Sprung.

«Was für ein Mann mit Miss Tan ausgegangen? *Bingwa?*»

«Nicht mehr reden», sagte die Amah entschlossen. «Viel Arbeit.»

«Ich muß es aber wissen», beschwor er sie. «Was für ein Mann mit Miss Tan ausgegangen?»

«Miss Tan hat angezogen neues Kleid von Miss Wong... *Neues Kleid!* Und ausgegangen mit jungem Herrn und zwei Freunden.»

«Wohin gegangen? *Bindo?*»

«Keine Ahnung! Nix wissen! Viel Arbeit. Jetzt ich gegangen! Fertig.»

Das Klappern des Hörers im Apparat schnitt Miles das Wort ab und versetzte ihn in ohnmächtige Wut. Er strich sich über das Haar und zündete noch eine Zigarette an. Er rauchte zuviel. Wenn er unter Druck stand, rauchte er immer zuviel.

Es dauerte fast eine halbe Minute, bevor ihm klar wurde, was die abgehackten Worte der Amah bedeuteten. Tanya war verschwunden, freiwillig oder unfreiwillig. Sein Instinkt befahl ihm, hinter ihr her zu jagen. Aber wohin? Schnelle Reaktionen konnten ihm jetzt den Vorsprung auch nicht wiederbringen, den er durch Tanyas Voreiligkeit verloren hatte.

Von der Anspannung erstaunt, die es ihn kostete, angesichts ihres Verschwindens kühl und vernünftig zu bleiben, ermahnte Miles sich selbst, keine Panik aufkommen zu lassen, und versuchte, eine Bilanz der Ereignisse aufzustellen.

Erstens: Nur er wußte, wo Montagues Schuldschein versteckt war: zwei Punkte für ihn. Zweitens: Er wußte nicht, was die Gegenseite mit dem Schuldschein vorgehabt hatte: ein Punkt gegen ihn. Drittens: Er wußte nicht, was aus Tanya geworden war: noch zwei Minuspunkte. Viertens: Sie könnte sich in ein neues Versteck verkrochen haben oder von der Opposition gekidnappt worden sein: null Punkte für beide, bis er mehr wußte. Fünftens: Falls sie entführt worden war, würde die Gegenseite seine Gefühle für sie ausnützen und den Schuldschein zum Preis für ihre Sicherhcit machen: zwei große Punkte gegen ihn.

Würde er Tanya opfern können? Vielleicht, aber er konnte nicht wirklich vorhersagen, wie er im Augenblick der Entscheidung reagieren würde. Vielleicht auch nicht. Vielleicht konnte er sie gar nicht opfern! Morgan Tan konnte nicht so herzlos sein, seine Tochter ihren Henkern auszuliefern.

All die unwägbaren Gewichte zusammen ließen die Waage leicht nach Miles Corrigans Seite ausschlagen. Jedenfalls begann die Gegenseite, sich zu zeigen.

Miles hatte gelernt, alles außer dem, was unmittelbar anlag, beiseite zu schieben. Unaufmerksamkeit wurde mit Mißerfolg, vielleicht auch mit dem Tode bestraft. Alle anderen Aspekte, alle anderen Personen mußten beiseite geschoben werden, wenn ein Auftrag zu erfüllen war. Und doch fragte sich Miles noch einmal: «Bin ich wirklich bereit, Tanya zu opfern? Ist das Rollbild den Einsatz ihres Lebens wert?»

Er mußte sich eingestehen, wie tief Tanya ihn berührt hatte. Aber sie hatte keine Rechte über sein Leben. Er mußte handeln, als sei sie ihm gleichgültig. Sonst opferte er den geringen Vorteil, den er vor seinen Gegnern hatte. Er mußte Tanya wie eine Schachfigur betrachten, die er opfern konnte, um die Gegenseite dazu zu bringen, ihre Pläne zu verraten. Aber konnte er das?

Das Dilemma schien unlösbar. Miles nahm den Hörer aus der Gabel und wählte die Nummer des Ocean Park Hotels.

«Nein, Mr. Corrigan», teilte Michael Tong mit, «tut mir leid. Ihr Zimmer meldet sich nicht. Ich schicke einen Pagen hin, aber ich bin so gut wie sicher, daß niemand da ist.»

Miles wartete ohne Hoffnung und trommelte mit den Fingern auf den Schreibtisch.

«Nein, Mr. Corrigan, da ist niemand. Ich werde aufpassen und...»

«Wenn die Dame zurückkommt», unterbrach ihn Miles, «richten Sie ihr bitte aus, sie möge auf meinen Anruf warten. Bei Ihnen im Büro, *nicht* im Zimmer. Ich rufe in einer Stunde wieder an.»

Er legte den Hörer auf. Da Tanya weder angerufen hatte noch wiedergekommen war, mußte er annehmen, daß die Gegenseite sie entführt hatte. Jetzt war er am Zug, aber er mußte die Partie blind spielen.

Er griff zum Telefonbuch und bereitete sich innerlich darauf vor, lange herumtelefonieren zu müssen. Alex Cutler von der BBC war niemals leicht zu finden. Er war nicht zum bestinformierten Korrespondenten in Südostasien geworden, indem er im verfallenen Glanz seiner prachtvollen Villa herumlungerte. Beim sechsten Versuch glaubte Miles, er habe Cutler endlich aufgestöbert, aber der Oberkellner sagte, er habe die Bar des Hotels de l'Europe soeben verlassen. Drei Anrufe später meldete sich eine altersschwache Stimme aus dem Coconut Grove. Bill Bailey versprach, Cutler an den Apparat zu holen.

«Hallo, Miles», erklang eine volltönende Stimme. «Ich habe mich schon gefragt, wann Sie wieder auftauchen würden.»

«Ich hatte zu tun, Alex. Eure Stadt ist eine unmögliche Gegend für einen friedlichen Kunsthändler, der sich um seine legalen Geschäfte kümmern will.»

«Wohl wahr», stimmte ihm Cutler fröhlich zu. «Und es wird jeden Tag schlimmer.»

«Was sagen Sie voraus?»

«Eine gute Frage, eine sehr gute Frage!»

«Sagen Sie nicht, Sie sind froh, daß ich die Frage gestellt habe», unterbrach ihn Miles. «Und sagen Sie nicht, die Situation sei im Fluß.»

«Nun», antwortete Cutler, «ich bin froh... verdammt froh... daß Sie die Frage gestellt haben. Ich liebe ein aufmerksames und intelligentes Publikum. Und die Situation ist im Fluß, sie strömt geradezu vorüber.»

«Und was erwarten Sie als nächstes?»

«Ha, ha!» Cutlers künstliches Lachen dröhnte im Hörer. «Ho, ho!»

«Ein bißchen weniger Haha, Alex. Und wenn wir schon dabei sind, könnten Sie das Hoho etwas zurücknehmen? Ich bin nur ein armer Großstadtjunge aus Manhattan, der sich im geheimnisvollen Orient verlaufen hat. Also, was nun?»

«Stellen Sie sich nicht dumm, Miles. Es könnte sich gerade noch um achtundvierzig Stunden handeln. Wenn die Regierung die fünf Märtyrer abschiebt, geht Singapur in die Luft:

Aufruhr, Plünderung, Brandstiftung, Totschlag, was auch immer. Wenn die Regierung nachgibt, kann sie das Geschäft genausogut aufgeben, den Laden abschließen und der Massen-Operations-Partei den Schlüssel aushändigen. Die MOP macht dann für Peking sauber. Ein hübsches kleines Dilemma, finden Sie nicht?»

«Warum sind die fünf so wichtig, Alex? Warum die ganze Aufregung?»

«Das weiß ich nicht genau, Miles. Möglicherweise sind die fünf Märtyrer nur ein Vorwand. Wenn die Bösen diese Runde gewinnen, haben sie fast alles, was sie je gewollt hatten. Wenn sie verlieren, wieviel haben sie dann wirklich verloren? So gut wie nichts! Und außerdem haben sie dann wertvolle Erfahrungen für die nächste Runde gesammelt.»

«Aber gehen die Schurken nicht ein Risiko ein? Wenn die Regierung hart bleibt, sind sie erledigt.»

«Das ist denkbar, aber nicht wahrscheinlich», antwortete Cutler. «Haben Sie gehört, was man sich in der Stadt erzählt? Möglicherweise ist einer der fünf, die abgeschoben werden sollen, eine Schlüsselfigur in Südostasien für Peking. Wenn sie ihn verlieren, müssen sie ihre ganze Organisation neu aufbauen. Aber die Geheimdienstler können das Gerücht nicht bestätigen. Kommen Sie doch auf alle Fälle gegen acht vorbei, damit wir darüber reden können.»

«Ich komme gerne, aber ich weiß nicht, ob ich es schaffe. Erwarten Sie mich nicht zu früh.»

«In Ordnung.»

«Nur noch eine Frage, Alex, bevor Sie sich wieder an die Bar begeben. An wen würden Sie sich wenden, wenn Sie Kontakt zur Gegenseite aufnehmen wollten, zu den Männern an der Spitze, nicht zu irgendwelchen Randfiguren?»

«Ich bin nicht sicher, daß ich Ihnen folgen kann, Miles.»

«Gut!» Miles suchte nach einer vorsichtigeren Formulierung für seine Frage. «Nehmen wir einmal an, sie wollten mit mir sprechen. Wo sollte ich mich für die Herrschaften aus der Zentrale bereit halten, nicht für die Jungens von der hiesigen Zweigstelle?»

«Sie haben etwas Ungezogenes vor, mein Junge. Erzählen Sie mir, was es ist.»

«Nur so ein Gefühl, Alex. Trotzdem, wo sollte ich hingehen?»

«Ich erzähl es Ihnen genauer, wenn Sie kommen. Ich nehme an, ins Restaurant Chengdu. Ich habe den Verdacht, daß es ein Informationsbüro ist, der direkte Draht nach Peking. Die Kundschaft sind Matrosen von Schiffen aus Hongkong, Tientsin und Shanghai. Jedermann hat einen guten Grund, ein Restaurant zu besuchen.»

«Plötzlich überkommt mich ein Heißhunger nach Sichuan-Küche», sagte Miles. «Ich bin auf dem Weg zu den heißen Töpfen.»

19. KAPITEL

Die alte Klimaanlage von General Electric knarrte und keuchte bronchitisch. Aber sie gab ihren heldenhaften Kampf gegen die Hitze nicht auf, die aus den dampfenden Straßen in das Chengdu sickerte.

Vielleicht war die abgestandene Luft hier im Lokal ein klein wenig kühler als die Treibhausatmosphäre draußen, aber gewiß nicht viel kühler. Die tropische Hitze war nicht ganz so brutal wie im Sommer im Hochland von Sichuan, dessen Hauptstadt dem Restaurant seinen Namen gegeben hatte, aber sie lag schwer genug über den schwarzen Kunststofftischen, den roten Lampions mit den schlaff herabhängenden Scharlachquasten und den Männern, die sich bei einem späten Mittagessen in dem Lokal drängten.

Sie waren das tropische Klima gewohnt und wirkten weder träge noch munter. Sie bewegten sich langsam, fast gleichgültig. Niemand in Singapur konnte sich an einem warmen Nachmittag Energieverschwendung leisten.

Dennoch bullerten auf allen Tischen die Messingtöpfe mit den hohen Rauchabzugszylindern und der Holzkohlenglut unter dem Kessel. Egal, wie tropisch die Hitze war, in ihrem Heimweh nach einem China, das die meisten von ihnen nie gesehen hatten, klammerten sich die Auslandschinesen an Bräuche, die sie für zutiefst chinesisch hielten. Und was konnte chinesischer sein als die Küche der Heimat?

Nur zwei Zugeständnisse machten sie dem Klima: Sie nannten die kochenden Töpfe «Dampfboote» und nicht «Feuertöpfe» wie in Nordchina, und ihre Eßstäbchen tauchten Krabben, Muscheln und Fischstücke statt der dünnen Scheiben Hammelfleisch in die Brühe, für die ein Lokal wie das Donglaixun in Peking berühmt war.

Miles wischte sich das Gesicht mit dem feuchten Handtuch ab, das der Kellner ihm gebracht hatte, und achtete dabei darauf, seine Augen nicht zu berühren, die bereits vom Rauch der Holzkohlenfeuer brannten. Vielleicht war ja im sauberen Singapur eine Vorsichtsmaßnahme überflüssig, die er aus China mitgebracht hatte, wo Trachome weit verbreitet waren. Aber eine Garantie dafür, daß das Singapur des Jahres 1955 wesentlich aseptischer war als Nanking vor zehn Jahren, gab es auch nicht.

Appetitlos kaute er getrocknete Kürbiskerne aus einer kleinen Glasschale auf dem Tisch und nippte an einem Glas, das Teeblätter wie ein Algenteppich bedeckten. Am Nebentisch hörte er den unverwechselbar breiten nördlichen Akzent der Provinz Shandong und begann zuzuhören. Die Unterhaltung war nicht besonders interessant. Dafür war sie auf Grund der unerschütterlichen Überzeugung der meisten Chinesen, daß kein Ausländer ihre einmalige Sprache verstehen kann, äußerst ungehemmt.

Die drei Männer, die sich über eine enorme Schüssel mit gewürfeltem Tofu, gehacktem Schweinefleisch und Chilischoten hermachten, waren Matrosen, und ihr Schiff lag im Hafen fest. Sie beschwerten sich bitter über ihren Kapitän und beklagten die überzogenen Preise der Huren an den Docks von Singapur. Von einem anderen Tisch her drang der Singsang von Shanghai an Miles' Ohren, aber er konnte nur ein paar Worte in dem fremden Dialekt identifizieren.

Die Hoffnung, die Gegenseite werde sich dem Lauscher in irgendeiner Weise offenbaren, war quälender als der Versuch, sich an einem Strohhalm festzuhalten. Die Erfolgsaussichten waren minimal.

Vielleicht hatte ihn Alex Cutler in die Irre geführt. Wenn das Chengdu wirklich das Hauptquartier der Gegenseite war, mußten sie mittlerweile auf ihn aufmerksam geworden sein. Als einziger Ausländer im Lokal war er so auffällig, wie es überhaupt möglich war, und draußen leuchtete der rote Porsche wie ein Fanal.

Vielleicht hätte er statt einen Alleingang zu unternehmen Alex Cutler ins Vertrauen ziehen sollen. Als Korrespondent der BBC hatte er in Singapur Zugang zu Informationsquellen, von denen Miles nur träumen konnte.

Aber es war zu spät, um von vorn anzufangen. Die Zeit wurde knapp, und er mußte sein gefährliches Spiel allein spielen. Wenn sich der Aufruhr über die Stadt ausbreitete, konnte ihn nichts mehr aufhalten, und er hatte das Spiel verloren. Er war sicher, daß Peking dann kein Interesse mehr an dem Geschäft haben würde, das es mit Montague machen wollte. Dann würde Peking viel zu beschäftigt damit sein, das Feuer der Revolution in Singapur anzuheizen.

Miles winkte dem gehetzten Kellner zu und bestellte auf chinesisch, womit er sich noch auffälliger machte. Während er auf sein *Zajiangmian*, Streifen von eingelegtem Schweinefleisch und roher Gurke auf Nudeln in Brühe, wartete, griff er zum Telefon auf der Theke. Der Kassierer hatte ihm schweigend seine Zustimmung erteilt.

«Nein, Mr. Corrigan, es tut mir sehr leid», berichtete Michael Tong aus dem Ocean Park. «Die Dame hat nicht angerufen und ist auch nicht hier gewesen. Aber vor einer halben Stunde hat jemand für Sie angerufen. Ein Mann. Ich glaube ein Chinese. Ein Chinese aus China. Er wollte keine Nachricht hinterlassen. Er hat gesagt, er ruft wieder an.»

«Wenn er anruft, sagen Sie ihm, daß ich im Chengdu bin. Die Nummer ist ... einen Augenblick ... 92 76 45. Danke, Mike.»

Es konnte nichts schaden, noch einen Köder auszuwerfen. Vielleicht war der unbekannte Anrufer nichts weiter als ein Strohhalm, der im Wind vorübertrieb. Höchstwahrscheinlich war Tanya in den Händen der Gegenseite, und vielleicht knabberte die bereits an dem Köder, den er ausgeworfen hatte. Natürlich war es auch möglich, daß es sich bei dem unbekannten Anrufer nur um einen eifrigen Verkäufer handelte, der ein paar Kunstwerke anzubieten hatte, einen eben erst angekommenen Flüchtling, der die Schätze loswerden wollte, die er aus China mitgebracht hatte. Aber was konnte ein wenig Optimismus schon schaden?

Als Miles an seinen Tisch zurückkehrte, beschleunigte sich sein Puls, und sein Herz schlug stärker. Ein Chinese mittleren Alters mit randloser Brille saß an seinem Tisch und betrachtete nachdenklich eine dampfende Schale Nudeln. Das graue Haar war über der hohen Stirn zurückgekämmt; die gestreifte Krawatte über dem weißen Hemd strahlte bürgerliche Respektabilität aus; in der Brusttasche steckte eine ganze Serie von Kugelschreibern. Der schwarze Aktenkoffer auf dem Schoß des unerwarteten Tischgenossen rundete das Bild des leitenden Bankangestellten ab, der sich schnell ein paar Minuten Zeit zum Essen nimmt.

«Sie gestatten?» Der neue Gast sprach das klare Chinesisch des Jangtsekiangtals, nicht den verwaschenen Küstendialekt von Singapur. «Es war sonst kein Platz frei.»

Miles' Pulsschlag wurde noch heftiger, obwohl er dem Fremden scheinbar uninteressiert zunickte. Die Tatsache, daß man ihn auf chinesisch angesprochen hatte, war soviel wert wie eine offene Erklärung. Ein Bankangestellter aus Singapur würde einen unbekannten Weißen normalerweise auf englisch anreden.

«Von wo kommen Sie?» fragte er.

Genau wie in Amerika stellte diese Frage zwischen Chinesen, die einander zum erstenmal treffen, eine normale Höflichkeitsfloskel dar. Aber jetzt konnte sie eine zusätzliche Bedeutung vermitteln, falls der Fremde das so sehen wollte.

«Aus dem Norden», antwortete der Mann, der aussah wie ein Bankangestellter. «Und Sie, mein Herr?»

«Aus dem Westen», antwortete Miles ebenso unverbindlich. «Aber darf ich fragen, von wo im Norden Sie kommen? Kuala Lumpur? Alor Star?»

«Viel weiter nördlich!» Die Augen hinter der randlosen Brille zwinkerten ihm zu. «Noch weiter nördlich als Bangkok.»

«Ich verstehe.» Miles schlang ein paar Nudeln um seine Stäbchen. «Das ist sehr interessant.»

«Eigentlich nicht. Ich bin nur ein armer Kaufmann. So gut wie völlig uninteressant. Sie müssen lange in China gelebt haben, so gut, wie Sie meine Sprache sprechen.»

«Guojiang! Guojiang!» antwortete Miles mit einer altmodischen Bescheidenheitsformel. «Nicht mein Verdienst! Nicht mein Verdienst! Ich bin sicher, daß Sie ein interessantes Leben führen, und ich bin daran interessiert, etwas Neues zu erfahren.»

«Vielleicht kann ich da etwas für Sie tun.» Der nichtssagende Ton veränderte sich kein bißchen. «Zufällig habe ich ein interessantes Beispiel chinesischen Kunsthandwerks dabei.»

Der Fremde öffnete den Aktenkoffer und zog eine kleine

Abendhandtasche aus schwarzem Samt hervor, die mit einem weißen Kranich bestickt war. Das war die Handtasche, die Tanya in der Hand hielt, als sie letzten Abend sein Zimmer betreten hatte. Miles jubilierte innerlich. Sie hatten seinen Köder geschluckt. Dann wurde ihm die volle Bedeutung der Handtasche schockartig bewußt: Sie bewies, daß Tanya gefangen war.

Aber immerhin hatte die Gegenseite begonnen, an seinem Köder zu knabbern, und glaubte dabei, ihn an der Angel zu haben. Nur wenn er den Köder schluckte, konnte er Tanya helfen.

«Interessante Arbeit.» Er öffnete den Verschluß mit dem goldenen Drachen. «Ist sie verkäuflich?»

«Vielleicht! Unter gewissen Bedingungen. Bitte, beachten Sie die Handarbeit auf der Innenseite. Sie dürfte Sie interessieren.»

Miles zog einen Zettel heraus, der in Druckbuchstaben auf englisch beschrieben war:

Sie haben das Beweismaterial gesehen und sollten Ihre eigenen Schlußfolgerungen ziehen. Wir haben etwas, worauf Sie Wert legen, und Sie haben etwas, worauf wir Wert legen. Ein Austausch ist möglich, wenn die notwendige Vorsicht und Vertraulichkeit beachtet werden. Sie müssen das, worauf wir Wert legen, besorgen. Wir rufen heute abend an und erteilen weitere Instruktionen.

«Interessant», bemerkte Miles trocken. «Sehr interessant!»

«Sie haben verstanden?» fragte der Bote besorgt. «Alles verstanden?»

«Es kommt mir sehr klar vor.»

«Und Sie sind einverstanden?»

«Ich bin nicht sicher, ob ich den Preis aufbringen kann», sagte Miles ausweichend. «Im Augenblick habe ich das Erwünschte nicht.»

«Aber Sie können es besorgen?»

Die dunklen Augen hinter der randlosen Brille wirkten ernsthaft und besorgt.

«Möglicherweise, ja. Natürlich müßte ich einen Qualitätsbeweis Ihrerseits erhalten. Die Ware muß unbeschädigt sein. Und ich muß sie sehen, bevor ich bezahle.»

«Ich kann nichts zusagen», antwortete der unechte Bankangestellte. «Ich bin nur der Bote. Aber meine Auftraggeber werden sich mit Ihnen in Verbindung setzen.»

«Gut», grunzte Miles durch einen Mundvoll Nudeln hindurch. «Das sollen sie ruhig tun. Aber ich verspreche nichts. Ich könnte mich auch entschließen, den Preis nicht zu zahlen, selbst wenn ich es kann.»

«Aber Sie sind interessiert?» fragte der Fremde nachdrücklich.

«Interessiert, ja. Begeistert, nein. Ihre Ware ist für mich nicht von überwältigendem Interesse. Andere, besonders eine Person, sind weitaus interessierter. Diese Person wäre sehr ärgerlich, wenn die Ware in irgendeiner Weise beschädigt würde. Schließlich ist es eigentlich seine Ware und hat ihm von Anfang an gehört.»

«Schon, aber er hat vieles Ähnliche. Ich glaube nicht, daß er so großen Wert auf dieses Exemplar legt.»

«Er hat kein so vollendetes Stück», erwiderte Miles. «Er wäre wütend, wenn die Ware beschädigt wäre.»

«Aye-yah!» Der Fremde blickte auf die Armbanduhr. «Ich muß gehen.»

Er warf einen roten Fünfdollarschein auf den Tisch, griff nach der Tasche, schloß den Aktenkoffer und verschwand innerhalb von zwanzig Sekunden durch die Tür.

Miles blieb ruhig sitzen, bis die Tür zuschlug. Dann bewegte er sich noch schneller als der Bote. Er warf eine Banknote auf den Tisch, raste durch die Küchentüre und lief an zwei verschwitzten Köchen vorbei, die nichts außer weiten Unterhosen und Holzschuhen trugen. In weniger als dreißig Sekunden hatte er das Lokal durch die offenstehende Hintertür verlassen und befand sich in einer mit Krabbenschalen, Hühnerköpfen und Schweineinnereien übersäten Gasse.

Als er um die Ecke kam, sah er befriedigt, wie der Bote am anderen Ende der Straße auftauchte. Der Mann lief eilig die Straße entlang und wich dabei den Kisten und Kästen aus, die von Lastwagen abgeladen wurden. Er bog am Telegrafenamt rechts ab und mischte sich unter die Menschenmenge auf dem Wochenmarkt. Offenbar war der Bote auf dem Weg zum Hafen.

Für einen rothaarigen Ausländer, der fünfzehn Zentimeter größer war als die Leute um ihn herum, war es so gut wie unmöglich, einen Chinesen in Singapur unbemerkt zu beschatten. Aber wenn er sich bückte, bot ihm die dicht gedrängte Masse kurzfristig Deckung. Und der rote Porsche, der immer noch so auffällig vor dem Restaurant stand, war ein nützliches Ablenkungsmanöver.

Eine zwei Meter breite Rolle Zeitungspapier rollte über eine Ladebahn und hätte Miles fast zu Boden gerissen. Er wich ihr in letzter Minute aus und sah aus dem Augenwinkel, wie die Arbeiter grinsten. Er nahm Zuflucht hinter einem riesigen Kühlwagen, von dem Rinderhälften abgeladen wurden. Das weiße Hemd seiner Beute verschwand in der Menge. Dennoch blieb der Bote, als er in den schmalen Gang zwischen zwei Ständen mit Gemüse und Geflügel glitt, an der schwarzen Aktentasche identifizierbar.

Zwei schwitzende Kulis mit nacktem Oberkörper, die eine schwere Kiste mit westdeutschen Maschinenteilen schleppten, schoben sich in den Gang und stießen dabei ihre kreischende Warnung aus: «Hu-hu! Hu-hu!» Miles schloß sich ihnen an. Sie bildeten eine vollkommene Deckung. Die Standbesitzer waren an das verrückte Treiben von Ausländern gewöhnt und schenkten seinem vorsichtigen Vormarsch keine Beachtung.

Miles hielt nach dem Glitzern einer randlosen Brille Ausschau, aber seine Beute warf keinen Blick zurück. Der Mann war mit seinem Auftrag beschäftigt und schien sicher zu sein, daß seine Spießgesellen Corrigan aufhalten würden. Aber diese Spießgesellen bewachten noch immer ahnungslos den Porsche.

Eine schmale Gasse führte vom Markt zu den Docks. In unregelmäßigen Abständen standen die Türen leerstehender Lagerhäuser offen. Im Dunkel der Gasse beschleunigte der Bote seine Schritte. Miles machte dem Versteckspiel ein Ende und ging zu einer schnelleren Gangart über. Bei dem Geräusch seiner Schritte drehte sich sein Opfer um, aber es war zu spät.

Miles preschte vor, stürzte sich auf den Chinesen und riß ihn auf das schmutzige Pflaster. Bevor dieser sich von dem Schreck erholen konnte, drehte Miles ihm den rechten Arm auf den Rücken und zerrte ihn in eine dunkle Einfahrt.

Die Nahkampfausbildung, die er seinerzeit gehaßt hatte, kam ihm nun zugute. Er brauchte keine Waffe zu tragen, die als Beweisstück gegen ihn verwertbar war, und er brauchte seinen Gegner nicht unbedingt zu verletzen. Außerdem konnte brutaler Körpereinsatz einschüchternder wirken als die Drohung mit einer Schußwaffe. Er riß den Arm des Boten ein paar Zentimeter in die Höhe. Sein Opfer schrie vor Schmerz und Angst auf.

«Wenn du weglaufen willst, breche ich dir den Arm», flüsterte Miles. «Bleib ganz ruhig!»

«Was wollen Sie?» ächzte der Mann. «Lassen Sie mich los!»

«Wo wird sie gefangengehalten? Wo ist dein Chef?»

«Das kann ich Ihnen nicht sagen.»

Ohne sich um den Schmerz in seiner eigenen angeschlagenen Schulter zu kümmern, suchte Miles mit dem Daumen nach der verletzlichen Stelle anderthalb Zentimeter unter dem Ohr seines Gegners. Er wußte, wie unerträglich der Schmerz war und daß ein klein wenig mehr Druck tödlich sein konnte. Dem Boten quollen vor Schmerz die Augen aus dem Kopf.

«Wo sind sie?» wiederholte Miles. «Schnell, oder ich erledige dich. Fünf Zentimeter tiefer, und du bist tot. Und es wird ein schmerzhafter Tod sein.»

Miles verstärkte den Druck. Er wußte, was für Qualen der Mann litt. Er verabscheute Terror, aber er war bereit, ihn auszuüben. Er wollte den Mann nicht töten, auch wenn er wußte, daß eine weitere Leiche in einem Straßengraben von Singapur in dieser Zeit der Unruhen nicht viel Aufsehen erregen würde. Aber wenn der Mann bewußtlos oder tot war, konnte er nicht sprechen.

Es war nicht einfach, genug Druck auszuüben, ohne zu weit zu gehen. Miles änderte seinen Würgegriff und rückte den Arm des Mannes so weit nach oben, daß er fast hören konnte, wie die Sehnen rissen und der Ellbogen aus dem Gelenk brach.

«Goula! Goula!» brüllte der Bote. «Genug! Genug! Ich sage alles.»

Miles' eiserner Griff ließ ein wenig nach. Aber er schob den Daumen in die Höhlung, wo der Schädel aufhörte und die Nervenstränge zusammenliefen.

«Schnell!» befahl er. «Sofort!»

«Lassen Sie mich los», winselte der Bote. «Ich kann so nicht sprechen… kann nicht denken.»

Miles' Daumen berührte die angespannten Nerven unter der geröteten Haut beinahe. Seine eigene angeschlagene Schulter tat weh. Das unsichtbare Band gemeinsamen Schmerzes verband den Folterknecht und sein Opfer.

«Jetzt!» befahl er. «Keine Ausreden mehr!»

«Sie sind in… Aber das sagt Ihnen nichts, wenn ich es Ihnen nicht zeige.»

«Sag es mir erst!»

Er drehte den Arm seines Opfers einen Zentimeter höher, und der Mann schrie wieder auf. Er würde seinen rechten Arm eine Woche lang nicht benützen können. Vielleicht würde er ihn nie wieder ganz unbeschwert benützen. Miles verspürte einen Anflug von Mitleid, aber er hatte keine Wahl.

«Sie sind…»

Hinter sich hörte Miles das Klappern eiliger Schritte. Er preßte die linke Hand vor den Mund seines Opfers und drehte sich in der Einfahrt um, so daß er mit dem Gesicht zur Gasse stand. Ein plötzlicher Schmerz durchfuhr ihn, als der Chinese seine Zähne in Miles' Handfläche grub.

«Jiuming! Waiguoren sha zhongguo tongzhi!» schrie der Bote. «Hilfe! Ein Ausländer bringt einen chinesischen Genossen um!»

Im Eilschritt stürzten chinesische Oberschüler in die Einfahrt. Ein Baseballschläger prallte an Miles' Schulter ab, und eine Welle von Schmerz strömte durch seinen ganzen Körper. Er ließ seinen Gefangenen los und nahm eine kauernde Verteidigungshaltung an. Aber ein Hagel von Schlägen brach über ihn herein, und er fiel auf die glatten Pflastersteine.

20. KAPITEL

Der ganze Raum hob und senkte sich in gleichmäßigem Rhythmus. Rauhe Fasern fuhren kratzend über Miles' Gesicht, wenn er willenlos von einer Seite zur anderen rollte. Quälende Stiche krallten sich mit spitzen Klauen in seine Schläfen, und in Brustkorb und Schultern pulsierte dumpfer Schmerz. Er ließ sich in die schützende Dunkelheit fallen und kam dann allmählich wieder zu Bewußtsein. Wie ein verwundeter Delphin kam er an die Oberfläche, sank wieder in die Tiefe zurück und wurde aufs neue nach oben getragen. In einer der Perioden wachen Bewußtseins hörte er Wasser gegen Eisen schlagen, und ein durchdringender Geruch nach Schimmel und Moder schnürte ihm die Kehle zu.

Mit konzentrierter Anstrengung öffnete Miles die Augen und entdeckte, daß sein Hemd von Schleim und Erbrochenem bedeckt war. Die Schwaden von billigem Whisky, in die sein Haar und seine Kleider getränkt waren, ließen ihn schwindeln. Automatisch suchte er nach einer Zigarette und fand keine. Er versuchte, sich über seine Lage klarzuwerden.

Eine grobe Wolldecke bedeckte das schmale Bett, auf dem er lag. Seine Nackenmuskeln protestierten, als er den Kopf hob und sich umsah. Das kleine Waschbecken neben der schweren Stahltür war von Kohlenstaub und schwarzen Haarsträhnen verklebt. Voll Erbarmen blickte der Vorsitzende Mao von einem bunten Plakat an der Wand auf sein

Elend. Oder verzog sich der Mund in dem rundlichen Gesicht über der Parole «Dem Volke dienen» eher zu einem hämischen Grinsen? Durch das kleine Bullauge neben dem Plakat fiel ein heller Sonnenstrahl.

Von Widerwillen gegen sich selbst gepackt, mußte Miles sich eingestehen, daß er versagt hatte. Er war nicht mehr auf der Jagd, sondern der Jäger war zum gehetzten Wild geworden. Die Gegenseite hatte ihn entführt und auf einem Schrottdampfer aufs hohe Meer geschickt, um sich seiner zu entledigen. Aber das gleichmäßige Schlingern des Schiffs war ruhig und sanft, und er konnte das Dröhnen der Maschinen nicht hören. Er zwang sich aufzustehen und humpelte, sich gegen die Wand stützend, zum Bullauge.

Er sah einen Sonnenuntergang über Singapur, der an ein Plakat des Fremdenverkehrsvereins erinnerte. Ganz rechts ragte der Zikkurat des Cathay Building in den Himmel. In der Mitte drängten sich die Dschunken in der Flußmündung unter dem soliden kolonialen Grau des Fullerton Building. Der grüngedeckte Clifford Pier, den Schwärme von kleinen Booten umgaben, war kaum mehr als einen Kilometer entfernt. Das Schiff war nicht auf Fahrt oder jedenfalls noch nicht.

Miles fiel der Verzweiflung nahe auf das Bett zurück und stützte den Kopf in die Handfläche. Der Schmutz, der ihn bedeckte, war ihm so unerträglich, daß er sich aufraffte, sich das zerrissene Hemd vom Leibe riß und zum Waschbecken stolperte. Der winzige Hahn gab ein paar Tropfen rostiges Salzwasser frei. Er wusch Gesicht und Oberkörper und fuhr dabei jedesmal vor Schmerz zusammen, wenn er wieder an eine wunde Stelle kam. Nach der Prozedur war er zwar kaum sauberer als zuvor, aber seine Gedanken waren weniger wirr. Er schüttelte den Kopf, um seine Nackenmuskulatur zu entspannen, und die Muskelstränge protestierten wieder mit nadelscharfen Stichen.

Quietschend öffnete sich die Metalltür, und ein unglaublich fetter Chinese zwängte sich in die Kabine. Er war mindestens einen Meter neunzig groß und hatte einen Kopf wie eine Wassermelone. Er trug Leinenhosen mit Farbflecken und ein durchgeschwitztes Unterhemd. Die russische Tokarev-Pistole wirkte in seiner riesigen Hand wie ein Kinderspielzeug.

«Mr. Corrigan, Sie haben mir sehr viel Ärger bereitet», sagte er mit hoher Stimme, aber in akzentfreiem Englisch. «Ich bin sehr unzufrieden mit Ihnen.»

«Und ich könnte es ohne Ihre Gastfreundschaft aushalten», antwortete Miles.

«Sie hätten meinen Boten nicht angreifen sollen. Es ist erstaunlich, wie wenig ein betrunkener ausländischer Seemann im Hafen von Singapur auffällt.»

«Miss Tans Vater wird nicht davon begeistert sein, daß Sie sie entführt haben.»

«Mr. Corrigan, Sie sind ein gefährlicher Mann, und die größte Gefahr stellen Sie für sich selbst dar. Überlassen Sie die Sorge um Mr. Tan ruhig mir.»

«Was wollen Sie?»

«Das müssen Sie doch wissen! Ich brauche Mr. Montagues Schuldschein.»

«Das habe ich Ihrem Mann doch gesagt: Ich habe ihn nicht.»

Das freundliche Lächeln auf den vollen Lippen änderte sich um keinen Deut. Aber die Hand mit der Pistole schoß plötzlich vor, versetzte Miles einen Schlag und schleuderte ihn in die Ecke.

«Mr. Corrigan, Sie dürfen mich nicht anlügen», sagte der

Chinese milde. «Ich weiß, daß Sie den Schuldschein besitzen. Und ich will ihn haben.»

Miles blieb schweigend sitzen und versuchte, seine Kräfte zu sammeln. «Und wenn ich den Schein nicht habe», fragte er schließlich, «oder ihn nicht beschaffen kann?»

«Mr. Corrigan, ich habe Ihre Akte gelesen, und zwar gründlich. Wir wissen, daß Sie fast so stur wie gierig sind. Wir wissen auch, daß Sie kein Vollidiot sind.»

«Xiexie zhuren», murmelte Miles höflich. «Vielen Dank, mein Gastgeber.»

«Sprechen Sie Englisch! Ich kann Ihr verhunztes Chinesisch nicht anhören. Sie sind kein Vollidiot, und nur ein Idiot würde für ein Gemälde sein Leben opfern. Was für ein ästhetischer Genuß oder finanzieller Gewinn wird für Sie herausspringen, wenn wir Sie mit ein paar Kettengewichten an den Füßen über Bord werfen?»

«Und wenn ich ihn hätte? Wohlgemerkt, ich sage nicht, daß ich ihn habe, denn ich habe ihn nicht. Aber wenn ich den Schuldschein auftreiben könnte, wo wäre ich dann? Was für Garantien für meine Sicherheit würden Sie mir geben?»

«Endlich fangen Sie an, wie ein vernünftiger Mensch zu reden», sagte sein Wärter. «Ihre Freiheit gegen den Schuldschein. Anschließend sind Sie auf sich selbst gestellt. Sie können Schutz suchen, wo sie wollen, oder, was besser wäre, Singapur verlassen.»

«Und dann werden mich Ihre Leute verfolgen!»

«Sie sind von einer unvorstellbaren Eitelkeit besessen, Mr. Corrigan. Wenn ich den Schuldschein einmal habe, sind Sie von keinerlei Interesse mehr für mich.»

Der dicke Mann öffnete die Kabinentür und verließ den Raum. Eine schmale Gestalt in einem zerrissenen violetten Abendkleid nahm seine Stelle ein.

«Eine halbe Stunde, Mr. Corrigan.» Dröhnend fiel die Stahltür ins Schloß. «Sie haben eine halbe Stunde Zeit, sich zu entscheiden.»

Miles stand mühsam auf, und Tanya fiel in seine Arme. Sie schien so gut wie nichts zu wiegen.

«Miles!» Ihre Sprache war klar akzentuiert, aber die Stimme war heiser. «Was wird jetzt aus uns?»

«Laß dich anschauen!» Er küßte sie auf die Wange. «Was haben sie dir getan?»

Sie klammerte sich an seine Hand und trat einen Schritt zurück, und er sah den dunkelblauen Fleck in ihrem Gesicht. Das Kleid mit den hohen Seitenschlitzen war ihr viel zu groß.

Tanya wandte ihm den Rücken zu und ließ das Kleid von den Schultern gleiten. Mit hilfloser Wut sah er auf die scharlachroten Narben, die ihren Rücken wie ein Netz überzogen.

«Daran bin ich schuld», sagte er, «ich allein!»

«Ich bin selbst schuld. *Ich* habe dir den Schuldschein gebracht. *Ich* habe dich da hineingezogen. Und jetzt habe ich dich verraten.»

«Was ist geschehen?»

«Sie haben mich geschlagen. Du siehst es ja. Ich konnte es einfach nicht glauben, daß mir so etwas geschieht, mir, Morgan Tans Tochter! Und dann, Miles, habe ich ihnen gesagt, daß du den Schuldschein hast.»

«Was hättest du sonst tun sollen?» tröstete er sie. «Uns hat man damals eine Regel eingebläut: Versucht nicht, den harten Mann zu spielen. Sagt ihnen, was sie wissen wollen, bevor sie euch umbringen. Dann habt ihr wenigstens eine Chance zu überleben.»

«Nun gut, ich habe es ihnen gesagt», gestand sie bekümmert. «Ich habe ihnen alles gesagt. Ich habe gedacht, du würdest ihnen den verdammten Schuldschein geben, und dann würden sie mich laufenlassen. Ich kann mir nicht vorstellen, daß mein Vater will, daß man mir weh tut.»

«Das kann ich letzten Endes auch nicht.»

«Das kommt alles von meiner Dummheit», beschuldigte sie sich selbst, «von meiner idiotischen blinden Vertrauensseligkeit. Maggie war mit ihrem Vater nach Kuala Lumpur gefahren. Aber ihr jüngerer Bruder war zu Hause. Er ist fünfzehn und besucht die Vaterländische Mittelschule. Ich habe ihn gebeten, niemandem zu erzählen, wo ich bin, und er hat es mir versprochen. Bei seinem familiären Hintergrund – dem Reichtum und dem verbissenen Antikommunismus seines Vaters – wäre ich nie auf die Idee gekommen...»

«Ja?»

«Er ist mit zwei Schulfreunden wiedergekommen, Jungen von achtzehn oder neunzehn Jahren. Sie haben mir eine Predigt über Loyalität zum chinesischen Vaterland gehalten, mich als Verräterin bezeichnet. Maggies Bruder hat damit angegeben, daß er der stellvertretende Chef des Mordkommandos Nr. 13 sei. Dann haben sie mich gezwungen mitzukommen.»

«Wenn irgend jemand schuld daran ist, dann ich», sagte er. «Ich hätte dich vor allen und jedermann warnen sollen.»

«Miles, ich habe mich benommen wie ein verwöhntes Kind. Ich wollte meinem Vater weh tun, aber ganz zutiefst habe ich weiterhin geglaubt, er werde mich beschützen.»

«Illusionen sind hartnäckig, Tanya Tan.» Er ging absichtlich hart mit ihr um, um sie aus ihrem Kummer und Selbstmitleid zu reißen. «Aber irgendwann müssen wir alle erwachsen werden.»

Er wollte ihr Zeit lassen, zu sich zu kommen. Also wandte er sich von ihr ab und versuchte, den Kopf durch das Bullauge zu schieben. Es war offensichtlich zu klein, und er hatte keine Chance, sich durchzuzwängen. Tanya würde es vielleicht schaffen, aber sie konnte nicht bis ans Ufer schwimmen, und nach Einbruch der Dunkelheit waren die Sampans im Hafen selten. Ein schriller Schrei ließ ihn zurückfahren. Unmittelbar neben seinem Ohr schlug eine Eisenkette gegen den rostigen Schiffsrumpf. Eilig zog er den Kopf wieder ein.

«Weißt du, was für ein Schiff das ist?» fragte er.

«Die *Haiwang*», antwortete sie stumpf. «Sie führt die Flagge der Volksrepublik China.»

Miles war klar, daß die *Haiwang* einen nahezu perfekten Stützpunkt für die Gegenseite abgab. Er hatte den abgetakelten alten Dampfer mit der roten Flagge und den goldenen Sternen der Volksrepublik im Hafen liegen sehen. Er lag dort schon seit sechs Monaten vor Anker und bildete trotz seiner bizarren Geschichte keine Touristenattraktion mehr.

Von Roststrähnen überzogen, war der Frachter mit seiner rebellischen Mannschaft in den Hafen von Singapur eingelaufen. Der Kapitän war der weißen Sonnenflagge der chinesischen Nationalisten treu geblieben, die damals noch über dem schmutzigen Heck der *Haiwang* wehte. Aber die Mannschaft unter Führung des Zweiten Offiziers hatte ihre Loyalität zu Peking erklärt. Kapitän und Erster Offizier hatten das Schiff verlassen und waren nach Taiwan, der letzten Festung der Nationalisten, zurückgekehrt.

Die Gerichte von Singapur hatten wenig Lust, Peking vor den Kopf zu stoßen und die britische Handelsbilanz zu schädigen, indem sie den gordischen Knoten aus internationalem Seerecht und chinesischer Politik durchschnitten. Die Richter hatten dem Schiff das Auslaufen verboten, sonst aber nichts unternommen. Deshalb lag die *Haiwang* noch immer vor Anker und war im juristischen Sinne ein Schiff ohne

Nationalität, obwohl sie weiterhin die rote Flagge Pekings zeigte. In Singapur lief der Witz um, bald werde sie ohnehin nicht mehr auslaufen können, weil sie auf den Tausenden von leeren Soja- und Reisschnapsfläschchen festliege, die die Mannschaft über Bord geworfen hatte.

«Wenigstens werden wir vorläufig nicht auslaufen», lachte Miles. «Vermutlich sogar niemals.»

«Wir sind zwar nur anderthalb Kilometer vom Clifford Pier entfernt, aber wir könnten genausogut in Peking sein. Niemand darf an Bord kommen. Miles, was können wir tun?»

«Wir werden ihnen den Schuldschein geben. Was können wir sonst schon tun?»

«Werden sie uns dann laufenlassen?»

«Wer weiß?» Er zuckte die Achseln. «Noch können wir verhandeln.»

Die Stahltür öffnete sich scheppernd. Der sportliche junge Chinese, der die Kabine betrat, trug die zwei Goldstreifen eines Schiffsoffiziers auf den Achselstücken seines kurzärmeligen weißen Hemds. Er lächelte und zog ein rotgoldenes Zigarettenpäckchen der Marke *Tiananmen* aus der Brusttasche. Dankbar nahm Miles zwei an, eine für Tanya und eine für sich. Er zündete die Zigarette am Goldfeuerzeug des Zweiten Offiziers an und zog den süßlichen Tabakrauch tief in die Lungen.

«Bitte, tun Sie nichts, was Sie bereuen würden», riet ihm der Offizier auf chinesisch. «Sie haben Genossen Yang, unseren politischen Kommissar, kennengelernt. Manchmal ist er wenig zartfühlend.»

Miles fuhr sich vorsichtig über das Kinn, auf dem der Handrücken des dicken Mannes einen blauen Fleck hinterlassen hatte.

Der Offizier fragte: «Haben Sie sich entschieden?»

«Was genau», fragte Miles, «wollen Sie von uns?»

«Lassen Sie das, Mr. Corrigan», sagte der Offizier milde lächelnd. «Sie wissen, was wir wollen, und wahrscheinlich auch warum.»

«Und außerdem weiß ich, daß Sie mich zu bluffen versuchen, egal, was für Drohungen Kommissar Yang ausstößt. Sie können mich nicht einfach verschwinden lassen. Wenn Sie mich töten, bevor Sie den Schuldschein haben, bricht Ihr Plan zusammen. Und Sie können Miss Tan nicht bedrohen. Wenn Ihr Chef rauskriegt, daß sie mißhandelt worden ist, werden Sie Ärger bekommen.»

«Mr. Corrigan, Sie sind verwirrt.» Arrogant lächelnd zündete der Zweite Offizier sich eine Zigarette an. «Mr. Morgan Tan ist ein Mitarbeiter, den ich sehr schätze, aber nicht mein Vorgesetzter.»

«Sie versuchen immer noch, mich zu bluffen.»

«Nein, Mr. Corrigan. Sie verkennen meine Position, und Sie überschätzen Ihre eigene Bedeutung. Man würde Sie nicht vermissen, wenn Sie verschwinden. Allenfalls könnte in ein paar Monaten ein Beamter von der Einwanderungsbehörde entdecken, daß Sie nach Singapur eingereist und nicht wieder ausgereist sind.»

Er schnippte mit dem Fingernagel eine Tabakkrume von den Zähnen.

«Aber ich hege nicht den Wunsch, Miss Tan oder Sie zu töten, auch wenn Genosse Yang da vielleicht anderer Meinung ist. Wenn Sie uns den Schuldschein zurückgeben, den Sie gestohlen haben, können wir Sie freilassen und Miss Tan nach Hause schicken, wo ihr Vater sie bestrafen kann.»

«Wie könnten Sie uns denn freilassen?»

«Das ist einfach: Es gibt nichts, das Sie tun könnten. Selbst wenn Sie sich mit Ihrer melodramatischen Geschichte an die zuständigen Stellen wenden sollten, könnten Sie nichts beweisen. Mr. Montague würde alles leugnen, sein Rollbild in Sicherheit bringen ... und tun, was wir von ihm verlangen.»

Miles verfluchte seine eigene Dummheit. Erst jetzt, lange nachdem er das Bild hätte erkennen sollen, fielen die Teile des Puzzles an ihren Ort. Alex Cutler hatte von dem Gerücht gesprochen, daß einer der fünf Abzuschiebenden eine Schlüsselrolle für die Aktivitäten Pekings in Südostasien spiele. Offensichtlich wurde Montague unter Druck gesetzt, um den Abschiebebescheid zurückzunehmen. Endlich verstand Miles, was Peking vorhatte. Aber es war zu spät, Nutzen aus seinem Wissen zu ziehen.

«Ohne den Schuldschein können Sie nichts tun», versuchte er Zeit zu gewinnen. «Sie können uns töten oder weiter festhalten. Das kommt auf das gleiche heraus. Wenn Sie den Schuldschein nicht haben, haben Sie das Spiel verloren.»

Demonstrativ geduldig seufzend, setzte sich der Zweite Offizier auf das Bett. Durch eine Wolke von Tabakrauch sagte er: «Ich werde es Ihnen genauer erklären, obgleich auch meine Geduld nicht unbegrenzt ist. Genosse Yang ist, wie Sie wissen, sehr ungeduldig.»

«Sprechen Sie!» sagte Miles.

«Nur meine Abneigung gegen unnötiges Töten hat Sie bisher am Leben gehalten. Betrachten Sie doch einmal die objektiven Bedingungen. Inzwischen muß Ihnen doch klargeworden sein, daß es auf das gleiche herauskommt, ob ich den Schuldschein, den Sie für so wichtig halten, besitze oder nicht.»

«Natürlich ist er wesentlich», unterbrach ihn Miles. «Kein Schuldschein bedeutet kein Druckmittel gegen Montague. Dann ist ihr Plan zum Scheitern verurteilt.»

«Mr. Corrigan! Sollte ich Ihre Intelligenz überschätzt haben? Es ist vollkommen unwichtig, ob ich den Schuldschein habe oder nicht, solange Mr. Montague *glaubt*, daß ich ihn habe, und *weiß*, daß er ihn nicht hat.»

«Sie müssen ihn doch irgendwann einmal vorlegen.»

«Das glaube ich nicht. Bei Mr. Montagues natürlicher Feigheit genügt die Drohung. Zu Ihrem Glück bin ich immer noch nicht frei von bürgerlichen Konventionen. Ich würde Mr. Montague ungern belügen, und ich würde es vorziehen, Ihnen nichts antun zu müssen. Infolgedessen bin ich bereit, gewisse Zugeständnisse zu machen, um den Schuldschein in die Hände zu bekommen. Aber diese Bereitschaft hat ihre Grenzen. Und ich bin nicht mehr bereit, längere Zeit zu warten.»

Der Gedankengang war einleuchtend, sagte sich Miles, einleuchtend, aber nicht ganz überzeugend. Sicher war Montague gierig, und vielleicht war er auch feige. Aber er war nicht dumm. Er würde nichts tun, bevor er den Schuldschein in Händen hielt, den Schuldschein und unanfechtbare Garantien für die Zukunft. Der Schuldschein war immer noch der Eckstein des Gebäudes, und Miles Corrigan hatte den Schuldschein.

Dennoch sagte er: «Sie haben gewonnen. Ich *kann* den Schuldschein besorgen, aber...»

«Jetzt werden Sie vernünftig», lächelte der Offizier. «Fahren Sie fort!»

«Aber Miss Tan muß freigelassen werden, bevor ich ihn an Sie übergebe.»

«Unsinn! Wenn Sie nicht vernünftig werden, hole ich den Genossen Yang wieder rein. Sie bleiben beide hier, bis ich den Schuldschein habe.»

«Das ist leider unmöglich», sagte Miles. «Ich bin der einzige, dem der Schuldschein ausgehändigt wird. Die Bank wird ihn einem Boten nicht mitgeben.»

«Dann bleibt Miss Tan als Pfand für Ihr korrektes Verhalten hier.»

«Und was für eine Garantie habe ich für gutes Verhalten Ihrerseits?»

«Ich fürchte gar keine außer der Tatsache, daß ich mich entschlossen habe, Sie nicht zu töten. Außerdem könnte ein Skandal meine Pläne, wenn auch nur geringfügig, behindern.»

«Ich bin in Ihren Händen. Man könnte mich nicht einmal durch einen Gerichtsbeschluß befreien.»

«Ganz richtig», antwortete der Offizier. «Auf der *Haiwang* befinden Sie sich praktisch auf chinesischem Boden. Aber wir sind daran interessiert, daß etwas geschieht, nicht an Gerede. Wenn ich Mr. Montague eine Quittung übergeben habe, kann er sich gegen ungerechtfertigte Vorwürfe jeder Art zur Wehr setzen. Aber es wäre störend, wenn Gerüchte über Miss Tans Verschwinden an die Öffentlichkeit dringen würden. Das ist Ihre Garantie.»

«Er hat recht, Miles», warf Tanya ein. «Sie werden mir nichts tun. Mein Vater ist ihnen zu wichtig, und sie kennen seinen jähzornigen Charakter. Es ist alles ganz einleuchtend. Von ihrem Standpunkt aus gesehen, darf ich nicht auf der *Haiwang* gefunden werden.»

«Tun Sie, was die Dame sagt, Mr. Corrigan», riet ihm der Zweite Offizier. «Ich lasse Sie morgen mit einem meiner Leute an Land bringen. Sobald er den Schuldschein übergibt, wird Miss Tan freigelassen.»

«Sie lassen mir keine andere Wahl», stimmte Miles unwillig zu. «Aber wenn ihr irgend etwas zustößt, sind Sie verwundbar. Und ich werde Sie zerstören.»

«Darüber werden wir uns Sorgen machen, wenn es soweit ist.» Der Offizier lächelte. «Hier ist Ihre Brieftasche. Es fehlt nichts. Sie enthielt nicht das, was wir erhofft hatten, aber wir sind keine Diebe.»

«Diebe sind Sie vielleicht nicht», erwiderte Miles, «aber Mörder sind Sie.»

«Ich war es nicht, der die Loge zum Grünen Lotos ins Spiel gebracht hat.»

Absichtlich provozierend fragte Miles: «Und der Tod des großen chinesischen Gelehrten Dr. Turner Li?»

«Wir wollten nur, daß er von der Szene verschwindet. Mr. Morgan Tans Agenten waren übereifrig.»

«Und die Flugzeugentführer auch?»

«Die Regierung der Volksrepublik bedauert den Tod der drei Kinder, die anschließend gestorben sind. Es war schwierig, das Gas genau richtig zu dosieren.»

Miles, der nichts von diesen Todesfällen gewußt hatte, rief wütend aus: «Aber die Kinder sind tot, und andere sind verletzt worden!»

«Eine Revolution kann nicht zart und rücksichtsvoll vorgehen», verkündete der Offizier. «Wie der Vorsitzende Mao erklärt hat: Eine Revolution ist kein Kaffeekränzchen.»

21. KAPITEL

Grapscher Wu war unter den Kindern, die sich mit laufender Nase auf den schlammigen Gassen des verarmten Fischerdorfs an der Küste der Provinz Fujian herumtrieben, schon früh aufgefallen. Im zarten Alter von fünfzehn Monaten legte er bereits die unersättliche Gier an den Tag, die ihm später seinen Spitznamen eintragen sollte. Jedesmal wenn seine Mutter sich abwandte und sich über den Holzkohlenkessel beugte, schnappte er eine fettige Wurst oder einen Entenhals aus der Eßschale seiner dreijährigen Schwester. Wenn sich die Mutter, von den Schreien ihrer Tochter aufgeschreckt, umdrehte, waren alle Beweise seiner Gefräßigkeit in seinem unersättlichen Schlund verschwunden, seine Schwester bekam eine Ohrfeige, und er wurde zum Trost an die Brust gelegt.

Er war der Junge, der zukünftige Träger des Familiennamens. Sie war nur ein Mädchen, das man füttern mußte, bis man es mit sieben Jahren als zukünftige Schwiegertochter und Hausangestellte an eine wohlhabende Familie verkaufen konnte.

Mit vier hatte sich Grapscher seinen Spitznamen redlich verdient. Seine knochigen Fäuste versetzten all die kleinen Jungen, deren Hosen hinten offenstanden, damit sie sich nicht schmutzig machten, in Furcht und Schrecken. Mit fünf war er der unbestrittene Anführer einer Bande, die Hummerkörbe ausraubte und gebratenes Schweinefleisch von den Lebensmittelständen stahl. Die Mutter, die ihn anbetete, war überzeugt davon, daß seine Gier und sein Hochmut Zeichen von Charakter und Intelligenz waren. Zu Grapschers Entsetzen opferte sein Vater deshalb dem greisen Dorfschullehrer ein paar schwerverdiente Kupfermünzen.

Akademiker Li war knapp bei dem Versuch gescheitert, die erste Stufe der Beamtenprüfung abzulegen, die im Mandschureich zum Aufstieg in die Bürokratie qualifizierte. Seit seinem ersten Versuch mit siebzehn Jahren war er dreizehnmal knapp gescheitert.

Er war dreiundvierzig, als er 1903 zum letztenmal scheiterte, und er war zweiundsiebzig, als Grapscher das erste Mal in dem leerstehenden Tempel, der als Dorfschule diente, seinem triefäugigen Blick und der geschmeidigen Bambusrute ausgesetzt war. Die dreißig Jahre, die er mit dem Versuch verbracht hatte, kleinen kahlgeschorenen Köpfen, die so rund und hart waren wie Kieselsteine, die Anfangsgründe der chinesischen Schrift einzubleuen, hatten sein Temperament nicht milder gestimmt, das von ständigem Versagen geprägt war. Für den Akademiker Li war die Welt untergegangen, als 1905 die Beamtenprüfungen abgeschafft wurden. All seine Instinkte sagten ihm, daß er es im nächsten Jahr geschafft hätte, wenn man ihm nur diese eine zusätzliche Chance gegeben hätte.

Der sture kleine Schurke Grapscher Wu und der übellaunige Greis Akademiker Li haßten einander. Grapschers muskulöser Hintern und seine schwieligen Hände widerstanden der Bambusrute in den knochigen Händen des Akademikers Li. Grapscher war entschlossen, nicht mehr als ein paar hundert Schriftzeichen zu lernen, und weigerte sich, auch nur die einfachsten Aphorismen aus dem *Drei-Zeichen-*

Klassiker auswendig zu lernen. Er war voll damit ausgelastet, in dem Gewirr von kleinen und großen krummen Geschäften, die im China der Kriegsjahre blühten, seine eigene Begabung für Diebstahl und Erpressung zu kultivieren.

Mit zehn Jahren war Grapscher Wu ein gelernter Schläger und Anführer sämtlicher Jugendbanden im Landkreis. Außerdem diente er den erwachsenen Gangstern der Geheimgesellschaft vom Reinen Lotos als ergebener Schüler. Die Geheimgesellschaft selbst arbeitete je nach Angebot unparteiisch für die japanischen Invasionstruppen oder die kommunistischen Widerstandskämpfer.

Schließlich gab selbst seine hingebungsvolle Mutter den Kampf auf. Als er 1940 dreizehn Jahre alt wurde, schickte sie ihn zu ihrem Bruder nach Singapur. Der kinderlos gebliebene Onkel, ein einigermaßen erfolgreicher Gemüsehändler in Chinatown, war begeistert und adoptierte den Jungen. Seine Schwester verriet ihm nicht, daß sie ihm ihren Sohn geschickt hatte, weil sie gehört hatte, in Singapur seien alle Kinder kleine Teufel. Sie war sicher, daß ihr eigener kleiner Teufel in einer barbarischen Stadt wie Singapur sein Glück machen werde.

Diese Annahme sollte sich in vollem Umfang bestätigen. In seinem Heimatdorf war Grapscher ein emsig bemühter kleiner Übeltäter gewesen. Als sich ihm die Gelegenheiten der belebten Hafenstadt auftaten, erblühte sein Talent zu schweren Verbrechen.

Eine Geheimgesellschaft in Singapur nahm ihn als Nachwuchskraft auf. Ein Heranwachsender konnte sich frei in Gegenden bewegen, wo ein Erwachsener Verdacht erregen und sich vielleicht die Kugel eines verärgerten japanischen Wachpostens zuziehen würde.

Mit fünfzehn legte Grapscher den haarsträubend schrecklichen Bluteid ab und schwor, eher zu sterben, als die Geheimnisse seiner Blutsbrüder und einer Gesellschaft zu verraten, die sich dem Verbrechen in gleichem Maße wie der Vaterlandsliebe gewidmet hatte. Sein Handgelenk wurde mit dem heiligen Schmetterling tätowiert, und der Weihrauchmeister der Loge zum Grünen Lotos schlachtete zeremoniell einen weißen Hahn. Als Grapscher den Wein trank, der mit dem Blut seiner Brüder gemischt war, wurde er zum General der Fünf Tiger und Krieger der Rächenden Fäuste. Seine Aufgabe war es, Hafenarbeiter einzuschüchtern und Lagerhäuser auszurauben.

Die Loge zum Grünen Lotos war auf der Höhe der Zeit. Auf Befehl seines Logenältesten besuchte Grapscher gelegentlich die Schule. Obwohl er nie versuchte, die hochchinesische Umgangssprache zu erlernen, und mit seinem heimatlichen Dialekt zufrieden war, brachte er es zu brauchbaren Kenntnissen in geschriebenem Chinesisch. Kurz nach Kriegsende nahm er stolz ein Diplom in Empfang, das ihm Englischkenntnisse auf dem Niveau der achten Schulklasse bescheinigte. Seitdem hatte er fast sein ganzes Englisch wieder vergessen. Aber diese Schwäche hielt er geheim.

Als das Leben im Hafen von Singapur am frühen Morgen zu erwachen begann, traf Grapscher Wu auf dem rostbedeckten Deck der *Haiwang* mit Miles Corrigan zusammen. Statt seiner üblichen schwarzen, weiten Hose und eines schmutzigen Unterhemds trug Grapscher das weiße Hemd und die weiße Hose eines Bankangestellten. Auch Miles hatte man ein sauberes, wenn auch etwas zu enges Hemd gegeben.

Die beiden kletterten auf einer schwankenden Strickleiter in ein Sampan, das sich im morgendlichen Seegang wiegte. Ein kräftiger Ruderer brachte sie an Land. Sie stiegen die glitschigen Stufen zum Clifford Pier hoch, wo die Anreißer der Andenkengeschäfte auf Touristenjagd gingen und tätowierte Seeleute um neun Uhr früh Prostituierte mit hartem Blick musterten.

«Wir gehen jetzt Bank», kommandierte Grapscher in seiner Privatversion der englischen Sprache. «Tempo, Tempo.»

«Noch nicht gleich, Mr. Wu», antwortete Miles. «Wenn ich in diesem Aufzug die Bank betrete, rufen sie die Polizei, statt mir den Umschlag zu geben. Ich muß mich rasieren und anständig anziehen.»

«Geht o. k.», antwortete Grapscher lakonisch. Er war stolz darauf, ein intelligenter Geschäftsmann zu sein, nicht bloß eine stahlharte Rächende Faust.

Zu Miles' Überraschung hatte der rote Porsche die Nacht fast unbeschädigt überstanden. Nur in die Motorhaube war in chinesischen Zeichen eingeritzt: «Stürzt die Imperialisten!» Die lange Fahrt von Chinatown zum Ocean Park Hotel am anderen Ende der Insel verlief schweigend. Wie ein kleiner Junge in einem Spielzeugladen ließ Grapscher die Augen gierig über das Armaturenbrett schweifen. Seine Hände streichelten die weichen Lederpolster, und er grinste über das ganze Gesicht, wenn der Porsche beschleunigte und er in den Sitz gepreßt wurde. Er sprach nur zweimal, als Schüler, Arbeiter und Mitglieder der Geheimbünde das teure Spielzeug vor improvisierten Straßensperren an die Seite winkten.

«Der Hahn kräht», sagte er, und die Sperren öffneten sich.

Grapscher hatte beschlossen, daß der Sportwagen, noch ehe die Woche zu Ende ging, ihm gehören würde. Häufig genug hatte man ihm versprochen, daß die guten Dinge im Leben den Unterdrückten gehören würden, wenn die Revolution siegte. Er konnte sich nichts vorstellen, das er lieber haben wollte als einen Porsche.

Miles beobachtete Grapschers offenkundige Gier mit einer Mischung von Belustigung und Furcht. Es erschien ihm weniger gefährlich, eine Zeitbombe durch die Stadt zu fahren als dieses Kind der Begierde.

Im Hotel marschierte Grapscher geradewegs durch das Gewirr der Korridore auf Miles' Zimmer zu und bestätigte so den Verdacht, daß er es gewesen war, der vor zwei Tagen den Überfall auf Miles angeführt hatte.

«Sie scheinen sich auszukennen, Mr. Wu», sagte Miles.

Grapscher grinste wieder. Das Grinsen verwandelte sein rundes Gesicht in das Abbild eines fröhlichen Buddhas. Besitzergreifend setzte er sich in den bequemsten Lehnsessel und stellte im Radio eine Seifenoper im Fukiendialekt an.

«Machen Sie es sich gemütlich, Mr. Wu», forderte ihn Miles auf. «Wollen Sie etwas essen, solange ich mich anziehe? Vielleicht ein Omelett?»

«Kein komisches Essen», antwortete Grapscher. «Eier und Bier, o. k.»

Seufzend rief Miles den Zimmerservice an und wurde nach fünf Minuten Verzögerung mit der Küche verbunden. Er ging ins Badezimmer und duschte gründlich. Heute war Gott mit den langsameren Bataillonen, und der schlechte Service im Ocean Park war sein bester Verbündeter.

Sie aßen schweigend. Grapscher wurde geselliger, nachdem er vier Flaschen Bier hinuntergeschüttet und sich herabgelassen hatte, nach einem Omelett von acht Eiern noch zwei Hamburger zu sich zu nehmen. Miles' goldene Rolex zeigte 2 Uhr 56.

«Jetzt gehen!» Grapscher hatte sich an seine Pflichten erinnert. «Aber erst noch eine Flasche Bier.»

«Gerne, Mr. Wu», antwortete Miles. «Aber ich möchte mich nicht verspäten.»

«Viel Zeit», sagte Grapscher strahlend. «Kann *laoban* nicht vor sieben, vielleicht acht Uhr sehen.»

Miles fiel der Versprecher auf. Er hatte durch seine Verzögerungstaktik mehr Zeit gewonnen als erhofft. Vielleicht würde ihm der nächste Versprecher den Namen von Grapschers *laoban* verraten, dem «alten Herrn», also dem Chef.

«Vielleicht ist es besser, wenn wir zusammen zu Mr. Tan, dem *laoban*, gehen», schlug Miles vor.

«Du sehr clever, mein Freund.» Grapscher blinzelte schlau. «Ich gehe selbst, ein Mann ich. *Laoban* nicht Mr. Tan. Mr. Tan Kämpfer. Großer Kämpfer wie ich, aber nicht *laoban*. Ich zu klug für dich.»

Miles nickte nur stumm. Er wollte die Atmosphäre des Vertrauens nicht zerstören, die sich zwischen dem freundlichen Gangster und ihm aufgebaut hatte. Nach zwei weiteren Flaschen Bier für Grapscher und einem kleinen Whisky für Miles zeigte die Uhr 4 Uhr 30.

«Es tut mir leid, Mr. Wu», sagte er. «Aber wir müssen uns auf den Weg machen. Um halb sechs schließt die Bank.»

«O. k., wir jetzt gehen. Wagen kann verdammt schnell fahren.»

Laughton Pomeroys puritanische Gesichtszüge verzogen sich voll Erstaunen, als er Miles Corrigans Begleiter sah. Die Lippen spitzten sich, die Augen quollen aus dem Kopf wie bei einem überraschten Goldfisch, aber er nahm schnell die priesterliche Ernsthaftigkeit wieder an, die er für einen Bankier angemessen hielt. Er hatte es schon mit noch seltsameren Typen als Grapscher Wu zu tun gehabt. Kleine alte Kulis in weiten Hosen und ausgebleichten schwarzen Hemden hatten vor seinen Augen hunderttausend Dollar in Kleingeld aus Verstecken in ihrer Unterwäsche gezogen.

«Ihr Umschlag, Miles», bestätigte Pomeroy. «Selbstverständlich. Wenn Sie bitte hier unterschreiben würden.»

Miles wartete, bis Grapscher und er wieder in dem Porsche saßen, bevor er ihm den mit rotem Siegellack verschlossenen braunen Umschlag aushändigte.

«Und jetzt», fragte er, «wo möchten Sie hin?»

«Du schon wieder zu verdammt schnell. Zu schnell und zu clever.» Grapscher grinste. «Aber trotzdem netter Typ. Erst ich sehen.»

Grapscher erbrach das Siegel und betrachtete den Schuldschein. Er hielt ihn gegen das verblassende Licht, untersuchte ihn mehrmals unter verschiedenen Blickwinkeln und machte sich schließlich daran, mühsam Unterschrift und Datum zu buchstabieren.

«Jetzt o. k.», verkündete er. «Ich gehe jetzt, allein ein Mann. *Laoban* Zettel ansehen. Wenn alles o. k., Missis kommt an Land verdammt schnell.»

«Wie Sie meinen, Mr. Wu.» Miles lächelte ein dünnes Lächeln. «Sagen Sie ihrem *laoban*, wenn Miss Tan bis morgen früh um acht nicht auf dem Clifford Pier steht, reiße ich ihn und die *Haiwang* in Fetzen.»

«Kein Problem!» sagte Grapscher. «Alles jetzt o. k. Du nicht betrügen *laoban*, er dich nicht betrügen. Er sehr ehrenwerter Mann.»

Miles wendete demonstrativ so, daß die Motorhaube des Porsche in die entgegengesetzte Richtung zu der zeigte, die Grapscher eingeschlagen hatte. Heute abend um zehn Uhr lief seine Zeit ab. Es blieben ihm nur noch vier Stunden zum Handeln, und wenn er diesmal wieder versagte, konnte es geschehen, daß weder Tanya noch er je wieder auf dem Clifford Pier stehen würden.

22. KAPITEL

Miles hatte immer geglaubt, seine langen Jahre in Asien hätten ihn mit jedem Gestank vertraut gemacht, dem die menschliche Nase nur ausgesetzt sein kann. Aber der ekelerregende Gestank unter dem Leinendach des Abfallboots war widerlicher als alles, was er je gerochen hatte. Die Dunkelheit, die wie ein tiefblauer Vorhang über dem Hafen lag, hinderte ihn daran, den Müllhaufen, auf dem er saß, gründlicher zu erforschen. Er konnte von Brackwasser vollgesogenes Treibholz, einen alten Autoreifen und rostige Benzintanks spüren, über deren Inhalt er lieber nicht nachdachte. Aber was war es wohl, das wie eine seit zwei Wochen tote Ratte roch, die in Getriebeöl gebraten war.

Abfallboote waren die Parias des Hafenbeckens von Singapur. Sie warteten auf Beute unter den Müllschächten der Ozeandampfer oder durchkämmten das ölverschmierte Hafenwasser nach Treibgut, dem nur die Ärmsten unter den Armen einen Wert beimessen konnten. Die anderen Boote im Hafen wichen den Abfallbooten naserümpfend aus, und die Seeleute auf den großen Schiffen verachteten die schmutzigen Sampans, die sie «Stinkboote» nannten. Verstohlen näherte sich das Stinkboot dem dunklen Rumpf der *Haiwang*. Von dem schäbigen Frachter war nur das gedämpfte Ankerlicht und schwachgelber Lampenschein aus drei Bullaugen sichtbar. Der schweigsame Bootsmann machte zweimal halt, um etwas aus dem schmutzigen Wasser zu fischen: erst einen treibenden Kindernachttopf und dann einen toten Fisch, der halb so lang war wie sein Arm.

Miles erschauderte innerlich, aber dennoch hatte die offensichtlich verzweifelte Situation des Mannes, den er angeheuert hatte, etwas Beruhigendes. Die 50 Singapur-Dollar, die in seinem schmutzigen Stoffgürtel steckten, waren mehr wert als das, was er in einem ganzen Monat im Hafenbecken finden konnte. Die Anzahlung auf eine größere Belohnung steckte neben dem ursprünglichen Honorar: die Hälfte einer Hundertdollarnote.

Miles hatte die andere Hälfte behalten, um sicherzugehen, daß der Bootsmann sich nicht bei den ersten Schwierigkeiten absetzte, und Miles erwartete Schwierigkeiten.

Ein trauriges Lächeln umspielte seine Lippen im Abenddunkel. Er hatte sich geschworen, seinen romantischen Trieben nicht mehr nachzugehen, keine Heldentaten auf sich zu nehmen. Das Bild von Miles Corrigan, dem strahlenden Ritter, mochte seiner Einbildung schmeicheln, aber im Grunde seines Herzens war er ein Realist. Er hatte die Tage des Wagemuts für endgültig vergangen gehalten. Und dennoch bereitete er sich darauf vor, nicht bloß eine Burg zu erstürmen, sondern sogar einen einsamen Frachtdampfer, der schon auf seinen Angriff wartete.

Aber was für eine Wahl hatte er denn? Wie anders als so hätte er denn handeln sollen?

Das erste Mal hatte er das Schiff nicht freiwillig betreten. Aber nur weil er dem Boten, der wie ein Bankangestellter aussah, gefolgt und deswegen gegen seinen Willen gekidnappt worden war, hatte er entdecken können, wo Tanya gefangengehalten wurde. Und auch jetzt hatte er keine Wahl: Er mußte Tanya befreien.

Mußte? Warum?

Welche Taktik er auch wählte, um an das Rollbild heranzukommen und die Pläne Pekings zu durchkreuzen, er konnte seine Ziele genausogut ohne sie erreichen. Eigentlich sogar besser und unbehinderter.

Warum fühlte er sich dann verpflichtet, sie zu befreien? Wahrscheinlich, dachte er, weil er sie in ihre mißliche Lage gebracht hatte. Aber das war nicht der wahre Grund. Er mußte Tanya befreien, weil er nicht mit seiner Feigheit würde leben können, wenn er den Versuch nicht machte.

War das der einzige Grund? Natürlich nicht. Der wirkliche Grund war Tanya selbst. Aber über die Gefühle, die er Tanya entgegenbrachte, wollte er später nachdenken.

Vorläufig jedenfalls hob bereits der Gedanke, sie bald wiederzusehen, seine Stimmung. Unmittelbar vor einem Angriff, von dem jeder objektive Beobachter annehmen mußte, er sei zum Scheitern verurteilt, war er meist bei bester Laune.

Während das Stinkboot mit der Strömung auf den Bug der *Haiwang* zutrieb, repetierte Miles noch einmal seine Vorbereitungen. Gesicht und Haare, die er mit dem Öl des Hafenwassers geschwärzt hatte, waren unter dem pilzförmigen Strohhut eines Ruderers verborgen. Schwarze Turnschuhe verdeckten seine Füße. An den Händen trug er schwarze Handschuhe, und Hemd und Hose waren schwarz. Ein Messer so scharf wie ein Skalpell hing in der Scheide an seinem Rücken, und in der einen Tasche trug er eine Tränengasgranate, in der anderen einen schweren Schraubenzieher. Er hatte sich gegen eine Pistole entschieden, auch wenn der Entschluß ihm schwerfiel. Wenn es zu einer Schießerei kam, hatte er bereits versagt.

Er griff zur Seite und schob die Ankerkette aus dem Weg. In der Dämmerung war die Gefahr größer, gehört als gesehen zu werden. Die Strömung war so schwach, daß sich die Kette nur leicht zur Seite neigte. Solange sie fast senkrecht blieb, war er unter dem weitausladenden Bug der *Haiwang* sicher vor den Blicken eines Beobachters.

Geräuschlos sprang Miles auf die Kette, und scharfe Muschelschalen bohrten sich durch das Hemd in seine Haut. Langsam, aber unaufhaltsam ließ er sich an den fettigen Kettengliedern auf das dunkle Wasser zu gleiten. Schmerz durchzuckte seine linke Schulter und machte sich stechend zwischen den Rippen breit. Er griff stärker zu, und die Muschelschalen bohrten sich wie Rasierklingen in seine Arme. Aber er glitt weiter hinab.

Wenn er stürzte, geräuschvoll ins Wasser fiel, war alles vorbei, noch bevor es begonnen hatte. Wenn sie einmal auf ihn aufmerksam geworden war, würde die Mannschaft der *Haiwang* von der Schußwaffe Gebrauch machen oder Schwimmer losschicken, die sich um ihn kümmern konnten. Und sein Bootsführer würde die Flucht ergreifen. Tage später würde vielleicht ein anderes Stinkboot seine aufgeblähte Leiche finden, die mit blinden Augen unter der tropischen Sonne trieb.

Verzweifelt umschlang Miles das letzte Kettenglied mit den Beinen. Die Muscheln durchbohrten die dicken Hosen über seinen verkrampften Schenkeln und verlangsamten seinen Abstieg ein wenig. Der Verzweiflung nahe, klammerte er sich an die Kette. Schließlich fanden seine blind suchenden Finger einen Strang Seetang.

Mit klopfendem Herzen glitt er weiter nach unten. Mit der Verwegenheit, die unerträglicher Furcht entspringt, machte er sein rechtes Bein frei. Fast eine halbe Minute suchte er blindlings, bis er die Gummisohle eines Schuhs mit der Spitze in die Öffnung eines Kettengliedes schieben konnte.

Der kalte Schweiß lief ihm in der Abendhitze über die Brust, während er darauf wartete, daß der wilde Trommelschlag seines Herzens nachließ. Er war an keiner Ankerkette mehr hochgeklettert, seit er seinen Abschied aus der Marine genommen hatte. Aber er mußte hinauf, denn zurück konnte er nicht mehr. Das Stinkboot hatte sich, wie abgemacht, zurückgezogen.

Sein Schicksal und Tanyas Schicksal lagen jetzt allein in seiner Hand. Er wartete, bis seine verkrampften Glieder wieder Kraft gewannen. So knapp die Zeit auch war, er durfte nichts übereilen.

Vielleicht war sein Versuch, die Gegenseite zu täuschen, töricht und gefährlich. Aber jetzt war es zu spät, seine Taktik zu ändern. Er war nicht bereit, auf das Rollbild zu verzichten. Tanyas Schicksal hing von seinem Glück ab. Besitzgier, dein Name ist Miles Corrigan, flüsterte er, während er sich an den Aufstieg machte.

Keine fünfzehn Meter Kette trennten ihn vom Deck der *Haiwang*, aber jeder Meter war voll von Anstrengung und Pein. Jedesmal, wenn er seinen Fuß aus einem Kettenglied zog, sich mit Armen und Beinen nach oben stemmte und neuen Halt im nächsten Glied suchte, litt er Höllenqualen. Dann kam der Augenblick des Glücks, in dem die Gummisohle wieder festen Halt hatte. Aber die quälende Anstrengung mußte immer und immer wieder wiederholt werden. Er durfte sich nicht beeilen, aber er hatte so wenig Zeit.

Miles erstarrte, als eine Barkasse im Vorüberfahren ihre Suchscheinwerfer über den Rumpf der *Haiwang* spielen ließ. Aber seine schwarze Gestalt vor dem dunklen Schiffsrumpf war unsichtbar.

Ein Kopf streckte sich über den Bug der *Haiwang*, und wieder erstarrte Miles. Wenn er gesichtet wurde, war er hilflos. Eine Kette, ein Stück kräftig geschwungenes Tau würden genügen, um ihn hinabzuschleudern. Zwei endlose Minuten lang schien ihm das dunkle Gesicht direkt in die Augen zu blicken. Dann leuchtete ein Licht auf.

Ebenso plötzlich verlosch die Flamme, und die rote Glut einer Zigarette trat an ihre Stelle. Der Kopf verschwand wieder.

Irgend jemand hielt dort oben Wache. Zwar hatte er nicht gemerkt, daß Miles sich näherte, aber er war auf der Hut. Doch für Miles führte der Weg nur noch nach oben. Ein Rückzug war ausgeschlossen, und lange konnte er nicht unbeweglich an der Ankerkette hängen bleiben. Seine erschöpften Muskeln würden die Belastung nicht mehr aushalten, die die Untätigkeit ihnen auferlegte, und dann würde er abstürzen.

Die letzten drei Glieder waren die einfachsten. Die ständige Reibung hatte sie fast ganz von Fett befreit. Er stand auf dem obersten Glied, da, wo die Ankerkette zwei Meter unter dem Bug im Klüsenrohr verschwand. Als sein Kopf die Höhe des Schanzdecks erreichte, hielt er inne und sammelte seine Kräfte.

Die Anstrengung beim Klettern hatte ihn seine verletzte Schulter vergessen lassen. Aber jetzt spürte er wieder Schmerzen im Arm. Mit gespannter Aufmerksamkeit spähte er durch eine Öffnung in dem rostigen Schanzdeck.

Ein Paar chinesische Stoffschuhe bewegte sich auf die Brücke zu und entfernte sich von der blaßgelben Scheibe, die das Ankerlicht auf das Deck warf. Dann kehrten die Schuhe auf dem Absatz um und marschierten geradewegs auf sein Versteck zu. Er hob vorsichtig den Kopf über die Brüstung und sah, daß die dunkle Gestalt kräftig gebaut war und daß die Zigarettenglut höher als einen Meter achtzig über dem

Deck schwebte. Politkommissar Yang hatte die Wache übernommen.

Miles bereitete seinen erschöpften Körper auf den langen Weg die Ankerkette hinab vor. Der Geschmack der Niederlage lag bitter auf seiner Zunge, und die Gefahren des Rückzugs waren kaum geringer als die, die der Angriff mit sich bringen würde. Aber der Rückzug war besser als der sichere Tod. Er war dem gigantischen Kommissar körperlich nicht gewachsen, wäre es wohl nicht einmal dann gewesen, wenn er ausgeruht und unverletzt wäre.

Auf dem Sprung, sich zurückzuziehen, erkannte Miles, daß die Schritte einem regelmäßigen Muster folgten. Kommissar Yang machte seinen Abendspaziergang. Als sich die kräftige Gestalt wieder entfernte, ließ sich Miles durch die Öffnung im Schanzdeck gleiten. Die Luke war eng, sie wäre zu eng gewesen, wäre sein Körper nicht so gründlich eingeölt gewesen. Eine rauhe Kante kratzte über seinen Arm. Noch ein letzter verzweifelter Versuch, und er lag verborgen hinter der Ankerwinde.

Wieder näherten sich die Schritte, und für ein paar Sekunden blieb sein Herz stehen. Diesmal drehte Yang nicht wie zuvor an der Ankerwinde um, sondern lehnte sich über den Bug. Die Zigarette taumelte glühend durch die stille Nacht und verlosch mit leisem Zischen im Wasser.

In diesem Augenblick schlug Miles zu. Nicht das Gehirn, sondern die Reflexe seines Rückenmarks steuerten seine Bewegungen. Er hatte nur diese eine Chance, und er konnte sich weder zurückziehen noch versagen.

Das Messer glitt in seine rechte Hand und bohrte sich mit der gleichen ungebrochenen Bewegung in Richtung auf das Herz in den weichen Bauch des Kommissars. Gequält grunzte der Riese, riß die Arme zusammen und griff nach der

Stahlklinge, die sich in seine Eingeweide spießte. Einen Augenblick später sank er nach vorne zusammen. Miles riß das Messer aus dem Bauch und zog es energisch über die Luftröhre des Kommissars. Blut spritzte aus der Arterie, aber die kräftige Gestalt zuckte noch und schrie durch verzerrte Lippen stumm um Hilfe.

Miles gestattete sich weder Reue noch Abscheu. Er hielt seine Angst unter Kontrolle und sah befriedigt, daß der Tote von hinten gesehen nachdenklich auf das Meer zu blicken schien. Er ließ das Messer wieder in die Scheide gleiten und verbarg sich im Schatten des Schanzwerks.

Voll chinesischer Geheimnistuerei hatte man alle Deckbeleuchtungen gelöscht, nur das Ankerlicht und die drei offenen Bullaugen in der Schiffsmitte, die er schon von dem Stinkboot aus gesehen hatte, verbreiteten einen matten Glanz. Monatelange Sicherheitsmaßnahmen, die nie gefährdet waren, hatten eine gewisse Sorglosigkeit aufkommen lassen. Nirgends waren Wachposten zu sehen, und solange er sich nicht bewegte, würde man ihn wohl kaum entdecken. Aber er mußte sich bewegen, und zwar schnell.

Eine Tür öffnete sich. Im schwachen Licht wurde eine Gestalt mit einer schmutzigen Schürze sichtbar. Der Mann hielt einen Mülleimer in den Händen, den er unbekümmert über Bord kippte. Wie nebenbei fiel Miles ein, daß sich hier neue Beute für seinen Stinkbootkapitän bot. Als er die dunkle Gestalt des Politkommissars sah, die sich über die Reling beugte, hielt der Koch inne.

«Wei, zhengwei, zemo yang? Wo xiang Qingdao genghao», rief er ihm zu. «He, Kommissar, wie geht's? Ich wäre lieber in Tsingtau.»

Der Koch blieb unschlüssig stehen, als der Kommissar sich weder bewegte noch antwortete. Angeekelt schüttelte er den

Kopf und verschwand wieder in der Küche. Kaum hörbar murmelte er: «Eingebildeter Schweinehund!»

Offenbar war Politkommissar Yang bei der Mannschaft nicht besonders beliebt. Aber Miles war dankbar dafür, daß der Kommissar anscheinend furchterregend genug war, daß der Koch es nicht wagte, seine Meditation zu stören.

Im Schatten der verlassenen Brücke schlich Miles leise nach achtern. Die drei offenen Bullaugen des Mittschiffsdeckhauses beleuchteten das Deck wie Minischeinwerfer. Er warf sich auf den Boden und kroch auf allen vieren unter den gelben Lichtkegeln hindurch. Zentimeter um Zentimeter schob er sich auf den Ellbogen über die rauhen Stahlplatten, um seinen Körper flach auf dem Boden zu halten.

Durch die Bullaugen erklangen rhythmische Chöre. Offenbar war die Mannschaft zu einer Indoktrinationsveranstaltung abkommandiert und skandierte politische Parolen. Im Gegensatz zu den Offizieren, die man auf die *Haiwang* eingeschmuggelt hatte, um die Meuterei anzustiften, waren die Matrosen wohl erst kürzlich zum maoistischen Glauben übergetreten. Also hatten sie intensive politische Schulung nötig. Obgleich Kommissar Yang diese Aufgabe einem seiner Untergebenen überlassen hatte, genoß die Schulung, wie Miles dankbar feststellte, Vorrang vor der Sorge für die Sicherheit eines Schiffs, das sicher außer Reichweite der Küste vor Anker lag.

Die Tür des hinteren Deckhauses stand offen. Schwachgelbes Licht umrahmte sie. Miles kroch näher heran und hob vorsichtig den Kopf, um einen raschen Blick über die Schwelle zu werfen. Vor der Tür der Kabine, in der er heute früh Tanya verlassen hatte, stand ein einziger Wächter. Er trug eine Pistole im Gürtel, aber sein Kopf war über ein chinesisches Comic-Heft gebeugt. Miles stellte erleichtert fest, daß er klein und schwächlich wirkte.

Miles suchte in seinen Taschen nach dem Schraubenzieher und der Tränengasgranate. Die Notwendigkeit, keinerlei Geräusche zu machen, erschwerte die Suche. Er hob den Arm und warf den Schraubenzieher ans entfernte Ende des Ganges.

Als der Wächter den Kopf nach dem metallischen Klappern drehte, überquerte Miles in einem Spurt die zwei Meter, die ihn von ihm trennten. Die Granate schlug knirschend auf den Hinterkopf des Wächters. Miles fing den reglosen Körper auf und ließ ihn zu Boden gleiten.

Er holte den Schraubenzieher wieder, sprengte den verrosteten Riegel und schob vorsichtig die Tür auf. Tanya saß auf der Bettkante und starrte ins Leere.

«Miles?» flüsterte sie ungläubig. «Du bist wiedergekommen?»

Er küßte sie flüchtig, warf ihr den Arm um die Schulter und zog sie zur Tür. Der gefährlichste Teil des Unternehmens stand ihm noch bevor: Er mußte die verängstigte Tanya leise an Deck bringen und sie dann überreden, vom Heck aus über Bord ins Wasser zu springen, wo das Abfallboot auf sie wartete. Sie umklammerte ihn, und für einen Augenblick vergaß er die Gefahr, in der sie schwebten.

«Ein rührender Anblick!» Die chinesische Bemerkung troff von Ironie. «Liebe findet zuletzt ihr Stündlein!»

Der schmucke Zweite Offizier stand in der Tür. Die Tokarev-Pistole schaukelte hin und her wie der Kopf einer zornigen Kobra.

Miles schob Tanya beiseite, und sie fiel auf das Bett. Er trat der bedrohlichen Gestalt entgegen.

«Das würde ich nicht tun, Mr. Corrigan. Erst ist Miss Tan dran, dann Sie. Die Tokarev ist eine wirksame kleine Mordwaffe.»

Bei der Erkenntnis, daß er versagt hatte, wurde Miles körperlich übel. Alle seine Eingeweide verkrampften sich, und er blieb stocksteif stehen. Er glaubte, sich übergeben zu müssen.

«Mr. Corrigan, das war sehr töricht von Ihnen», sagte der Offizier mit trauriger Stimme. «Sie hätten wirklich nicht auf so dramatische Weise wiederauftauchen sollen.»

«Haben Sie erwartet, daß ich Ihnen vertraue?»

«Ich habe Ihnen doch gesagt, daß es an Ihnen war, Ihre Vertrauenswürdigkeit zu beweisen. Um uns ging es nicht.»

«Ihr Mann hat den Schuldschein.»

«Also muß ich mein bürgerliches Bewußtsein nicht damit belasten, Mr. Montague anzulügen. Aber ich fürchte, für Sie ist es zu spät. Sie handeln viel zu spontan, als daß man Sie frei herumlaufen lassen könnte. Sie haben vorsätzlich einen chinesischen Seemann auf einem chinesischen Schiff angegriffen. Meine Vorgesetzten werden über Ihre Bestrafung beraten, sobald Mr. Wu bestätigt hat, daß er den Schuldschein abgegeben hat.»

«Die Polizei wird in einer Viertelstunde hier sein.»

Miles machte einen letzten verzweifelten Versuch. Offenbar wußte der Offizier noch nicht, daß Kommissar Yang tot war.

«*Falls* sie kommt. *Falls* wir beschließen, ihr den Zugang zu chinesischem Territorium zu gestatten. Dann wird man feststellen, daß ich einen Einbrecher erwischt habe, falls mein Matrose stirbt, sogar einen Mörder.»

«Es tut mir sehr leid, Tanya.» Miles bot ein Bild der Zerknirschung. «Ich habe es wirklich für das Beste gehalten.»

Er wandte sich um und stellte sich zwischen sie und die Pistole.

«Gehen Sie beiseite, Mr. Corrigan.» Der Offizier trat einen Schritt zurück, so daß er sie beide im Schußfeld hatte. «Das Spiel ist vorbei. Geben Sie zu, daß Sie verloren haben!»

Der Zweite Offizier wandte sich nicht um, als er hörte, wie jemand barfuß über den Korridor lief. Grapscher Wu stürzte in die Kabine und stieß den Offizier zur Seite. Sein Gesicht war zornrot, wütend ballte er die Fäuste.

«Er hat gelogen!» rief Grapscher. «Der meineidige Sohn einer Schildkröte hat gelogen. Das war nicht der Schuldschein. Es war nur eine Kopie.»

Der Offizier wirkte nach außen hin unbekümmert und ruhig. Aber ein Blutstrom färbte seine hohen Wangenknochen, die als scharlachrote Halbmonde in seinem plötzlich erblaßten Gesicht standen.

«Mr. Corrigan, das war sehr töricht.» Der Tonfall war immer noch gefaßt. «Wir spielen hier keine Kinderspiele.»

Miles zog Tanya eng an sich und sagte nichts.

«Mr. Corrigan», sagte der Zweite Offizier leise. «Ich gebe Ihnen noch eine Chance, bevor ich Kommissar Yang rufe. Wo ist der verdammte Schuldschein?»

«Wer weiß?» Miles zuckte demonstrativ die Achseln. «Ich habe nie behauptet, daß ich ihn habe. Das haben Sie gesagt.»

Er versuchte immer noch, Zeit zu gewinnen, auch wenn es nur ein paar Minuten waren. Er wußte, daß sie in der Falle saßen, aber noch suchte er nach einem Ausweg. Selbst unter den günstigsten Umständen hätte er gezögert, die beiden Männer herauszufordern, von denen einer eine Pistole trug und der andere ein kampfgeübter Schläger war. Aber wenn er es fertigbrachte, daß einer von beiden die Kabine verließ, war er vielleicht imstande, mit dem anderen fertig zu werden. Seine Hand suchte nach der Tränengasgranate in seiner Tasche.

«Ruhig!» befahl der Offizier. «Wenn Sie sich noch einmal bewegen, schieße ich.»

Miles blieb stehen wie angefroren, aber er konnte sich nicht mit dem Gedanken an eine Niederlage abfinden.

«Ich *muß* wissen, wo der Schuldschein versteckt ist.» Die ruhige Stimme des Offiziers war bedrohlicher als all seine Drohungen. «Ich gebe Ihnen dreißig Sekunden.»

«Der Schein ist im Hotel», sagte Miles schließlich, «in einer Geheimtasche im Deckel meines Aktenkoffers.»

Der Offizier warf Grapscher einen Blick zu, der schüttelte entschieden den Kopf und sagte etwas in schnellem Fukiendialekt, den Miles nicht verstand.

«Das genügt nicht, Mr. Corrigan. Grapscher und seine Leute haben das Zimmer noch einmal durchsucht. Sie haben Ihr Gepäck auseinandergenommen und die Geheimtasche gefunden. Es war nichts drin außer Ihren Telegrammen.»

«Dann hat jemand anders den Schuldschein.» Miles zuckte die Achseln. «Ich fürchte, ich kann nichts für Sie tun.»

«Grapscher, mach ihn fertig!» befahl der Offizier. «Er soll uns erzählen, wo er den Schuldschein versteckt hat.»

Die schweren Hände des Schlägers packten Miles an Arm und Hals und schüttelten ihn durch, wie ein Terrier eine Maus schüttelt. Den teuflischen Schmerzen, die ihn durchfuhren, zum Trotz steckte Miles seine freie Hand in die Tasche und zog die Tränengasgranate heraus. Seine Finger spielten mit dem Sicherheitsbolzen.

Ein Knall wie ein Peitschenschlag, und die Korditdünste eines Revolverschusses breiteten sich im Raum aus. Grapschers Würgegriff lockerte sich. Ungläubig sah er auf das Blut, das aus seinem Oberarm floß.

Wie ein Ebenbild seines toten Vaters stand Y. N. Li hinter dem Zweiten Offizier im Türrahmen. Rauchschwaden wehten um den Schalldämpfer der Smith & Wesson. Wie er abgekämpft, mit zerzaustem Haar in einem zu weiten blauen Mao-Anzug dastand, war er in den sechsunddreißig Stunden seit Turners Ermordung um Jahre gealtert. Y. N. nahm dem Offizier die Pistole aus der Hand und dirigierte ihn mit einer Handbewegung in eine Ecke.

«Verschwinden wir hier», forderte ihn Miles auf. «Wir können es schaffen.»

«Einen Augenblick, Corrigan!» befahl Y. N. «Der Bastard da hat meinen Vater ermordet. Der andere hat den Mord angeordnet. Ich muß mich um sie kümmern.»

«Machen Sie um Gottes willen schnell», bat Miles. «Und vielen, vielen Dank.»

«Sparen Sie sich die Danksagungen und tun Sie, was ich sage. Fesseln Sie den beiden die Hände mit den Bettlaken hinter dem Rücken – nur die Hände, nicht die Beine –, und setzen Sie sie dann auf das Bett.»

Miles gehorchte. Y. N. Li, der den Revolver immer noch in der Hand hielt, zog eine Eierhandgranate aus der Tasche und gab sie Miles. Eine zweite Handgranate lag auf seiner freien Handfläche.

«Ziehen Sie die Sicherungsnadel», befahl er.

Von Y. N. Lis Wut beeindruckt, gehorchte Miles. Es waren Handgranaten des Typs, wie ihn die amerikanische Armee benützte. Eine Nadel, die an einem Ring befestigt war, sicherte den langen Zündbolzen. Auch nachdem man den Ring gezogen und die Nadel entfernt hatte, explodierte die Granate nicht, solange man den Bolzen festhielt. War er einmal ausgerastet, war der Achtsekundenzünder scharf.

«Jetzt», befahl Y. N., «eine Granate zwischen die Oberschenkel, für jeden eine. Legen Sie den Zündbolzen so, daß sie ihn mit den Schenkeln festhalten müssen. Vorsicht!»

Während Miles sich an seine makabre Aufgabe machte, spuckte Y. N. Li seinen angesammelten Zorn aus. «Herr Offizier und du, Grapscher, du Abschaum der Menschheit, ihr seid vollkommen sicher... solange ihr euch nicht bewegt. Wenn ihr versucht, eure Hände zu befreien, oder die Beinmuskeln entspannt, springt der Sicherheitsbolzen heraus... und die Granate explodiert. Alles klar?»

Fast abwesend winkte Y. N. Tanya und Miles aus der Kabine. Bevor er den Riegel von außen zuschob, richtete er noch einmal das Wort an die schreckensbleichen Gefangenen: «Ihr bekommt genau die Chance, die ihr meinem Vater gegeben habt.»

Als Miles und Tanya sich auf den Weg machten, sagte Y. N.: «Ich war dabei, eine Schulungssitzung für die Mannschaft abzuhalten... über den Dienst am Volk auch noch... Dann tauchte dieser Schläger auf und wollte den Zweiten Offizier sprechen. Ich hatte schon Verdacht geschöpft... lauter kleine Indizien. Ich war schon beinahe überzeugt davon, daß sie meinen Vater ermordet hatten. Als ich den Schläger erkannte, war alles klar, ganz verdammt klar. Er hat meinen Vater erstochen.»

«Verschwinden wir, um Gottes willen», drängte Miles. «Unten wartet ein Sampan auf uns. Verschwinden wir, bevor die Mannschaft uns findet... oder die Handgranaten explodieren.»

«Noch eine Minute, Corrigan. Da hinten brüllen sie immer noch ‹Wacht auf!› Jetzt werde ich sie aufwecken. Das ist doch eine Tränengasgranate, die Sie da in der Hand haben?»

Miles merkte, daß er die Granate immer noch umklammerte. Es kam ihm vor, als seien Stunden vergangen, seit er den Wachposten niedergeschlagen hatte, obgleich das alles noch keine zwölf Minuten her war.

«Tanya, warten Sie hier», befahl Y. N. «Corrigan, kommen Sie mit!»

Als sie sich dem Mittschiffsdeckhaus näherten, hörte Miles den getragenen Chor: «Wacht auf, Verdammte dieser Erde!»

Y. N. Li riß die Tür auf und schleuderte die Tränengasgranate zwischen die verblüfften Matrosen. Als sich die ätzenden Dämpfe ausbreiteten, schlug er die Tür zu und schob den Riegel von außen vor.

«Jetzt!» mahnte Miles. «Über das Heck! Schnell!»

Nachdenklich strich sich Y. N. mit der Hand über die Stirn. Nach seinem plötzlichen Aktivitätsausbruch wirkte er unsicher und verstört.

«Ich habe gar nicht darüber nachgedacht, wie ich wieder von hier wegkommen wollte», gestand er. «Ich fürchte, ich habe den Kopf verloren.»

«Von mir aus können Sie jederzeit wieder den Kopf verlieren.» Miles konnte wieder lächeln. «Aber jetzt ein bißchen Tempo, bitte! Los schon, verdammt noch mal!»

Mit letzter Kraft hob Miles Tanya über die Reling und warf sie, bevor sie protestieren konnte, mit den Füßen voraus über Bord. Y. N. folgte ihr, und Miles sprang als letzter. Er landete genau neben dem Stinkboot. Der Bootsmann hatte geduldig auf die andere Hälfte seines Hundertdollarscheins gewartet.

Rauhe Hände zogen Miles da an Bord, wo vor einer Stunde der tote Fisch gelandet war. Tanya, Y. N. Li und er lagen erschöpft auf einem Haufen von Treibholz, Autoreifen und Blechbüchsen. Der Unrat fühlte sich an, als sei es eine Seidenmatratze.

«Rudern!» keuchte Miles. «Um Gottes willen, rudern!»

Auf der *Haiwang* gingen die Lichter an. Entweder war nicht die ganze Mannschaft in die Falle gegangen, oder sie hatten einen Weg aus dem Schulungsraum heraus gefunden. Ein Pistolenschuß peitschte, und das Rattern einer Maschinengewehrgarbe zerriß die Nacht.

Vom Schiff her hörte man eine gedämpfte Explosion. Triumphierend zählte Y. N. Li: «Eins.»

Miles zählte automatisch die Sekunden. Nach vier Sekunden erklang eine zweite gedämpfte Explosion.

Auf der Brücke der *Haiwang* leuchtete das blauweiße Licht eines Suchscheinwerfers auf. Der strahlende Lichtkegel durchbohrte auf der Suche nach dem Sampan die Dunkelheit über dem Hafen. Im schwachen Licht, das sich im Wasser spiegelte, saß Y. N. Li unbewegt mit ausdruckslosem Gesicht da. Gespannt erwartete er einen Augenblick der Erfüllung, den er allein voraussehen konnte. Der suchende Scheinwerferkegel näherte sich dem Stinkboot.

«Los jetzt, Y. N.!» Miles' Stimme wurde rauh. Er mußte den jungen Mann aus seiner katatonischen Starre reißen. «Seien Sie bereit zu springen. Es kann nur noch Sekunden dauern, bis der Scheinwerfer uns erwischt. Tanya, du mußt...»

«Noch nicht, Corrigan», flüsterte Y. N. «Einen Augenblick noch.»

Eine dritte Explosion donnerte über das Deck der *Haiwang*. Sie war viel lauter als die, die ihr vorausgegangen waren. Einen Augenblick später schien das Schiff über seine ganze Länge zu erzittern.

«Warten Sie!» befahl Y. N. gebieterisch. «Noch einen Augenblick.»

Blaue und gelbe Flammen schossen aus dem niedrigen Schornstein, und Feuerströme ergossen sich über das Deck. In Sekundenschnelle brannte die *Haiwang* wie ein Strohfeuer. Kleinere Explosionen knallten wie Feuerwerkskörper, und

Leuchtspurmunition schoß wie Tennisbälle über das ölig glatte Wasser.

«Ich habe ja gesagt, daß ich bereits Verdacht geschöpft hatte», erklärte Y. N. ruhig. «Ich war vorbereitet. Ich mußte den Job nur noch zu Ende bringen.»

«Was, um Gottes willen», fragte Miles, «haben Sie denn noch getan?»

«Eine lange Zündschnur ... zwei lange Zündschnüre. Die eine davon führte zur Waffenkammer. Sie hatten ein kleines Arsenal an Bord. Die andere führte zu den Dynamitstangen, die ich neben den Öltanks angebracht hatte. Tut mir leid, daß es etwas gedauert hat, bis ich Tanya abholen konnte, aber ich mußte erst die Lunten anzünden. Sie habe ich nicht erwartet, Corrigan.»

Miles und Tanya starrten den schlanken Chinesen bewundernd an.

«Und wie wollten Sie wegkommen?» fragte Tanya.

«Wissen Sie was», antwortete Y. N. leise, «darüber hatte ich gar nicht nachgedacht.»

23. KAPITEL

Über dem Schiffswrack stand eine Rauchsäule. Blaugelbe Flammen bildeten einen ölverschmierten Baldachin über der *Haiwang*. Im grellen Feuerschein ähnelte der Dampfer der Leiche auf einem gigantischen Scheiterhaufen. Gierig nagten die Flammen an der roten Flagge mit den fünf goldenen Sternen, die schlaff vom Heck hing.

Wie große schwarze Wasserkäfer rasten zwei Polizeiboote mit aufheulenden Sirenen auf das brennende Wrack zu. Drei Männer mit weit ausgebreiteten Armen sprangen wie Zirkusartisten vom Deck ins Wasser. Die lodernden Flammen, die aus ihrer öldurchtränkten Kleidung schossen, ließen sie zu brennenden Kreuzen werden. Ein Flammenring von brennendem Öl umgab die sinkende *Haiwang.*

Im tiefen Schatten verborgen, der den Feuerkreis umgab, legte das Abfallboot weit außerhalb der Hafenanlagen an. Die heimlichen Landeplätze wurden von den Bootsleuten sonst genutzt, wenn sie im Auftrag der großen Gangsterbosse geheime Fracht an Land brachten. Hier wurden Schnaps und Zigaretten, Pornographie und gelegentlich auch eine Ladung Heroin ins Land geschmuggelt, das trotz der offiziell toleranten Politik Singapurs registrierten Opiumsüchtigen gegenüber noch immer einen lukrativen Handelsartikel darstellte.

Drüben aus dem Osten, von Clifford Pier, Raffles Place

und den Regierungsgebäuden am grasbestandenen Padang her konnte Miles das unregelmäßige Feuer von Schrotflinten und Tränengasgranaten hören, wie sie die Polizei bei der Bekämpfung von Revolten einsetzte. Die Kampftruppen der Aufständischen hatten vierundzwanzig Stunden früher zugeschlagen, als Alex Cutler vorausgesagt hatte. Die Unruhen breiteten sich aus wie ein Lauffeuer. Alles war so exakt synchronisiert, als habe irgendwo über der Stadt ein unsichtbarer Dirigent den Taktstock gehoben und den Einsatz zur Explosion der *Haiwang* als maritimen Auftakt einer makabren Symphonie gegeben, in die jetzt der gewalttätige Rhythmus der Schlagzeuge des Todes vom Land her einfiel.

«Was nun, Miles?» Tanyas Hand klammerte sich in die seine. «Stürzen wir uns auf das Rollbild wie Ferkel, die an den Trog drängen? Oder versuchen wir, dem Morden Einhalt zu gebieten? Es ist deine Entscheidung.»

«Wie bitte?» Ihre Initiative überraschte Miles, denn in seinen unmittelbaren Plänen hatten weder Tanya noch Y. N. eine Rolle gespielt. «Ich habe noch gar nicht darüber nachgedacht. Jedenfalls ist erst der Schuldschein dran, dann das Bild. Das sind die Schlüssel. Ich muß das Bild finden, bevor ich etwas unternehmen kann...»

Tanya wartete fünf abgezählte Sekunden, bevor sie sprach. Sie wußte, daß sie vernünftig, sogar begütigend wirken mußte. Denn jetzt wußte sie, daß sie Miles Corrigan wollte, für heute nacht oder, wenn das Schicksal es wollte, für ein ganzes Leben. Sie konnte ihn nicht erobern, wenn sie zänkisch auftrat.

Aber sein eingeschränktes Blickfeld trieb sie zum Wahnsinn. Konnte er wirklich an nichts denken außer diesem verdammten Bild, an nichts außer seinem eigenen Profit? Und rund um sie herum explodierte die Stadt!

Sie hatte sich vorgenommen, vorsichtig zu sein, aber das Temperament, das ihrem gemischten Erbe entsprang, war stärker als die Stimme der Vernunft. Das slawische Feuer der Mutter entzündete den leicht entflammbaren Charakter, den sie von ihrem chinesischen Vater geerbt hatte.

«Wir müssen etwas gegen die Aufstände unternehmen, und zwar jetzt gleich!» befahl sie den beiden Männern. «Morgen ist es zu spät. Wir müssen die Rädelsführer finden und damit drohen, daß wir ihr Komplott aufdecken werden, all ihre üblen Geschäfte mit denen, die sie imperialistische Aggressoren nennen. Und dann ...»

«Tut mir leid, Tanya», unterbrach sie Y. N. energisch. «Es gibt nichts, einfach nichts, das wir heute abend tun könnten, außer vielleicht im Aufruhr umzukommen.»

Wütend wandte sie sich dem neuen Gegner zu, um seine Einwände zu widerlegen. Aber die Apathie, die Y. N. nach der Explosion der *Haiwang* überfallen hatte, hatte sich beim Anblick des brennenden Schiffs in eiserne Entschlossenheit verwandelt. Er legte die Hand auf ihren Arm und sagte streng:

«Corrigan, holen Sie den Schuldschein aus dem Versteck. Dann das Rollbild. Wenn wir beide in den Händen haben, wissen wir, was wir als nächstes tun müssen. Ich kümmere mich um Tanya. Sie mit Ihrer weißen Haut können es riskieren, aber weder Tanya noch ich können uns heute abend sehen lassen. Der Grüne Lotos dürstet nach Rache.»

«Klingt vernünftig, Y. N.», stimmte Miles zu. «Aber wer wird euch beide an einem Abend wie diesem verstecken?»

Tanya starrte die beiden Männer verblüfft an. Warum waren sie beide so feige? Natürlich war keiner von beiden so in Singapur verwurzelt, wie sie es war. Möglicherweise dachten die beiden deshalb ruhiger, vielleicht auch logischer als sie.

Aber männliche Logik diente nur allzuoft ihren eigenen Zwecken, wie sie am Beispiel ihres Vaters deutlich erfahren hatte. Und weibliche Logik? Vielleicht war sie ja, wie Männer höhnisch behaupteten, gelegentlich gefühlsbetont. Aber die höhere Logik war auf ihrer Seite: das vorrangige Gebot war, so viele Menschenleben zu retten wie möglich.

«Ihr meint beide, es sei zu spät, um heute noch etwas zu tun? Seid ihr da sicher? Ganz sicher?» Sie sprach leise und ruhig. «Entweder ist das Bild jetzt unwichtig, oder es ist weiterhin von entscheidender Bedeutung. Ich weiß, daß die Chancen gegen uns stehen. Aber es ist nun einmal unsere einzige Möglichkeit, die Aufständischen aus ihrem Wahn zu reißen. Wir müssen ihnen zeigen, mit welchem Zynismus sie ausgenützt werden, wie schamlos Peking mit den Imperialisten zusammenarbeitet.»

«Vielleicht würde das funktionieren, vielleicht auch nicht», antwortete Miles. «Aber heute nacht geht es nicht! Die Lage ist viel zu gespannt. Außerdem bin ich dabei, einen anderen Aspekt zu überdenken. Kennen Sie wirklich einen sicheren Ort, Y. N.?»

«Eine kleine Privatpension in Chinatown. Der Besitzer ist ein Schulfreund meines Vaters. Dem Personal gegenüber werden wir uns als Besucher aus Kuala Lumpur ausgeben.»

«Und wer fragt mich?» unterbrach ihn Tanya mit eiskalter Stimme. «Ihr zwei verfügt über mich wie über ein gefesseltes Huhn. Habe ich hier denn gar nichts zu sagen?»

«Was willst du unternehmen?» fragte Miles.

«Ich will versuchen, den Aufruhr aufzuhalten. Im übrigen will ich mit dir zusammensein, Miles, was immer auch geschieht.»

«Nichts wäre mir lieber, aber du bist viel gefährdeter als ich. Y. N. hat recht: Bei ihm bist du sicherer.»

«Miles, ich bin dir im Grunde egal, oder nicht?»

«Natürlich bist du mir nicht egal, Tanya», beruhigte er sie. «Aber Y. N.s Vorschlag ist einfach vernünftig.»

«Also werde ich abgeschoben. Die tapferen Männer werden schon für alles sorgen.» Sie wußte, daß das unvernünftig, ja sogar hysterisch klang, aber in ihrem Kummer wußte sie auch, daß sie recht hatte. «Miles, ich weiß, daß ich dir egal bin.»

«Wie kannst du das behaupten!» Allmählich war seine Geduld erschöpft. «Habe ich mich nicht um deinetwillen wie ein Vollidiot benommen? Wer ist schon wie eine Figur aus einem Comic strip auf das blöde Boot geklettert?»

«Nur um meinetwillen? Ging es nicht auch um deine Habgier?» fragte Tanya. «Du mußtest dir den Rücken freihalten, um an das Bild heranzukommen.»

«Ich kann mich jetzt nicht mit dir streiten. Wir haben zuviel zu tun, wenn nicht ganz Singapur explodieren soll wie die *Haiwang*.»

«Jetzt geht es also um die Sache, für die du kämpfst, um deine heilige Pflicht oder so etwas?» antwortete Tanya. «Also gut, geh und such dein verdammtes Bild. Ich begleite Y. N.!»

«So ist es am besten.» Miles wollte sie küssen, aber ihre Lippen blieben hart und geschlossen.

«Ich liebe dich, Tanya!» Er war ebenso überrascht von seiner plötzlichen Liebeserklärung wie sie. «Und ich weiß, wo ich dich finden kann.»

«Wenn du mich suchst...» Tanya war von der Leidenschaft ihrer eigenen Gefühle überrascht. «Ich warte auf dich, Miles. Trotz allem. Ich liebe dich auch.»

Sie legte die Arme um seinen Nacken und küßte ihn stürmisch. Dann ließ sie Miles los, ergriff Y. N.s Arm, und die beiden verschwanden in der Dunkelheit.

Einen Augenblick blieb Miles unentschlossen und bekümmert stehen. Aber was konnte er schon tun? Bei Y. N. war sie gut aufgehoben, versicherte er sich selbst. Und er würde sie wiederfinden, sobald er nach ihr suchen konnte, ohne sie in zusätzliche Gefahr zu bringen. Aber eine dumpfe Vorahnung, eine leise Unruhe nagte wie eine Made an seiner Sicherheit.

Miles verdrängte die Unruhe entschlossen aus seinem Bewußtsein und überreichte dem Bootsmann die andere Hälfte des Hundertdollarscheins. Der Abfallsammler verschwand ohne ein Dankeswort im Dunkel. Die Arbeit dieser Nacht hatte sich gelohnt. Jetzt wollte er möglichst schnell möglichst weit weg von dem verrückten Ausländer sein, der gerade ein Schiff zerstört hatte, das zehntausendmal so groß war wie sein Sampan.

Als Miles im Schutz der Dunkelheit auf Alex Cutlers winziges Büro im Gebäude des Telegrafenamts zuschlich, lagen die Docks ruhig. Einmal hielt ihn eine Polizeistreife an, aber in dieser Nacht war sein weißes Gesicht unter den dicken Ölschlieren der beste Paß, den man in Singapur zeigen konnte. Die Polizisten hatten keine Zeit, sich um einen Ausländer zu kümmern, der eine wenig glaubhafte Geschichte über einen Sturz ins Hafenbecken erzählte. Ihr Funkgerät barst vor Bitten um Verstärkung. Immer mehr chinesische Aufständische legten Brände, zogen Messer, ermordeten Passanten und hinterließen eine Blutspur.

Der malaiische Wächter im Telegrafenamt war genausowenig interessiert. Der alte Mann, der sogar noch älter war als der quietschende und krächzende Fahrstuhl, den er bediente, hatte im Laufe der Jahre viel zu viele Journalisten in wilder Begeisterung oder tiefer Depression gesehen, als daß ihm Miles' Anblick etwas hätte ausmachen können.

«Tuan Cutler ist mit der Polizei unterwegs», sagte er in bemerkenswert gutem Englisch und schloß die Tür des kleinen und überfüllten Büros der BBC auf. «Aber er kommt mit Sicherheit noch einmal wieder, um seine Berichte durchzugeben.»

Miles verbrachte fast eine halbe Stunde in der kleinen Waschzelle, bis er mit heißem Wasser, Seife, Bimsstein, einem rauhen Waschtuch und einer Nagelbürste die schlimmsten Spuren der Nacht notdürftig entfernt hatte. Eine Minute Arbeit mit Kamm und Bürste, um das widerspenstige kupferrote Haar zu glätten, dann warf er die verschmutzte schwarze Tarnkleidung in den Papierkorb und zog erleichtert die Kleider an, die er vor seinem Abenteuer im Büro gelassen hatte. Nur das Messer behielt er in der Scheide am Gürtel.

Alex,
ich habe Dein Angebot angenommen (kritzelte er auf einen Zettel). Mach Dir keine Sorgen um Marys Wagen. Ich habe keine weiteren Heldentaten vor. Ich bringe ihn morgen früh unbeschädigt wieder.
Herzlichen Dank, M.

Er konnte hören, daß der Aufruhr sich weiterbewegte. Jetzt hörte man die heulenden Sirenen, dumpfen Schrotflintenschüsse und donnernden Tränengasgranaten aus den Labyrinthen von Chinatown und dem benachbarten Gewerbegebiet. Chinesische Vorkämpfer des Proletariats waren dabei, Arbeiter umzubringen und chinesisches Eigentum zu zerstören.

Und nicht nur ihr eigenes Eigentum. Als Miles das Gebäude verließ, sah er den roten Porsche wie ein Freudenfeuer brennen. Vielleicht war er nur der sinnlosen Zerstörungswut der Aufständischen zum Opfer gefallen, aber andere in der Nähe geparkte Autos waren unbeschädigt. Er hatte den Verdacht, daß eine Sprengladung gezündet worden war, als jemand den Zündschlüssel ins Schloß steckte. Vielleicht hatte Grapscher Wus Bande der Versuchung nicht widerstehen können, das bunt glitzernde Spielzeug zu stehlen, und hatte dabei weder geahnt, daß ihr Anführer tot war, noch daß seine Vorgesetzten das Fahrzeug in eine Todesfalle verwandelt hatten.

Für ihn jedenfalls hatte der Sportwagen, der jetzt ohnehin zu auffällig gewesen wäre, ausgedient. Die Autovermietung würde sich um Schadenersatz für den Porsche bemühen müssen, der nicht als einziger den Wirren der Nacht zum Opfer gefallen war, und die Anwälte der Anspruchsberechtigten und der Versicherungen konnten sich auf eine Orgie von Prozessen freuen, in denen es um die exakte Bedeutung von Begriffen wie «höhere Gewalt» und «innere Unruhen» gehen würde.

Miles öffnete die Motorhaube und überprüfte den Motor von Mary Cutlers kleinem schwarzem Morris Minor. Dann warf er einen Blick in den Kofferraum und kontrollierte den Tankdeckel. Schließlich kroch er mit einer Taschenlampe unter das Auto. Endlich war er beruhigt, ließ sich in den Fahrersitz gleiten und schob den Zündschlüssel ins Schloß. Aber plötzliche Vorsicht ließ ihn noch einmal aussteigen.

Unter dem Krimskrams im Kofferraum fand er ein dickes Drahtstück, Miles steckte den Zündschlüssel wieder ins Schloß und schlang den Draht um den Schlüssel. Aus einem Abstand von drei Metern drehte er den Draht, um die Zündung einzuschalten. Alles blieb ruhig.

Er stieg wieder ein, legte den Leerlauf ein und zog den Choke. Glücklicherweise ließ sich der Startknopf des Oldtimers genau so bedienen wie der Choke. Er wand ein zweites Drahtstück um den Startknopf und begab sich sieben Meter entfernt in den Schutz eines geparkten Lastwagens.

Der erste Versuch, den Wagen zu starten, endete erfolglos. Beim zweiten Mal knatterte der Motor protestierend auf und starb wieder. Beim dritten Mal hustete die Maschine und verfiel dann in ihr normales blechernes Klappern.

Miles zog Alex' alten Tropenhelm tief über das verräterisch rote Haar und lenkte den Morris vor das zwei Blocks entfernte Hauptpostamt. Auch wenn die Stadt sich im Griff der Aufständischen in Krämpfen wand, herrschten hier britisches Phlegma und koloniale Bürokratie. Der kleine Nebeneingang war offen. Der Beamte am Nachtschalter saß ungerührt an seinem Platz und zeigte ein Gesicht, das von einem halben Jahrhundert unterbezahlter Arbeit sprach.

«Corrigan? M. Corrigan?»

Der Beamte sprach das singende und zugleich abgehackte Englisch der chinesischen Familien, die seit Jahrhunderten in der Kolonie ansässig waren. In ihrem Stolz darauf, britischer zu sein als die Briten, royalistischer als das Oberhaus, nannten sie sich die «Chinesen der Königin».

Der alte Mann blätterte die Briefbündel durch, die unter C abgelegt waren und sagte schließlich bestätigend: «Ja, Mr. M. Corrigan, postlagernd, Hauptpostamt. Bitte zeigen Sie mir Ihren Personalausweis.»

«Tut mir leid!» Miles warf einen Blick auf das Namensschild am Schalter. «Es tut mir leid, Mr. The. Ich bin Tourist. Ich habe keinen Personalausweis der Kronkolonie.»

«Mr. Corrigan, die Vorschriften besagen, daß Sie einen in Singapur ausgestellten Personalausweis oder eine entsprechende amtliche Urkunde vorlegen müssen. Sie benötigen ein Dokument, aus dem Ihre Identität hervorgeht.»

«Wie wäre es mit meinem Paß?»

«Ein Reisepaß genügt den Vorschriften. Es handelt sich um eine amtliche Urkunde.»

Das Lächeln in dem Greisengesicht erlosch, als Miles seinen amerikanischen Paß über die Theke schob. Der alte Beamte betrachtete das kleine Büchlein, als handle es sich um eine harmlose, aber unerfreuliche Küchenschabe. Er nahm es nicht in die Hand.

«Ein *amerikanischer* Reisepaß», sagte er schließlich voll höflicher Arroganz. «Es tut mir leid, mein Herr. Ich kann nur einen britischen Reisepaß als *richtige* amtliche Urkunde betrachten.»

«Mr. The, es handelt sich um einen dringenden Fall.» Miles durchsuchte seine Brieftasche. «Hier ist mein internationaler Führerschein, und das ist eine Einladung zu einem Empfang im Regierungsgebäude.»

«Ein *internationaler* Führerschein? Kein britischer? Aber eine Einladung ins Regierungsgebäude? Vielleicht kann ich ja...»

Miles' Hoffnung wuchs. Vielleicht gab es doch einen Weg, die sture Vorschriftengläubigkeit des alten Mannes zu umgehen.

«Mr. Corrigan, ich fürchte, so geht es nicht.» Mr. The hatte fast eine Minute nachgedacht, ehe er zu einer Entscheidung kam. «Es *muß* eine *britische* Urkunde sein. Bitte kommen Sie morgen mit einem geeigneten Dokument wieder.»

Das Lächeln des alten Mannes bewies, daß er ihm nichts Böses wollte. Aber sein Blick vermittelte die Botschaft, die auszusprechen er zu höflich war: «Ein *amerikanischer* Reisepaß... ein *internationaler* Führerschein... *nichts* Britisches... was für ein Unsinn!»

Unter anderen Umständen hätte Miles Mr. The Oei-soons

unnachgiebigen Pflichteifer amüsant, vielleicht sogar bewundernswert gefunden. Heute war er eine Katastrophe. Miles wäre beinahe über die Theke geklettert und hätte sich den Brief genommen. Aber der Gedanke an noch mehr Gewalt, Gewalt, die sich diesmal gegen einen anständigen alten Burschen wie Mr. The gerichtet hätte, war abstoßend.

Er war schon auf halbem Weg zum Ausgang, als ihn eine plötzliche Eingebung herumwirbeln ließ.

«Mr. The», fragte er, «Sie wollen mir doch helfen?»

«Selbstverständlich, Mr. Corrigan. Ich stehe im Dienste der Öffentlichkeit. Aber mir sind die Hände gebunden. Ich muß einen Vermerk über die Vorlage einer amtlichen britischen Urkunde machen. Wohin kämen wir, wenn wir uns alle über die Vorschriften hinwegsetzen wollten?»

Miles schluckte die Antwort hinunter, die ihm auf der Zunge lag. Heute nacht setzte sich halb Singapur nicht nur über die Vorschriften hinweg, sondern war dabei, die letzten Reste von Gesetz und Ordnung zu zerstören.

«Mr. The, ich besitze eine amtliche britische Urkunde, aus der meine Identität hervorgeht.» Miles schlug seinen amerikanischen Paß auf und zeigte auf die richtige Seite. «Sehen Sie den amtlichen Stempel und die Unterschrift?»

> *Hiermit wird es Mr. M. de S. Corrigan gestattet, nach Singapur einzureisen und sich dort 14 Tage aufzuhalten. Nach Ablauf dieser Frist muß der Antrag auf Verlängerung der Aufenthaltsgenehmigung und Ausstellung eines Personalausweises beim Polizeihauptquartier gestellt werden.*

Über den Namensstempel *R. C. Koo, Inspektor, Einwanderungsbehörde* war eine unleserliche Unterschrift gekritzelt.

«Das ist etwas anderes.» Der alte Beamte lächelte beglückt. «Das ist zweifellos eine amtliche britische Urkunde. Sobald ich den Inhalt notiert habe, werde ich Ihnen Ihren Brief aushändigen. Gar nicht übel!»

In Miles' Ohren klang der leicht veraltete Slang wie ein Choral von Haydn. Mr. The Oei-soon griff zu einer Stahlfeder, die fast so alt war wie er selbst, und notierte sorgfältig die Nummern des Visums und des fremden Reisepasses, dem die Ehre der Unterschrift eines Beamten Ihrer Majestät widerfahren war.

«Vielen Dank, Mr. The!» Miles nahm den Umschlag feierlich entgegen. «Vielen, herzlichen Dank!»

Als er zur Tür ging, rief ihn der alte Mann noch einmal zurück, und das Herz fiel ihm in die Hosen. Was für eine neue Schwierigkeit hatte sich nun ergeben?

«Ich stehe immer gerne zu Ihren Diensten», rief ihm der Schalterbeamte nach. «Es ist eine recht unruhige Nacht, nicht wahr?»

Der unerwartete Anflug von Humor munterte Miles auf. Wenn alle Diener Ihrer Majestät so pflichtbewußt wären wie Mr. The Oei-soon, würde Singapur nicht unter Gewalttätigkeit leiden. Jetzt mußte er sich um einen ganz anderen Typ von Beamten im öffentlichen Dienst kümmern.

Der mühsame Weg zu Cecil Montagues Villa kostete ihn fast eine Stunde. Miles konnte nicht schnell fahren, um keinen übereifrigen Polizisten zum Schußwaffengebrauch zu provozieren, und er mußte die Hauptstraßen meiden, um den Aufständischen nicht in den Weg zu kommen. Er machte einen weiten Umweg durch das Gewirr von Gäßchen im Osten, bevor er den Weg nach Nordwesten, nach Tanglin, dem ‹weißen Hochland der imperialistischen Privilegien›, einschlug, wie die Linken die fast rein britische Siedlung nannten. Aus der Ferne hörte er das Heulen der Sirenen und gelegentliche Schüsse aus den Schrotflinten der Sondereinsatzkommandos.

Nur einmal wurde Miles an einer Straßensperre der Polizei aufgehalten. Ein junger britischer Polizist näherte sich mit gezogener Pistole dem schrottreifen Morris. Hinter ihm standen vier malaiische Hilfspolizisten mit entsichertem Gewehr. Als Miles' weißes Gesicht und das Presseschild hinter der Windschutzscheibe im Schein der Taschenlampe sichtbar wurden, senkte er die Waffe.

«Sie sind heute aber spät unterwegs», sagte er streng. «Wissen Sie nicht, daß eine Ausgangssperre verhängt worden ist?»

«Mußte meinen Bericht abliefern, Herr Inspektor», murmelte Miles. «Die Nachrichten müssen durchkommen.»

«Denken Sie bitte daran, daß ihr Journalisten auch nicht feuersicher seid. Heute ist die Jagd auf Bleichgesichter eröffnet worden. Fahren Sie nach Hause!»

«O. K., Herr Inspektor!» Miles ließ die Kupplung los. «Bin schon auf dem Weg.»

Einen Kilometer weiter auf der tiefschwarzen Straße, und ein Wurfgeschoß prallte auf die Windschutzscheibe. Das Sicherheitsglas splitterte nicht, sondern wurde zwischen seinen Schutzschichten undurchsichtig. Blindlings trat Miles auf das Gaspedal, und der kleine Morris schoß vorwärts. Im Rückspiegel sah er vier weißgekleidete Schüler, die Ziegelsteine warfen. Hinter ihnen marschierten weitere sechs Gestalten, die auf ausgestreckten Armen eine Last trugen. In dem Augenblick, bis das Bild aus seinem Rückspiegel verschwunden war, glaubte Miles, zwei blutüberströmte Arme herabhängen zu sehen.

Er steckte den Kopf aus dem Seitenfenster und fuhr weiter.

Der Wind schlug ihm ins Gesicht, und seine Augen tränten. Nach einem Kilometer hielt er an und klopfte mit dem Messergriff die Windschutzscheibe aus dem Rahmen. Noch einmal zwei- bis dreihundert Meter weiter erschien das verriegelte Einfahrtstor zu Montagues Villa.

Ihre Majestät entlohnte ihre Diener unterschiedlich und nicht immer ihren Verdiensten entsprechend. Der alte Postbeamte The Oei-soon saß allein und schutzlos im Hauptpostamt, und nach Dienstschluß würde er sich allein auf den gefährlichen Weg durch die tobende Stadt zu seiner überbelegten Wohnung machen müssen.

Cecil Montague, der wenigstens teilweise mitverantwortlich für die Unruhen war, schlief von vier Polizisten bewacht in seiner Dienstvilla.

«Ich muß Mr. Montague in einer dringenden Angelegenheit sprechen», verlangte Miles.

«*Tuan*, Mr. Montague schläft.» Der malaiische Sergeant war höflich, aber unnachgiebig. «Ich kann ihn nicht wecken.»

«Ein Notfall», insistierte Miles. «Eine amtliche Angelegenheit. Sagen Sie ihm, die Parole ist *Langes Leid*.»

Fünfundvierzig Sekunden nachdem der Sergeant zum Haustelefon gegriffen hatte, öffnete sich das Tor. Zwei Minuten später empfing Cecil Montague im grünseidenen Morgenrock den späten Besucher.

«Ich dachte, es sei Pritchard», rief Montague ärgerlich aus. «Wer in Teufels Namen sind Sie?»

«Ein Bote, Mr. Montague. Wenn Pritchard der Geist des vergangenen Weihnachtsfestes war, bin ich der Geist der zukünftigen Weihnacht.»

«Zum Teufel mit Ihrer amerikanischen Unverschämtheit. Was, verdammt noch mal, wollen Sie?»

«Mr. Montague, Sie werden noch dankbar für meine amerikanische Unverschämtheit sein. Hören Sie mich erst einmal an.»

«Sagen Sie schnell, was Sie wollen!» Montague stand mit zornrotem Gesicht da. «Ich habe nicht ewig Zeit.»

«Gut, Sie haben es so gewollt. Ich will das Rollbild und ...»

«Was für ein Rollbild?» unterbrach ihn Montague. «Ich weiß nichts von einem Rollbild.»

«... und, wollte ich gerade sagen, ich habe einen Schuldschein für Sie. Vielleicht wissen Sie davon etwas.»

«Keine Ahnung, wovon Sie reden. Zeigen Sie her!»

Miles riß den Umschlag auf, den er im Postamt abgeholt hatte, und Montague streckte eine zitternde Hand aus.

«Mr. Montague, es gibt noch eine Fotokopie davon, die an einem sicheren Ort aufbewahrt ist», sagte Miles. «Um einen Skandal auszulösen, genügt auch die Fotokopie.»

«Kommen Sie rein», befahl Montague. «Ob Sie der Teufel sind oder nicht, trinken wir erst einen.»

Der Politische Berater Ihrer Majestät strich den Schuldschein unter der Schreibtischlampe glatt. Dann hob er ihn nah vor die Augen. Miles hatte das Gefühl, wäre er allein gewesen, er hätte das zerkrumpelte Papier geküßt.

«Also gut!» Montague schüttete seinen Whisky hinunter. «Weiß der Teufel, wie Sie daran gekommen sind. Verdammter amerikanischer Verräter, der Sie vermutlich sind ... Ich habe den Schuldschein ... und Ihre Leute kriegen, was sie wollen. Der Abschiebungsbescheid wird morgen früh zurückgenommen. Meines Wissens sollte ich auch noch eine quittierte Rechnung für die Rolle bekommen.»

«Mr. Montague, ich fürchte, die Bedingungen haben sich ein wenig geändert. Ich nehme das Bild mit, und Sie bekommen den Schuldschein. Alles in Ordnung, aber da ist noch eine Kleinigkeit.»

«Man hat mir zugesagt, daß nichts weiteres folgt. Also was ist jetzt wieder los?»

«Die Abschiebung», befahl Miles, «geht wie ursprünglich angeordnet vonstatten.»

«Mein guter Mann, Sie sind offensichtlich verrückt. Ich habe kämpfen müssen wie ein Löwe, damit der Abschiebebescheid aufgehoben wurde. Ich kann doch nicht einfach ...»

«In diesem Falle werde ich mich auf die Fotokopie verlassen müssen», antwortete Miles. «Vielleicht gibt es ja kein Disziplinarverfahren. Vielleicht werden Sie aus Verwaltungsgründen pensioniert. Aber Peking wird, wenn es die geringste Chance dazu sieht, eine üble Geschichte inszenieren ... Wenn Sie sich an die Bildrolle klammern, übergebe ich die Fotokopie der Presse.»

«Sie sind schlimmer, als all die anderen zusammen», beschwerte sich Montague. «Auf welcher Seite stehen Sie?»

«Machen Sie sich darüber keine Gedanken. Betrachten Sie mich einfach als Ihren Schutzengel. Wenn das Rollbild verschwindet und der Schuldschein auch, ist das Spiel gelaufen. Und Ihnen kann nichts mehr passieren.»

«Klingt vernünftig», gab Montague zu. «Einverstanden!»

«Als ob Sie die Wahl hätten. Ich rate Ihnen, in Zukunft verdammt vorsichtig zu sein. Aber die fünf *müssen* morgen abgeschoben werden.»

«Und dann?»

«Dann ist die Angelegenheit erledigt! Wenn die Regierung sich hart zeigt, beruhigt sich Singapur. Natürlich müssen Sie auch darauf drängen, daß die illegale Besetzung der chinesischsprachigen Schulen durch die Schüler beendet wird. Dann muß Peking eine Niederlage einstecken, und Sie sind der Held des Tages. Wahrscheinlich ernten Sie noch einen Orden, vielleicht sogar den Adelstitel, auf den Sie scharf sind.

Denken Sie nur an die fetten Aufsichtsratsposten nach der Pensionierung.»

«Und die Fotokopie?» fragte Montague. «Was geschieht mit der Fotokopie?»

«Sie bekommen sie, wenn die Lage sich beruhigt hat. Vorläufig ist sie meine Lebensversicherung. Das ist alles.»

«Ich nehme an, Sie lassen mir keine andere Wahl.»

«Mein Gott, Montague», explodierte Miles. «Ich rette Ihre Karriere, rette Ihren Namen ... und Sie wollen mit mir feilschen. Sie *können* das Bild nicht behalten.»

«Also gut», gab Montague nach. «Wie Sie wollen.»

Als Miles mit dem länglichen Kasten unter dem Arm, in dem sich das in Seide eingehüllte Rollbild befand, die Villa verließ, lachte er vor Freude. Im Gegensatz zum Klischee der Geschichtsbücher über einen wahren Engländer wußte Montague, wann er geschlagen war. Nachdem er sich einmal davon überzeugt hatte, hatte er eilig das Bild aus seinem Versteck geholt und den Schuldschein vor Miles' Augen verbrannt. Die Fotokopie würde er nie bekommen, nicht einmal erfahren, daß sie nicht mehr existierte. Ein bißchen Ungewißheit würde ihm nicht schaden.

Miles hatte schon einen raschen Blick auf das Rollbild geworfen. Die zwei chinesischen Namenszeichen des Drachenkönigs waren so ausgeblichen, wie man es nach beinahe einem Jahrtausend erwarten mußte. Nur noch chemische Untersuchungen konnten die Echtheit der Rolle bestätigen. Aber äußere Indizien wiesen darauf hin, daß es sich um das Original handeln konnte, das Gemälde, das vor siebenhundert Jahren während der mongolischen Eroberung Chinas verschwunden war.

Wenn dem so war, mußten auch Alex Cutlers Informationen zutreffen. Kein geringerer Grund als die Notwendigkeit, den Leiter der gesamten subversiven Tätigkeiten in Südostasien an seinem Platz zu halten, hätte Peking dazu bewegen können, einen so unschätzbaren Teil des chinesischen Kulturerbes aufs Spiel zu setzen.

Von einem Augenblick zum anderen verfiel Miles plötzlich vom Hochgefühl des Sieges in tiefste Erschöpfung. Er verfügte über keine Energie, keine Gefühle mehr. Nach dem Triumph waren seine Füße schwer wie Blei, seine Augenlider rot und schwer, und er konnte sich kaum mehr hinter das Lenkrad des alten Morris quetschen. Ein langer Tag und eine noch längere Nacht hatten seine Reserven erschöpft. Jetzt war er nur noch abgestumpft und verletzlich.

Aber sein Sieg warf neue Fragen auf. War er wirklich fest entschlossen, das Rollbild zu behalten? Tanya hatte gesagt, moralisch, vielleicht auch juristisch, gehöre es Y. N. Und dann war da noch Tanya selbst, auch sie ein Problem. Als sie sich trennten, war sie wütend auf ihn gewesen, auch wenn er nur zu ihrem Besten gehandelt hatte. Aber, so beruhigte er sich, sie würde es sich anders überlegen, und es gab immer ein Morgen.

Morgen, durch einen Nebel von Müdigkeit suchte Miles nach dem Gedanken, morgen war der Tag der Entscheidung. Wenn die Regierung hart durchgriff, könnte eine frustrierte Opposition die Aufrührer zurückpfeifen, um ihre Kräfte für eine bessere Gelegenheit zu bewahren. Aber die Stadt konnte auch in einer Orgie der Gewalttätigkeit versinken. Völlige Anarchie konnte ausbrechen, wenn die Opposition ihrer Wut auf Kosten ihrer langfristigen Interessen freien Lauf ließ. Was immer geschehen würde, er konnte nichts mehr für Singapur tun.

Aber Tanya war *sein* Problem, ein unmittelbar drängendes

persönliches Problem. Im Augenblick bereute Miles, daß er sie Y. N. anvertraut hatte, der behauptete, ein sicheres Versteck zu kennen. Aber, sagte er sich, es war die einzig vernünftige Entscheidung gewesen. In seiner Begleitung hätte sie in schwerer Gefahr geschwebt. Es hätte leicht geschehen können, daß die Aufständischen ihn angegriffen, vielleicht sogar getötet hätten. Er war seinem Schicksal nur knapp entgangen. Was für eine Chance hätte eine Eurasierin in Begleitung eines der verhaßten Ausländer gehabt?

Und morgen? Mitten in seiner Erschöpfung überwältigte ihn ein Gefühl reiner Freude. Die Aussichten für morgen waren strahlend hell, denn morgen würde er Tanya treffen. Und all die anderen Probleme konnten warten. Über das Morgen wollte er sich morgen Gedanken machen.

Miles zog den Startknopf. Langsam fuhr er aus dem Tor und nickte dem salutierenden malaiischen Sergeanten zu. Die schwarze Kühlerhaube des alten Morris war auf Alex' verwunschenes Haus gerichtet. Endlich durfte der Oldtimer nach Hause.

24. KAPITEL

Die roten Lederbänke zu beiden Seiten des Mittelgangs waren steif und glänzend und wirkten neu und unbenutzt. Bisher hatten Sitzungen der Gesetzgebenden Versammlung von Singapur nur selten stattgefunden und kurz gedauert. Der rot und golden ausgeschlagene Saal wirkte ein wenig zu prächtig für eine Regierung mit beschränkter Zuständigkeit, die weder die Verantwortung für ihre bunt zusammengewürfelte und unruhige Bürgerschaft verleugnen noch ihre Bürger wirksam regieren konnte. Die kleine Legislativkörperschaft einer Stadt, die noch kein unabhängiger Staat war, bestand aus neununddreißig Abgeordneten. Fünfundzwanzig davon waren vom Volk gewählt, aber die ausschlaggebende Minorität, die das Zünglein an der Waage darstellte, war vom britischen Gouverneur der Kolonie ernannt worden. So war es nicht erstaunlich, daß die Einwohner von Singapur die Gesetzgebende Versammlung weniger als ihre Interessenvertretung ansahen, denn als eine Institution, die ihnen von britischen Bürokraten und ehrgeizigen Lokalpolitikern aufgezwungen worden war.

Der Ehrenwerte Sprecher des Hauses auf seinem Thron an der Stirnseite des Saals trug die gleiche weiße Perücke und schwarze Robe wie der Sprecher der Mutter der Parlamente in Westminster. Aber sein Teint war von tropischem Blut und tropischer Sonne dunkel, und er sprach eher mit jenem singenden Akzent, den man an der Raffles Institution erlernen konnte, als im selbstbewußten Tonfall von Eton oder Harrow.

Miles, der neben Alex Cutler auf der Pressegalerie saß, bewunderte die raffinierte Kulisse. Bis heute morgen war der Plenarsaal kaum mehr gewesen als ein anspruchsvoll dekorierter Theatersaal, dazu bestimmt, den Marionetten zu schmeicheln, die hier tagten, und die Aufmerksamkeit der Bevölkerung davon abzulenken, daß es noch immer der britische Gouverneur war, der die wirkliche Macht ausübte. Aber heute mußten die Marionetten selbständig agieren. Nach einer Woche der Gewalt hatten die Drahtzieher sowohl die Nerven als auch den Willen zur Entscheidung verloren. Mit kaum verhohlener Erleichterung bürdeten die Briten jetzt einem unvorbereiteten Singapur die Verantwortung für sein eigenes Schicksal auf.

«Jetzt haben sie das, wonach sie sich die Kehlen heiser gebrüllt haben: *Merdeka!*» murmelte Alex in seinen Bart hinein. «Praktisch sind sie jetzt unabhängig, weil den Briten vor Angst die Knie schlottern. Aber was in Teufels Namen sollen sie jetzt mit ihrer *Merdeka* anfangen?»

«Wann fängt die Vorstellung endlich an?» fragte Miles. «Jetzt spielen sie schon seit Stunden da unten rum. Wann wird die Sitzung formell eröffnet?»

«Geduld, Yankee!» riet ihm Alex. «Würden Sie sich an ihrer Stelle beeilen? Ich gehe mal raus und erkundige mich, was vor sich geht.»

Miles rutschte nervös auf der harten Bank hin und her, die anscheinend extra dazu bestimmt war, der Presse das Leben schwerzumachen. Er brauchte eine Zigarette, aber er wollte den Saal nicht verlassen. Die Sitzung war für 10 Uhr 30 einberufen worden. Jetzt war es beinahe Mittag, und bisher war absolut nichts geschehen.

Außerdem war er ohnehin nur auf Einladung Alex Cutlers hier. Sein Presseausweis war auf Miles Corrigan, außerordentlicher Korrespondent, British Broadcasting Corporation, ausgestellt. Selbst der geduldige Alex würde sich ärgern, wenn irgend etwas während seiner Abwesenheit geschähe und sein Assistent draußen auf dem Flur eine Zigarette rauchte. Nervös spielte Miles mit einer Zigarette zwischen Daumen und Zeigefinger herum und sah den von ihrer eigenen Wichtigkeit überzeugten Beamten zu, die dicke Aktenbündel hin und her trugen.

«Jetzt können Sie Ihre Zigarette rauchen», ertönte Alex' Stimme hinter seinem Rücken. «Es wird für mindestens eine halbe Stunde nichts geschehen. Sie feilschen immer noch um die Bedingungen, unter denen sie die Stadt verraten werden.»

Braune, goldfarbene und rosige Gesichter wandten sich neugierig dem bärtigen Engländer zu, der seine Meinung so offen äußerte. Der BBC-Korrespondent galt in den Augen der ängstlichen Lokalpresse wie der ausländischen Nachrichtenagenturen als offiziell zugelassener Exzentriker.

Alex führte Miles in eine Ecke des Korridors vor der Herrentoilette. Nur der Versammlungssaal selbst war eilig renoviert worden. Der Flur war schäbig, die bröckelnde Farbe war voll von schwarzem Schimmel und die Täfelung voller Risse.

«Sieht so aus, als hätte Ihr Freund im letzten Moment die Nerven verloren», sagte Alex leise. «Mein Landsmann, der Generalsekretär, denkt an bedingungslose Kapitulation. Den Titel Kolonialsekretär führt er nicht mehr. Wir sollen glauben, Singapur sei ein souveräner Staat, in dem nur die Außenpolitik und die innere Sicherheit unter britischer Verantwortung stehen.»

«Was geht wirklich vor sich, Alex?» fragte Miles. «Werden Sie konkret!»

«Also gut, wenn Sie die ganze schmutzige Geschichte hören wollen. Erstens: Arbeiter und Schüler sind auf der ganzen Länge der Bukit Timah Road im Aufruhr, außerdem in Chinatown und im Hafengebiet. Die Massen-Operations-Partei – die gute alte MOP – hat einen Protestmarsch von hunderttausend wütenden Chinesen angekündigt, für den Fall, daß die Regierung es wagt, den wunderbaren Kindern in den heiligen chinesischsprachigen Akademien der Wissenschaft und Weltrevolution etwas anzutun. Die Mauschelei hinter den Kulissen ist in vollem Gange.»

«Wie?»

«Ein ausgeklügeltes Spiel. Unser hochverehrter Premierminister Patrick Wee soll eine Regierung der nationalen Einheit bilden. *National*, bitte schön! Auf dieser Insel, so groß wie ein Nachttopf? Singapur ist kaum eine Stadt und schon gar keine Nation. Jedenfalls wird er ein paar Mitglieder der MOP in eine Koalitionsregierung aufnehmen und ihnen fünf von elf Ministerien überlassen. Der Abschiebebescheid wird aufgehoben, und die Märtyrer sollen freigelassen werden!»

«Mein Gott! Das ist die totale Kapitulation.»

«Es kommt noch schlimmer. Begründung: Jede weitere Gewaltanwendung wird die Bevölkerung endgültig entfremden und zwei-, vielleicht auch dreihunderttausend wütende Chinesen auf die Straße treiben. Dann, so heißt es, wird Singapur unregierbar. Sehen Sie ...»

«Sie wissen doch, daß das alles Scheiße ist», unterbrach ihn Miles. «Die meisten Chinesen scheren sich einen Dreck um Politik. Sie haben einfach Angst und sonst nichts.»

«Sehr wahr! Dennoch wird die Lage immer schlimmer. In sechs Wochen sind Neuwahlen angesetzt. Diesmal sollen sämtliche Mitglieder der Gesetzgebenden Versammlung gewählt werden. Nach dieser vollständigen Kapitulation wird die MOP mit überwältigender Mehrheit die Macht übernehmen. Wie gefällt Ihnen das?»

«Das war's dann wohl», sagte Miles niedergeschlagen. «Bleibt ein kleiner Trost: Ich habe das Rollbild heute früh mit dem ersten Pan-Am-Flug nach Hongkong geschickt. Dieses Arschloch Montague! Den kauf ich mir! Dafür wird er bezahlen!»

«Da wäre ich nicht so sicher, mein Freund. Er ist der Mann der Stunde, der Held des großen Ausgleichs. Meine Landsleute stehen geschlossen hinter Mr. Montague.»

Die Korridore belebten sich, und die Zuschauer begannen, auf die Sitze auf der Galerie zurückzuströmen. Irgendwie wußten sie, daß die Verhandlungen bald anfangen würden. Miles und Alex nahmen ihre Plätze ein, als der Ehrenwerte Sprecher des Hauses hinter dem zwei Meter hohen Parlamentszepter den Saal betrat und auf seinem Thron Platz nahm. Die dunklen Augen, die aus seinem braunen, intelligenten Gesicht hervorleuchteten, waren auf Paul da Silva, Oppositionsführer und Generalsekretär der Massen-Operations-Partei, Berater der Allgemeinen Arbeitergewerkschaft, gerichtet. Machiavelli oder Strohmann?

«Das Wort», intonierte der Sprecher feierlich, «hat der Oppositionsführer, der ehrenwerte Abgeordnete für Katong.»

Paul da Silva erhob sich langsam und ließ dramatische Blicke durch den Saal schweifen. Sein dunkles Gesicht glühte vor Aufregung, und seine Augen funkelten. Der Gürtel der sandfarbenen Safarijacke, die zu seinem Markenzeichen geworden war, war eng über den Bauch geschnallt. Zur Feier des offiziellen Anlasses steckte ein rotes Halstuch im offenen Hemdkragen.

«Herr Sprecher, ehrenwerte Abgeordnete, meine Damen und Herren», begann da Silva seine Rede. «Die Gelegenheit, zu dieser wichtigen Stunde in der Geschichte unseres jungen Staates zu Ihnen zu sprechen, ist mir eine Ehre.»

Die ehrenwerten Abgeordneten, die Pressevertreter und die wenigen anwesenden Vertreter der Öffentlichkeit neigten sich vor, um keines seiner leise vorgetragenen Worte zu verlieren. Dann entflammte rhetorisches Pathos da Silvas Stimme.

«Dies ist die bedeutendste Entscheidung, vor der wir je gestanden haben, und zugleich die größte Gelegenheit, Entscheidungen für die Zukunft zu treffen. Heute liegt es in unserer Hand, ob der Staat Singapur in Unruhen und Aufruhr untergehen soll oder ob wir aus unserer schönen Stadt ein Vorbild für Asien und die Welt machen. Die Entscheidung liegt bei Ihnen, ehrenwerte Abgeordnete, bei Ihnen allein.»

Miles fühlte, wie sich seine Nackenhaare sträubten. Da Silva war gut, sehr gut sogar. Er war ein geborener Redner und hatte seine volltönende Stimme zu einer Fanfare gemacht, die jedermanns Herz rühren mußte.

«Vor uns liegen zwei Alternativen», fuhr da Silva fort. «Wir können unsere Kinder züchtigen, die Schüler und Arbeiter bestrafen, die für Freiheit, für Demokratie, für Gerechtigkeit kämpfen. Wir können sie geißeln und auspeitschen. Wir können auf ihre Köpfe einschlagen und ihnen die Herzen brechen. Wir können sie ins Gefängnis werfen und ihre Seelen demütigen. Wir können mehr töten als ihre stolzen Seelen. Wir können die Seele Singapurs töten, den glorreichen Traum von einer multikulturellen Gesellschaft, die jedem die gleichen Chancen gibt. Das bietet die eine Alternative. Ich warne meinen Kollegen, den ehrenwerten Herrn

Premierminister, davor, diese Alternative zu wählen, der Stimme brutaler, verbrecherischer Torheit zu folgen.»

Die Mehrheit der Gesetzgebenden Versammlung blieb ruhig, nur drei Mitglieder der MOP riefen: «Hört! Hört!» Vier von den fünf Unabhängigen in der Versammlung nahmen die Parole auf. Hatten sie zunächst noch gezögert, so schmetterte ihr Schlachtruf bald ungehemmt durch den Raum.

«Ruhe! Ruhe!» Der Hammer des Sprechers kämpfte gegen den Tumult an. «Ruhe, sage ich!»

«Oder wir können die zweite Alternative wählen.» Da Silva senkte effektvoll die Stimme. «Wir können es wagen, den ruhmreichen Weg zu beschreiten, der sich vor uns auftut. Wir können die Macht der aufgeblähten Geldsäcke in die Schranken weisen. Wir können unseren britischen Herren zurufen: ‹Sie sind zu weit gegangen, meine Herren, viel zu weit! Die Stimme des Volkes verlangt Gehör!›

Wir können von den kapitalistischen Blutsaugern verlangen, nein, wir können sie *zwingen*, den gerechten Forderungen der Arbeiter nachzukommen. Und die unschuldigen fünf, die Fünf Märtyrer, wie das Volk sie zu Recht nennt? Wir können darauf bestehen, daß sie freigelassen werden, daß man ihnen gestattet, zu ihren friedlichen, produktiven Aufgaben in der Gesellschaft zurückzukehren. Das, ehrenwerte Abgeordnete, ist die andere Alternative, das Gebot der Klugheit, das Gebot aber auch vor allem der Ehre und Gerechtigkeit.

Sonst, fürchte ich, werden wir eine Gewalttätigkeit erleben, wie unsere schöne Stadt sie noch nie zuvor gesehen hat. Blutströme werden durch unsere Straßen fließen und die tropischen Flüsse rot färben...»

Premierminister Patrick Wee, kräftig gebaut, rundgesichtig, in schweres weißes Kammgarn gekleidet, erhob sich auf der Regierungsbank.

«Ich bitte um das Wort für eine privilegierte Mitteilung, Herr Sprecher», rief er. «Es handelt sich um eine Angelegenheit von dringender, vorrangiger Bedeutung.»

«Ich überlasse dem Herrn Premierminister das Wort», sagte da Silva ohne Zögern.

«Jetzt passiert es», flüsterte Alex Miles zu. «Jetzt wird der Kuhhandel publik gemacht.»

«Herr Sprecher, meine ehrenwerten Abgeordneten, meine Damen und Herren», Patrick Wees Stimme verfügte weder über das Feuer seines Gegners noch über dessen Subtilität. «Ich behaupte, daß wir genug Gewalt gesehen haben und daß wir auch mehr als genug von Gewalt gehört haben. Ich habe hier nicht vor, die Ausführungen des ehrenwerten Oppositionsführers zu kritisieren. Im Gegenteil, ich hege Verständnis für seine Empörung, die ich in vollem Ausmaß teile.»

Ein erstauntes Raunen ob dieses Eingeständnisses ging durch die Regierungsbank. Verblüffte Abgeordnete fragten sich hörbar, was hier eigentlich passierte.

«Ruhe, bitte, Ruhe im Hohen Hause!» mahnte der Sprecher. «Die Verhandlungen dieses Gremiums dürfen in ihrer Würde nicht durch Zwischenrufe beeinträchtigt werden. Herr Premierminister, Sie haben das Wort für eine privilegierte Mitteilung erbeten. Jetzt sieht es aber aus, als wollten Sie eine Rede halten, statt eine Mitteilung zu machen.»

«Ich bitte um Verzeihung», sagte Patrick Wee ungerührt. «Ich hatte gehofft, ein paar einleitende Bemerkungen könnten die aufgebrachten Gemüter beruhigen. Wenn Sie gestatten, werde ich jetzt meine Mitteilung machen. Ich glaube, daß die Gewalt schon viel zu weit gegangen ist, daß jede weitere Gewalttätigkeit katastrophale Folgen zeigen muß, gleichgültig, ob sie von empörten Bürgern ausgeht oder einer

Polizei, die scheinbar versucht, Gewalt zu verhindern. Ich schlage deshalb gewisse Maßnahmen vor, die die Besorgnis und die Befürchtungen des ehrenwerten Oppositionsführers beschwichtigen werden. Es handelt sich um folgende Maßnahmen…»

Irritiert drehte er sich um. Sein Privatsekretär zupfte ihn aufgeregt am Ärmel. Er winkte ab, aber der zudringliche junge Mann schob ihm einen Zettel in die Hand.

«Würden Sie mich einen Augenblick entschuldigen, Herr Sprecher. Mir wird mitgeteilt, daß sich eine außerordentlich dringliche Frage ergeben hat.»

Der Premierminister setzte sich und entfaltete die Mitteilung.

«Mr. da Silva, möchten Sie fortfahren?» fragte der Sprecher. «Sie haben das Wort.»

«Das wäre dem Premierminister gegenüber unhöflich», antwortete da Silva gewandt. «Ich bin bereit, seine Mitteilung abzuwarten.»

Patrick Wee war wieder aufgestanden. Nervöses Zucken durchlief seine Züge.

«Herr Sprecher, ich bitte um eine Unterbrechung von fünfzehn Minuten», sagte er. «Die Regierung braucht dringend einen Aufschub, um ihre Entscheidung abschließend zu formulieren.»

«Pfui! Pfui!» riefen vier Abgeordnete der Opposition, aber ihr Anführer nickte wohlwollend und stimmte dem Antrag zu.

«Selbstsicheres Arschloch!» flüsterte Alex. «Gehen wir noch eine rauchen. Ich habe keine Ahnung, was jetzt wieder los ist.»

Nach zehn Minuten nahm die Öffentlichkeit ihre Plätze auf der Galerie wieder ein, und auch die roten Lederbänke füllten sich mit Abgeordneten. Aber trotz eines unheilverkündenden Murrens und Raunens im Saal kam Patrick Wee nicht wieder. Als er nach dreißig Minuten endlich erschien, war sein Gesicht angespannt und blaß. In der Hand hielt er einen gelben Foliobogen voll hingekritzelter Notizen.

«Herr Sprecher, darf ich mit meiner Mitteilung fortfahren?» fragte er. «Ich muß dem Hohen Haus wichtige neue Informationen zukommen lassen.»

«Fahren Sie bitte fort, Herr Premierminister», antwortete der Sprecher. «Es sei denn, der ehrenwerte Oppositionsführer...»

«Kein Einwand!» sagte da Silva, als sei das selbstverständlich. «Keinerlei Einwände!»

«Ehrenwerte Abgeordnete», sagte Patrick Wee mit ernster Stimme, «ich muß zunächst berichten, daß die Absprachen der Regierung mit der Opposition nicht eingehalten worden sind. Die Unruhen haben nicht nachgelassen, sondern sind schlimmer geworden. Bisher gibt es mehr als dreißig Verletzte. Überdies haben sechs Personen den Tod gefunden, während wir hier sitzen.»

Paul da Silva sprang auf und gestikulierte protestierend mit einem Aktenordner. «Ich protestiere gegen dieses Ablenkungsmanöver, Herr Sprecher!» rief er. «Ich habe zugunsten einer privilegierten Mitteilung auf mein Rederecht verzichtet. Jetzt hat sich der Premierminister zu unverantwortlichen Vorwürfen herabgelassen. Er hat mir den Bruch eines imaginären Abkommens vorgeworfen, von dem ich nichts weiß und dem ich nie zugestimmt habe. Er versucht, das Hohe Haus durch Greuelmärchen aufzuwiegeln und...»

«Der ehrenwerte Oppositionsführer verstößt gegen die

Geschäftsordnung», stellte der Sprecher fest. «Der Premierminister hat das Wort zu einer dringlichen Mitteilung, die mit Vorrang zu behandeln ist. Ich werde es ihm jedoch nicht gestatten, dieses Vorrecht zu parteipolitischen Zwecken zu mißbrauchen.»

Paul da Silva ließ sich beleidigt auf die rote Lederbank zurückfallen, und Patrick Wee fuhr fort:

«Sechs Personen, ehrenwerte Abgeordnete, haben den Tod gefunden, während das Hohe Haus auf eine Lösung hoffte und während die Regierung die aufrichtige Absicht hatte, allen Beschwerden nachzugehen. Unter den Toten sind zwei Polizeibeamte, von denen der eine zu Tode gesteinigt, der andere mit Benzin übergossen und angezündet wurde.»

Gesetzgeber wie Zuschauer hielten erschreckt die Luft an.

«Weiterhin sind unter den Toten ein nicht identifizierter Chinese mittleren Alters, seiner Kleidung nach ein Arbeiter, sowie ein Schüler namens Lim Teck-see. Darüber hinaus habe ich die traurige Pflicht, dem Hohen Haus mitzuteilen, daß zwei weitere Personen von Schülerbanden ermordet wurden. Vor einer Stunde ist Miss Tanya Tan, Tochter des bekannten Geschäftsmanns Mr. Morgan Tan, gemeinsam mit einem jungen Besucher aus Hongkong, einem gewissen Mr. Y. N. Li, umgekommen. Ich fordere das Haus auf, sich zum Gedenken an die Opfer zu erheben und ihren Familien unser tiefes Mitgefühl auszudrücken. Ich selbst möchte insbesondere meinem Mitgefühl mit Mr. Morgan Tan Ausdruck verleihen.»

Langsam erhoben sich die Abgeordneten und die Zuschauer von ihren Sitzen. Paul da Silva versuchte, sich über das erschreckte Murmeln der Versammlung hinweg Gehör zu verschaffen: «Herr Sprecher, das sind in der Tat traurige

Neuigkeiten. Aber bedauerlicherweise handelt es sich dennoch um ein Ablenkungsmanöver. Ich sehe nicht ein...»

Miles saß, das Gesicht in den Händen vergraben, wie vom Donner gerührt da. Er hörte weder die Beteuerungen des Demagogen noch das konfuse Flüstern der Versammlung. Er hätte Tanya heute früh suchen sollen. Er hätte sie finden und für ihre Sicherheit sorgen müssen. Jetzt war sie für immer verloren.

«Ich werde dich finden», hatte er gesagt, und sie hatte ihm geantwortet: «Wenn du mich finden willst...» Vom schwarzen Vogel hatte Hyacinth Li in Hongkong gesprochen, vom schwarzen Vogel des Leids, der sich auf anderen Schultern niederließ, aber niemals auf den seinen. Ihm war nichts geschehen, aber er wußte, daß sein Leid jetzt erst begann.

«Unter den obwaltenden Umständen habe ich keine andere Wahl, als...»

Hinter dem Dröhnen in seinen Ohren hörte Miles Patrick Wees ruhige Stimme.

«Ich bin fest entschlossen, dieser Gewalttätigkeit entgegenzutreten, bevor sich unsere Stadt in ein Schlachtfeld verwandelt. Mit Zustimmung des Gouverneurs haben britische Truppen ihre Kasernen verlassen. Sie haben den Befehl zum Schußwaffengebrauch, wenn ihre Anordnungen nicht befolgt werden. Weitere Verstärkung wird per Hubschrauber über die Straße von Singapur aus Malaia eingeflogen.

Ich erkläre hiermit den Ausnahmezustand. Gemeinsam mit dem Gouverneur übernehme ich bis zur Beendigung des Notstands persönlich die Regierung. Die chinesischsprachigen Schulen bleiben bis auf weiteres geschlossen. Sondereinheiten der Polizei sind dabei, das Gelände der Schulen zu besetzen und alle Schüler zu evakuieren. Jede nicht genehmigte Versammlung von mehr als vier Personen ist verboten.»

Alex flüsterte Miles hörbar zu: «Mein Gott! Ich hätte nie geglaubt, daß der Mann das Rückgrat dazu hat. Irgend jemand muß es ihm gestärkt haben. Aber Tanya, um Gottes willen, Tanya! So ein schönes Mädchen. Schade, daß Sie sie nie kennengelernt haben, Miles.»

Miles antwortete nicht. Selbst wenn er nicht konzentriert der Rede des Premierministers gelauscht hätte, hätte er nicht sprechen können.

«Weiterhin möchte ich Ihnen mitteilen», fuhr Patrick Wee fort, «daß nunmehr eindeutige Beweise dafür vorliegen, daß sich die fünf sogenannten Märtyrer der Verschwörung gegen den Frieden unserer Stadt und der Vorbereitung eines Staatsstreichs schuldig gemacht haben. In die Verschwörung waren einige Gewerkschaftsführer und, zu meinem Bedauern, einige Mitglieder dieses Hauses verstrickt. Unter den Ausnahmevollmachten, die mir im Falle des Staatsnotstands zustehen, habe ich die Verhaftung von sechzig Personen, darunter mehrerer Mitglieder dieses Hauses, angeordnet.»

«Er fährt wirklich eine harte Tour», brachte Cutler verblüfft über die Lippen. «Wer hätte das gedacht?»

«Die fünf sogenannten Märtyrer, in Wirklichkeit Agenten im Dienste einer auswärtigen Macht, werden in ebendiesem Augenblick zwecks Abschiebung an Bord eines Sonderflugzeugs gebracht. Einen weiteren, umfassenden Bericht werde ich heute abend im Rundfunk vor der Öffentlichkeit ablegen. Vorläufig erkläre ich die Sitzung dieses Hauses für unterbrochen. Wir werden sie nach Beendigung des Notstands wiederaufnehmen. Ich hoffe, daß das in etwa einer Woche der Fall sein kann.»

«Was für ein Sieg, Miles, was für ein Sieg!» triumphierte Alex. «Sie haben also doch gesiegt. Das können nur Montague und der Hochkommissar durchgesetzt haben. Niemand anders hätte ihm die Unterstützung dafür geben können. Meinen Glückwunsch, Miles. Wir haben die Schweinehunde geschlagen ... wenigstens vorläufig.»

«Vorläufig, vielleicht.»

Miles fühlte keinen Triumph, nur den nagenden Schmerz des Leidens. Tanya war verloren, und er hatte sie geopfert. Schweigend, das Gesicht in die Hände vergraben, blickte er in einen endlosen schwarzen Tunnel der Schuld.

NACHSPIEL: HONGKONG, 2. MAI 1974

Das allzu vertraute Gesicht grinste töricht von der Bildseite. Miles stand in nonchalanter Pose vor einem Bronzegefäß aus der Shang-Zeit und einem Holzschnitt von Hokusai. Der Fotograf hatte versprochen, er werde «elegant und ein klein wenig tollkühn» aussehen. Das war auch das Thema des Artikels in *Time*, in dem er als «der lachende Korsar des Kunsthandels» bezeichnet wurde.

Aufhänger für die Geschichte war sein neuester Coup, eine bis dahin unbekannte Statuette eines Tang-Kriegers hoch zu Roß, die Miles für 150 000 Dollar verkauft hatte. Die Lebensbeschreibung machte leicht verschlüsselte Andeutungen über Miles' Erfolge in Politik und Geheimdienst, verriet aber keine Einzelheiten. Selbst die unausweichliche kritische Formulierung wirkte fast bewundernd: «Niemand außer Miles da Sola Corrigan weiß genau, wo einige seiner besten Stücke herstammen, und Corrigan verrät nichts.»

Im übrigen war die Schilderung eher zu freundlich, obwohl ihn eine Formulierung ein wenig zusammenfahren ließ: «Der geheimnisvolle Spezialist im Dunkel des orientalischen Kunsthandels und eingeschworene Junggeselle Corrigan hat wichtige und gute Freunde und Freundinnen von japanischen Filmsternchen bis zu italienischen Komtessen.» Natürlich war das alles hervorragende Reklame für die Galerie und stellte zugleich so etwas wie gedämpfte Anerkennung seiner Erfolge außerhalb des Kunsthandels dar. Aber zuviel Glanz konnte sein persönliches wie sein Berufsleben unnötig kompliziert gestalten. Außerdem wirkte das halbe Grinsen, das seinen Mund umspielte, ein wenig schwachsinnig, auch wenn der Fotograf ihm versichert hatte, es werde ihm die Herzen der weiblichen Leser zufliegen lassen.

Miles hatte ebenso genug von dem wohltönenden Artikel wie von seiner eigenen immerwährenden Gier nach Prominenz und ließ die Illustrierte fallen. Die bunten Farbseiten fielen auf den blauen Teppich der Suite 2016 im Mandarin Hotel, das inzwischen dem alten Peninsula seine Stellung als zivilisierteste Unterkunft in Hongkong erfolgreich streitig gemacht hatte. Ein wenig zögernd zog er das Rollbild mit dem Titel *Das Lied vom langen Leid* aus seiner Seidenhülle, rollte es auf und hängte es an den Haken, der vorher ein Blumenstück getragen hatte.

Nicht nur die weichen Farben des Bildes waren im Lauf der Zeit verblaßt, sondern auch seine Erinnerungen daran, unter was für gewaltsamen Umständen es in seinen Besitz gelangt war. Aber noch waren sie nicht blaß genug. Genau wie die Geschichte, die das tausend Jahre alte Bild erzählte, waren auch die Ereignisse, wie sie sich vor zwei Jahrzehnten zugetragen hatten, in seinem Gedächtnis lebendig, fast zu lebendig, um sie zu ertragen. In immerwährender Verzweiflung erstarrt, schritt die weinende Konkubine ihrem Tod entgegen, und der hilflose Kaiser saß, das Gesicht in die Handflächen vergraben, auf einem Fels. Miles konnte seine Verzweiflung nachempfinden.

Er wollte die Augen bedecken oder wenigstens den Blick abwenden, aber das Bild zwang ihn zur Aufmerksamkeit. Er hatte sich nicht davon trennen können, obwohl er es über ein

Jahr nicht mehr angesehen hatte. Die Parallelen waren zu deutlich. Kaiser Xuanzong hatte seine geliebte Konkubine Yang Guifei geopfert, um seinen Thron zu retten, und danach nicht enden wollende Reue um die Frau empfunden, von der er zu spät erkannt hatte, daß sie ihm teurer war als der Thron. Miles hatte Tanya geopfert, um das Bild zu erwerben, und die Reue, die folgte, hatte nicht nur diesen, seinen größten Coup bitter werden lassen, sondern all die späteren Tage seines Lebens.

«Der lachende Korsar ... der geheimnisvolle Kunsthändler ... der Liebhaber einiger der schönsten Frauen der Welt.» Der glatte Zeitungsslang war ekelerregend. Wieviel besser doch das bittere spanische Sprichwort: «Nimm dir, was du willst, du wirst dafür bezahlen.»

Er hatte genommen, was er haben wollte, und er hatte dafür bezahlt, wenn auch nicht mit Geld oder Ansehen. Aber im Herzen hatte er einen schweren Preis bezahlt. Als er sich jetzt wieder mit dem Rollbild beschäftigte, erwachte das schmerzliche Gefühl unstillbarer Sehnsucht aufs neue, das er für längst erstorben gehalten hatte. Es war Zeit, daß *Das Lied vom langen Leid* nach Peking zurückkehrte. Für ihn war die Zeit überfällig, sich von dem Bild zu befreien, falls er je von ihm frei sein konnte. Die Schönheit der Darstellung war ein schmerzender Stich in seiner Seite, so scharf wie das Messer, das Kommissar Yang durchbohrt hatte. Diese Erinnerung, all diese Erinnerungen. Konnte er sich von ihnen befreien, wenn er sich von dem Bild trennte?

Die Prophezeiung hatte sich erfüllt. Offenbar stimmte es, daß das Bild wechselnden Besitzern Glück und Unglück brachte. Turner war in Singapur eines gewaltsamen Todes gestorben, und Miles war, in den Worten von *Time*, «wie ein Spieler, der nicht verlieren kann, von einem Coup zum nächsten weitergeschritten». Nur Glück und Zufriedenheit waren ihm versagt geblieben. Vielleicht war er ebenso zum Opfer des Rollbilds geworden wie Turner Li.

Irritiert schenkte sich Miles einen Marc ein. Auf das Sofa gestreckt, richtete er die Augen auf das Bild, aber seine Gedanken flogen weiter. Hinter der Fassade des *Lieds vom langen Leid* lagen die Schatten der Vergangenheit.

Wieviel von dem politischen Triumph, fragte er sich, war echt gewesen, wieviel Illusion?

Premierminister Patrick Wees Allianz für die Demokratie hatte zwar den Aufruhr niedergeschlagen und Ruhe und Ordnung wiederhergestellt, aber zwei Jahre später war sie auseinandergebrochen. In der nächsten Wahl hatte die doppelte Welle aus chinesischem Chauvinismus und Antikolonialismus Paul da Silvas Massen-Operations-Partei an die Macht gespült.

Da Silva hatte sich als brillanter Politiker erwiesen. Der Sozialdemokrat hatte das Bündnis mit seinen maoistischen Verbündeten gekündigt, sie ohne Gerichtsverhandlung interniert und – ironischer Fingerzeig der Geschichte – die Gefährlichsten unter ihnen abschieben lassen. Unter da Silvas rücksichtsloser Führung hatte sich Singapur zu einem Vorposten des Antikommunismus und Modell für erfolgreiche freie Marktwirtschaft entwickelt. Antikommunismus und freie Marktwirtschaft, zwei Begriffe, die im Westen nicht mehr in Mode waren, stellten in Asien den Trend der Zukunft dar.

Für Miles' Geschmack regierte Paul da Silva zu autoritär. Er war allzu bereit, ehrliche abweichende Meinungen zu unterdrücken und unter dem Vorwand innerer und äußerer Bedrohung intellektuelle Konformität zu erzwingen. Aber für die große Masse der Bevölkerung hatte Paul da Silva

Singapur zu einem weitaus angenehmeren Ort gemacht, als es das früher gewesen war. Und seine Regierung unterstützte mannhaft alle internationalen Bemühungen, Subversion und Eroberung vom Norden her im Keime zu ersticken.

War auch die Bedrohung von außen, die Miles damals empfunden hatte, eine Illusion gewesen? Er glaubte es nicht, aber absolut sicher konnte er nicht sein. Wäre die MOP auf einer Welle der Gewalt an die Macht gekommen, hätte das endgültige Resultat vielleicht ganz anders ausgesehen.

Das war ein altes Rätsel, die Frage nach der «historischen Wegscheide», die kein Historiker wirklich beantworten konnte. Die Ereignisse hätten einen anderen Pfad einschlagen können, wenn die «Fünf Märtyrer» nicht abgeschoben, die Unruhen nicht niedergeschlagen worden wären. Aber sie hätten auch das gleiche Ende nehmen können. Zwar *hätte* alles anders geschehen können, aber es *war* trotz allem so geschehen, wie es geschehen war, und das zum Teil, weil er sich in die Ereignisse eingemischt hatte.

Auch für China, den Koloß, der über Asien emporragt, hatten die turbulenten Ereignisse dazu beigetragen, der Gegenwart und der Zukunft ihre Gestalt zu geben. Nach dem Scheitern ihrer imperialistischen Ambitionen in Singapur und Malaia hatte sich die chinesische Politik in den letzten Jahren entscheidend geändert. Nach schweren inneren Unruhen, die das Land als Nation beinahe zerstört hätten, hatte sich China auf einen Weg begeben, der von Freundschaft statt Feindschaft mit seinen Nachbarn bestimmt war.

Auch heute noch befand sich Asien in labilem Gleichgewicht, aber das Gleichgewicht bestand weiter, und die Zukunftsaussichten waren gut. Das alles, schien es Miles, wäre ganz anders gekommen, wenn der «Volkskrieg» Mao Zedongs Singapur, Malaysia oder Indonesien erobert hätte.

Aber vielleicht wäre es auch nicht so anders gewesen. Noch einmal tat sich das Rätsel der «historischen Wegscheide» auf. Und auch hier war das, was war, das, was geschehen war, und er hatte seinen bescheidenen Beitrag dazu geleistet.

Und er selbst? Nun, über sich selbst dachte er lieber nicht zuviel nach. Es wäre angenehm gewesen, sich das idealisierte Bild zu eigen zu machen, das *Time* von ihm gezeichnet hatte, aber das konnte er nicht.

Gelegentlich träumte er von Tanya. Er träumte davon, sie im Arm zu halten und sich ihres zärtlichen Spotts zu erwehren. Er wachte voll Freude auf, wenn er sie, die unwiederbringlich verloren schien, wiedergewonnen hatte.

Und dann senkte sich das Gefühl von Vergeblichkeit und unermeßlichem Verlust wieder über sein Gemüt. In Bai Juyis Gedicht suchte der klagende Kaiser in all den zahlreichen chinesischen Himmeln nach Yang Guifei. Aber Miles war Realist und konnte nicht einmal laut klagen.

Er ließ die Blicke über den Hafen schweifen, in dem sich gewaltige Neonreklamen spiegelten. Noch vor ein paar Jahren segelten Dutzende von Dschunken wie verzauberte Schiffe in die Dämmerung. Heute breitete eine einzige Dschunke ihre spinnwebgleichen Segel vor dem Abendhimmel aus. Wahrscheinlich ein armer Fischer aus China. Heute wurden fast alle Dschunken von Hongkong von qualmenden Dieselmotoren angetrieben, und am Hafen hatten die Gebäude im Kolonialstil mit ihren eleganten Erkern und Balkons Hochhäusern aus Stahl, Glas und Beton weichen müssen.

Der Fortschritt war unaufhaltsam, aber das Asien, das Miles liebte, verschwand immer schneller. Die Menschen in Asien lebten zweifellos ein glücklicheres und gesünderes Leben, als sie es geführt hatten, als der Ferne Osten für

Europäer noch wild und romantisch gewesen war. Er nahm an, er sei dafür, daß es den Menschen soviel besser ging, aber dieser abstrakte Trost berührte sein Herz nicht.

Miles erwartete einen Besucher. Das Treffen war für sechs Uhr abends angesetzt, und der Abgesandte Pekings würde pünktlich sein. Dennoch fuhr er zusammen, als es an die Tür klopfte.

Es war Genosse Wong selbst, der auf dem schweren Samtteppich im Hotelflur stand. So weit von dem billigen Schreibtisch in seinem schäbigen, überfüllten Büro in Kanton entfernt, wirkte er ein wenig verloren. Nach zwei Wochen zäher und intensiver Verhandlungen hatte Peking den «Leitenden Verantwortlichen Kader für Kunstfragen» als seine prominenteste Autorität nach Hongkong geschickt.

«Ihre Gegenwart ist mir eine Ehre, Genosse Wong», sagte Miles.

«Und ich», erwiderte Genosse Wong im klar akzentuierten Chinesisch seiner Kaste, «bin erfreut, Sie wiederzusehen, Mr. Corrigan.»

Auf dem niedrigen Tisch standen sechs fingerhutgroße Schalen um die blauweiße Teekanne herum wie Wächter, die ein Schloß bewachen. Für seinen Gast hatte Miles den besten Iron Goddess Tea besorgt, den er finden konnte; auch dies ein Tribut an die Vergangenheit.

Sie plauderten zehn Minuten, tauschten Komplimente aus und bedauerten den Wandel, der Hongkong verunstaltete. Sie waren sich einig darüber, daß Fortschritt manchmal beklagenswert, aber immer notwendig war. Genosse Wong war so entspannt, daß er es sich gestattete, den Nutzen einiger Aspekte des Fortschritts in Zweifel zu ziehen. Während er die dritte Schale Tee schlürfte, warf er endlich einen Blick auf das Bild an der Wand.

«Ach, natürlich», sagte er fast beiläufig, «*Das Lied vom langen Leid*. Es ist wirklich schön, finden Sie nicht?» Er stand auf und betrachtete das Bild aus der Nähe. «Außerordentlich schön!»

«Schön», antwortete Miles, «und sehr traurig ... tragisch!»

«Sie bereuen es, sich von ihm zu trennen?»

«Vielleicht. Ich weiß es nicht.»

«Also schließen wir die Verhandlungen ab. Meine Kollegen haben mir versichert, daß dies das Original des *Lieds vom langen Leid* ist. Ich bin der gleichen Meinung, und ich bin gekommen, um es nach Hause zu holen. Meine Vorgesetzten sind einigermaßen befriedigt von Ihrer Erklärung, wie es in Ihren Besitz gelangt ist. Aber es gibt einen Punkt, der ihnen zu schaffen macht.»

«Und zwar?» fragte Miles, der sich aufgefordert sah, sich zu verteidigen.

«Wir akzeptieren Ihren Bericht. Auch ich war mit Professor Turner Li befreundet und kenne seinen Charakter. Wir erkennen sein Vermächtnis als letztwillige Verfügung auf dem Totenbett an. Wir bestreiten Ihre Rechte nicht, obwohl das Bild natürlich in strengem Sinne dem Volk gehörte und er nicht darüber verfügen konnte. Aber wir werden nicht auf juristischen Details bestehen.»

Miles konnte seine Erleichterung nur mühsam verbergen. Er war sicher gewesen, daß ein heute in seinen Außenbeziehungen viel vernünftiger gewordenes Peking keine Lust haben würde, vor einem britischen Gericht zu erklären, warum es in den turbulenten Fünfzigern einen unschätzbar wertvollen Nationalschatz nach Singapur geschickt hatte. Es wäre höchst peinlich für die Volksrepublik gewesen, wenn im Laufe seiner Verteidigung gegen den Vorwurf unrechtmäßiger Aneignung die Verschwörung zur Machtübernahme in Singapur zur Sprache gekommen wäre. Dennoch hatte Miles befürchtet, Peking würde sich ungeschickt benehmen: außergewöhnlich höflich und unversöhnlich stur.

Er hatte dem Abgesandten des Genossen Wong erzählt, daß Turner Li ihm die Verantwortung für das Bild anvertraut hatte. Er hatte weder seinen Angriff auf die *Haiwang* noch seine Konfrontation mit Montague erwähnt, der jetzt als Sir Cecil in Kent seine Pension genoß. Natürlich kannten die Führungsgremien in Peking die ganze Geschichte, wenn auch vielleicht nicht in jeder Einzelheit. Aber auch Peking wollte die unerfreuliche Episode in Singapur offenbar vergessen. Und Peking wollte *Das Lied vom langen Leid* dringend haben.

«Was ist der Punkt», fragte Miles noch einmal, «der Ihnen zu schaffen macht?»

«Miss Li Hyacinth nennt sie sich, glaube ich – Miss Lis Ansprüche auf das Bild könnten ebenso gültig sein wie die Ihren, auch wenn es in Ihrem Besitz ist.»

Die offizielle Parteilinie war strenge juristische Korrektheit. Es durfte nirgends der Verdacht entstehen, die Regierung der Volksrepublik habe versucht, *Das Lied vom langen Leid* für eine politische Erpressung zu mißbrauchen. Deshalb übernahm Genosse Wong die Fiktion, das Gemälde habe tatsächlich Turner Li gehört und der habe das Recht gehabt, nach seinem Belieben darüber zu verfügen. Dieser Fiktion diente seine zur Schau getragene Besorgnis um die Rechte Hyacinth Lis.

«Miss Li hat keinerlei Ansprüche...», setzte Miles an.

«Ach, wirklich?» Genosse Wongs Tonfall wurde steifer.

«Keine gesetzlichen Ansprüche. Aber auch ich bin der Meinung, daß sie einen moralischen Anspruch darauf hat. Professor Li nannte ihren Namen in dem gleichen Satz, in dem er mir das Bild vermacht hat.»

«Ich verstehe.»

«Sie können es sich aussuchen, ob Sie mich für einen Narren oder einen cleveren Geschäftsmann halten wollen. Jedenfalls habe ich, kurz nachdem das Bild in meinen Besitz gekommen war, Hyacinth Li fünfundzwanzigtausend US-Dollar für ihre Ansprüche darauf bezahlt. Diese Summe ist heute das Zwei- bis Dreifache wert.»

«Ja?»

«Hier ist die Quittung, mit der sie mir alle Rechte übertragen hat.»

Genosse Wong winkte die Urkunde beiseite.

«Ihr Wort genügt mir, Mr. Corrigan. Belege sind nicht vonnöten. Darf ich Ihnen persönlich meine Befriedigung über Ihre Handlungsweise ausdrücken? Miss Li beschloß damals, die Volksrepublik zu verlassen. Wie ich höre, ist sie mit einem Amerikaner namens Jackson verheiratet und lebt in Palo Alto, Kalifornien. Übrigens steht ihre ... eh ... Dienerin, Ah Su immer noch in ihren Diensten. Aber die Regierung der Volksrepublik ist erfreut, daß Sie sich ihr gegenüber fair verhalten haben.»

Miles war leicht überrascht. Das geschah ihm nicht zum erstenmal im Umgang mit Chinesen, und es würde auch nicht das letzte Mal bleiben. Sie hatten sich wirklich über jede Kleinigkeit informiert.

«Guojian! Guojian!» murmelte er die alte Bescheidenheitsfloskel. «Nicht mein Verdienst! Nicht mein Verdienst!»

«Dann ist also alles geregelt», sagte Genosse Wong energisch. «Ich habe hier einen auf Ihren Namen ausgestellten beglaubigten Scheck über fünfhunderttausend Dollar.»

«Die Beglaubigung war nicht notwendig, Genosse Wong.»

«Wir gehen lieber korrekt vor. Bleibt nur noch das Rollbild.»

«Hier sind die Hülle und der Kasten, Genosse Wong. Ich werde es Ihnen einpacken.»

«Möchten Sie lieber, daß ich das tue, Mr. Corrigan? Ich könnte mir vorstellen, daß Ihnen der Abschied schwerfällt. Er könnte unangenehme Erinnerungen wachrufen.»

Miles war nicht mehr überrascht darüber, was Genosse Wong alles wußte. Allenfalls Genosse Wongs Rücksichtnahme überraschte ihn ein wenig.

«Wenn Sie es vorziehen ...»

Genosse Wong rollte das Bild mit durch lange Übung erworbener Geschicklichkeit zusammen, zog die Seidenhülle darüber und legte es vorsichtig in die längliche Holzkiste.

«Auf Wiedersehen, Mr. Corrigan», sagte er. «Ich bin sicher, ich werde das Vergnügen haben, Sie wiederzusehen, vielleicht das nächste Mal als Käufer statt als Verkäufer.»

«Das hoffe ich auch, Genosse Wong.» Miles grinste. «Hoffentlich verkaufen Sie die Rolle inzwischen nicht für den doppelten Preis an die Japaner.»

Genosse Wong fuhr bei dem unpassenden Scherz leicht zusammen, aber er antwortete gefaßt: «Ich bin sicher, daß das nicht geschehen wird.»

Miles begleitete den Leitenden Verantwortlichen Kader unter formellen Abschiedsformeln zum Fahrstuhl. Als die Metalltür sich schloß, ging er langsam zu seiner Suite zurück. Sein Schritt war leichter geworden, denn er fühlte, daß eine Last von seinen Schultern genommen war. Es war wirklich höchste Zeit, daß das *Lied vom langen Leid* wieder nach Hause kam.

Aber als er das Zimmer betrat, blieben seine Blicke an der leeren Stelle an der Wand haften. Es blieben so viele Erinnerungen, Erinnerungen, die er nie würde vertreiben können. Es war ironisch, daß *Time* nie etwas von seinem größten

Coup erfahren würde. Er füllte den Cognacschwenker mit Marc und schlug Bai Juyis Gedicht auf. Die unsterblichen Zeilen gehörten ihm und der Welt, Verse, die vor fast 1200 Jahren geschrieben worden waren. Langsam las er die letzten Zeilen:

> Die Erde und der Himmel werden,
> so fest sie sind,
> zuletzt verfallen und vergehen.
> Nur dieses lange Leid
> währt unauslöschlich durch die Zeiten fort.

Miles hob das Glas und trank die Hälfte der feurigen Flüssigkeit in einem Zug.

«Marc ist gegen alles gut, was einem fehlen kann», hatte er Tanya erzählt. Aber er half nicht gegen das, was ihm fehlte.

Langsam ging er an das große Fenster. Der Hafen lag im Dunkel, aber in Kaulun gingen die Lichter an.